ひとりぼっちの異世界攻略
life.9
清らかシスターの一撃一殺
JN132727
五示正司
author Shoji Goji
イラスト 榎丸さく
illustrator Saku Enomaru

萌え萌えキュン♥♪♪♪♪
ギョギョっ娘
Gyogyokko
委員長
Iincyo

「「「「美味しくなーれ、
ビッチリーダー
Bitch Leader
副委員長C
FukuiincyoC

「お目に掛かれまして光栄です。
デイリバウル商会の会頭を務めさせて頂いております、
エリゥースと申します。どうか、お見知りおきを」
エリゥース
Elihuce

ひとりぼっちの異世界攻略

life.9 清らかシスターの一撃一殺

Lonely Attack
on the Different World
life.9 An Innocent Sister's One Blow One Kill

五示正司
author ー Shoji Goji
イラスト ー 榎丸さく
illustrator ー Saku Enomaru

CHARACTER

アンジェリカ
Angelica

「最果ての迷宮」の元迷宮皇。遥のスキルで『使役』された。別名・甲冑委員長。

遥
Haruka

異世界召喚された高校生。クラスで唯一、神様に"チートスキル"を貰えなかった。

ネフェルティリ
Nefertiri

元迷宮皇。教国に操られ殺戮兵器と化していたが遥の魔道具で解放。別名・踊りっ娘。

委員長
Iineyo

遥のクラスの学級委員長。集団を率いる才能がある。遥とは小学校からの知り合い。

アリアンナ
Arianna

教国のシスター。亜人排斥や奴隷制度を掲げる教会の主流派に対して抵抗する派閥に所属。

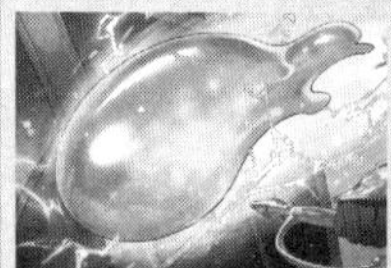

スライム・エンペラー
Slime Emperor

元迷宮王。『捕食』した敵のスキルを習得できる。遥のスキルで『使役』された。

STORY

王国を蝕む二つの元凶――商国と教国との戦いに勝利した遥は久々に辺境へと帰還。迷宮攻略、新装備作成、クラスメイトの教導と忙しい日々を送っていた。

その傍らで遥は魔の森の洞窟を改造した自宅へネフェルティリとスライム・エンペラーを初めて案内する。ここをアンジェリカを含めた4人の〝我が家〟であると定めた遥は、自宅周辺の大改造に着手。巨大レジャープールなどを建造し、クラスメイトや孤児っ子らを招待してもてなした。さらにオムイの街で英霊に感謝を捧げるためのお祭り「大辺境祭」を開催。辺境にはひとときの平和な時間が流れていた。

そんな折、教会からシスターの一団がオムイを訪れる。目的は教国の悪行の懺悔。しかし教会に対して怒り心頭に発する遥と遭遇してしまい――!?

副委員長A
FukuiincyoA
クラスメイト。馬鹿な事をする男子たちに睨みをきかせるクールビューティー。

副委員長B
FukuiincyoB
クラスメイト。校内の「良い人ランキング」1位のほんわか系女子。職業は『大賢者』。

副委員長C
FukuiincyoC
クラスメイト。大人の女性に憧れる元気なちびっこ。クラスのマスコット的存在。

ビッチリーダー
Bitch Leader
クラスメイト。ギャル5人組のリーダー。元読者モデルでファッション通。

ギョギョっ娘
Gyogyokko
クラスメイト。異世界で男子に追い掛け回されて男性不信気味。遥のことは平気。

新体操部っ娘
Shintaisobukko
クラスメイト。元新体操の五輪強化選手。新体操用具に変形する錬金武器の使い手。

イレイリーア
Erailia
ヴィズムレグゼロの妹でエルフ。辺境産の茸の力で重い病から快復。別名・妹エルフっ娘。

シャリセレス
Shariceres
ディオレール王国王女。偽迷宮の罠による"半裸ワッショイ"がトラウマになる。別名・王女っ娘。

セレス
Ceres
シャリセレス女王の専属メイド。女王の影武者も務める。別名・メイドっ娘。

尾行っ娘
Bikokko
調査や偵察を家業とするシノー族の長の娘。「絶対不可視」と称される一流の密偵。

メロトーサム
Merotosam
辺境オムイの領主。「辺境王」「軍神」などの異名を持つ英雄にして無敗の剣士。

メリエール
Meriel
辺境オムイの領主の娘。遥に名前を覚えてもらえず「メリメリ」という渾名が定着。

もう、教国は教会に——それでも辺境で知った真実を、この街で見た本当を伝えなければならない。

「けれど、もう我らには」

魔に支配されし最果ての地獄、魔物の犇めく穢れた煉獄。この地に来て生きて帰れると思ってもいなかった、我ら教会のものが辺境で許されるなどと考えもしていなかった。

そして世界を滅ぼす抗う事のできない運命を、総ての悲劇の根源たる辺境の魔を……虐めて、お小遣いと呼ぶ人達が存在なんて想像もしていなかったから。

「「「美味しいは正義！」」」「ほら、アリアンナさん達も食べて食べて」「Ｌｖ上がるとお腹すくよね」「「「うんうん、空腹で美味しさもＬｖアップだよね♪」」」（ポヨポヨ）

魔物と戯れ、悲劇を殺し尽くす者達。それは神の教えにもない、ただ優しく親切な黒い髪と黒い瞳を持った人達でした。教国では黒髪の道化師と呼ばれ、吟遊詩人の歌で笑われ芝居では嘲笑されていた人達は……誰よりも誇り高く、誰にも優しい英雄や勇者様達でした。

「「「お兄ちゃん、お姉ちゃん、いただきますー♪」」」（プルプル）

魔物の血に穢れ、邪な地に染まりし禁忌の民。そう貶されていた街はどこよりも綺麗で清潔で、虐げてきた人々は優しく勇敢でした。そう、この孤児達の笑顔が何よりも、この街の優しさを教えてくれる。

「いただきます……ですか」「ご飯になった動植物さんに謝罪と感謝をして、それを糧にする意味をちゃんと教えないとね」「うん、あと御飯代と御菓子代と服とかアクセになってくれた魔物さんにもね」「「明日もいっぱい頂きます♪」」

だから、この方達は神に祈らない。神に救いを求めず、自らの力で戦い全てを救けているのだから。

「ちょ、食べ放題プランのために魔物大虐殺って、それ海賊行為計画に新たなニュアンスが混入されちゃって、思わず魔物さんもアンニュイに魔石な……って、まだおかわりだと!?」「「「おかわりー♪」」」「いや、栄養価の高価い食事と適度な運動は美容に良いとは聞くんだけど、大質量の食事で暴虐に迷宮大運動会は美容に効かずに武闘に傾きすぎてると思うんだよ！」（ポヨポヨ!?）

だから寡黙で重々しい食事風景しか知らない私達には、驚きの大騒ぎの笑顔が溢れる食事。その喜びを捧げるように感謝の言葉とともに、楽しく味わい陽気に騒ぐ宴。

「「「おかわりー！」」」「美味しいー♪」「「「Ｒｅ：おかわり！」」」「こら、俺らのまで食うな！」「男の子が小さな事を気にしないの！」「それが一番でかい肉なんだよ!!」「バイキングって……割り勘だったんだ!?」「「「いただきまーす!!」」」「バイキングって……割り勘だったんだ!?」

たくさん食べて沢山強くなる。それは誰かの幸せを護るために、それは誰もが幸せであれるように。そんな祈りにも似た誓いの感謝の言葉が続き響き渡る……うぅ、でももう食べ切れない。なのに、美味しいです……清貧が、清貧が（泣）

莫迦たち以外の莫迦は発見されていないから新種の莫迦じゃ無かったら何時もの莫迦で毎度莫迦なずっと莫迦らしい。

92日目　昼　オムイの街

拝見してみた、シスターさんだ。だが、それは恐るべき教会の悪辣なる罠。そう、それは美人女修道女さんだと被ってて呼びにくそうな美人修道女さんだったんだよ！　修道女さんらしく裾広な頭巾まで被り、ゆったりした踝丈の袖付きの修道服からでも分かる危険な曲線美が布地越しに強調されていて、その整った清楚な顔立ちの下に暴虐の我儘ボディーが起伏のダイナマイトな危険物が教会から送り込まれてきたようだ！

よし、今度爺に会ったら、ボコる時に1発だけはちょびっと手加減してやろう？

「ああ、遥君ちょっと待って！　お願いだからちょっとだけ待ってくれないかな。いや、怒ってるのも分かるし、言いたい事も分かるけれど、ほんのちょっとで良いから待って貰って少しだけ話を聞いて欲しかったりとかお願いしたいんだが何て言うか……」

メリ父さんが何か騒いでる。まあ、何時もどうでも良い事で騒いでるからほっとこう。だって本当に大事な要件が有れば側近さんが来るはずで、来ないからきっと大した要件ではないから聞かなくても良いんだろう。うん、だって真面目に話を聞くと大体マッサージチェアーについて長々と語りだすんだよ？

そして美人修道女(シスター)さんと目が合ったので、全身全霊の好感度を集約して万感の思いを込めて超爽やかな優しい笑顔で微笑(ほほえ)んでみたら……気絶した？

「だから遥君、その方を苛(いじ)めないであげてくれないかな。教会の方なのだけれど、その方は戦争にも反対し、辺境に治癒士を連れて来て下さったのだよ。その何て言うかだね、私の保証なんて何の意味も無いんだけど良い方だからそんな怖い顔で笑ったら泣いちゃうからマジ止(や)めて上げて欲しいんだけど……って、手遅れか。免疫が無いから、恐怖に耐えられずに一瞬で意識が……」「ちょ、今って俺は極普通に優しく微笑んだよね？　うん、めちゃ好印象な爽やかな微笑で、きっと好感度さんも急上昇で赤丸付いちゃうくらいのスマイルなイイ感じの笑顔だったよね？」（ブンブン、イヤイヤ、ポムポム）

駄目出しだった！って何で全否定？　しかも3人でヤレヤレって何でスライムさんまで参加なの！

「いや、今のって決め顔的な感じの☆(キラッ)て歯が発光しそうな良い笑顔で、何なら後ろにお花でも背負っちゃおうかって言う位の爽やか好青年な好印象スマイルだったのに……何で気絶してるの!?　うん、エロいな？」

倒れても崩れない2つの御山(おやま)はとっても見事だが、見事に気絶している？　見応えはあるけど、修道服(トゥニカ)がロング過ぎて綺麗(きれい)な脚は脹脛(ふくらはぎ)までしか見えない。そう、どうやら修道服(トゥニカ)には深いスリットが入っていて、太腿(ふともも)さんにはベルトでナイフが装備されていると言うのは都市伝説だった様だ。うん、見えない。

まあ、動かないから裾を捲(まく)り上げたら太腿さんも見えるのかも知れないけど、気絶している美人修道女(シスター)さんの服を捲って太腿を眺めている男子高校生って何だか好感度的に問題な気がするから止めておこう。うん、ちょっぴり考えただけでジトだから、我慢した方が賢明なのだろう……見たいな!!

「お怒りのほどは重々承知しているつもりです。教会の者である以上申し開きもありません。また如何様(いかよう)な目に遭おうとも当然の事、暴挙を止められなかった私達(たち)が頭を下げても何の意味もない事は分かっております。せめてもの謝罪をさせて頂きたく辺境へ参りました、誠に申し訳ありませんでした」「「「申し訳ありませんでした」」」

目が覚めると謝っている。つまり謝っていると言う事は何か悪い事をしたらしい？　そして美人修道女(シスター)さんが如何様な事でも、あんな事やこんな事でもして良いとか言っているんだけど……後方から26の殺気を感じるから、据え膳(シスター)さんを食べちゃったらお腹(なか)を裂かれて据え膳(シスター)さんを救出した後に石を詰め込まれて縫合されて川に投げ込まれると言う悪逆非道な赤頭巾(レッドキャップ)方式で屠(ほふ)られそうだから止めておこう!

「委員長さん達、みんなでどうしたの？　お腹が空(す)いてひもじくてご飯を求めて流離(さすら)って領館(ここ)まで彷徨(さまよ)って来たの？　もう、朝御飯はちゃんと食べたでしょうな、あんまり食べるとわんもあせっとが辛(つら)すぎてビリー隊長が泣きながら脱走して山に籠って徹底抗戦で、1人ぼっちの軍隊(ブートキャンプ)で怒りの大脱出だから暴飲暴食暴力は反対な非暴食主義な男子高校生さんなんだけど宿に御飯は用意してあるんだよ？　まあ、莫迦(ばか)達が全部食べてなかったら今のところあるはず……多分?」「「「朝御飯が危ない！ってそうじゃなくってお腹が空いてひもじくて来たんじゃないの！」」」「って言うかなんでビリー隊長が逃げちゃうの！　残された人たちの事も考えて上げて!!」「そうだよ、ビリー隊長は私達を見捨てたりしないよ（泣）」「「「そうだ、そうだ」」」

ビリー隊長は逃げられなかった?

「ビリー隊長の事は置いて置いてって……何で山に置いて来ちゃうの!?」「そうだよ、ビリー隊長はヤバいから州警察じゃ手に負えないよ!!」「大体朝御飯食べてないし、ぼけても無いし、徘徊(はいかい)して来たんじゃないの！」「みんなで、教会からの使者さんが来たって聞いたから〜、死者さんにならない様に来たんだよ〜?」「でも朝御飯は何?って言うかちゃんと残ってるの!!」「えっと、すき焼き風の牛っぽい何かと、白菜的な感じのものを甘辛いお鍋で用意しておいたから……莫迦達が鍋ごと持って逃げてるかも?」「「「緊急手配だ！　非常線を張って非常事態宣言を出して非情にも持ち去られそうなお鍋さんを緊急保護しないとお肉さんが絶滅の危機だよ！」」」「あのー……」「って言うかご飯だって御櫃(おひつ)に入ってるんなら確保しないと持ち去られちゃう！」「「「やりかねない！　何でこんな時に素敵にすき焼きさん用意しちゃうの!?」」」「そうだよ、ステーキも用意しようよ！」「とにかく非常線で封鎖して柿崎(かきざき)君達とビリー隊長を確保を！」「で、でも柿崎君達とビリー隊長が意気投合して山に立てこもったらどうしよう?」「委員長大佐に無線で交渉して貰うって言うのはどうかしら?」「「「それ駄目なフラグ！　絶対拗(こじ)れるんだよね!?」」」「すいませーん……」

うん、先ず異世界で無線機を造るとこからだから捌れるどころじゃないんだよ？

「すき焼きってそんなの美味しいんですの？　私食べた事無くって」「私達の国の料理の中でも究極に数えられる逸品ですよ」「すぐに近衛連隊で、すき焼きの奪還作戦の敢行を！」「では私は辺境軍を率いて、すき焼き一匹這い出でる隙間もない一心不乱の防衛線を!!」「もしもーし……」

どうやら州警察ではなく近衛師団と辺境軍が投入されるらしい？

「うん、ちょっと牛っぽい何かの入荷が遅れてて未定が予定で不確定らしくって、次の入荷はいつになるか予測困難な状況に陥ってるからステーキさんどころか焼肉さんだって出会えるのはいつだか不明確な不確定要素が多過ぎて、不思議な入荷経路が不測の事態って言う現状では最後のすき焼きで、「あの最後のお肉を食べられちゃったら死んじゃうんだ」とかフラグを立てたら絵に描いた肉で騙されると言う雉も鳴かずば騙されまいって言う物語が騙り継がれてたら騙られてるからその時点で騙されてるよって言う……」『話を聞いて――――っ！って言うか長過ぎです――――っ！』

美人修道女さんの絶叫。これは流石にR18だろうか？　うん、なんか修道女さんって言うのが背徳感がヤバくてR15では済まない様な淫靡な響きが16才の男子高校生心を擽るんだけど、問題は年齢確認のボタンをクリックする前に有料サイトじゃないかをきちんと事前に確認しておく冷静さと、修道女さんへの情熱の間にある年齢確認の問題が大きく横たわっていて乗り越えられない壁なんだけど……。

『聞いて下さい――――っ！って全然聞いて無いですよね!?』

おや、美人修道女さんが絶叫している？　美人修道女さんリサイタルが開催で、ヘビーメタルでヘッドバンギングなシスターさんのダイブなら受け止める気は満々なんだよ！うん、何処を受け止めるのかこそが男子高校生的に最大な問題だけど、ダイブに逆ダイブであんな所やこんな所を受け止める準備はいつだって万全なんだよ！

「皆様には大変申し訳なく思っております。教会を代表できるような立場ではありませんが、教会に係わる者の1人として皆で謝罪に参りました。決して謝って済む事とも、我等が許しを請えるとも思ってなどおりません。ただ非を詫びる事しか出来ない無力な1教徒なれど、せめて頭を下げる事しか出来ないと、せめてそれだけでもと参りました。私達は教会の中でも古い派閥の」「あっ、気配探知に莫迦って表示された！　探知に莫迦って書いてあるから莫迦が有効射程距離に入ったみたい？　うん、表示が莫迦だけだから、どこの莫迦かはまだ判別は不能なんだけど未だにあの莫迦たち以外の莫迦は発見されていないから新種の莫迦じゃ無かったら何時もの莫迦で毎度莫迦なずっと莫迦？って言うか莫迦？」「「「すき焼きさんの助けを求める声が聴こえる！」」」

それはお腹空いてる音なんじゃないだろうか？

「いや、助けてもすき焼きさんは肉食系女子達に群がられて、結局無残にその柔らかいお肉を沢山のお口にクチュクチュと含まれて、ねっとりと舌に搦め捕られじっくりと味わわれながら咀嚼されちゃった挙句にゴックンされちゃって、その濃厚な喉越しまで堪能されて食べられちゃうんだから助けは求めて無いんだけど……うどんもご用意されてるから、すき焼きうどんさんも汁に濡れた唇でチュルチュルと吸われて食べられちゃう悲劇からはきっと逃れられないって言うか、まあ御飯？　みたいな？」」「「「すき焼きうどん！」」」「でも、そんなエロい食べ方しないからね!!」」「謝りに来たのに……許されないのは重々に覚悟しておりましたが、聞き入れるも何も誰も聞いて無いって（泣）」『可哀想だからちゃんと聞いてあげて下さーい！　あと、私も食べてみたいです!!』

おや、美人修道女さんが絶叫しているかと思ったら、メリメリさんが叫んでる？　うん、絶叫シリーズもここまで広がって人気タイトルでスピンオフも増えたようだ。これは、大ヒットシリーズで限定ボックスの発売も期待される所だろう。そして、すき焼きの人気も止まる所を知らない様だけど、豆腐が欲しいな……白滝も？

「「「うん。先ず、すき焼きだよ！」」」

すき焼きらしい？　もう既に教会の人達の必死の謝罪を感じ取り、罪を贖い罰を受けようとする真摯な決意を読み取ったんだろう。だって、こっちには『感情探知』持ちのエルフっ娘がいるから、その為人なんて偽ろうが欺こうが一目で分かる。そして妹エルフっ娘が庇うならみんなが庇う。だから、謝らせないし罪の意識になんて苛まさせたりはしない。

しかし、なんだかみんな話を混ぜっ返すのが凄まじく上達してるうえに、絶妙な混ぜっ返しの連続な大混ぜ大回転なんだけど一体どこで習ってきたのだろう？　スキルなの？

綺麗なお手手でお口塞がれたから舐めてみたら怒られたからジトって見たらディスられた。

92日目　昼　宿屋　白い変人

誰も居ないのを良い事に抜け駆けしてお肉を口いっぱいに頬張っている犯行現場を押さえられた莫迦達は、お肉抜きの白菜の刑に処されて大人しい。その姿は捨てられた莫迦のようにいと哀れで、哀しそうな目で白菜だけのバケツを見つめながらしょんぼりとしている。いや、白菜さんも美味しいんだよ？

そしてオタ達は美人修道女さんに微笑まれて硬直して石化し、そのまま空気に変わり消えていった……うん、状態異常ではなく異常が常態なオタだった。状態も異常かどうかは知らないけど、異常なのだけは間違いないだろう。オタだし？

「御馳走さまでした。こんな美味しい料理は初めて頂きました」「「「でしょでしょ！」」」

「謝罪に来た我等が皆様に親切にされてしまい、ご厚情が心苦しいほど……」「別にいちいち心苦しくならなくても、どうせここに居る肉食系女子さん達はお腹苦しくなっても諦めずに食べ続けてスカートまで苦しくなってもデザートまで食べて、甲冑が内部から破壊される恐れのある鎧苦しい女子さん達だから心まで苦しくならなくてもわんもあせっとで解決なんだよ？　うん、まあ実は解決して無いから毎晩わんもあせっとなんだけどナイスバディーに磨きがかかるわんもあせっとに、何と今なら何とくびれに最適なダンスダンスなレボさんも付いて更に今だけスライム先生のぽよぽよ講座もついちゃうお得な御飯？　まあ、デザートもあるし？」（ポヨポヨ）

何故か緊張しつつもすき焼き争奪戦に参加している修道女さん。教会を代表して謝罪に来たらしいが場の雰囲気に呑まれ、怒濤のＪＫパワーに流され捲くっている様だ――うん、あれは逆らえないんだよ？

「「「デザート、ってスムージー!!」」」「何で10種類も有るのよ!?」「「「あ――ん、どうしてくれるのよ（泣）」」」「いや、選ぼうよ！　何で全種制覇する気満々なの、って言うか普通は悩みながら選択するのが御楽しみなのに、何で迷いなく最初から完全制覇が当然の前提で逆切れな八つ当たりの八つ墓村の当たり屋なの？」「「「だが断る！　全部いるの！」」」

断られた!?　しかし修道女さんも、目の前に10種類のスムージーを並べられて困惑している。まあ、一緒に来ていた教会の人達にも茸弁当を送っておいたから、今頃は体力も回復してスムージーにお悩みの事だろう？

そう、それくらいに疲労していた。それは長旅で疲労もだけど、教会の服を着て戦火に陥れようとした敵地にやって来て精神的にも疲弊しきっていた。

だから美味しい御飯を一緒に食べて大騒ぎなのだろう。口を開けば謝罪しようとするから混ぜっ返して、自分達のペースに巻き込み仲間にしてしまう女子力。甲冑委員長さんも踊りっ娘さんも、それを見て笑っている……うん、この手で2人ともやられたんだから。

自分はもう人では無いと、魔物になった身だからと奴隷の様に距離を取ろうとしていた2人だったけど、暴虐なる脅威の女子力に押し切られて気が付いたら強制仲間入りさせられた経験者さん達だ。だから、懐かしそうに笑っている。

ただし、当事者の修道女さんは状況が未だ呑み込めずに、言われるがままにスムージーを飲み込んでは吃驚したような顔で目を白黒させながら夢中で食べ比べている。甘々にしてあるし回復茸もたっぷりの特製スムージーだから疲労回復にも精力増強にもばっちりだ。うん、毎晩食べて頑張ってるんだよ？

「父……領主メロトーサムから伝えて欲しいとの事で、代わりに説明させて頂きます。えーっと」「よっ、メリメリ屋？」「邪魔しないでー！って言うか邪魔するなら、せめて名前をちゃんと覚えてから邪魔をして下さい!!　しかも、勝手にメリメリ屋とか店舗を開店しないで!!　コホン。えーっ、教国からの使節団で辺境においで下さったシスターのアリアンナさんです。変な渾名は付けちゃ駄目です。そこ、アリアリさんとか呼ばない様に！そしてアリアンナさん達は教会の中でも最も古い伝承派と呼ばれる派閥で、辺境に悪意も無いどころか支援を呼び掛けて下さっている唯一の派閥であり、獣人差別にも奴隷にも反対の立場の方なのです。はい、良い人です。虐めたら駄目です。怖い笑顔で脅迫して意識が無くなるまで恐怖で甚振っちゃ駄目です！」「ちょっと待ったー！　何、今のさり気無いこっち見ながらの人聞きの悪いディスって！　俺ちゃんと友好的な微笑で柔和さを強調しながら、それでいて親愛の籠もった愛らしい笑顔だったよね!?　って何で全員で目を逸らすの、何でわざとらしく口笛とか吹いてみてるの！　ついでに、どうしてそこで何故にワルキューレの騎行が口笛でハモられてるの!?　って、それどこの地獄の黙示録なの!!　あと、まだ泣いて無いから甲冑委員長さんも踊りっ娘さんもスライムさんまでポンポンの準備しなくても良いんだよ？　そして何で優しく微笑んだ俺に対して気絶して見せたシスターさんが吃驚した顔してるの！　なに、その滅茶驚愕な吃驚仰天で青天の霹靂が青天井みたいな顔って、寧ろそのお顔の表現力にこっちが吃驚だよ!?」

　何たる事だ、微笑んだらこの扱いって何なの！　うん、睨んだら怒るから微笑んだら非難された。やはりクールな無表情キャラで行くべきだったのだろうか？　だがしかし無表情だと悪い事を企んで見えるから止めてと先日注意を受けたんだけど、どんな表情をすれば良いか分からない。うん、笑えば良いと思うよって笑ったら問題になって、正に微笑んで気絶されたんだよ……よし、ジトってみよう？

「「「そんな呪殺しそうな邪悪に満ちた目で見つめたら、慣れてない人は脅えて泣き出しちゃうに決まってるでしょ！　ちゃんと普通に……あれ、いつもの顔だった!?」」」「今迄、俺の顔なんだと思ってたの!!」「「「あらためて、よろしくアリアンナさん」」」

　流された!?　見事なスルー力で、それはもう流れるプールだって此処まで見事には流れないだろうって言う位の抵抗値が限りなく無に近い滑る様なスルー力な立て板に水でフリーフォールなスルーだった！

　結局シスターっ娘に謝らせない様に延々と質問攻めと世間話の女子力で押し切り、必要な情報だけを聞き出している。何故だか俺は甲冑委員長さんと踊りっ娘さんにお口を塞がれている？　うん、目隠し係の時は目を隠さないのに、口塞ぎ係に任命されたらお口はちゃんと塞ぐ様だ？　試しに舐めてみてるんだけど離して貰えない。こうなれば禁断の感度上昇の3重掛けで可愛い掌をペロペロと横8の字を描く様に舐め回してみる。

「……ぅくっ」「……んぁっ」

　息づかいは徐々に荒くなり、微かに漏れる声には甘い愉悦の色が混じり始める。舌にはたっぷりと『粘液』を絡めて、掌に塗り込む様にねっとりと指と指の隙間を舐めあげる。もう腰砕けで抱き着くような格好で微かに震えながら身体を密着させて、もじもじと太腿を擦り合わせて小刻みに腰を揺すっている。丹念に掌を唇で啄む様に愛撫し、指に舌先を這わせていくと我慢できずに甘い声が耳朶を擽り吐息が首元にかかる。声を押し殺す様に唇をきつく結ぶも舐めあげる舌の動きに合わせて身体を硬直させて、指先でそっと左右の太腿さんをなぞってみる？

「ぁあああっ」「んくぅぅっ」

　もう美しい2つの顔は艶めかしく蕩けて潤々と瞳を濡らし、切なそうに唇を震わせて上目使いに見上げている。その、ほんのりと薄桜色に上気した肌からは甘い香りが漂い、微熱を持った肉体を擦りつけるように左右から……

「「そこ、何て如何わしいお口塞ぎしてるの！」」「何か妖しい雰囲気がむんむんに流れちゃって、免疫が無いアリアンナさんなんて顔が真っ赤になっちゃって湯気まで出てるでしょ！」「「「エロいのは禁止です！」」」「いや、だって暇なんだよ？　うん、お口塞がれて座ってるだけって、ある意味虐めとも取れるくらいの放置状態でほったらかされた男子高校生さんは、それはもう無為な時間の過ごし方を……むぐっ！」

　塞がれた。これ以上何かすると息の根まで塞がれそうだからじっとしていよう。何ならジトもしてみよう？　（ジトーーーッ）

「「「だからアリアンナさんが脅えるから、その目は駄目！　何でそんな深淵よりも深い闇みたいな目で見ちゃうの！」」」

　ジトなのに……ジトっただけなのにディスられている！　いや、する事無いんならお部屋で内職するから解放して欲しいのに、目と口を覆われて何だか監禁されてる気分だけど舐めるのは禁止らしい。レロレロのおっさんは元気なのだろうか、どうでもいいけど？

　喋れないいまま只々話を聞いて纏めてみると、このシスターっ娘さん達は反主流派と言うか、傍流と言うか、現教会では異端に近い扱いの様だ。所謂、原理主義。

　ただし原理主義と言うと時代背景を考えずに古い時代の教義をそのまま押し通そうとする狂信的な集団と捉われがちだけど、その宗教の神が言った事を忠実に守るのが原理主義。逆に言えば原理主義ではない宗派って現代に受け入れられないと信者が増えないとかの自分達の理由で、神の教えを捻じ曲げてるのだからどっちもどっちだったりする。

　うん、普通に考えれば神の教えに毎年毎年改訂版が出たりする方が恐ろしい話で、神の言葉を改定できるなら……もう、その人が神で良いんじゃないかな？　だって、勝手に神の言葉を改正しちゃえるって絶対そっちの方が神より偉そうだよね？

　そしてシスターっ娘さん達は原理主義者で、原理主義者が亜流と言うか異端になっていると言う事は現教会は神の教えを超解釈し意訳して回って原典とは似ても似つかない何かになっている集団なのだろう。まあ、大体そういう場合は拝金（あるある）か権力で、神の名前で商売しているのが現教会の様だ。

　しかも真逆になっていた。元々は全ての種族で協力し合い、魔法や魔道具の技術を広めて世界を豊かにして辺境の手助けを目指していた。それが今では亜人排斥に奴隷売買と技術の独占で荒稼ぎし、権力を握り魔石の産地である辺境が安定すると困ると苦しめている。

　そうして大まかな話を聞き出してから、女子さん達は修道女（シスター）さんを連れてお風呂に行った。うん、悲鳴が……王女っ娘がイイ笑顔だったな？

男子高校生の本分と言えば至極当然の事過ぎて言うまでも無い事だから、後は分かるな？

92日目　夜　宿屋　白い変人

　女子組はみんなでお風呂。そう、ナイスバディーな修道女（シスター）さんも、王女っ娘（こ）やメイドっ娘にメリメリさん付きでお風呂に行った。勿論（もちろん）、男子高校生として泡沫（あわあわ）シスターさんには尽き果てぬ興味はあるけど覗きには行かない。

　行かないんだけど如何わしい問題が迷宮王「デス・ガーディアン　Lv100」のドロップだった、『深淵の眼玉　未来視　慧眼　透視　覚　極死』。羅神眼に入れてみるとやはり複合できた。そうなると必然的に『透視』の試験だ。物体を透かして見える効果ならば試さなければならない、何故ならばそれこそが男子高校生の本分なのだから！

「焦点が難しいけど……おっ、おおっ、段々透けて見えて来た！　うわあぁ、シースルーって言うか……見えちゃってる見えちゃってる、って言うか見放題だ！」

　そう、男子高校生の目に映った以上、もはや隠しても無駄になった！

「って言うか多いから視線が定まらないんだけど、1つずつ見て記録していくしか無いかな……結構見た目より細かいんだ？って言うか複層構造？」

　何も魔法陣を1枚板に細かく刻まなくても、刻んだ薄板を圧着した複層化で良かったらしい。刀だって芯と身と刃を作って使ってたんだから、出来るに決まってるのに考えもしていなかった。これは内職の幅が広がる……うん、剣を透視中なんだよ？

　内包された魔石を透視て、その効果付与を鑑定する。探したいのは魔法陣、だけど装備や武器に魔法陣内蔵はレアみたいだ。それでも鑑定では分からない構造や内包された魔法陣が透視えるだけで技術は大進歩。

　そう、甲冑委員長さんと踊りっ娘さんの武器や甲冑を借りて、その構造を『透視』する。現状ここまでの甲冑なんて作れないし、謎の素材も多過ぎる。だけど魔法陣だけでなく、構造や細工なんかも勉強になる。まあ、至極当然の事過ぎて言うまでも無い事だけど、男子高校生の本分と言えば勉強なんだよ？　ＪＫ（常識的に考えて）？

「効果付与した極薄鉄板を沢山作って、張り合わせて試してみるしかないかな？」

そうして情報が蓄積されれば智慧（ちえ）で最適解を導き出せる、はず？　だから片っ端から試すしかない。鉄ならいっぱいあるし、再加工も簡単。ただ、複層化が結構ムズい？

「衝撃の分散や吸収には鉄よりも柔らかい銅や銀素材も中に入れてみてと？」

試せるものは片っ端から試せばいい。だけど、黒金は薄く表面だけにしても量が足りない。現在最も固く鋭いのは黒金と鉄の化合物。ただし凄（すご）く重いから莫迦達（ばかたち）の剣『鬼神のツヴァイヘンダー』以外には、刃か槍先（やりさき）と言った部分にしか付けられなかった。

「複層なら黒金合金の箔（はく）でも作って、鎧（よろい）や盾に張り付けてみようかな？　うん、何かそれなら人間国宝が目指せそうな伝統芸能っぽいし！」

薄い箔で膜状に覆っただけで硬度が増している。当然それなりに重量は増えてしまうけど、攻撃を弾（はじ）くのに良い素材だしＬｖ１００を超えている身体能力（ステータス）なら誤差の範囲のはず。これでまた甲冑から全装備の更新作業が必要そうで、もうアップデーター更新料を請求してもいい気がして来たけど悪徳商法っぽいから止（や）めておこう。

だって女子さん達は絶賛破産中。孤児っ子達とお別れだと思って滅茶（めちゃ）甘やかして服やお菓子を持たせていたし、お祭りでもこれでもかと言う位に買い与えていた。

「うん、お祭りの屋台ってぼったくり価格で、あれって宿でぼったくってる時の10倍近いお値段なんだよ？」

新装備やドロップ品を分類し、手を入れて売り物と試験用に分けていく。魔物の武具や防具はどれも今一で売り捌き決定、ただドロップや隠し部屋アイテムはミスリル化してみるまで性能が摑めない場合が多い。

そして、せっかく借りたんだしと甲冑委員長さんの『白銀の甲冑』をミスリル化して性能を上げてみる。ただ、とんでもなく高技術な最上級装備過ぎて、これに効果付与の追加なんて無理だ。そしてミスリルの量もだけど……俺の魔力もみるみる減って行く。

最後に黒金でコーティングして鑑定すると『白銀の甲冑：【呪い、血肉と同化する】完全無効　全強化　守護者　？　？　？』だった鎧は『白銀の聖甲冑　ALL50%アップ　完全無効　全強化　完全耐性　スキル守護者　神速　神技　幻影　？　？　祝福　着用者の全種自動回復　＋ATT　＋DEF』と性能も上がり『？』だった効果も何個か有効化できた様だ。将来的には追加のスキル付与も出来そうだけど、何か欲しい効果が有るか本人に聞いてから考えよう。

そして踊りっ娘さんの甲冑兼盾と武装の『神代の棺　武装化　完全無効　自動防衛　自動修復　全強化　魔剣舞　？　？　？　＋ATT　＋DEF』もミスリル化して性能を上げて黒金でコーティングして行く。こっちもミスリルと魔力がガンガン減って行く。

「多分、どっちもまだ行けるけど、ミスリルが足りないって言うかキリがないな？」

踊りっ娘さんは回避特化でありながら、盾を使うし盾職をする事もある。だから盾と甲冑になる『神代の棺』は重要なんだけど、ミスリルの在庫もだけど魔力がヤバい。魔力茸を齧ってMPポーションで流し込みながらの作業……『神代の聖棺　武装化　ALL50％アップ　完全無効　全強化　完全耐性　自動防衛　自動修復　自動回復　魔剣舞　魔装？？？　＋ATT　＋DEF』と防御力も上がって回復も付き、黒金コートの表面仕上げで硬度だって上昇したはずだ。

「眩暈が……うん、でも茸を囓りながら目眩って、健康より風評がヤバそうだな？」

ごっそりとミスリルが減り、げっそりとMP枯渇で身体が鉛のように重くて怠い。回茸を炙り焼きにしてお醤油を垂らして齧ってるけど、気怠い。それでも俺のせいで迷宮の最下層なんて危ない所に毎日行くのだから、安全への配慮は立場上だけの名前だけでも使役主である以上は当然の務め。そして銀とミスリルを化合して聖魔法を付与した薄い層を挟む事で衝撃吸収分散構造を持たせられた上に、どちらにも回復効果が付いて装備名にも「聖」の文字が加わった。これで少しでも闇に対抗できれば……うん、「性」の字がつかなくって良かったよ。称号が性王だと作ってて何か心配なんだよ？

「怠い。MP枯渇でお腹すいたのが魔力茸の食べ過ぎで相殺されてるよ」

やり過ぎたけど予想よりも良い物が出来た。だから対価としてなら充分なんだけど、何度経験してもMPの枯渇はヤバい。魔力欠乏でもヤバいのに枯渇はやっぱ駄目だ。

「再生が掛かってるから……これ多分危ない行為だよ。まあ、再生するから転がってよう、今日はもう内職無理」

転がってみた、勿論ベッドでだ。おそらく異世界で最強の強度を誇り、柔構造により衝撃を形状変化で逃がしながらも高い復元性を備えた特殊構造のキングサイズベッド。この形状可変構造の柔構造はみんなの甲冑にも応用されているのだけど、自慢げに語ってみたらジトられた？　いや、最新技術なんだよ？

「固く強くすれば折れて砕けるのが剛構造の弱点だけど、柔構造なら構造上重くはなるけど限界を超えても耐えられる。そう、深夜に最強の迷宮皇さんが2人で大暴れしても耐えうる究極のベッドさんからの技術移転なのに……ジトだったな？」

じわじわとMPも回復し、ステータスには出ない体力や気力も回復してるはず。なんだけど、一度枯渇させてしまうと怠くて眠気と倦怠感と疲労感で意識が朦朧としていく。黒金コーティングだけでも全員分の甲冑にしたかったんだけど回復が進まないで頭の中が溶けていく。

曲がりなりにも教会の関係者が街に居て、宿にまで来てる時に此処まで無防備なのは不味い。だけど手遅れで、智慧も活動を休止して意識が遠のいていく。重たい装備も脱ぎ散らかして、気怠く何も考えられずにぼんやりと意識が途切れ……瞬きの間ほどの僅かに途絶えた無警戒な緩み。その身体にはバスタオルを巻いただけで、髪もまだ湿り気が残り肢体にも水滴が残っている。

「無警戒　駄目です！　絶対に、居ない時はちゃんと警戒！」「どんなに強くても、隙、あるのは弱いです。常時、強くないと駄目です」

俺の意識が緩んだのを感じて、慌ててお風呂から駆け付けてくれたのだろう。俺の意識が途切れたのに気付いて、お部屋に飛び込んで来てくれたらしい？

「うん、でも護衛さんって颯爽と現れて、意識の途切れた僅かな瞬間に速攻で護衛対象の装備とか衣服を毟り取らないと思うんだよ!!」

そう、これはきっと護らずに攻める気だ。その瞳に宿るものは覇者の眼差し。ちらりと新しく新調された甲冑を嬉しそうに見遣ると、俺の方に舌舐めずりしながら視線を戻す。

その秀麗な顔立ちは芸術品の様で、美麗な唇から紅い舌が零れ出しゆっくりと唇を舐める仕草は妖しく背筋に悪寒が走る。これは美獣の舌舐めずり。うん、肉食系だ!!

「MPも枯渇してます」「油断大敵、です！」「いや、これ味方に襲われてるんだよ!?」

意識は戻ってるし、僅かずつだけどMPも回復し始めている。ただ既に服も装備も剥ぎ取られて、無防備なままに仰向けで寝ている俺の上には……バスタオル1枚を巻き付けただけの踊りっ娘さんが、両立膝の開脚で跨ぐように胸の上に座り。その後ろで甲冑委員長さんがやはりバスタオル1枚を巻き付けた姿で、女子座りで俺の伸ばした脚の膝の上に座っている。うん、動けない！

そして艶然と微笑み見下ろす踊りっ娘さんが、膝を更に開いて円を描く様に腰をくねらせる。その動きに胸元で巻かれたバスタオルの合わせ目が揺れ、琥珀色の太腿に左右に広げられて隙間から見え隠れしそうな危険域がヤバい！

「見たら駄目だ見たら駄目だ、見えそうだけど見たら男子高校生が発動のトリガーで、発動こそが甲冑委員長さん達が待ち構えて迎撃態勢を整えてる窮地なんだけど、それはもう格好の餌食になるのは見えているんだからムチムチの太腿さんの間は確固たる克己心で括弧閉じるって閉じたら駄目なんだよ！　何で克己心が欲望と戦わずに括弧閉じてるの、まず括弧を開いてから閉じようよ？　未だ嘗ていきなり括弧閉じるだけが独立して出て来たなんて前例が無いんだからちゃんとコンビで頑張ろうよ！」

だが、括弧問題に意識を飛ばしても羅神眼で視えてしまう。踊りっ娘さんの後ろでじわじわと甲冑委員長さんの指先が膝から太腿へ、太腿から付け根へと上がって来ている!?

「ちょ、その先は男子高校生の克己心が試されてるのに、こっくりと起きそうな危機的状況で打破すべく円周率を諳んじてみるけど……『智慧』さんが全部教えてくれるから全然気がそれないよ！って長いって言うか終わり無いよ！」

俺のMPが無いのを見越して、ゆっくりとじっくりと動けない鼠を嬲る2匹のシャムネコさんの如く再生で復活しないようにねっとりと時間を掛けながら舐り弄ぶ。

だが窮鼠は猫を噛む、そして好奇心は猫さんを殺し、男子高校生は克己心がコッキングするものだ！　今は成すがままでも、反撃のMP量に届くその一瞬をじっと待つ。MP枯渇は予定外だったけど、復讐と逆撃は日常茶飯事。そう、英国の諺にも「常に最善を考え、最悪に備えよ」とある。そう、だって大体ずっと最善最悪なんだよ!!

僅かで良い。その僅かな量のMPが溜まるまでに、いったい幾度MPが舌先に放出されて飲み込まれて舐め取られた事だろう。だが、やっと最低必要量に届いた！

1％の半分にも届かない誤差のような微々たるMP。こんな量では一矢も報いられない事を知っている。だからこそ2人共気にも留めていなかった。何せ装備が無い。確かに疲れてマントもグローブもブーツも外していたし、杖や肩盾は身に着けてすらいない。アイテム袋も手から離していて、一瞬の隙に布の服と首飾りが外され指輪も抜き取られた。だから余裕の笑みで弄び、ゆっくりと時間をかけて嬲り続ける。

そう、昨日まではそんな装備は無かった。だから足元の『百毒のアンクレット　SpE・DeX40％アップ　即死　猛毒　各種状態異常付与　滑地』を見落としている。各種状態異常付与で感度上昇を掛け、催淫と狂乱を付与して2人の防御力を下げ……反攻作戦開始だ！。

「ふっ、『無限の魔手』を警戒されてマントを奪われ、指輪への移動も警戒して抜き取られたけど……『百毒のアンクレット』をミスリル化して、『万薬のアンクレット：【3つ入る】SpE・DeX50％アップ　自動治癒回復　各種状態異常付与　全種状態異常耐性　全種状態異常治療回復　即死　猛毒　滑地』に変わった事も知らないし、『無限の魔手』が『万薬のアンクレット』に引っ越している事も知らなかったのが敗因なんだよ！」

そう、哀れな2人の美女は、今まさに自分達が猛毒の触手に触れているとも知らずに舐り咀嚼していたのだから。うん、いっぱい掛けてみた!!

「「きゃぁっ、何で？　どこに！っあ、ぁあああああぁああっ、ぁあっ！」」

瞬間に『感度上昇』の付与で防御力は無効化し、一矢が報いられないなら無限の魔糸で報いちゃえばいいじゃないの？　うん、報いて剥いてみた？

「さて、グローブと首飾りで感度上昇の３重付与粘液を試してみようかな？　勿論、異形化な変態も変質変形で頑張るんだよ？」「「きゃあああ……あっ、んああぁ♥」」

その夜は美しい２つの泣き声が朝まで響き渡ったとか渡らなかったとか、滅茶たわわに渡ったから朝怒られたとか？　みたいな？

大量買い付けと自社一貫の流通と保存と大量生産によるコストカット効果は俺の人件費が安かった。

93日目　朝　宿屋　白い変人

私の加護である『精霊の囁き』で、一晩中ずっと精霊達が親切丁寧に教えてくれました。

そう、囁きながらばたばたと落ちて行く無数の精霊たち。それでも凄い魔力の波動に惹かれては集まり、覗き見しては墜落していく。魔素が濃く精霊だらけの辺境、その大量の精霊たちが次々に落ちて行き積み重なって行く精霊山盛りの大惨事でした。

激しい歓喜と悦楽の狂騒が魔力の波動と化して渦巻いて、精霊たちも毎晩引き寄せられては落ちているそうなので……慣れていたようです？

「噂の『迷宮殺し』は真実なのかも知れません。あんな凄い事をして、あんなにアレがあ

んな事になってアレが凄くアレって……アレなら迷宮王でもひとたまりも!?」

迷宮王をどんな倒し方で倒したのかが逆に気になりますが、あの高純度な魔力の質は異常。まして、それが毎晩毎晩繰り返されるなんて。

「しかし、精霊さん達はポテポテと落ちて行っていましたが、あれって毎晩見に来てるんでしょうか」

一晩中流れてくる妖しい魔力の濁流。そしてつぶさに呟いては落ちていき、状況を教えてくれては倒れていく精霊達……泊めて頂いてアレですが、アレ過ぎて眠れないしアレな状況が刻々と告々とリアルタイム精霊中継の生実況で……やはり辺境は魔境だったみたいです！　触手の密林って、百頭の淫蛇って、狂乱の宴って……（ポテッ）

気が付くと朝が来ちゃってますが、凄まじい夜の気配で寝不足です。それでも皆さんに呼ばれて食卓に招かれると、料理をされていたのは当事者の方でした。

遥さんと言われる謎の殿方。かの辺境伯が敬愛と感謝の念を以て「災厄」と恐れられ、街行く人々が気安く声を掛ける瞳に崇拝以上の思いが溢れていました。見つける度に抱き着いてくる子供達と戯れ、それを優しい目で笑って見ている仲間に囲まれて。なのに全く偉そうでも無く威張ってもいない、極々普通の人のように振舞われていました。

普く辺境の噂の数々の中心人物にして当事者。お芝居にもなっている「黒髪の軍師」とは似ても似つかない正反対の為人。黒髪の美姫を従える処か引き摺られていましたし、朝からご飯を作っていらっしゃるのです。悪鬼羅刹の如き筋骨隆々の偉丈夫「迷宮殺し」の噂にも似ても似つかない茫洋とされた細身、かと言って護衛を絶えず周囲に配した辺境を強奪し支配する「黒髪の大商人」のお話とも違い1人で気ままに迂路迂路されていました。

　それぞれが全く異なる噂の張本人でありながら、その噂のどれとも似ていないし懸け離れている。神の使徒として教会の一員として、多くの場所に足を運び沢山の人達と接し様々な人種のあらゆる職業の方とお会いしてきました。なのに、この方だけは誰にも似ていない。何をしている人か想像がつかないし、雰囲気も言動も態度も行いも、こんな人を見た事が無いのです。だから誰にも似ていない人。何を考えているかも窺い知れないし、何をするかも予想がつかない不思議な人。

　噂の百分の一でも真実ならば、普通なら怖いはずなのに誰もが親しげに声を掛けていました。その笑顔はこの辺境だけの何とも形容の出来ない溢れる様なあの笑顔でした。そう、偽りのない自然な本物の笑顔。そこに偽善も蔑みも無く、愛想笑いでも媚諂うのでもない。邪心も下心も、探る様な気配すらもない辺境の人達だけの笑顔。強く誇り高く、そして優しく思いやりに溢れた心から溢れ出る様な笑み。その笑顔の先にいる、人。辺境にとっては異邦人のはずなのに、何故だか最も辺境らしく。それでいて此処では無い何処かから来て、此処では無い何処かへ行ってしまいそうな……何処にでも当たり前の様に居ても、何処にも居場所が無い様な遠くを眺めるような目をした人。街中を歩いていてもみんなの視線の中心にいながら……1人で遠くを見てる。そんな人でした。

　そして深い地獄を覗き見たような瞳で、私の魂の奥底まで見抜く様な視線に意識すら奪われました。だけれど怒る訳でも罵る訳でもなく、ただ普通に何処にでもいる女の子みたいに接して下さるのです。でも、名前は覚えて頂けないようです。

「えーっと、アリアリでアンナ事やコンナ事しちゃってアンアンなシスターっ娘だったっけ？」「「「アリアンナさんだから！って、何で綽名の前がそんなに長いの！　どう聞いたらそんな怪しくて意味ありげな名前に聞こえちゃったの!?」」」「遥様。アリアンナと申します、もう50回ほど申していますが宜しくお願い致します」

　誰よりも怖い鋭い目なのに、誰にも真似できない程の優しい瞳。その夜空のように真っ黒な瞳の中には、一体どんな世界が映っているのでしょう。

「そうそう、アリアリなあんな事もあったなって在りをり侍りなシスターっ娘がいまそかり？　まあ、それで朝御飯なんだけど孤児院からのリクエストでお好み焼きで、何故に孤児院の朝御飯に女子高生達が参加してるのかとか気にしたら負けって言うか、まあ食べたいならば食らうが良い我が渾身のお好み焼きをーって焼いてみた？　みたいな？　で、宗教上食べちゃいけない物とかない？　爺とか禿とか髭とか？」「「「宗教上の問題が無くても爺とか禿とか髭とかをご飯に混入しないで！って言うかその爺は教会の人に料理しちゃ駄目なの！」」」「あと、あんな事もあったななんて回想シーンはアリアンナさんの名前に入って無いからね！」「教会の者は出されたものは全てありがたく頂く立場ですので、食事に規則などありません。ただ、余り豪華な物は遠慮させて頂きたいのですが何だか昨晩も豪華と言うか豪勢と言うか、あんな美味しい料理を頂いてしまいましてありがとうございました。でも私は孤児院の食事と同じもので充分ですので、私等にお持て成しなど不要に御座います」「「「孤児院と同じご飯だよ？　昨日も今日も？」」」「……こ、孤児院であんな豪勢なお料理が毎食出されるのですか！」「えっ？　孤児院の方がお肉が多かったから、あっちの方が豪勢って……滅茶睨まれてる！　いや、あっちは育ち盛りで、こっちは育つと困ってしまって毎回大騒動な複雑な事情なんだから、量的にはこっちが多いけど比率的にはあっちが豪勢？って言うか向こうはスムージーも1人1杯で良い子にしてたけど、こっちは完全制覇な悪い娘が大量にコンプリートの勝手にドリンクバー状態で飲み放題開催してたよね？って何故みんなで目を逸らして口笛なの！　あと全員でエルガーの「威風堂々」の合奏って、口笛が打ち合わせ済みで練習されてる課題曲だったの!?　そしてその選曲は全く反省していないんだよね!!」

　異国の庶民料理だと言われて、頂いたお好み焼きは美味しかったです。信じられないくらいに美味しくて、こんな凄い料理が普通に食べられる国が本当にあるのかと伺うと……これで安価な庶民の味だと言われて呆然としながら頂きました。

　ここに居ると常識が壊れそう。こんなお御馳走が安価な庶民の味だと、清貧の心を忘れてしまいそうです。でも材料を聞けば卵以外は安くて普通のものばかり。しかも辺境では大規模な養鶏がされており、他所よりもずっと安価に卵が手に入り、この美味し過ぎる調味料も全てが手作りなのだそうです。

「こんな美味しい物が清貧を旨とする教会の粗食より安上がりって！」「いや、安くてもいっぱい食べると金額とか腹部に無限大な可能性……いえ、何でもありません！」

そして領館まで送って頂いて、皆さんは迷宮に向かわれました。幼さの残る極普通の年相応な少年少女が当たり前のように魔物の巣くう迷宮へと。

豊かで平和で美しくて忘れてしまいそうですが、ここは辺境。無限に増える魔物の森に囲まれ、日に日に迷宮に蝕まれる最も過酷な地。さっきまで一緒に笑っていた人達が当たり前の様に地の果ての地獄へ飲み込まれて行く。そんな悪夢の地。

綺麗で優しくて親切で楽しい人達でした。朝から孤児達と遊び食事して……そして鋼の甲冑を身に纏い、剣を背負い武装して出かけて行かれました。まるで、さっきまでの平和な幸せは嘘だったかのように。それでも、その姿は英雄譚に出て来る英雄様の様に勇ましく荘厳でした。

きっと、この平和な幸せを嘘にしない為に年若い少年少女までが魔物達と戦っている。教国軍が恐れ、間引くだけでも大量の死傷者を出すと言う人外魔境の迷宮に毎日潜っている。この辺境の幸せの為に命懸けで迷宮と戦い続けているのは、とても優しくて楽しくて素敵な人達でした。粗暴な荒くれ者でも、学の無い乱暴者でも無い楽しい女の子達と優しい男の子達。そんな人達が毎日命を賭けて戦い守り続けなければならない魔物の領土。

「辺境伯様、あの方たちは何故にあんなにも優しくて、それなのに何故あんな過酷な戦いに身を置かれるのでしょう。あの方たちが生きていれば、どれ程の人達を幸せに出来るか……なのに最も命が危うい生き方を」「それが分からなくて皆が当惑しているのです。辺境を守らなければならない理由も無ければ、縁も所縁も無い異国人が何故ここまでしてくれるのかと。なのに驕らず威張らず感謝も名誉も権力も富も求めず、ただの街人のように暮らしているのですよ。辺境であれ王国であれ、国ごと手に入れられるような力と富を持ちながら、何も求めずに辺境の魔の森を切り開き迷宮を殺して回るあの少年少女達に、誰もが困惑しているのです。いっそ崇めろとか金を払えと言われたら皆が喜んで拝んで金品を持ち寄るのですが、目立つのも嫌で欲しい物も別にないと言って商売しては莫大に稼ぎ、迷宮に入って膨大に儲けて、自分達で平凡に暮らしてしまうのですから……」

　対価を求めず賞賛も栄誉も求めず、与える物も得る物も全て自らの力で……それは古き聖典のままの行い。神が求めた生き様を体現するかのような人達が、教会の敵と呼ばれ命すら狙われている。布告によって大罪人として扱われ、神敵として討伐対象にされている。

　ディオレール王国の賢王ディアルセズ様が断固として処罰も引き渡しも拒否している黒髪黒目の反逆者とは、誰よりも古に神が指示した生き方を体現されていた。

「教会は此度の失態を、遥様達の処刑で教徒の目を逸らそうと画策しているとも聞き及びます。既に大罪人として神敵に認定したとも。王国や辺境に政治的圧力をかけてくるのは間違いありません。我等に力が有ればこのような愚挙を止められるのですが、情報をお伝えできるだけで教国は……教会は自らの失態を糊塗し、権力を護る為だけに新たな出兵さえ画策しているとも聞き及びます」「何を画策しようとも王は認めませんよ。私も認められませんな。教会の言など認める気も認める意味も無いのです。例えば王や私が教会に従ったとしてどうなります。誰があの迷宮殺しに、その御大層で立派な神罰とやらを与えると言うのです。直々に神にお越し願わねば神罰も下せぬでしょうし、神が降臨されたとして……無事に済まないのは果たしてどちらなのか。教会に伝わる数々の神の奇跡と、大迷宮すら殺す辺境の幸せの災厄とどちらが強いか試してみる心算なのでしょうかね。それもこれも神を降臨されてからの話、そして神を呼び出せるほど立派な教会ならば……わざわざ王国に文句を言わないで、神様に直接愚痴を語って頂きたいものですな」

笑っていらっしゃいますが、この話は辺境伯様の逆鱗に触れたようです。面白おかしく冗談めかしていらっしゃいますが、神の名でものを言うなら神を連れてこいと暗に含んだ物言い。それは不敬どころか神敵になろうとも戦う決意を持っていらっしゃると言う事。遥様達に手を出すならば神であろうと逆らい、戦うと明言されていらっしゃるのです。どちらも引かねば自ずと結果として争いが起きる、ですが私達にはどちらに対しても止める力も無く、言葉では何も変えられない。

「教会は……古の禁忌にすら手を出しかねません。愚かにも神に禁じられ封印されし武具まで持ち出し、それ処か教会の闇と噂される禁忌にまで手を付けようとしているとの噂まで有るのです……人に扱いきれないからこそ封印されし災厄を解き放ち、歴史の闇すらも暴き出し古の時代の力に手を付けるやも知れません。止めなければ災厄が訪れかねないのです」「災厄には慣れておりますよ。我ら辺境に生きる者ならば生まれてから死ぬまで数々の災厄を見聞きして、災厄の専門家とも呼べる者達ばかりです。その辺境の民が口を揃(そろ)えて「訳が分からない」と断言する、幸の災厄よりも最悪な災厄が有るものならば、是非辺境が滅びる前に一度見てみたいものですな」

滅びても退(ひ)かぬ、民も認めぬ。そう言いきられる程に覚悟をなされている。当然、非は教会側にあるのです、辺境や王国に譲歩を求めるなどと頑鈍無恥(がんどんむち)な願いなど出来るはずも無い。それでも教会の暴走を止めなければ災厄が起きる、その被害を受けるのは何の罪もない両国の民達なのです。

「恐らく心配されている様な事は起きませんよ。どれ程最悪の事態を想定しても、もっと最悪な方法で事態は壊滅(かいけつ)されますからね。ありとあらゆる被害を想定しても、もっと苛烈な被害が加害者に限定し圧縮されて舞い降りるのです。ですから教会と信者の方までは存じません、それこそが貴女方(あなたがた)が心配すべき事柄になるでしょう。そして辺境や王国を護れば、必然的に被害を受けるのは加害国と見做(みな)される教国になるのです。迷宮をも踏破する少年達が教国を踏破しないと何故思えるのでしょうね。教国に迷宮殺しより強き力が在るならば、教国が迷宮を踏破すれば良かったのですよ。そうすれば魔石も手に入り、信仰すら得られたでしょう。何故それをしなかったかを考えれば、絶対に敵になど回さないはずなのですがね」

既に教国からの使者団はディオレール王に対して謝罪どころか断罪し、高圧的な条件を押し付けている。大司教の身柄の引き渡しに始まり、王国の謝罪と賠償、辺境の魔石利権の譲渡、各種権益の移譲に教会の王家への干渉権……そして黒髪の軍師と、黒髪の美姫達の身柄の引き渡し。それは異端審問と言う名の拷問と凌辱。あのような非道が神の名の下に行われる屈辱と恥辱、それよりもあの人達をそんな目には遭わせられない。ですが教会の上層部はもう引き返せない程の失態を犯し権力を失いかけている、きっと自分達の権力を護る為ならば手段など択ばずに死に物狂いで周りを巻き込み世界を混沌に陥らせるでしょう。

お話ししなければ。たとえ優しくして下さったあの方たちが怒り、罵られ殴られ蹴られて嫌われるとしても。教会の実態を御報告せねば……あんなに優しくして下さった人達に嫌われてしまうのは身を裂かれるほどに悲しいです。ですが、あの方々が何も知らないままに危機に陥る様な事が有れば、私は私を許せません。きちんとお話ししないと……教会の者として。その教会の危険さと、堕落し腐敗した真実の姿を。

そこはテヘペロじゃない新しいジャンルのテヘエロとかが派生しそうな危険な迷宮だった。

93日目　朝　迷宮　地下76階層

先ずは早速の迷路で手分けする。息を潜めて気配を消し、保護色で姿も隠し近づいて来る敵を襲う魔物「ハイド・カメレオン　Ｌｖ76」をサクサクと斬り飛ばす。

そう、せっかくの迷路で出番だと喜んで踏み込むと、ただ保護色で姿を消してじっと壁に張り付いているカメレオン……それはもうピクリとも動かず、じっと待っている。こっちも、じっと見つめているのに微動だにしない？　見えてるよとガン見しても身動ぎもしないから斬り捨てる？

「いや、見えてるんだから動こうよ！って言うか戦おうよ？　うん、何か無害な爬虫類を虐めて大虐殺な感じが好感度が激減な感じで、多感な男子高校生の感情的にも倦怠感が溢れる超やる気なくなるパターンなんだよ？　だって歩いて斬るだけだし？」

どうも魔物さんには頑固者が多く、見えてるのに「いや、見えない」と言い張ってじっとしてたりする。わざわざ手まで振って「見えてるよ」って声をかけても動かない？

だから、ただ斬って回る。だって試しに1匹だけ気付かない振りをして通り過ぎて見せたら、長い舌を鞭のように叩きつけ飛び掛かって来たんだけど……その時のカメレオンが超ドヤ顔で滅茶ムカついたんだよ！

「うん、あの『ほら、気付かなかっただろう（ドヤッ）』みたいな顔で飛び掛かって来たのが、マジムカついたんだよ！」

気付かない振りをするとドヤ顔されるし、気付いてるよってアピっても信じない。だから意地でも目を逸らすカメレオンを突き刺し、現実からも目を背ける頑固なカメレオンさんを斬り払う。まあ、見付けられなければ『拘束』や『麻痺』を持つ危険な魔物なのかも知れないけど、見えてるんだから動こうよ？

「うん、『要注意魔物。姿を消し十重二十重に壁に張り付き獲物が来れば次々に襲い掛かる恐怖の見えざる魔物』とかギルド魔物図鑑には載ってたし、見えない鞭の事や、その対処法で円陣を組んで楯と槍衾で全周を囲んで移動するとか、広範囲魔法で燻り出すとか色々と対策が長々と書いてあったんだけど……見えちゃってる場合の対策が何ひとつ書かれて無かったんだよ！」

そう、なんとカメレオンさんも考えていなかった様だ？　結局ただの動かない蜥蜴だったんだけど、これをどう要注意しろと？　寧ろカメレオンに注意喚起しようよ！　まあ、今頃は全滅してるから注意は手遅れなんだけど。

「お待たせ、ってあんまり遅れて無いよね？　何かあんまりな蜥蜴で、格好良いポーズしても楽しくなかったからさくさく斬って来たから早かったと思うんだけど？」（ウンウン、コクコク、ポヨポヨ♪）

スライムさんも御機嫌なハイテンションなぽよぽよで、若干リズムすらラップ調な「ポＹｏポＹｏ！」って感じだからいっぱい食べて保護色も覚えたようだ。

そして、77階層は集団戦な狼の群れ「ショック・ウルフ　Ｌｖ77」。中距離から衝撃波を飛ばし、連携して群れで衝撃波と共に襲ってくる灰色の巨狼達。そして迎え撃つはスクエア・ワンと言うと映画のタイトルっぽいけど、ただの菱形陣形でただ突っ込む。先頭は御機嫌スライムさんで、俺は右で踊りっ娘さんが左。甲冑委員長さんが後衛だ。

左からの薙ぎ払う鎖と、右から襲い掛かる魔糸に挟み込まれ中央に集められてしまった狼達は、甲冑委員長さんのウィンド・カッターで斬り刻まれながらスライムさんに食べられていく。甲冑委員長さんの魔法攻撃も珍しいけど、風魔法を剣に纏わせて一閃と共に無数の高速ウィンド・カッターを剣速に乗せて飛ばしていた。剣技による魔法を加速させる遠距離攻撃の技、しかも格好良い！　うん、今度パクろう!!

影絵で犬と狼は無理だと思う。

93日目　昼　迷宮　地下78階層

迷宮の階層に長く伸びる影。その影が蠢くように分かれ、分裂して立ち上がった影の兵団に囲まれる。一瞬で周囲は魔物達の群れへと変わり果てる。

「我が闇に誘われるがままに惑い迷うが良い。秘奥義、出でよ『影分身』！」

そんな魔物達を、逆に幾重にも取り囲む漆黒の影。うん、影絵で鳩を作ってみた？

「でも影から『影鴉』も分裂して、闇の鴉が迷宮の中を乱舞ってお約束なんだよ？」

そう、絵的には格好良いのに魔物さん達にはガン無視されている。甲冑委員長さん達も見向きもせずにスルーしている。まあ……影が動くだけだし？　ポッポ？

「いや、だって他にする事が無いんだよ？　ほら、狐さんだよ？　コンコン？」

犬と狼と狐さんの影絵が全く区別不能だと言う部分に目を瞑れば、なかなか良い出来の狐さんなのではないだろうか？　まあ、誰も見てないけど？　そして迷宮の78階層で影絵で遊ぶ男子高校生を他所に、魔物さん達は影絵を楽しむ余裕もなく殲滅されて行く？

「ほら、蟹さんだよ？　うん、見てないね？　まあ、死んでるし？」

せっかくの『影の外套　ＳｐＥ・ＤｅＸ30％アップ　影鴉　影分身　影操作実体化　影魔法　影顰　気配遮断』なのだからと色々試してみてるけど、影を動かすだけだと何の意味もない。しょうがないから影絵を動かして俺の芸術的な影絵ショーを開催しているのに……誰も見ていない？

「ほら、兎さんだよ？　ぴょんぴょん？　いや、兎ってぴょんぴょんって鳴くのかな？」

新調された甲冑を朝から何度も眺めて、スキルで瞬間装着できるのに１つずつ大事そうに身に着けていたから気に入ってくれたのだろう。そしてお気に召しちゃってノリノリで暴走中で、俺はまったく出番が無いままに78階層まで歩いて来て寂しく１人で影絵で遊んでいる男子高校生さんだったりする。そして影絵の狼で「ハンマー・エイプ　Ｌｖ78」に噛みついて遊んでいるのに、エイプさんは影絵に噛まれる前に片っ端から斬り散らかされてしまって影の狼さんも寂しそうにお口を開けたままで悲しそうなんだよ？

魔手さんまで総動員して「ハーメルンの音楽隊Ｖｅｒ．音楽性の違いからブレーメンの鶏と猫が脱退、笛吹き男とのコラボで鼠捕り最恐ユニット結成！って言うかブレーメンさんも驢馬はともかく猫と鶏さんって……居づらいよその編成！」を、絶賛影絵で上映してみたのに誰も見てくれない。うん、Ｐａｒｔ２の「猫が駄目なら鼠が参加！　ブレーメンの逆襲」の上映まで準備しちゃってたんだけど？

「3部構成なのに1部すら観客動員数0って言うか、完結編は驢馬の反逆で行こうか鶏の再逆襲で行こうかで悩んでるんだけど……どっちが良いかは見てなかったから分からないよね？　うん、ほら蟹さんも出てたんだよ？　みたいな？」

どうやら中学2年生に大人気な影使いさんは、異世界では不遇職の様だ。うん、『影の外套』のミスリル化は見合わせよう。そして階段を下りる……気配遮断？

嫌な気配を感じて、その場から飛び退く。その一瞬で回り込まれて退路が断たれ、逃げ道を潰された。甲冑委員長さん達も後退り、脱出の好機を窺うけど感情を窺い知れぬ不気味な眼に見つめられて行動が決めきれないでいる。退くしか無いのに退けないんだけど、攻めるのは自殺行為。これはそういう敵だと、みんな気付いている。

「一目で見抜いて行動に移したのに、退路を断たれてしまうとは？」（ウンウン、コクコク、ポヨポヨ！）

だが後方に投げ込まれた蠢く壁は突破出来ない。無理、キモイ、絶対嫌だ！　どうにでもなるんだけど、行き成り大量に現れるとキモくてグロい。階層中に犇めく大量の巨大な蛞蝓「ウェイブ・スラッグ　Lv79」さん。しかも知能が高いのか『気配遮断』で気配を潜め連携して包囲し、水魔法を纏い津波のように押し寄せる蛞蝓の洪水って……塩をぶち込み海水に変えてみる？　うん、キモいし？

蛞蝓の津波に呑まれる前に『空歩』で宙に逃げ、『魔糸』で宙に糸を張巡らせた。甲冑委員長さん達もちゃっかり魔糸の上に避難中だ。だけど天井まで覆い尽くす勢いの蛞蝓達の海、迷宮の洞窟が生物の内臓の様に犇めき蠢いている不気味さにサブイボが発生なマジ気持ち悪いグロ注意な魔物だったんだよ！

「行け、ソルティー・ストーム！って言うか風魔法で塩を撒いてるだけなんだけど、潮を噴き散らせるのは大好きでも蛞蝓の塩吹きは楽しくないから早く死んでくれないかな？　うん、粘液だって決して嫌いじゃないんだけど、ただし蛞蝓は駄目だ！　キモいから!!　いや、何か絶対触りたくない感じ？」（ウンウン、コクコク、プルプル！）

　若干昨晩の異形の触手さんに類似性を感じつつも見なかった事にして塩漬けにしていく。何故か甲冑委員長さんと踊りっ娘さんがジト目でこっち見てるけど、俺は蛞蝓関係者じゃないんだよ？　うん、昨晩の異形化触手の美少女蹂躙な粘体の粘液による粘着質な凌辱的光景との既視感は……見なかった事にしておこう。何かジト目が涙目だし？

　見渡す限りに広がるヌメヌメの粘体達が塩を掛けられて狂おしくグネグネとうねり、床も壁も天井もぐにゅぐにゅと蠢き悶え苦しみながら暴れ回る。

「って、裸にして投げ込んだりしないからジト睨みしないでくれるかな？　あれは俺と無関係のグネグネさんで、俺のズッ友な触手さんとは関連性は無いんだよ？　うん、類似性は深く考えない方が良いよ、異形化って何かよくわからないから考えない方が心が平穏なんだよ……なんか昨晩も何か蟲っぽいのも混じってたし？」

　だが知識と対応するのならば今後は異形化に蛞蝓さんの参入も有り得るけど、あれは異形過ぎて何が何だか分からないから気にしなければ分からないはずだ。うん、なんだかあのヌメヌメの蛞蝓感と這い廻る動きを、昨晩艶めかしい肌と一緒に粘体と粘膜を異形感が侵入して撫で回って蠢いていた記憶が既視感で……滅茶睨まれている!?　もはやジト成分は1％以下になったようなガチに涙目なガン睨みだ！　２人共甲冑姿で兜を被っているのに、顔が真っ赤ってどういう仕組みなんだろう？

「いや、だからあれは蛞蝓さんじゃなくって、舐め嬲ってたけど何時も仲良しの夜のお友達の触手さんで、ちょっと異形化して何かの生き物っぽい感じが再現されちゃってる感は有ったんだけどあくまで変形して変質して変態してるだけの触手さんだから問題は無いって言うか、気に入ってお喜びで感激の涙と涎を垂らしながら狂おしいほど泣き悶えて悦ばれてたお気に入りの異形の触手さんだからね？　うん、だから咥えても何ら問題は無かったんだから、あれと較べちゃ駄目なんだよ？　的な？」

全く蛞蝓さんによる触手さんへの風聞の流布な風評被害で何故だか俺が逆風に晒されている様だ。まあ、確かに似てたって言うか、そっくりって言うか、昨日あれに溺れて溢れて全身を這い廻られて、吸い付かれて、弄られて、あられもない恰好で御満悦されていた。だけど、魔手さんはあくまで実体化した魔力体だから、あれは魔法なんだから大丈夫。まあ、最後は大丈夫じゃなさそうなお顔と格好で、凄い事口走っちゃってたけど大丈夫に違いないんだよ？　うん、毎晩だし？

「さあ80階層で階層主戦だ！　超マジで戦わねば!!　ってまだ泣き睨みって、回想シーンに入ってるの？　うん、それ多分18禁だから思い出しちゃ駄目なやつなんだよ？」

試験か実験でもして空気を変えたい所だけど、昨日せっせと新調した甲冑委員長さんの『白銀の聖甲冑』と踊りっ娘さんの『神代の聖棺』は攻撃に掠りもしないから効果は分からない。比較しようにも、よく考えたら以前から掠りもしてなかった。でも、だからと言って蛞蝓さんの海に放り込んだら、きっとボコでは済まないオコだろう？

「いや、しないから涙目のガン睨みは止めようよ。あんまりやると『押すなよ押すなよ効果』で押されちゃうんだよ？　うん、ヤバいんだよ？」

気配探知と索敵で80階層を探る。索敵に反応は3つ。2つはまだ泣き睨みの様だ！

「まあ、あの蛞蝓さんの巨体って甲冑の中には入り込めなかったと思うんだけど、もし入り込んで中まで侵入しちゃったら……迷宮皇2人が本気で大暴れで辺境がヤバいな？」

マジで迷宮レベルでは済まない被害で、仮に何とかなっても俺がただでは済まないんだろう。って言うか、押して無いんだから殺気を放つの止めようね？

瞬く残像を舞わせ、四方八方から群がる触手を斬り払う甲冑委員長さん。そして電光の如くジグザグに駆けて、大盾を回転させて触手ごと薙ぎ払う踊りっ娘さん。その優美な肢体に辿り着く事も出来ず、秀麗な四肢に絡み付く事すら敵わずに、無残に斬り払われて行く触手さん達。さぞや無念な事だろう、あと少しで……って滅茶睨まれてる！　いや、別に触手さんの応援だから魔物さんは応援してないんだよ？

80階層の階層主は「サカー・テンタクルス　Ｌｖ80」と、空気を読まない階層主さんのせいで俺が滅茶睨まれてる。やっと蛞蝓問題を脱したと思ったら、吸盤触手(サカー・テンタクルス)って……既視感(デジャヴュ)だな？　思わず共感(シンパシー)とか感じ出したらどうしようと悩む間もなくボコられ、階層主さんが可哀想(かわいそう)に見える時点で他人とは思えない程に同情を禁じ得ない触手魔物さんだ？

「吸盤触手の魔物さんだけど、蛸(たこ)さんではないのに蛸殴りに遭ってる可哀想な魔物さんなんだけど……どうして魔物さんをボコりながら涙目で俺を睨んでるの！　俺はその魔物さん無関係で仲間じゃないし、俺が嗾(けしか)けてるわけじゃないんだよ……ああー、後ちょっとだったのに斬り払われた……いえ、何でも無いです！」「悪い魔物　悪は滅びました！」

「あの吸盤は敵、です。叩き斬らないと……吸い付いてきます!!」

　怖い、目が据わってる！　何故だか完全に動かなくなった魔物さんをボコりながら、「ふふふッ」と笑い声が聞こえた気がしたんだよ!!　何か吸盤にトラウマでもあるのだろうか。きっと大変な苦労をされたのだろう……いっぱい昨晩くらいに？

　怖いから匆卒(そそくさ)とドロップと魔石を拾って、逃げ込む様に81階層に駆け込む。魔纏(まてん)による激的な強化で軋(きし)みをあげる身体(からだ)に魔力を循環させて強制的に馴(な)らして行く。

「俺の行く手を遮るな！　だって、後ろの2人がなんか怖いよね？　うん、あれヤバいんだよ、何か目が怖いもん。って言う訳で邪魔せずにさくさく消えてね。はやくしないと追い付かれるんだよ？　だってほら、魔物さん斬りながらこっちをジトってるし？」

　長い迷宮の通路、その壁の穴から次々に飛び出して来る81階層の魔物の「アロー・バグＬｖ81」。細長い虫さんが曲がりくねって軌道を変えながら飛んで来るのが曲者(くせもの)だけど、

『未来視』の軌道予測で斬り払い無理矢理に突破する。通路中の無数の穴から次々に飛来する弾幕の矢虫を無限の魔糸で切り払う。破壊力よりも手数、斬れずとも逸らし弾くだけで良い。鋭利な魔糸に搦め捕られて切断されても無尽蔵に湧き出て来てキリがない。土魔法で壁面を一気に固め塞いでみたら……超高速で衝突して自滅した？

「うん、打たれ弱い魔物さんだったみたいなんだけど、ＳｐＥは軽く千超えで『貫通』持ちの超高速の変化球の矢の嵐って、未来視でも持っていないと圧倒的な速度と物量で瞬く間に蜂の巣にされちゃうよね？　うん、女子さん達だったらヤバかったな？」

　後の３人は普通に後ろに立っている。全速の高速移動で超高速戦闘をこなして、「アロー・バグ」の大軍を瞬殺して普通に突破したらしい？　うん、俺は必死に最高速で駆け抜け、斬り払いながら壁の穴を埋めてたのに……うん、普通に後ろで寛いでいる。

　まあ、余裕だとは思っていたけど、あの矢の豪雨の中を余裕綽々で俺をジトりながらぴったりついてきたようだ。まあ、『魔糸』の制御の為に『時間遅延』も『転移』の超短距離瞬間移動も抑えて全然遅かった。

「結局は限界に挑まないと器用なだけの弱いままかな？」「身体を弄る。反対です、身体を壊すのと一緒、です！」「変態　それは制御操作の負荷　増えます」

　反対らしい。まあ『変態』に賛成されるのも複雑なんだけど、試す事すら反対される。身体を変化させれば、強化はされても制御は未知で確かにデメリットが大きい。強くなっても制御に失敗すれば結局は致命傷になるし、俺も異形化は嫌だな？

「まあ、確かにあれは強化とか変化とかそういうものじゃなくて、人間辞めちゃってる気はするんだよ？　うん、流石に身体が蛞蝓化とか蟲化とかだと、俺の好感度さんの生存闘が消滅な危険な好感度絶滅危惧な危惧種の最有力入り確実そうなんだよ！」

教会が痺れを切らして動き出しそうだから、いざと言う時に戦えるよう調整に入りたい。焦っても仕方は無いけど、出来る事だけは増やしておきたい。だって、あのシスターっ娘達は危険……って言うか無謀。恐らく教会から徹底的に監視と行動の抑制を受けていたはずで、そうでなければとっくに辺境に駆け付けていたんだろう。

現教会上層部からすれば危険思想の異端であり、教敵と言っていいほどに理念が違う。だけど本来の教義のままに弱者救済をするシスターっ娘達は人気があって支持を集めていて、教会全体としては人気取りには有効だけど……上層部としては目障りなはず。そして影響力が強いとなれば見張り監視して行動に制限を加えていたはずなのに辺境に来てしまっている。つまり殺す気だった。

そのシスターっ娘達も言葉通り辺境で命を落とす覚悟だった。命の最期の使い道は辺境に報いると決め、辺境が戦火に灼かれ滅びようとしていると思って駆け付けたらしい……それはもう教国に戻れば粛清される可能性が高い。辺境が危機だと思い、生きて帰れると思っていなかったからこその行動であり見逃された。だから、これから先は教会が敵となる可能性が高い。つまり命を狙われる。

「甲冑委員長さん、って言うか隊長さん？　そして踊りっ娘教官にスライム教官もさ……

もう、まじブートキャンプやっちゃう？」（ウンウン、コクコク、ポヨポヨ！）
やっちゃうらしい……地獄だな。だが、生き地獄だ。それは死ぬよりはずっと良い……と思う？　様な気もしなくもない可能性だってきっと無くはない？　と良いな？
「まあ、死ぬより辛くても、死ななければ良いか？」（ウンウン、コクコク、ポヨポヨ）
殺されない為には死なない力が必要だ。だって大体世の中の問題は一生懸命にボコると、解決するか相手が死ぬ。よし、とっととこの迷宮終わらせよう。

王様が偉いのは迷信だと思う？

93日目　昼　迷宮　地下90階層

90階層に突入して、また籤引き。そう、今までジャンケンで決めていたらLuK　LvMaX（限界突破）なのに全敗した……それって絶対に運じゃない要素が入り捲くっているよね！　だから羅神眼でガン見してジャンケンしてみたら、3人とも超高速で指が動いていた。的確に相手の手の動きを見切り、予測して互いにフェイントまで織り交ぜた超高等技術の後だしジャンケンの応酬だった。うんそれ勝てないから！　そんなの迷宮皇級同士でしか争えないから!!

試しに指に『魔纏』して、羅神眼でガン見しながら挑戦してみたら指が攣った。脚や腕なら攣った経験は有ったけど、生まれて初めて中指が攣った……そう、常人には真似すら危険な肉離れギリギリの過酷なジャンケンだった。うん、悶えて迷宮で転げ回ったよ！　勿論ズルのお仕置きと、指が攣った恨みを込めて朝からたっぷりと攣って攣って痙攣して戦慄き泣き悶えるまでお仕置きだったのは言うまでもないだろう。うん、『変態』さんが頑張った。その後、滅茶復讐で報復されたけど！

　ちなみにただの棒籤引きで王様ゲームではない。何故なら絶世の美女2人がいる状況下の迷宮で王様ゲームを始めると、多分迷宮から一生出られなくなる！

「うん、あと王様より偉い皇が3人もいる王様ゲームって、王様があんまり偉くなさそうなんだよ？　俺も『性王』持ってるけど、このメンバーって王様の地位が低いよね？」

　荒れ狂う巨体からの純然たる暴力が、一撃で床を穿ち激震を奔らせる。それは受け止める事すら出来ない圧倒的な力で、硬い迷宮の地面すら無残に破砕される。うん、なかなか整地作業に向いていそうな階層主さんだけど、今は整地作業の人材よりも素材が大事だ。

「だって『ミスリル・サイクロプス　Lv90』さんだあああああ！」

　1体だけなんだけど巨人さんだし、補充にはなるのだから頂ける物は頂こう。巨体に魔力を流し込み、錬金術で錬成分離しミスリルを片っ端から抽出してアイテム袋に仕舞う。少しずつ縮んでいく巨人さんだが、ちょっとくらい貰っても大きいのだから大目に見てくれても良さそうなのに暴れてるから大目に見てくれない1つ目が涙目だ？

「まあ、ちょっとって言いながら全部貰うから大目には見られないのかもしれないけど、それってお約束だから仕方ないんだよ？」（ポヨポヨ？）

力が強過ぎて触手さんでは拘束しきれない。だけど下手に斬ると材料が減る。スライムさんの触手と、踊りっ娘さんも鎖で押さえてくれているけど暴れ回って分離作業が難しい。そう、Ｌｖ90でＰｏＷ１３００とか極振り過ぎる。でも貰うものは貰うんだよ！

小さくなってきて段々と可愛（かわい）らしくなってるけど健気（けなげ）に暴れる「ミスリル・サイクロプス」さんって……もうミスリルを分離されて、ただのプチ・サイクロプスさんになっちゃってそうだけど、最後の一欠片（ひとかけら）までぼったくる。うん、ミスリルは不足で期待して出待ちしてたのに1体だけだったんだよ。

「だから毟（むし）り取って剝ぎ取って全部取るんだよ？」（プルプル）

表面こそミスリルの純度は高かったけど、表層だけで中はサイクロプス。まあ、ボコって魔石さんになったけど、ミスリル成分を全て略奪し尽くしたから価値は低いだろう。そう考えるとスライムさんは上手にスキルだけ食べてるのか、あまり魔石の価値が落ちてない気がする？　うん、魔物の分解は奥が深い様だ？

「これで肩盾（ファンネル）さん増量にも回せるかな？」（ポヨポヨ）

思いがけず肩盾（ファンネル）さんは便利だった。ただし制御が難解で6枚で止めておいたけど、最近何だか慣れて来たし増量してもイケそうな気がする。未（ま）だ肘当てが無いから防御面でも肩盾を肘下まで延長したかったりもするし、未だミスリル化していない装備も沢山有る。だがまずは同級生の分で、余裕が有れば甲冑委員長さんや踊りっ娘さんの装備も底上げしてあげたい。それに俺の場合調子に乗って強化し過ぎるとまた自壊が始まってしまうのだから、俺の分は少しずつで良いだろう。うん、変態さんのミスリル化は見送ろう……あれは能力を上げるとマジでヤバそうだし？

　ややジト気味な視線ではあるが、ミスリルの大切さも分かって頂けたようで激しいジトではない。それはそれで寂しい物も有るけど、何か魔物からミスリル剝ぎ取っていると視線が痛い？　だって落ちてたんだから俺のじゃん？　うん、剝がして拾ったんだよ？

　踊りっ娘さんが『プロメテウスの神鎖』で無効化してくれれば簡単だったのに、現在女子さん達にレンタル中らしい。あれは俺も使ったことあるけどめちゃ制御難しくて、無理矢理使っちゃうと凄いＭＰ消費になるんだけど大丈夫なのだろうか？

「隠し部屋は地味だけど堅実なアイテムが４個続けて出て来てるし、こっちは同級生の装備に回したいし……ここでミスリルを拾ったのはとっても幸運だったんだけど、すぐ足りなくなりそうだよね？　やっぱ掘らないと駄目かな？」

　そして94階層までは階層主戦で暴れられなかった暴れん坊の３人組が暴虐の限りを尽くし、暴走しちゃって出番はなかった。無かったたって言うか追い付けないから魔糸を伸ばしたり肩盾（ファンネル）飛ばしたりと懸命に参加しようとしたのに全部取られた。勿論の事だが俺は１人で格好良いポーズだった……うん、それで追い付けなかったんだけど？

　最下層は95Ｆ。この迷宮が終われば90階層級は無さそうだけど、深化が進んでいるのなら油断はできない。現在は軍が急激に強くなっている迷宮が無いか調査しているけど、一時的な成長期なら良いけど継続的だとお休みが取れない。そして95階層には「スピア・センチピード　Lv95」。まんま百本の長槍な脚を生やした百足さんで、きっと百足さんだから槍も百本だと思うんだけど数えてない。

「うりゃあぁっ、狂乱に戯言だー、打ち込み系で打って打って打ちまくり、みたいな――！ってボコってみた？」（ポヨポヨ♪）

リズムに乗るのは存外に難しい。緩急を頭で組み上げようと、身体は覚えたリズムに従おうとして可変するイメージと実際の動きが乖離していく。何かもう面倒臭い？　緩急が駄目なら急々で良いじゃないのと急から急へ急々に拍子を上げて加速していく！

「全然駄目、です！　早いだけ　あと踊らなくて良い!!」「間が無い、は駄目です……速いだけは、慣れます」「いや、何処かの誰かの2人のせいで朝から倦怠感な疲労感なんだけど、何で2人共朝から絶好調でお肌ツルツルの艶々でテヘペロなのかな？　うん、後その舌の動きは妖しいから止めようね、それテヘペロじゃない新しいジャンルのテヘエロとかに派生しそうだから。って、そこで更に高速の舌技が！　ただのエロエロだった!?」

それ美人さんがやると艶めかしくて、しかも朝それを実践されたばっかりで生々しいから止めて欲しいものだ。うん、何か舌が長くなってない？　それも『変態』なの？

手と言うか脚と言うか、長槍が長くて多いから緩急とかしてると刺されそうだ。どんどん加速して行きいい感じのリズムになってノリノリでボコってみたら怒られた。どうやら本も欲しいけど早急に音楽の普及も必要そうだ。うん、いつになったら蔦ってる本屋さんは異世界に召喚されるのだろう？

「いや、自分達が百足グロいって妙に距離をおいてたせいで俺が忙しかったんだよね？　うん、その全てをテヘペロで乗り切るのやめようよ!!」

猛毒と各種状態異常を取りそろえた百足さんだったが、百本も有ったんだからもしかすると『感度上昇』とか『催淫』とかの槍も有ったんだろうか？　惜しいな？

「って言うか脚が全部槍ってツルツルの床で戦い難そうだし、せめて最後尾の方だけでも普通の脚の方が強かったんじゃないかな？」（ウンウン、コクコク、ポヨポヨ）

どうやら魔物さんも名付け問題が深刻なようだ。まあ、五十槍五十足だと意味不明そうだけど？　ドロップも猛毒系で需要は無いけど、これはこれで一般販売できない。何せ『百毒のアンクレット　ＳｐＥ・ＤｅＸ40％アップ　即死　猛毒　各種状態異常付与　滑地』と危険そうで、しかもまた各種状態異常付与が付いてて……ガントレットと首飾りの感度上昇重ね掛けでかなり危険な状態だったのに、更にアンクレットで重ね掛けしちゃうと……そう思いながら思いを込めてアンクレットを眺めていたら凄まじいジトが背後から突き刺さる。試しに装着してみたら甲冑委員長さんと踊りっ娘さんが逃げた。ダッシュで逃げる所を見るに、ちゃんと復讐される自覚は有った様だ！

謎の『滑地』は地面を氷上のように滑れるスキルで、ちょっと楽しくて滑走してみたが戦闘には全く使えそうにない。逃げ回るにしても直線的になり易く実用性は無いだろう。

「やはり使い道は各種状態異常付与で全身を性感帯にして、それはもう粘液で内側もねっとりとべっとりとぬちゅぬちゅとって……あっ、また逃げた？」「装備解除を要求！　本当に死んじゃう！　意識真っ白なまま戻らなくなる!!」「装備無しです！　駄目です、無理です、限界を突破し過ぎ、です！」「えっ、朝のあれを鑑みれば百回くらいは仕返しの範囲内だよね？　うん、だって朝のあれだけで限界突破がＬｖアップしてたんだよ……って何故そこで自慢気にドヤ顔になっちゃうの!?　そこ、反省すべきところなのに何か誇らしげに胸を張ってるけど、胸を張るなら甲冑は外して欲しいと言う要望がご希望で羨望の眼差しでガン見なんだけど大きいな？」

　現在の情勢だと装備が無いと俺が蹂躙されて嬲り者にされて干乾びる。うん、絶望的な戦況だ。技術の数的には有利でも、人数的不利で尚且つＰｏＷで負け過ぎているから組み合った時点で押さえ込まれて凄い事をされるがままに色々されちゃう。装備さえあれば無限の変態で押し切れるし、甲冑委員長さんや踊りっ娘さんの弱点も知り尽くして百戦危うからずに圧勝を百戦錬磨で壊れ顔百選に選出の絶景間違い無しだ。

　互いにそんな危険性を熟知した状況下で、ついついミニワンピのお姉さまに脱がされてしまって昨晩は蹂躙されてしまった？　うん、あの誘惑に逆らえる男子高校生はいない！　何か手立てを講じねば毎晩誘惑されて脱がされる自信は有る。何せ着ている服と中身が素敵過ぎて魅入られて接近されるまま、目も心も武装まで奪われていた。あの俺の弱点を巧みに突いた見事な衣装こそが罠で、よく考えると俺が作ってるから全部俺の趣味で当然全部俺の弱点だったんだよ！

「人間は、自分が自分自身に対して常に最大の敵なのである」E・アラン、エミール＝オーギュスト・シャルティエ（フランスの哲学者）
「人間にとって真の最大の敵は、自分の胸の中に居る」ルキウス・アナエウス・セネカ（ローマ帝国政治家、哲学者、詩人、作家）
「あなたが出会う最悪の敵は、いつもあなた自身であるだろう」フリードリヒ・ニーチェ（ドイツの哲学者・古典文献学者）
あれ、俺のせいなの!?
「早めに終わったけど、もう1ついくには時間が微妙だし街に戻って雑貨屋さんと武器屋から金品を強奪して強欲な豪遊にレッツゴウ？　な感じで良いかな？」（ウンウン、コクコク、プルプル）
武器屋でいらない装備を売り捌き、有り金を奪って雑貨屋に向かう。最近武器屋のおっちゃんは鍛冶師のおっちゃんで忙しそうなおっちゃんなのだ。禿髭だけど？
そして、いつにも増して大騒ぎな雑貨屋さんは、お姉さんも売り子の売りっ娘達も販促用に浴衣を着て押し寄せるお客に着付けで大忙し？
「祭りの委員長さん達の浴衣姿で大ブレイクの大ヒットで売れに売れて大儲け!!　うん、浴衣って柄生地さえ作っておけば直線裁断の直線縫いだから縫製工場で大量生産可能で、じゃんじゃん売れてもじゃんじゃん作れるんだよ」「ちょ、少年助けなさい、あんたの作ったこの浴衣って言う服のせいで朝からずっと満員なのよ！　売って、包んで、あと着付けて!!」「いや、男子高校生さんが浴衣の着付けは色々と不味いと思うんだよ?」

うん、丁重にお断りさせて頂こう、お客さんって殆どが奥様だし? 確かに一般的な男子高校生な俺としては綺麗なお姉さんに着付けのお願いをされちゃったら、それはもう頑張って着せたり付けたり脱がせたりとお手伝いもお触手伝いも全面展開でいろんなお手々が伸びて行くんだけど……奥様なんだよ。うん、現実ってこんなもんだよ?

たまに現れる少女やお姉さんには光速よりも速く甲冑委員長さんと踊りっ娘さんとスライムさんが飛んで行って着付けてしまうから、俺の周りは奥様だ……まあ、包んで売るだけだから良いんだよ?

「良いんだけどスライムさんいつの間に着付け覚えたの……上手いな!!」(プルプル)

無限の魔手さんでの大量梱包と連続棚出しに高速お勘定で瞬く間にお客を捌き、店内を回転させていく。お姉さんと売りっ娘達は接客で品見せと説明に追われていて、何せ浴衣自体は利益率を下げて安価に販売しているから飛ぶように売れていく……うん、浴衣の安さに惹かれて一式揃えると、帯や下駄や簪でしっかりと利鞘を稼がれて最終的にはしっかりと儲かってるんだよ?

夕方まで手伝って手伝い賃として甲冑委員長さんと踊りっ娘さんとスライムさんが商品を強欲に強奪中だ。まあ、迷宮皇さん達にお店を手伝わせたんだからお高いんだよ? うん、戦闘力換算なら街中の冒険者と兵隊さん達へ依頼するよりもこっちが高いのだからぼったくっても問題ないだろう。

両手いっぱいに服や雑貨を抱えて嬉しそうに歩く甲冑委員長さんと踊りっ娘さん。山の様に食料を乗せたスライムさんも嬉しそうにぽよぽよと跳ねながらついて来る……って何で崩れないの！　凄いバランス感覚だった!?

有り得んティーとかアリエナイさんに苦悩されてもそんなもんなんだけど、責めちゃうのは嫌いじゃない。

93日目　夕方

教会から交渉の使者が来て謝罪を要求されてチャラ王が撥ねつけて交渉決裂の脅し合いらしい。うん、教国はムカつくけど、王国って言うかチャラ王は大人気ない。チャラいし？　奥さん3人もいるし？って言うかピーク時5人だよ!!

「「「何処に怒ってるのよ!!」」」「先の戦争で捕らえられた大司教の身柄の返還と、王国から教会への謝罪と賠償を求めているとか」「「「なに、その被害者面した厚顔無恥さは！」」」

そして延々と教会の使者とチャラ王が罵り合いをしているらしい。教会としてではなく教徒の1人として来たシスターさん達は持て成されて辺境まで護衛付きで送って貰えて、教会の使節団は王都から辺境に向かう事も許されず止められているらしい……!?

「すいません」「「「アリアンナさんが謝らなくていいよ！」」」「はっ、きっとシスターさんが美人だったからチャラ王もチャラチャラ優遇して、シスターのアリエナイさんも王都では有り得んてぃーとか言ってチャラ王と盛り上がっていたけど、使者がおっさんだったから喧嘩してるに違いないんだよ？　チャラいな？」「「「先ずアリアンナさんだから、１人で間違った名前と勝手な想像を自信満々に呟かないで！」」」

　違ったらしい？って言うか呟いてた？

「だって、前から揉めているのは聞いていたけど、登場人物が全員おっさんのお話なんて聞いていて何一つ楽しくないし揉みたくもないから流してたんだよ？」

　ただ教国でも根強い支持のあるアリエナイさん達の影響力を考えれば、「拉致されたアリエンティさんの身柄解放」とか言い掛りを付けてくるんだろうと思ってたら……更に踊りっ娘さんの返還に、大迷宮の宝（甲冑委員長）さんの献上。そして異端審問の為に黒髪の美姫（女子高生）一同の身柄引き渡しが条件だったらしい？

「うん、迷宮皇さんを2人も送って、更に欠食女子高生さん達も付けるって……新種の白殺なのかな？」「「「どういう意味よ!!」」」「これが現在の腐敗し堕落した教会の実態です。私はその教会に与する者、如何様に責められ様と覚悟はできております。私のような者に優しくして頂いた事は生涯決して忘れません、本当にありがとうございました」

　如何様に責められちゃっても良いくらいの覚悟なエロバディーなシスターさんだった様だ。だ、だが、これは罠だ！　だって敵反応に囲まれているうえに、後ろを振り返らなくても宙を旋回する鉄球達の風切り音が聞こえている！

「くっ、思っていたより影分身が厄介です！」「範囲攻撃でも全てを叩ききれません!!」「って言うか影を攻撃しちゃうと、影鴉に『カー』ってバカにされるのがなんかムカつく!!」「本当に本体はいるの、一発も当たった感じが無いんだけど!?」「本体がいるかどうかは分からないけど〜、変態はいる筈だから当たるまで叩いちゃえ〜！」「ちょ、変態さんはスキル名で本体さんの名前じゃ無いんだよ！って言うか本体さんが居なくて変態さんだけいたら、その人はただの知らない変態さんなんだよ？　まあ、それはそれで事案なんだけど、その場合その変態さんは俺と無関係な一般の変態さんだからね？」

　危うく本体さんの名前が変態さんに決定されてしまうと言う危機的状況だったらしい。まったく人を変な名前で呼ぶなんて失礼な？　あと変態さんも名状し難き異形の変態さんだから、きっと名状は難しいんだよ？

「いや、なんか名前付けきれないくらいに有象無象と色んなのが出て来て全部特徴が違うって言うか、色も形も質感も異なる異形さん達で、その特質を生かし合い認め合って互いに協力しながら切磋琢磨に勤労の汁を垂らし、一生懸命に拘束した柔肌に絡み付いて柔肉を這い廻り、誠心誠意に撫でうねって一致団結の一意専心なチームワーク抜群な異形さん達だったから……あれ、全員に名前とか無理なんだよ？　うん、付けてもすぐに形や色も変化して変質しちゃうし？」「「「触手さんの名前の心配しないで、私達の名前を覚えてよ!!」」」「どうして責めないのですか。何の罪もない貴方達まで異端審問に託けて拉致した挙句に凌辱しようとしている様な外道になり果てた教会の修道女なのです。皆さんの身に何かあれば、私は……私は……」

あと神敵さんの引き渡しも条件らしい？　誰か神を虐めたの？

「「「いや、だって……神敵を引き渡した時点で、異端審問さんが拷問にかけられて惨殺される未来しか見えないよ？」」」「うん、外道って言うより無能？」「ただの外道神父達がキング・オブ・非道な不法道路建設常習者に挑むなんて」「うん、身の程知らず過ぎだよね？」」」「「「だいたい凌辱で性王に挑もうなんて、無謀を通り越して無能決定だよね？」」」

「いや、俺はおっさんにエロスな異端審問とかされる趣味は無いって言うか拷問とかもかけられる気は無いけど、だからと言っておっさん拷問したり凌辱するような『あっー！』な展開は望まれてないし望んでないし絶望的な絵面だから見たくも想像したくもないんだよ！」

だけど万が一まさかの全員美人女拷問官なシスターさん達の凌辱な男子高校生的な拷問だったらどうしよう？　ちょっとチャラ王に引き渡し問題について詳しく聞いておく必要性が有るようだな！

「何でみんな貰うと危険な物を要求しちゃうんだろうね？」「前にも王弟さんが差し出したら、差し出された相手が全滅してたよね」「贈り物に最悪なのに要求して来るって無能だ……」「しかも黒髪じゃ無い美姫さん達こそがヤバいのに」「あとスライムさんもセットでいいのかな？」「「「あの4人を拷問しようなんて、勇敢って言うか自殺志願って言うか？」」」「凌辱とか許せないけど……もっと凄まじい凌辱の専門家が送られちゃうって言う……」「「「凌辱戦最恐戦力を差し出せって、自分達の凌辱力を過信し過ぎてるね！」」」「教会の恐怖～、って言われても教会程度じゃね～？」「真の恐怖は日常の中に有るからねー……まあ、真の恐怖さんは晩ご飯作ってるけど？」

うん、なんて悪い教会だ。そして、どうして俺の好感度さんがダメージを受けてる気がするんだろう？

「「「まあ、アリアンナさんは関係ないんだから怒る訳無いじゃん」」」「うん、教えてくれてありがとう」「思想は違えど私は教会の者、教会が過ちを犯すのを止められないならば同じ罪を受けるべき者なのです」「「「その考え方止(や)めてーっ！」」」「私達、毎日息をするように膨大な過ちしか犯し捲(ま)くらない犯人と一緒なんだから!?」「どうやったって止めるの不可能な過ち常習犯と同罪にされるのなんて嫌だよ!!」「うん、共謀罪ならともかく連座制は止めてね！」（ウンウン、コクコク、ポヨポヨ）

うん、犯人がいるらしい。辺境も物騒だな？

「あと辺境の魔石の譲渡って……辺境の余剰魔石って「魔石＝MP＝破壊力」な人が持ち歩いてるのに？」「うん、破壊力に変換されて譲渡されたら……核攻撃？」「「「教国がヤバい！　物質的に原子レベルでヤバい!?」」」「ちょ、原子崩壊なんて一回しかして無いんだよ？　うん、昔の偉そうな割に偉くない人も『一発だけなら誤射かもしれない』から容認すべきって言ってたらしいし……よし、誤射ろう！　一気呵成(いっきかせい)に飽和攻撃を一発誤射れば、世の中の多くの困難は粉々に解決すると言う含蓄のあるお話っぽい？　多分？」「「「その話に含蓄はないの！」」「私どもが最も守らなければならない神の教えを護れず、教会と言う組織は神の名を騙り神の教えに反して悪辣な所業を行っているのです。それを止められず権力に立ち向かう事すら出来なかった私達は同罪であり、辺境の敵なのです……」

いかに善行を行おうと政治利用され、更なる悪徳の隠れ蓑に使われる。だけど刃向かえば目の前の者を助ける小さな善行すらも潰されてしまう——もし、結果は無視して「自分は良い事をしたのだから悪くない」なんて屑な事を言うなら皆は見限っただろう。だけど結果まで全て受け入れ、罪だと自覚しているのに責める様な事は女子さん達はしない。俺は美人さんを責めちゃうのは大好きなんだけど、鉄球が未だ仕舞われていないんだよ？

「そこまで真剣に謝ったり悔んだりは俺達にはしなくて良いよ？　だって宗教なんてそんなもんだと思っているから？　うん、そんなに悲劇ぶられても困るって言うか、俺達がいた所には『製造物責任法』って言うのがあって、悲劇が有れば作った人ややらせた人が責任を取れよって言う法律で決まってたんだけど……神とか宗教とか国家って対象外だったんだよ？　つまり神とか宗教とか国家って法にすら適応できない無法者扱いだったから気にして無いよ？　うん、大体碌でも無い事ってそっち絡みだったし？」「「「そこまで凄い扱いだったっけ、神様と宗教って!?」」」「いや、やらかしといて責任を取らない組織なんて、会社であっても国家であっても宗教であろうと信じられる訳が無いんだよ？　うん、法ですら受け入れないなら、それってただの無法者なんだし？」

うん、この位の扱いが正しい見識だ。だって、人の法に依らずに悲劇を巻き起こすって、それはもうただの災害で害悪なんだから。

「えっ、ですが神は……確かに教会は腐敗していますが神は……」「うん、神が教会がやらかしてもスルーしてるんなら、神は何も出来ないほど無能なのか、やらかしても気にしない程の屑なのか――居ないのかのどれかなんだよ？　もう、その時点で存在意義皆無じゃん？」「ですが、だけれど……だって神は……あれっ、何で……」「そもそも自分達が言ったりやったりする事を神のせいにするからおかしくなるんだよ？　シスターさんは神に会ったり、話したり、一緒にれっつぱーりーとかしてたの？　してないなら知らない人なんだよ？　うん、知らない人の言う事を聞くのも危険だけど、会った事も話もして無い人の言う事って……一体どうやって聞くの？　誰かが伝えたとか誰かが書き残したとかは、その誰かが分からなかったり、会っても確かめても無い時点で無意味だよね？　うん、教会って何だと思う？　それって、もう――全然、神と関係なくない？」

解体作業（ブレインウォッシュ）。そう呼ばれる精神的問題の解除作業。主に洗脳された思想と思考を修理しようと考えられて出来た心理学的な問答なんだけど、全く普及させられなかったらしい。何故（なぜ）なら効果が無かったのではなく有り過ぎた。都合の悪い洗脳を解こうと考案されたのに全ての洗脳が解体可能で、それが都合の悪い団体から圧力をかけて潰され闇に葬られた「常識」と言う名の洗脳すら解いてしまう分解技術。

人の信じている「当たり前」をきちんと考えさせるだけの技術なんだけど、人が信じていた常識が破壊されると日常生活にすら支障をきたす危険な技術でもあるんだよ？

「ですが神は仰ったのです「神に聞いたの?」あっ……、ですがちゃんと伝えられてきた伝承が「その伝承って神が書いたの?　ちゃんと書いたか誰が確認したの?」えっ……でもこれは昔から「その昔の人は良い人なの、知ってる人?」ちゃ、ちゃんと立派な方だったと「方だと言ったのは誰?　会った事あるの?」な、無いですが……あ、あれっ……」

うん、考えるんだよ。聞いたとか、決まりとかではなく。

「やり過ぎ危険、です」「人の心、強くない。です」「いや、別に修道女っ娘が悪者だったり、悪い教えに嵌まってるとか思ってる訳じゃ無いから壊す気はないんだよ?」

だけど盲信とは何も考えない事で、それこそが危険思想。知らない誰かに教えられたことを只信じる無思考なんて、愚考にすら劣る知的生命体からの退化に他ならない。そして卑怯なんだよ……思考を放棄して神に責任を押し付ける卑劣な行為なんだよ。うん、知的外生命体の莫迦達ですら考えてなくても、その責任を他人のせいにしたりなんかしない……莫迦だけど?　だから考えさせる。分かる必要なんて無い。だって、自分で考える事が必要なだけなんだし?

「ちゃんと自分で論理的に考えないから、袋小路に嵌まって『どうしようもない』なんて言う解答放棄が出て来るんだよ?　それってただの責任放棄だよね」

だから、謝りたいなら修道女っ娘自身の言葉で聞こう。神がどうとかは関係ないし、興味が無い。大体、現代人は宗教に幻想なんて抱いて無いし、その過去の悪行も嘘八百オーバーの廃Ｌｖさもよく知っているんだから。だから、今更腐敗してても堕落してても全然驚かないんだけど……シスターっ娘には許せないんだろう。

でも、面識もない神を騙るのが宗教だし、神が語ってもボコるんだよ？

話の流れから言って最大の問題は一体いつの間に王女っ娘は唐突に来ていたの？

93日目　夕方　女子会

ワンモアセット。それは限界に挑み、極限を超えて研ぎ澄まされた魂と、過剰なお肉を燃やし尽くす熱烈な乙女の最重要事項。確かにLv100を超えてからは、以前は手技だけだったアンジェリカさんも躱しながら移動を多用する様になり、ネフェルティリさんも回避と移動をしながら相手してくれる。つまり戦いにはなってきているけど、結末は変わらない。ボコで×で積まれてるの？　迷宮で日々強くなっていくのを実感してるのに、純粋に技術が違い過ぎて身体能力の強さが戦闘に発揮できないままでボコられちゃう。

「あーん、新技だったのに読まれてる」「スキルは、見抜かれたら終わり、です。使う時、は……決める、時です」

アンジェリカさんも、ネフェルティリさんも甲冑が新調されてすごく御機嫌にノリノリで何時もより厳しめだ。その効果を、その性能を、その護ろうとしてくれる優しさを確かめる様に戦っている。ただ確かめるも何も全く攻撃が掠りもしないから、遥君が新調してくれた甲冑に傷なんて付けられないいんだけどね？

「Ｌｖ１００越えの魔法攻撃が全く通らない甲冑って、チート過ぎですよ！」「まあ、当たらないから一緒なんですけど」「魔法　読ませては駄目　避けられない時に使う」

その装備を使いこなす。結局、私達はまだまだ装備に守られているだけで使いこなせていない。Ｌｖも装備も自分達で摑み取り積み上げてきたものではないから……全ては、私達を心配した遥君の超過保護によって与えられて護られているだけ。

「「「ありがとうございましたー」」」（ポヨポヨ）

孤児院を覗いて子供達と遊ぶアリアンナさんをお風呂に誘う。もう、懐かれちゃって仲良くなっている。子供達も良い人だって見抜いて安心して甘えている。うん、絶対に良い人で優しい人。だって地の果ての地獄と覚悟して、それでも辺境までやって来てくれたんだから。そして今は憂い顔で遥君の言葉に悩み考え込んでいる。

だけど教会の罪を償う為と命を賭して、自分達の命を捨てて辺境で傷ついてる人達を救おうとした……だから、遥君に怒られた。

命が無くなれば救う事なんて出来ないんだから賭すなと。賭けるなら如何様してでも勝ってぼったくれと。うん、普通は無理だと思うけど、絶対に死しか無い様な絶望的な賭けにも全部如何様で無理矢理に勝って、ぼったくってアンジェリカさんもネフェルティリさんもスライムさんもみんな連れて帰って来た悪徳詐欺師さんの言う事だから言葉に重みがあるよね？

遥君は極稀に怒ると結構怖い。へこんでるアリアンナさんを慰め元気づけて泡沫ボディーソープで洗ってあげる洗いっこ。シャリセレスさんが泡塗れで抱き着きアリアンナさんの全身を隈なく洗っているんだけど……王国の王女様が洗いっこを極めちゃってるね?

清楚で大人しげな令嬢風の顔立ちだけど28のお姉さんで、身体もとってもお姉さんで大人な成熟バディーだったの!

「元気出して、あれは怒ってなくって……虐めてただけ?」「「「フォローになって無いよ!?」」」「一応は宗教観についての問答……って言う名の虐め?」「まあ、虐めてるみたいだったけど怒ってないし、ちゃんと考えてから神の名を使いなさいって言う事だった……のかな?」「「「でも神様も虐めてたよね、遥君って?」」」

信仰心が破壊されて混乱中で、みんなで慰めている。だけど助けてはあげられない事だった。だってなにもかも神様任せはズルいから。私達は白い部屋で実際に神様に会ったし、僅かだったけれどお話もした。少なくとも教会のような不遜で悪辣な事をするような事は絶対に無い人だったし、寧ろ威厳と慈愛に満ちた優しいお爺さんだった。

まあ、でも神の名を騙るとかお説教してた人は、その神様を正座させて延々と説教して泣かしちゃったのだから騙ってる教会より不遜で悪辣な気もするけど、そんな話をアリアンナさんにするわけにもいかないしね?

「神に責任を問うなんて不敬な考えと思いましたが……神ならば間違えないし、何か意味があるのかとも思いましたが……何が本当で何が正しいんでしょう」「遥君は、それを自分で考えなさ〜い、って言ってるの。自分がする事なのに、何も考えないのは神様のせいにしてるだけだよ〜って言ってるんだよ〜？」

　いや、そこまで深い事言ってたっけ？　だけど教えだろうと何だろうと守るのも逆らうのも考えた上で、その人の意志でしなければならないんだろう。

「神様がやったなら神様のせいだけど、神様が言ったと誰かが言ったからって信じて行えば……それは行った人のせいだもんね」「つまり自分で考えろ、狂信なんて言い訳は許さないって言いたかったのかも知れないんだけど？」「うん、遥君って異世界の大体の事は『神（じじい）のせいだ！』って押し付けてたよね？」「「「うん、脅神者だったね！」」」

　遥君のきつい言い方は、何も悪くないアリアンナさんが可哀想（かわいそう）だとも思う。だけれど神の為に辺境に手を差し伸べても、神の為に謝られても、それは謝罪ではなくただの信仰でしかない。信仰は神にしか向かわない、そんなものが他の誰かに本当に届く訳が無い。アリアンナさんは私達に謝り、辺境の人達に謝ってくれた。だからこそ、それをただの信仰にはしないで欲しい。ちゃんと神様抜きのアリアンナさんと向き合いたいの。

　まあ、神様と向き合った瞬間に信仰どころか侵攻しちゃう脅神者さんのお説教だったけど、誰の為でも無く自分の為だけに超我儘（わがまま）に傲慢に手を差し伸べる処（どころ）か、伸ばした手で殴って引き摺（ず）ってでも助けちゃう言い訳も何も無い確信犯さんの有り得ない（ありがたい）お話だったの？

「ゆっくり考えれば良いよ。それは答えが出せるもんじゃないけど、考えなきゃいけないって言いたかったんだと思うから」「まあ、確かに人を殺めて『神が言った』なんて通用しないし、その責任すら神様が取らないなら自分達で贖って貰わないとね」「でも、責任取る取らないの前に……生き残りっていたっけ、辺境を攻めた教会の人達に？」「あっ、偉そうなこと言ってたけど、本人な犯人さんは『白い部屋送りだー』って全部を神のせいにしてたよね!!」「「「やってたやってた、って言うか殺ってたよ！」」」

政教一体の国家である以上政治色が強いのは仕方ないけど、利益の為に教会と国が教義や法律を変質させて民を操る道具にしてしまっている。でも、それは教国の国民1人1人が自分で考えなければ「神が言った」の一言で国家が何の自制も無く暴走しちゃうの。「ちゃんと政教分離が出来なければ国家ごと狂信者に変わるんだ」「自分で考え調べる事を忘れたら、それはただ教会の言うままに動く操り人形ですよ」「はい、きっと私も何も考えて無かったんです。色々考え悩んでいる心算でも、自分で見て調べて考えた事ではない教えを無批判に信じ込んでいた事に気付けました。ですが、それでも……って王女様、もう自分で洗えますから！っ……って、そこは駄目です……って、きゃあああっ！」

泡だらけのアリアンナさんは泡の中に埋もれて、仰け反ってるけど大丈夫なのかな？「だけど王様が護ってくれてるって言うし、オムイ様だって……あれって遥君を護ってるのかな？　遥君から護ってるのかな？」「「「うん、とにかく引き渡すと碌な事にはならないよね！」」」「舌戦は交渉、罵り合おうと駆け引きであり話し合いですよ。結果、不調で終わろうとも交渉が出来ていると言うだけで意義があるのです」「でも、遥君達を引き渡したりしたら交渉の余地もなく……力尽くの暴力と言う名のお話し合いが一方的に相手の話ガン無視で始まっちゃうよね？」「チャラ王さん正しい判断！」「「「うん、絶対に引き渡した方が問題が悪化しちゃうか即死しちゃうもんね？」」」

だって、引き渡しこそが最大の攻撃。あれは渡して持って帰らせちゃうと、絶対に爆発炎上する最終兵器。歩く災厄を引き渡せって自殺行為なのに、何故だか引く手数多な人気の災厄さんなの？

「皆さんは何故信仰も無く、何も求めずに戦えるのですか？　毎日辛い思いをして、痛いし苦しい命懸けの戦いの日々を送って、どうしてそんなに笑っていられるのでしょう」

やっと泡沫洗いっこから逃げ出して来たアリアンナさんが、湯船に逃げ込んで来た。

「えっ、楽しいから笑ってるだけだよ？」「楽しい生活を求めてるの、楽しく暮らすのが基本らしいし？」「「「うん、衣食住の充実は大事だよね！」」」「まあ、最近充実し過ぎて……わんもあせっとだけどね（泣）」「戦うって言うか、魔物が魔石で美味しいご飯と可愛いお洋服だし」「生きているからですよ。痛いし苦しくて命懸けなのは生きていられたから。そして生きるためには必要なんです――おいしい食事は」「「「だよね！」」」

うん、そこ大事だよね。

「私達は戦いたいんです。守られるのではなく私達も守りたいから」「辛い事も苦しい事も痛い事も全部押し付けてる方が痛かったの、自分の痛み位背負えないと……美味しいご飯を食べる資格がないよね！」「そうそう、無理しなくても良いよって言う人が一番襤褸(ぼろ)襤褸(ぼろ)なのに、何もしないでいられる訳ないよね！」「うん、この位で痛いとか苦しいとか辛いとか言えないから。だって……私達はもう知ってるんだから」「そう、守れるようになるって決めたもんね、みんなで」「「「そうだそうだ！」」」

　そう、護られておいて戦わない方が幸せだなんて言える卑怯者(ひきょうもの)になんてなりたくないの。なにかを護るっていうことが戦いだと認めない、卑劣な生き方だけはしたくないから。

「私は信仰してますよ。毎日身体中を破壊され弱いまま命懸けの日々を笑って笑わせようとしている、愚かな誰かを信仰しています。ええ、私は狂信者ですから」

　そう偉そうに叱った遥君の周りは、実はみんな狂信者。遥君を疑う位なら神様だって敵で良い。世界が敵なら世界から守るし、死んだって最期まで遥君に命を捧(ささ)げる狂信者なの。

　まあ、遥君の言う事もやる事も疑い捲(ま)くってて全然信じてないし、寧ろ犯人だって事件が起きる前から確信してるけど信じてる。それが嘘(うそ)でも、遥君がやる事なら信じている。戯言(たわごと)については……ノーコメントだけど、一応頑張ってそれなりに狂信してるの？

　だけど、それは考えて考えて考え抜いて出した答え。これは私の責任で私達の責任。遥君のせいではなく、私達の意思で狂信しているの。

　だって、ほっとけば黙って1人で死にに行っちゃうような相手には、狂信で充分だから。あんなの狂信でもしないと勝手に黙って死にに行っちゃうんだから、全部自業自得なの。でも、使役だけは……うん、乙女的に……ねえ？

何となく気軽に人に向かって投げ付けると怒られそうな気がするときは名前を変えると良いらしい。

93日目　夜　宿屋　白い変人

今日は94階層の迷宮王のドロップしか出物がなかった。武装した魔物も少なかったし、隠し部屋も僅かな貧乏迷宮だったらしい。そんな極貧迷宮の癖に迷宮王さんは「クリスタル・ガーゴイル　Lv94」でキラキラ系だったんだよ？

「美しい水晶の飛沫を撒き散らし、階層を輝きが満たして尽くしていた——って言うか、まあ、分かり易く言うと砕かれたり斬り裂かれる破砕事件で迷宮王粉砕の粉末が飛び散ってキラキラキラで綺麗だったな？」（ポヨポヨ）

これと言った危険なスキルも無いし、闇も纏っていなかった。そして、ちょっと位ヤバくても2人の甲冑は強化してあったし、スライムさんにも銀を精製してミスリル化した聖銀と、残り僅かな黒金も食べさせておいたから防御面も耐性面も強化されてるはず。そう思って任せてみたら普通に一瞬でボコだった。

「この間から迷宮王戦を俺が1人で戦っていたから御不満だったのか、それはもう滅茶ボコにしてやんよと言わんばかりの激しく苛烈なボコだったよね？」（プルプル）

そう、それはまるで昨夜の八つ当たりのようだったと言う噂もあるが、昨夜の事は一夜の美しい夢だったと幻の様に想い浮かべ(回想シーン)たりしてたら……水晶の欠片(かけら)が弾幕のように飛んで来て、それはもうボコボコと飛んで来て、途中から音速を超えて衝撃波を纏いながら飛んで来た！　うんあれ絶対偶然じゃないと思うんだよ!!

　そう、迷宮王さんを譲ったら、何故(なぜ)だか迷宮王さんの攻撃よりも危険な流れ弾を回避な、参戦よりも危険な観戦を観覧して閲覧していたけどヤバかった！

「高速で飛び散る水晶を2人で角度とタイミングを合わせて反射(ビリヤードショット)で弾(はじ)き飛ばして狙って来てたけど、あれってスライムさんまで一緒に遊んでたよね!!」（ポ、ポヨポヨ？）

　飛び散る全ての水晶の欠片を観(み)て、方向と速度を視認し把握し予測する。その連続する干渉で起き得る全ての未来を演算した未来視で逃げ回った。そう、高速演算による予測で未来の近似値を類推して、やっと逃げられた。

「うん、あれって絶対迷宮王と戦ってた方が安全だったよね！」（プルプル）

　やはり昨晩の感度上昇の三重付与(トリプル)による感じやすいお年頃の敏感な我儘(わがまま)ボディーに、蠢き絡み(ボディータッチ)拘束な触手さん達(たち)が異形の限りを尽くして、それはもう見るも悍(おぞ)ましい変化を繰り返し背徳的な忌避感を醸し出す耽美(たんび)な粘液に塗(まみ)れ背徳を煽(あお)り、異端な生物的恐怖をも呼び起こす異形の姿態変化を繰り広げて生肌に絡み這(は)い撫(な)で柔肉を弄(もてあそ)ぶ様に狂おしくうねり蠢(うごめ)き暴れて内外の有りと凡(あら)ゆる所を弄(いじ)り回す所業を無情しちゃってたから……オコだったのかも？　うん、意識を無くした後も身体(からだ)は余韻に浸って、延々悶(もだ)え廻(まわ)ると言う凄(すご)い効果だったんだよ。朝になっても回復して無かったし？

つまり復讐の危険が高い。高いと言うか復讐以外の可能性が皆無だ！　そして昨晩の壊れっぷりを鑑みれば、その復讐は危険極まりない凄くエロいレベルだろう!!

「MP温存で迎撃戦に備えたいのに、明日からオタ莫迦達はお出掛けって空気読め？　まあ、儲かる辺境の迷宮ではなく外って、目当てはオタ莫迦発情思春期旅だな？」（ポヨポヨ）

オタ達には貿易も任せたいし、獣人国の防備も気になる。だけど商国は現在絶賛崩壊中らしいから、散々痛い目に遭った獣人国に手出しはしないだろう。

問題は魔石の供給を断たれ魔道具の独占販売が出来なくなった教国が、奴隷売買で損失を補塡しようとする可能性がある。寧ろ奴隷売買のライバルだった商国が動けない今、狙う可能性は十二分以上にある。そして教会は装備と魔道具こそが曲者だったから対教会装備を持たせておかないと、特にオタ４人だけだとキツイだろう。

莫迦達は東方領と王都。つまりマッチョお姉さん達に合わせて移動する気だ。王都にはレロレロのおっさんが居て暗殺や奇襲には対応できるけど、数で来られれば手が足りない。

「でも莫迦達なら数で来ても、数えられなそうだから大丈夫そうだな？」

普通は達人であっても質量に押し潰されると技術を封じられてしまう。だから数の暴力とは恐ろしい。だけど？

「うん、きっと5人以上はいっぱいで、それ以上は6人でも1万人でも違いが理解できないあまりの莫迦さに数の暴力さんが負けちゃいそうなんだよ？」（プルプル!?）

オタ達の森林戦と海上戦装備、莫迦達には屋内戦用装備を更新してみる。ただ拘りがあるのか自爆装置は不評だった？　思わず押したくなる様に「押すなよ押すなよ」とこれ見よがしに甲冑に着けてみたのに不評だった。うん、誰も押さなかったんだよ？

「全く空気読めよ。だって非常ベル型だよ？　うん、普通押すよね？」（ポヨポヨ）

莫迦達には近接格闘戦装備と平服風の簡易甲冑、隠し武器主体で良いだろう。だってどうせ難しい特殊武器を渡しても使いこなさずに投げるか殴るんだし？　一応、手榴弾や地雷も渡してみたけどフライングディスクの様に地雷を100発100中で投げていた。うん、勿論追いかけて行って爆発していた。莫迦だな？

問題はオタ達の森林戦装備。攻撃か守備かで求められる性能が変わる。守備は本職だから良いとして、攻撃はこっそりと行くか、一気に行くかで武装が異なる。

「まあ、魔石砲で良いか？　大体、世の中の敵対勢力って……死ぬまでバズーカを打ち込めば敵対しなくなるよねって言う法則が確認されてるし、取り敢えず広範囲殲滅用の分裂い魔石榴弾も持たしておけば手榴弾や地雷も有るんだから何とかするよね？」

だって剣や魔法の世界に憧れてた癖に、オタ達って近代兵器の方が向いてるんだよ？

「異世界に来たがってた割に全く異世界に向いて無いんだけど、オタってどこでなら適応できるんだろう？　やっぱ、空気読めないから真空世界なのかな？」（プルプル）

量が量だけに大量破壊兵器収納専用アイテムバッグも作り、ちゃんと莫迦マークもオタマークも書いておいた。まあ、マークって言うか「莫迦」と「オタ」って書いてあるだけだけど、分かり易く間違えなければ良いだろう。
「これだけあれば急な軍隊さんにも安心の物量で圧倒できるはずだし、莫迦達は莫迦だからなんとかするし？　まあ莫迦だし？」（ポヨポヨ）
　異世界にはスキルやステータスがある以上計算通りにはいかない。だけど重装集団戦闘や魔法の遠距離攻撃主体な古代戦闘スタイルの世界で、乱入して動き混乱させる莫迦達はチート。あれは古い戦いを駆逐した近代戦の浸透戦術、きっと莫迦だから突っ込んでるだけなんだけど突入が有利と勘だけで理解している。うん、絶対考えてはない！
「オタは嚙み合っちゃうけど、彼奴等の魔法の使い方って……異世界の常識ガン無視なアニメやゲーム基準だし大丈夫っぽいな？」（プルプル）
　一応、非常用の対策も施しつつ基礎防御力を上げて自動回復と治療効果も組み込んで、防衛戦と持久戦も視野に入れた大量破壊型物量特化装備に仕上げていく。
「うん、でもこの爆発物の量って……これ全部、教国に投げ込んだら解決しないかな？　大陸間弾道弾ほどの飛距離はいらないんだし、頑張って空歩で成層圏近くまで駆け上がれたら投げ込めば教国の大聖堂くらい殺れそうな気が？」（プルプル）
　使い捨てになるから勿体ないけど、魔石だけではない気化爆弾とかで良いなら自由空間蒸気雲爆発の破壊力なら魔法だって圧倒できるかも？
「問題は爆発の燃料になる酸化エチレンや酸化プロピレンの精製が難問だけど、案外と天然ガスさえ見つけられれば温度魔法で－162℃まで冷却して液化天然ガスにできるなら……うん、ガス爆発で爆鳴気による空間爆発の強大な衝撃波で吹っ飛ばせるのかな？」

急に12気圧にも達する超高圧力と3千度の高温が発生すると、スキルとかステータスでは耐えきれないだろうし、この時代の建造物が耐えられるとも考えにくい。

「大量破壊兵器か……何となく気軽に人に向けて投げ付けると怒られそうな気がする響きなのが気になる所なんだけど、作ってしまえばお手軽で手っ取り早いんだよね？　だけどシスターっ娘の仲間もいるから、適当に投げ込んだらオコられるかも？」（ポムポム）

怒られるらしい。でも楽だ。戦いとは護るなんて論外で戦闘すら非効率、一方的な破壊こそが実は最も効率的なんだけど、やはり大量破壊兵器と言う表現が不味いんだろうか？

「うん、何かもっとフレンドリーに『爺の白い部屋、集団ファン感謝祭強制連行の集いＷｉｔｈ大爆発』とかだったら受けそうな気がするんだよ？」（プルプル）

うん、爺握手券とか、爺斬首券とか付ければ喜ばれそうだ？　ただ天然ガスだろうと石油だろうと、気化爆弾用の酸化エチレンでも酸化プロピレンでも環境破壊な汚染こそが問題で、いっそ教国で自分達で発掘して自爆で消滅して「セルフ爺ファン感謝祭Ｉｎ白い部屋Ｆｒｏｍ教国」とかしてくれると手間いらずで助かるのに、不思議な事に大体神々と嚙み気味に言う奴に限って生き汚いんだよ？

面倒だ、純粋な装備力としてなら辺境用よりも弱くて良い。迷宮の魔物の多種多様なスキルと強い攻撃に較べれば、対人戦のほうが多分安全だろう。そして対人装備は王国の内戦時に拡充させておいたから、迷宮王戦を目指して作られている現行の甲冑シリーズで十二分に対応できるはず。問題は寧ろ装備をしていない時の平服こそが重要なんだけど、男の服を作っても何も楽しくない！　精密採寸も嫌だ！　お断りだ!!

なので適当に切り上げて教会組の装備。あのシスターさん達は自覚が無さそうだけど、危険があるのは寧ろシスターっ娘さん達だ。しかも装備しての戦闘ではなく、日常こそが危険なのだから装備頼りでは無意味。だからブートキャンプ、Ｌｖを上げて自衛力を持たせないと教国に帰れば命を落とす。故にブートキャンプ!!

「なんと今ならＬｖ上げで戦闘力に破壊力も身に付き安心安全で、更に身体能力上昇で死に難さがセット！　しかも我儘バディーが更なるダイナマイト効果の良い事尽くめ!!」

何より基礎Ｌｖを上げないと装備品が使えない。何気に孤児っ子達ですらＬｖは２桁ある。ちゃんと辺境への旅で大量魔物轢き逃げ犯な集団暴走孤児っ子達なんだよ？

「辺境の標準装備でも他所では高級装備に当たるらしいし、防御逃走特化で良いなら簡単かも？」（プルプル）

そう、孤児っ子達の装備に手間取ったのは護身用ランドセル内蔵型無反動殲滅破壊拡散分裂式多弾頭の軽量小型化に手間取っただけで、あのランドセルだけでしょぼい辺境外の軍隊なら充分に殲滅可能。ただし滅茶お高くて貴重な材料を湯水のように使う大量生産不可能な限定品。だけど友達１００人揃えばミサイルの雨だけで教国の完全破壊も可能だろう。うん、あそこまでやって置けば誘拐しようと言う奴は出て来ないし、辺境って急な魔物の暴走に出くわす可能性があるから用心の為の装備なんだよ？

「だから教国くらいなら軽武装の防御特化で良いはず……でも、平服って修道服？」

　そして同時進行で迷宮王だった「クリスタル・ガーゴイル」さんのドロップ3点セットも悩みどころだ。水晶剣と水晶鎧に、今ならなんと水晶楯も付いて来るお得感だったけど効果が微妙。使い処が限られる微妙な装備だったけど、その特筆すべき素晴らしさは性能や効果ではなくその透明感！

「素晴らしい！　うん、硝子の様に透けている素晴らしい甲冑さんで、何も着て無い状態での装着も大変に素晴らしそうだけど、ここは敢えて黒か赤のセクシーランジェリーを身に着けての装備をお勧めしたい素敵な透け透け甲冑さんなんだよ！」（ポヨポヨ）

　水晶剣と水晶楯も厨二チックな素敵デザインだけど、今はそれ処じゃない！　甲冑だ!!

ただ自動調整効果を付与する為にはミスリル化が必要らしい。

「ミスリルが残り僅かで貴重なんだけど、自動調整効果こそが張り付く様なセクシー甲冑には不可欠な要素！　そして今回は透け透け、ここは惜しむべき所では無く注ぎ込む勢いこそが求められているのだー！」（プルプル！）

　うん、これまでの効果付与の中でも最高の出来かもしれない。元々の属性だったとは言え重ね掛けに重ね掛けを施した反射特化の『完全反射』装備。昨夜の感度上昇の重ね掛けの研究成果が花開き、きっと被験者の御2人も色々華開いちゃって零れちゃって垂れて滴ってたけど感無量なことだろう。そう、研究には尊い犠牲が付き物で滅茶仰け反り震えて叫んでいたけど……愉しそうだったから良いだろう？

「これって諸事情で戦闘には向かないけど、無敵な盾職なら目指せそう？」（ポヨポヨ）

攻撃すると反射するから下手に手は出せないはず、この結晶化の技術体系こそが発見。だけどこのままだと透け透けで使い処が難しい。うん、見守りたいな！まあ、今日はスライムさんも起きて付き合ってくれてるから内職も楽しく進む。魔物を沢山食べるとよく寝てる気がするから、何らかの法則があるのかも知れないけど、食べ足りないんだったら可哀想だからお菓子でも上げよう。うん、縁日で捌き切れなかった林檎飴をあげるとぽよぽよと体を震わせながら食べている。お気に入りだった様だ。

そしてオタ莫迦用の大量の爆発物と、水晶装備に新技術を投入し捲くり気が付くとMPが枯渇……した？　しまった、今日はヤバい！　昨晩の狂瀾怒濤の仕返しはきっとただでは済まないと、万難を排し金城鉄壁に待ち構える予定がシースルーな透け透け感に我を忘れてMPを注ぎ込んでしまって……開く扉と艶然と微笑む妖艶な2人の美女さん達。うん、目が怖いんだよ？

「ぎゃあああっ、ちょ、ちょっと待って（はむぅ♥）ってお願いして1度も待たれた事が無いんだけど使役主って何なんだろうね？　（ぱくっ♥）って、（じゅるるるぅ♥）ちょ……（ぐちゅちゅぅ♥）ぐはあっ！って（ぴちゃ♥ちゅぱっ♥））……がふっ！」

MPの計画はご利用的にって、ご利用限度が敵に察知されていた様だ。うん、凄いな！

ずっと続いちゃうとターン制の崩壊でリアルタイムストラテジーなんだけど俺のターンらしい。

94日目　朝　宿屋　白い変人

朝と言うか早朝手前な深夜寄りの、夜明け前よりもうちょっと前な超早起きな健康的な朝だ。そう、分かり易く言うと早起きして仕返ししようと思ったら、甲冑委員長さんと踊りっ娘さんも抜け駆けの朝駆けする気満々で起きちゃって朝から死闘が始まっている！

「順番的には俺の仕返しのターンで昨晩は凄すぎて意識すら失えない過剰な刺激が過干渉な感触に陥落したんだから、今度は俺が返礼にお返しな番で朝から男子高校生が騎虎之勢で攻勢に出ようと準備万端に気炎万丈な克己心でコッキングされちゃってて発射オーライなんだから俺の番なんだよ？」「「だが断る、です！　ずっと御奉仕のターンです!!」」

ＭＰもある程度復活し装備も身に着けた。でも敵は迷宮皇２人。ベッドの上で互いの身体を押さえようと縺れ合い、無限の触手が展開しては一瞬で分解されて振り払われる。超高速の世界に没入した緩い時間の中で絡み合って錯綜する。うん、一瞬でも動きを途切れさせればやられる！　朝から滅茶やられる!!

「断られたー！って言うか女子さん達の影響受けすぎだからね？　あと、ずっと続いちゃうとターン制の崩壊でリアルタイムストラテジーになっちゃうから、ここは男子高校生の朝の衝動に身を任せて衝撃の復讐が報復待ちなんだから順番を守ろうよ！」

この数の魔手で捉え切れないとは流石に迷宮皇級。先を読んで常に有利な状況へと体勢を整え、常に的確な位置取りで押さえに来る。牽制し合い打ち払い、絡まり合って組んず解れつな接近で近接肉弾戦に移行し、2対1の数の差で攻め切れないまま体勢を奪われて劣勢に追い込まれる。そう、密着状態で長い美脚に絡みつかれて肉弾戦はやはり不利！

出し惜しみなく魔力全開放で一気に三重付与の感度上昇で崩し、怒濤の触手戦で攻め切れば勝てはずだ。だけどそれでMPを使い切って、どちらかを完全に倒しきれないと凄い事をされちゃってお婿に行けないような目に遭うのは目に見えている！　うん、だってわざわざ目視しなくても夜もされたんだよ!!

「ほら、一生懸命に生まれたての触手さん達がふるふると震えながら仲良しになろうよって群がってるんだから、優しい心で中良く受け入れてあげる心の広さで脚も大解放を？」

そう、確かにエロいお姉さんは大好きなんだけど、俺はエロりたいお年頃。そう、男子高校生さんなんだよ！

だから、押し通る！　一気呵成に狂瀾怒濤の無限の触手たちが感度上昇の三重付与を纏い、万万千千と魔手達が個個別別の異形の姿で襲い掛かる。

「それは駄目！　それヤバい、です!!」

予測を圧倒する触手の物量に逃げ回る肢体を捉え、手脚を搦め捕って白と琥珀の十字架の様に磔にされた四肢を押し広げて無防備な肌へと殺到する形容し難き万種の異形の触手達。ある者は粘体を滑らせ柔肉を貪り、またある者は粘液に濡れた数千数万の微細な繊毛を震わせながら肌を這い。そしてある者は剛毛に覆われ刷毛のように皮膚を掃き回す。千の異なる感触と、万の刺激に神経と精神を乱されて泣き狂いながら身悶え回る。

「それ無理です！　ひぃぁあぁっ……♥」

　異形の狂騒に飲み込まれた白い手と琥珀色の脚が震えながら触手の海から差し出され、すぐに呑み込まれて絶叫に変わる。うん、凄いな？

「反則です、禁止です!!」「禁呪で禁断で禁忌な禁則事項っ、きゃぁあ……♥」

　戦いの終わりとは何時も凄惨なものだ。だって昨日はずっと俺が凄惨だった。内職を頑張る生産職な男子高校生さんが艶めかしい柔らかな肉と滑らかな肌の奇技淫巧な奉仕と言う名の凌辱の渦中で、無限嬲られ永劫刑が一晩中に永久保証だったんだよ！

「盛者必衰は理で諸行無常の悲鳴と嬌声が響き捲くって嗚呼無情？　みたいな？」

　千差万別の怪異な姿形の触手達の隙間から、わななき震える純白の肉体が淫らに悶え、粘液に塗れて濡れた肌をくねらせ爬虫類を思わせる触手に緊縛されて玩ばれている。その向こうでは琥珀色の艶めかしい肉感的な太腿が幾多の触手に無残に割り裂かれ、蠢く磯巾着の様な触手に虐め苛まれて踊るように身悶え弄ばれている。その全ての感触が神経接続でフィードバックされ、体感に変換される愉悦と悦楽の清々しい爽やかな朝だ。

　時間遅延の世界に没入した戦いでは一瞬は永遠に続き、終わりは永劫よりも遠い。そして極度の刺激と快感は神経網で電流と化して津波の様に脳に快楽を送り続けるから、ついでだし微弱な電流も流して悶える肌を刺激して、安全の為に『回復』と『再生』も延々と送り続けている安心安全な刺激的な朝の触れ合いだ。触手さん達と仲良く触れ合い捲くって震えてるし？　まあ、痙攣？

「と、言う訳で昨晩聞いたと思うけど今日はオタ莫迦達を石もて追い散らして、辺境追放で処払いしてから俺達はちょっと教会組に迷宮見学会で現在分譲中の手頃な迷宮体験でLv上げを兼ねてお持て成しな迷宮社会科見学ツアーが開催なんだけど、現在バスガイドさんの格好をした御2人はあまりに素敵なバスガイドさんの衣装に感動した男子高校生の熱烈な称賛の意を受けて絶望的に起き上がれないみたいだから置いといて……復活次第、迷宮巡り旅が旅情編に開催決定だから手頃な浅い迷宮を1個か2個かもっとか貰うからね？」

　オタ莫迦の流浪編が始まる。俺もモフりに行きたいのに現状では辺境が忙しい。羨ましくて妬ましいから船に乗せて見送ってから撃沈しよう。この為に昨晩の内に魚雷を再設計し直して連爆式魔導酸素魚雷も準備してあるしお見送りはばっちりだ。まあ、黄泉送りだな？

「「「自分が『味噌買って来い』ってパシリっぽい割に家庭的なお使いの指示出してましたよね？」」」「あと、その手に持ってる魚雷は何!?　何で『オタ莫迦黄泉送り用』って用途まで限定されちゃってるの!!」「「「全く見送る気が皆無な黄泉送りだった!?」」」

まあ、オタ莫迦は置いといて後で沈めるとして、シスターっ娘達は狙われると思って行動した方が良い。元々教義の問題で要注意だったシスターっ娘派閥は、教会内部の危険分子と見做されていて主流派にとって危険な一団だった。だから常に監視され、武装や魔道具と言った装備も許されずに戦闘力を一切持たせて貰えなかったらしい。

「アリアンナさん達のパワーレベリングは賛成だけど、やる人が心配なのよ！」「後の2人がいるから大丈夫……って、後の2人は早朝の戦いの被害甚大で大丈夫なの!?」

それが辺境で知己を得て武力と結び付いたと見られれば、命を狙われる可能性は高い。そもそも戦闘力のない一団を辺境に送る時点で殺意しか感じられないんだよ？

そして致命的なのは、このシスターっ娘は教会の偉くてエロい教皇だかのおっさんに愛人になれと誘われて断っていたらしい。これで教国に戻れば、もう狙われる気満々の鴨さんだ。鴨さんが美人でナイスバディーで修道女さんって言う設定を見ただけで、それもう襲われる以外の未来が見えないよ！　うん、もう凌辱ルートまっしぐらでオタ莫迦の頭の心配している場合じゃ無いんだよ！

「うん、心配はしなくても信管異常無しで雷撃戦準備異常無しな敵艦捕捉を目視確認しなくても眼前でオタ莫迦ってるけど、『沈没丸』の改装と武装化は済ましといたから味噌よろしく？　もし『オタには味噌は譲らん！』とか言われても獣人国を滅ぼせるくらいの重武装化しといたから味噌買ってきてね？　何なら滅ぼしながら買って来ても良いから早くしろ？　味噌いな？」「何で味噌の為に獣人さんの国家ごと滅ぼしちゃうの!?」「ちゃんと買ってきますから沈めないで!!　って、買いに行かせる気満々で何で沈めようとしてるの!?」「それと勝手に『沈没丸』とか名前付けないでー！　それ、縁起が悪いとかそういう問題以前に沈める気が全く隠されて無いですよ!!」「「隠す気って言うか、その手に抱えてる魚雷を先(ま)ず隠して!?　って言うか仕舞って!!」」

たかだか味噌を買いに行くだけで騒がしいオタ達だ。そう、今時小さな子供でも初めてのお使いで異世界転移して獣人国で味噌を買って来る位は簡単にこなすだろうに、いい年をして困ったオタだな？

「「「行ってらっしゃーい、味噌よろしくー」」」「「「買ってきますから発射準備完了しちゃってる遥(はるか)君を止めて!!」」」「おう、行ってくるけどすぐ戻るぞ。王都だと飯が微妙だし」

獣耳(モフモフ)さんとマッチョな美人お姉さんに会いに行くとか羨ま妬ましいから、連爆式魔導酸素魚雷を川辺に並べていたら女子さん達に没収された。やはり味噌は大事なようだ！

川の流れに乗り緩やかに離岸して行く。ゆっくりと川を進んで行く鉄甲船の上で、必死に手を振るオタ莫迦達……結界でミサイルが全弾払い落とされてしまった。やはり魚雷抜きでは沈められなかったか……前以(まえもつ)て機雷封鎖を掛けるべきだったな？

「「「撃っちゃ駄目って言ったでしょう！って言うかどんだけ妬んでるの!!」」」

だって獣人っ娘にモフモフと、マッチョお姉さんにモテモテなんだよ？

「べ、別に妬んでる訳じゃないんだからね？　うん、オタを憎んで莫迦を僻(ひが)んで、昇華し増加して恨(うら)み辛(つら)みに変換された想(おも)いを乗せた惜別(ミサイル)を飛ばしてみた？　的な？」「惜別に変なルビ振らないの！」「どうして惜別が乱れ撃ちされて飽和攻撃なのよ、思いが重過ぎなの!!」「「私達も行くからアンジェリカさんとネフェルティリさんとスライムさん、アリアンナさん達をよろしくね」」（ウンウン、コクコク、ポヨポヨ）「ちょ、3人に頼むなら最後の1人まで略さずに頼もうよ？　それだとまるで俺だけ頼まれてないみたいじゃん!?」「「そう言ってるのよ！　断定して断固と断言してるのよ!!」」

さて、シスターっ娘だけ強くなっても意味はない。だから残りのシスターっ娘派の人達を迎えに領館に行こう。まあ、連れ出して迷宮に放り込めば駄々を捏ねる暇も無く勝手に強くなるはずだし……詳しい説明はその後で良いだろう？

異世界迷宮は迷宮なのに鉄板にしてお約束な基本がわかって無いからやってみた。

94日目　昼　迷宮

迷宮、そこは迷路のように入り組んだ魔物の潜む地底の地獄……って言うかダンジョン？

「先ずシスターっ娘達教会組を鉄球の中に入れます？（いやー！）（暗いよ）（狭いよ）（怖いよー！）そして魔物に投げつけます？（（ぎゃあああっ！））あら簡単、Lvアップです。みたいな？（（きゃあああーっ!!））」

狭い迷路型の迷宮と言えば、それはもう転がる巨大鉄球は御約束。うん、魔物さん達も嬉しそうに駆け回って逃げ回り圧し潰されている。修道士は鉄球で充分だけど、シスターっ娘達シスターさん達だけでも硝子張りにしたかったのに却下されてしまった。うん、中が見えた方が安心だし、俺が楽しいと思うんだけど駄目らしい？

1階層から延々と転がしてLvも沢山上がっている。慣れて来たのか鉄球の中の悲鳴も小さくなってるし、速くしても大丈夫そうだな？

「わ、わ、私達の身を心配して頂き、Lv上げをして頂けて大変に嬉しいのですが……本当に私達の身って心配されてます!?　突然鉄球に押し込められて魔物に向かって投げ付けられて転がされてるんですが、何だか思っていたLv上げとは全く違うのですが!!」

鉄球には思わぬ副次的効果があった様だ。寧ろこっちが重要で有用な効果だと言い切っても過言ではないだろう。そう、シスターさん達がジトだ！　目が回ってグルグルお目目だったけど、お口に茸を咥えさせると、まあ何と言う事でしょう——シスターさん達がジト目だったんだよ！

「ステータス確認してみたら良いんだよ、滅茶Lv上がってるから？　うん、ちゃんと重たい鉄球を転がしで滅茶パワフルなLv上げで気分も揚々でアリアリのアンアンなシスターっ娘も何時もより多く回って回って回されちゃってるんだよ？　多分？」「い、いえ私は普段回ってませんし回されちゃってもおりませんが、目は回りました。それはもう目がずっと回ってますが、確かに信じられない様なLvに……Lv30超えって、これは教会騎士団上位級ですよ!?」

　教国Ｌｖ低いな。まあ、俺もＬｖは追い越されて抜かれてしまっているけど？　迷宮を中層まで踏破させれば結構簡単に上がる、魔物を弱らせてから鉄球で潰す簡単なお仕事で楽々Ｌｖアップなのにどうして誰もやらないのだろう？　うん、迷宮と言えば鉄球だろうに異世界はやはり分かっていない様だ？

「でも、そろそろ魔物がヤバくなってきて鉄球割られそうかな？　違う迷宮に移動して１Ｆからちゃんと戦わせようか、鉄球転がすのも飽きて来たし？って言うか側溝(ガータ)が無いからストライクとスペアばっかりなのが面白くない原因だと思うんだけど、迷宮の溝に落ちたら落ちたで回収が大変そうなんだよ？」（ウンウン、コクコク、ポヨポヨ）

　ガータと言うかガタガタ揺れてポヨンポヨンな光景は見たいし、何ならガータベルトもフル装備で贈る準備は有るのだがＬｖ30を超えたから装備で底上げ出来るし20階層くらいは行って欲しいものだ。まあ、初戦闘で初迷宮で初鉄球だからあまり無理を言っても可哀(かわい)想(そう)かも？　うん、取り敢(とあ)えず鉄球の中に入って遊んでる３人を引っ張り出そう？

「鉄球が自走してる！って、中で走って転がして遊んでるよ!?」（プルプル♪）

楽しそうだ、特に中で揺れてるのがとっても素敵そうだ！　うん、どうやら巨大鉄球とは男子高校生が思うよりも奥が深い物だったらしい！

　準備運動(パワーレベリング)でシスターっ娘達の身体能力も上がったし、本番の軍事訓練(ブートキャンプ)を開催。教官さん達は未(ま)だ転がって遊んでるから終わったら開催しよう。うん、俺も混じりたい！　きっと鉄球と言う名の密室の中だと、それはもう大変な回転運動が開催されてしまうんだろう!!

「性王は入場不可です！　まだ朝のダメージが回復出来て無い、です!!」「密室で回転フル装備の性王　絶対に魔物より迷宮王より危険！」(ポムポム)

入れて貰えなかった。いや、しないんだよ？　多分？　うん、しないんだけど魔手が滑っちゃうかもだけど、あれは男子高校生的不可抗力な出来事なんだよ？

扉で地上に出て馬車でもう1つの迷宮を目指す。1階層からの実戦を経験して貰いつつ、Lvも上げて行く予定だ。護衛役の追加にデモン・サイズ達を呼んでるんだけど、伐採がまだ終わって無い様だし集合してからお昼にしよう。

「いただきます」「「「いただきます」」」

シスターっ娘達も「いただきます」と「ごちそうさま」を採用したらしい。そう、何もしていない神に感謝するくらいなら、命の糧となる食べ物さんにこそ感謝して然るべきだ。だって爺は何もしてないし、食べれないし？　うん、食べたくないな!!

しかし、ようやく合流したデモン・サイズ達はお菓子ばっかり食べているけど、鎌的に栄養とか鉄分とかどうなんだろう？　まあ、いつも伐採してくれてる御褒美と思えばお菓子くらいは安いものだ。魔の森は魔素が溜まり、樹々が吸収して硬化していくから切り倒せないらしい。そして伐採できないと森が拡大して行く悪循環。そして伐採には魔力が必要で、でも魔力を籠めて斬撃を放てるような人材は迷宮で忙しい。そう、辺境には高Lvの冒険者や兵士達に樵をさせるだけの武器も人的な余裕もないんだよ。

「魔力斧の生産も考えないとデモン・サイズ達の仕事が減らないんだけど、魔力斧で伐採はできても魔の森の魔物と戦えるだけの戦闘力が結局は必要で……人材不足だな？　うん、おっさんは余ってるのに？」

Ｌｖが上がっただけで訓練も無しに戦闘は危うい。つまり、このブートキャンプの普及が必要そうだ……まあ、辺境のおっさん達の方がシスターっ娘達より簡単そうだし？　うん、辺境人は結構凶暴そうで乗りも良いんだけど、こっちは性格や人格が致命的に戦闘に向きそうにない。

「まあ、盾委員長の盾っ娘も元々はこんな感じだったけど、今では『みんなを守ります！』とか言って鉄球を振り回す逞しい娘に育ったし？　うん、実際の戦闘こそが最高の訓練で、大体性格や人格に関係なく魔物を殺し尽くしていると慣れてくるものなんだよ？　多分？」「「「よ、よろしくお願いします！」」」

やる気はある様だ。隊長も教官達もうんうんしてる。うん、宜しくして見よう？

「「「ぎゃあああああっ」」」「ちょ、待って、は、遥さん何を」「「「きゃああああああっ！」」」

形から入る。見様見真似で良い、先ず形を正しくをなぞる。ただ振り被って斬る。異世界だろうと元の世界だろうと重力があり人の肉体構造が変わらない限り、必ずそこに行きつくしそこから始まる。人の身体の構造に適化した合理的な技だからこその基本、その切り下ろしから切り落としに至る鍛練だ。

その身体使いから歩法まで複雑に多岐に渡り、精巧に切磋され多種多様な流派によって昇華されていても……型は違っても人の身である以上、必ず切り下ろしから切り落としに至る。だから先ず手に剣を括り付けて剣先には重心を仕込み、その足首も括って摑んで剣を振るう様に鞭の様に……その身体ごと打ち振るう。そうすれば遠心力で伸びきった身体ごと剣先の重心に曳かれ、正しく身体が振るわれる。それを繰り返して体に覚え込ませて、ついでに心に「魔物なんて斬れば殺せる」と覚え込ませる。

単に振り回されてるだけでも、己が手で魔物を斬り倒した。その成功体験を振りと一緒に体と心に覚え込ませる。うむ、理に適っていて素敵で簡単で手っ取り早い指導方法だ？

「こ、こ、これ訓練って」「いやあああああっ！」「「「ぎゃああああああああっ!!」」」

甲冑委員長さん達も最初はジトっていたが、その意味と合理的且つ先進的な論理的指導法を気に入ったらしい。今では二刀流って言うか2人ほど摑まえ、その足を両手に持ってしなやかに楽しそうに振り回している。うん、スライムさんなんて触手で6人分の足を持ち、回転鋸の様に大回転で魔物を薙ぎ払っている。まあ、横向きの切り下ろしって微妙なんだけど効率は良いな？

「まあ、偶に投げてるけど、ちゃんと刺さってるし良い感じ？　やはりポイントの伸びはスライムさんの六刀流が利いていて、現在最高点を独走中だな！」（プルプル♪）「うわああっ!?」「やめて下さああああーいっ!!」「ま、ま、待ってええええっ！」

20階層まで振り回しつつ下りると、教会の人達も瞳から光が消え表情も無くなり……自ら熱心に魔物に斬り込む様になってきた？　そう、その姿は何故だかまるで俺達から逃げるように魔物に向かって行き、そんな生徒さん達の成長に皆でうんうんこくこくぽよぽよと頷き合い感慨に耽る。うん、巣立っていく雛鳥たちを見る郭公さんの気分だ？

そうして30階層まで親切丁寧で親身な指導で、成果が……なんかヤバそうだな？

「「「しねしねしねしねしねしねしねしねしねしねしね！」」」「這い蹲れ（ピー）共！」「ふふふ、ふふふふふっ、消えろ消え失せろこの（ピー）共が！　お前らの（ピー）を（ピー）して（ピー）にしてやろうかー！」「ほらほらほら、逃げないとバラバラですわよ！」「逃げずに死ね、すぐ死ね、今死ね、ここで死ねー！」

生徒たちの成長を皆で喜んでいたが、成長方向が絶頂の咆哮で叫びながら魔物達を粉砕し破砕している。

「でも、教会の人が（ピー）とか（ピー）は不味いと思うんだよ？　一体誰があんなお行儀の悪い事を教えちゃったんだろうね？」「くぅはあははあっ、切り刻んで魔物ハンバーガーにでもなってお前の（ピー）に（ピー）を（ピー）してやる！」「ひゃっはあああっ!!」「ああっ、あれハートマン先任軍曹さん？　うん、だったら仕方ないな？」

そう、軍事教練のイメージがビリー隊長さんしか無かったけど、途中からハートマンさんが参加していたようだ？

「うん、ハートマンさんなら仕方ないし、名前から言ってきっとハートフルな人に違いないから教義的にも問題はないんだよ？」「生きているって素晴らしい……だからお前等は死ね！」「どけ魔物ども、お前らなんか怖くもねえ！　本当に怖いのは……」「御逝きなさ

い、って言うか逝け！　さっさと逝けこの（ピー）ども！」「「「ひゃっはーっ!!」」」

　みんな楽しそうな無表情で、一心不乱に剣を振って魔物を斬り裂き斬り飛ばしていく。流石に中層になると魔物は魔糸で拘束しておかないと危険で、ここからは予想外のスキルや何らかの搦め手を持っていたりするので束縛しておく。それでも臆さずに突っ込んで斬り殺し、聖職者のみなさんは只々狂おしく剣を振るっていく。

　だって、たった1つしか知らない。それしか教わっていない。だから斬り下ろしだけをただ愚直に、ただ延々と繰り返し魔物を屠り続けていく。繰り返しに研鑽され、反復の中で研ぎ澄まされて磨き抜かれる。ただ一刀のままに、苛烈に中層の防御力の高い魔物達を斬り殺して……うん、なんか目がヤバいな？

「「「ひゃっは――！」」」

　ついにＬｖ40を超えて全員の装備も更新して、更に切り下ろしの変化を教えて実践させる。見る見る魔物を圧倒して行くシスターっ娘達を後ろから魔糸で操りフォローして、甲冑委員長さんと踊りっ娘さんが随時指導しつつ最下層に辿り着く。迷宮の王は「ストーン・ジャイアント　Ｌｖ43」。そんな石程度の防御では為す術もなく、狂乱に呑まれ斬られ砕かれて破砕されて石塊にされてしまった？

　まあ、修道士さんはどうでも良いからそのままのデザインだけど、修道女さん達には動き易い様に深い配慮で深く思案し思慮深い意味合いで、深く深くスリットを入れて動き易くしておいた。勿論ダボダボな服が邪魔にならない様にタイトなボンキュッボンな修道衣で、伸縮感(ストレッチ)あふれる肉感的な素敵な装備だから心を込めて見学しよう！

一投足に一息と共に深く踏み込み、全身で振り下ろされる剣。深い踏み込みと共に放たれる一刀両断の一撃は、腰を落とし引き絞る様に振られる剣に深いスリットさんからは太腿(ふともも)さんが大胆に覗(のぞ)き、全身が振るわれることでプルンプルンと揺れポヨンポヨンと跳ね回る。そう、一動作と一呼吸が一体化して1つの技となり、力が一点に集中した一刀の素晴らしい内腿(チラリズム)さんなんだよ！

「「「御命令遂行(SATSUGAI)完了しました。遥様！」」」

うん、何でびしっと整列してるんだろう？　その直立不動の姿勢の気を付けは何かが危険で軍靴の音が聞こえてきそうだけど、大昔に靴底に滑り止めの鋲(びょう)を打ち込んでいた時代ならいざ知らず、今時の軍靴は音を立てない様に設計されて幾久しいと言うのに未だ「軍靴の音が聞こえて来る」って言う人って何時代の人なんだろう？

（コクコク、ウンウン、ポヨポヨ）

成長を見詰め、感慨深く頷く甲冑委員長さん達——いや、うんうんじゃ無いよね！　あれ絶対ヤバいって!?　だって目に輝きが無い。マットな質感が光沢を全否定で、その暗澹(あんたん)な視線がこっちをじっと笑顔で見つめてるんだよ？

なんだか帰ったら怒られそうな危機的な予感が多感に感知中なんだけど、冷静に考えてみればちゃんと強くなってるし怪我(けが)も無いから問題ないんだから俺は悪くない？　うん、解決だ！　冤罪(えんざい)は晴れた、なんか怖いが問題は無かったのだ!!

装備も修道服型だから日常で着用できて、『収納』付与で剣や盾もしまっておける。状態異常耐性も高いから大丈夫なはずなのに、現状の状態がとっても異常に見えるのは何故なんだろう？　うん、やはり迷宮って謎に満ちている様だ？

最低限の身を護る術とは取り敢えず斬り殺しちゃうのが早いのだが安全なのに御不満の様だ。

94日目　夕方　宿屋　白い変人

「街に帰り宿の扉を抜けるとそこはジトだった。うん、いつも通りの宿だな？」「回されたって何？　何でアリアンナさん達を回しちゃってるの!?」「一体迷宮で何してたの!!」

「いや、常識的に考えて戦闘経験が無いんだから、いきなり魔物と戦わせるとか危ないんだからクルクル回したって言うかコロコロ転がした？　みたいな？　だって迷宮って言えば鉄球が転がるもので、鉄球が転がらない迷宮なんて迷宮としての志に疑問を呈するほどの為体なんだよ。だから、ちゃんといつもより多く回してみたんだよ？」

　遥君は迷宮の志に疑問を呈する前に、自らの行いこそに疑問を呈して欲しいんだけど回して転がしちゃったらしい。確かに安全なＬｖ上げだけど、常識的に考えてる人は絶対に鉄球に入れて転がさないと思うの？　そう、一体常識って言うものを何だと思っているのか問い詰めたいけど、聞くと凄く疲れそうだから聞かない事にしよう。だけどLv上げは凄まじい成果で、ブートキャンプで扱かれたらしいの？

「遥様、全員帰還確認致しました！」「お疲れ？って言うか確認しなくてもみんなで帰って来て忘れ者も無かったから減ってないし、増えてたらそれは魔物さんだから元居た所に返して来てね？って言う訳で解散して良いんだよ？」「「「サー、イエッサー！」」」

　何だか見事に整列して直立不動だから気にはなっていたんだけど、今聴こえてはいけないお返事が聴こえて来なかった？って言うかいつからサーになったの！

「いや、普通に戦闘訓練しただけで、最後は甲冑委員長さん達にボコられて弱った魔物の群れに投げ込まれてたけど、調子良かったから勢いに乗って43階層の迷宮王にも投げ飛ばされてシスターっ娘達は人が変わったようにハキハキとした行動になって見違える様に姿勢も良くなって立派になったんだから……やっぱり姿勢って大事なんだよ？　健康的に？」「「「サー、イエッサー！」」」「「「アリアンナさん達に何しちゃったの！　姿勢が変わったんじゃなくて人格が変質しちゃってるから!!」」」「これって絶対姿勢が良い悪いの問題じゃ無いのよ！」「うん、見違える様にじゃなくて、見間違いであって欲しい位に原形止めずにキャラが変わっちゃってるよね!?」「何か途中から泣かなくなったなと思ったら笑いながら戦うようになって、帰る頃にはこうなってた？　うん、やはり人とは経験によってこそ成長するものなんだよ。きっと迷宮の中で人間的に成長したに違いない？　うん、目がヤバいからそう思う事にしよう？　みたいな？」「「「現実から目をそらさないで!!」」」

アンジェリカさんとネフェルティリさんは目を合わせない。何故かテヘペロのまま目を逸らしてるし、スライムさんまでぽよぽよと素知らぬ顔で可愛く振舞っているの！

「え～っと、結局～何をさせちゃったの？」「何って訓練？」「その訓練ってどんな訓練？」「どんな訓練って実戦訓練？」「実戦しながら訓練したの？」「だって実戦こそが訓練なんだよ？」「だから何で訓練もしてないのにいきなり実戦が出来ちゃうのよ!!」「えっ、手に剣を括り付けて魔物に向かって投げ付ければ刺さって死ぬから、超実戦的な的当て訓練？」

「「「何してるのよ！　なんで非戦闘員に剣括り付けて投げ付けてるの！って言うか、その人間ダーツの何が訓練なのよ!?」」」

どうやら遥君が魔糸で魔物を捉え、拘束して動けなくして魔物目掛けて……アンジェリカさん達3人がダーツ大会をしていたらしいの？　そして、いきなりの魔物に投げ付けられる恐怖と混乱に自我を崩壊させて、考える間もなく命令に従い生き延びるために剣を振りながら戦い続けて……そのまま刷り込み効果で命令に絶対な戦闘機械の様な兵士さんになってしまったらしい……って言うかなんでパリス・アイランド海兵隊訓練キャンプ方式でハートマン先任軍曹ばりの訓練しちゃってるの！

「違うって、投げ付ける様に振ってたけど足はちゃんと持ってたから問題ないんだよ？」

「「「問題しか無いじゃないのよ!!」」」「ダーツの後は人間鞭!?」「まあ、むちむちな太腿さんじゃなく足首を持ってたんだから、男子高校生的にも問題ない安心安全で健全な訓練で、ちゃんと怪我一つ無く魔物さんも迷宮も皆殺しで頑張った教会の人達の頑張りに感動したってお喜びの言葉も頂いてるって言うか、頂く前に魔物さんお亡くなりだったけどきっと草葉の陰で感動してる筈なんだけど、草の根分けて皆殺しの怖いシスターっ娘達に惨殺されたから魔物さんのお言葉は悲鳴だけだった？　みたいな？」「「「魔物さん（泣）」」」

剣先に重量があるファルシオンを腕に括り付けて、その足を持って振り回して遠心力で切り払って強制レベリングって……だけど身体を鞭のように大きくしなやかに振るい、全身を無駄なく使って剣を振れている。たった1日で出来る様な技術じゃないのに、斬り下ろしだけなら達人の様に鋭い。そして、その技は斬り落としに特化した後の先。相手の剣技ごと斬る、対人戦の基本にして極意。それが遥君御手製の装備に身を包むとあら不思議、教会騎士団より強い初心者さん達の出来上がりだった？

「「「ひゃっはー！」」」「つ、強い！」「うん、技は無いけど一撃必殺」「守りは駄目だけど、この修道服は防御重視の特化型だよ！」「なるべく、打ち合って……型を、作ってあげて、下さい」「「「了解！」」」

訓練場で指導の成果を見たら本当に強かった。勿論、技術も経験も無い初心者だから崩すのは簡単だし、身体能力の差であしらうのだって楽勝。でも、受けてあげると強いし、打ち込んであげると返しが鋭い。これは対人特化の一刀のみの一撃必殺。

防御力特化の装備を身に着けた、全員が『治癒』や『回復』持ちの聖者さん達。そして武器は重量で相手の鎧を叩き斬る事を目的に作られた、鎌を意味するラテン語ファルクスに由来する大剣ファルシオン。それが全身を柔軟に使った瞬速で、大重量の斬撃を投げ付けるように飛び込んでくる。

「全員、初撃回避！　体が崩れたら反撃、残心が有れば2撃目は払って！」「「「了解」」」

そう、初撃のみが達人級。だから私達が教えるのは残心。それは戦い経験し体験して学べるもの、これは私達がアンジェリカさんやネフェルティリさんから貰ったものの恩返し。（ポヨポヨ？）「ス、スライムさんからも貰ったけど、あの体験は普通の人は覚えない方が良いからね？　だってスライムさんの教えは対人戦技術の対極に位置してて、あれは学んじゃうと基本が崩れちゃうからまだ早いの？」（プルプル）

うん、対粘体流って、スライムさん級に出会ったなら人類は諦めちゃった方が良いと思うの？　だってスライムさんを止めるって無理だよね？

「「「ひゃっはー！」」」「足元、甘いです」「リズム、単調。読まれます！」

人は学ぶ。敵だってその太刀筋を学べば対処して来るから、圧し崩す対処させない剣を。そして2撃目への繋ぎを。外した時の回避と防御を見せて教えていく。私達がそうして貰った様に、今も訓練で教えて貰っている様に。

「ふうー、でもちょっぴり先生になった気分？」「なんだか照れくさいですね、しかもアンジェリカさん達の前でって」「私達もああやって強くなったんだね」「でも、Ｌｖ40位までだと、まだ遥君の魔物体験ツアーしてた位かな？」「「「あれは酷かったよね！」」」

そう、私達は鉄球に入れて投げられたり振り回されたりはしなかったけど、延々と魔の森で実践経験の実戦体験だった。そして何が酷かったかって、お手本が遥君だったの！だって指導も説明も遥君だけだから説明が全く何も分からないまま、「死ぬまで叩いたら死ぬ？　みたいな？」だけで戦い続けた。危険が無い様にずっとずっと手助けしてくれてたけど、最初から最後まで一貫して説明は一切分からないままの戦いだったの！

「切り落としだけで良いの？」「押し切る、間合いを作る。だけで良いです」

　私達はバランスよくオールラウンド対応だったけど、アリアンナさん達は対人の剣戟特化。つまり室内戦闘重視で防御防衛を優先。一撃で倒し、外しても近付けさせない戦い方。後は武装で誤魔化す気で、つまりまたやらかす気だ！

「それだけなのに、それが怖いね!?」「うん、案外揃って来られるとヤバいよ！」

　あれだけお説教して、やり過ぎだって言っても、孤児っ子ちゃん達のランドセルには大量の夢や希望の代わりに多弾頭分裂弾頭のミサイルがみっちりと詰まっていた。孤児っ子ちゃん達が全員で一斉攻撃を浴びせれば、あれは私達でも危ないレベルの凶悪な重武装だったの。そして製作者曰く「これなら攫おうとか思わないはず？」、って思わないわよ！　誰がそんな怖い事を思うの！　どこの誰があれを見て攫っちゃおうなんて思えるって言うの!?　あれって誘拐の反撃で街ごと滅びちゃうから!!

　確かに辺境は魔物の大襲撃がある。でも、「もし万が一お外で運悪く大襲撃に出会った時の為？」って、出遭っちゃって運が悪いのは魔物さん達の方だからね！って言うか大襲撃が何とかなっちゃったら異世界で起こる大抵の災害は何とかなっちゃってるの。それってもう過剰防衛を超えた過剰殲滅兵器で、途中から完全に防衛忘れちゃって皆殺しと殲滅以外の解決方法を全く模索すらしてなかったよね？

　それが今度はアリアンナさん達に。今回はどれ程過剰で危険な大量破壊兵器だったとしても、その相手も舞台も教国。一切容赦する必要が無い場所で使われる過剰防衛兵器は、一体どれ程の破壊力になるのか想像するのも恐ろしいの。うん、教国さん逃げて!?

　訓練後はみんなでお食事をしてから修道士さん達は領館へ戻り、修道女さん達はお泊りする事になった。遥君は小田君や柿崎君達が居なくて寂しそうで、いつもなんやかんやといちゃもんを付ける遥君と、寄って行っては絡んでる男子組がいない宿の食堂。なんだかちょっぴり寂しくて、少しだけ物静かな晩御飯だった。

「「「カポーン♪」」」「皆様からも遥さんに言って下さい。すごい大金です、とんでもない金額なんです。教練までして頂いて絶対に受け取れません！」

　浴場に響く哀願。シスターさん達が声を揃えて異を唱えてるのは、今日の魔石の代金。遥君は自分は一匹も殺して無いんだよと言って全額渡してくれたらしい。

「鉄球に詰め込まれて転がされて、足を摑まれて振り回されて殺ったのはアリアンナさん達だし？」「そうそう、だから頑張ったのはアリアンナさん達で……悪いのは遥君？」「すごい大金って……ああ、私達金銭感覚壊れてる？」「世間では迷宮倒したら一生遊んで暮らせるって、私達いっつも財政ピンチなのに？」「3日も持たないよね、迷宮1個くらいだと？」「私達の財産は武装と服になってますから、売れば一財産ですよ？　後は食べちゃってますね」「「「欲望が止まる所を知らないのが悪いんだね！」」」

まあ、中世で近代レベルの生活を求めればとんでもないお金がかかっちゃう。それが格安バーゲンだったとしても、元々の金額が途轍も無く大きいから結構なお値段なの？

「バーゲンで９割引きにして貰っても毎回１００万エレは消えてますから」「「「うん、最初街に来た時の目標って、１日２万５千エレだったのにね!?」」」

だけど、その支払いの９割９分以上は遥君の人件費で、その大儲けの遥君は毎日お大尽様……と極貧の間を超高速で反復横跳びして行ったり来たりしているけど大体貧乏。そして私達の手元には国家予算並みの装備品が残り、遥君には天文学的金額の貸付だけが残って、結果何時もみんなで現金が無いの？

「アリアンナさん達は１００万エレなんて怖くて持っていられないって」「「「うん、アリアンナさん達が作って貰った修道服装備の市販価格は教えない方が良さそうだね？」」」

その全てが国宝級なのも黙っててあげよう。だって１００万エレくらいだと１人分にも全然……うん、その剣１本すら無理なんだけど、教えない方が良いみたいだね？

そして、その修道服こそが修道女さん達のだけタイトになってストレッチ感まで有り、凄まじくボディーラインが出捲くっていて悩殺的だった。犯人談は「いや、動き易さを追求した結果？　みたいな？」と供述してたけど、とっても深いスリットが入っていて犯人談は「だから、あれは動き易さを追求した結果なんだよ？　見たんだよ？」と自白し、ガータベルトに至ってはナイフ装備な網タイツさんまで付いていたの！　うん犯人談は

「御約束？　みたいな？」だったの？

「「「修道女さんが風紀紊乱罪で破門されちゃったら、どうするのよ！」」」「何で修道服がこんなにエロいの!!」「うん、ちょっと欲しいかも!?」「「「だね？」」」

私達も経済観念の崩壊は大問題で、最近は強くなって遥君を守り遥君の代わりにいっぱい稼ぐと言う目標が……破産して遥君に身売りで使役されちゃう不安の方が大きかったりするの？　凄く有り得そうなんだけど、その使役主さんも破産常習者さんなの？

「でも衣食住は生活の基本だし？」「「「うんうん」」」「問題はお洋服の追加注文？」「「「それは譲れない！」」」「結構高いのは……お菓子かな？」「「「それも譲れないよ！」」」

うん、稼ぐしかない。だって、女の子には決して譲れないものが沢山有るんだから。

「多分　作り溜め、終わりました　今日バーゲン」「新製法、光沢感あります。綺麗、着心地、凄く良いです」「「「きゃあああああああああーっ！」」」

みんなが争うように身体を磨き上げて、湯船に飛び込んでいく。そして臨戦態勢で我先にお風呂から飛び出していくのをアリアンナさん達が茫然と見つめている。でも、乙女には譲れない戦いがあるの！って言うか待って！　私が先なの!!

善人には良い事が起き悪人には悪い事が起きると言うが糾われて縄だったって言うか罠だった?

94日目　夜　宿屋　白い変人

未だバーゲンは開催されていない。繰り返す、まだだよ？　うん、準備中なんだよ？　女子さん達はお風呂に向かったばかりで1時間は上がって来ないだろうと速攻でお風呂に入って早めに上がり、せっせと食堂で商品を並べる。並べ終えたら装備しようと、お風呂上がりの私服のままで準備していたら……濡れた柔肉に揉み潰されていた？　ま、まだ30分も経って……ぐわあああ――っ！

「シルク！ってこれが綿なの!?　何この光沢感！」「新製品だ、新製品様だ!!」「デザインも素敵だけど、生地の織柄が可愛いよ！」

いや、当たってるって言うか密着してるって言うか、全方位から押し潰されていて超圧縮率に押し潰されてHPが削られて、再生でMPまで減って行ってるよ!?

「「「きゃあああっ、新作！　新製品!!」」」「全部が限定品って罠だよ（泣）」

一瞬の気配から到達までの間が皆無……って、縮地!?　いや、瞬歩も居たのかも知れないけど、弾き飛ばされ跳ね返される柔らかな弾力にピンボール状態で胸に弾かれ挟まれ押し潰される揉み苦茶だった！　そう、これはJK押し競饅頭！

「それ私の、私が買うって決めてたの！」「何でこんな可愛いミニドレス作っちゃうの！　買っちゃうじゃないのよ!!」「「「うん、光沢生地が素敵すぎるよ」」」「全部欲しい!?」

手を伸ばして圧し掛かる密着した柔らかな身体が容赦なく這い上がってきて、寝間着的な就寝用肌着だから下着ではないんだけど下着よりも生地が柔らかで薄いキャミやタイトなTシャツ越しの感触がもにゅもにゅと前後左右から包囲戦って！

「な、なにこれ！　手触りが全然違う!?」「あ～ん、触っただけで素敵だね～♪」

しかも下は短パンっぽいけどボクサーショーツで、生脚にょきにょき！　反転しても誰かの谷間に顔が埋まって息が出来ないまま全身をむにゅむにゅと覆われ、ぽよんぽよんが押し付けられた状態で揉み苦茶にされる中で出口を求め脱出を試みるも「ぽよよ～ん♥」と弾かれて、また一気に中心地へと跳ね返された!?

「縫製の技術が人間業ではありえませんね」「これも魔手さんの内職なんだ！」「普通に米粒に絵が大作で描けちゃうらしいよ？」「「「深夜の技術向上が凄まじいんだね!!」」」

って言うか今迄スリップとかネグリジェで食堂に現れなかったよね!?　そう、男子の視線が無いと女子はだらしないとは聞き及んでいたけど、ここまでとは予想外だった！って言うか俺って男子高校生さんなんだよ！　なのにマシュマロの様な質感の重量物が押し付けられ、柔肉に揉みしだかれて甘い香りと生肌の滑らかさに意識は朦朧。一瞬の空隙を『空歩』で駆け抜けようと試みるも、むっちりと伸し掛かられて離陸失敗で柔らかなお饅頭に揉み苦茶にされ押し流される。うん、生地が薄すぎるんだよ!?

「それ！　その鞄は私がいる！　と、取っちゃ駄目!!」「ルームウェアーもパジャマも可愛いよー、可愛すぎて寝られなくなっちゃいそう!?」

　こ、これは快感と苦悶の狭間。これは桶狭間の戦いよりも過酷な肉狭間の合戦だったのだー！　滅茶負け戦な物量に潰され中で、ここから逆転や脱出って孔明さんだって「むりぽ」と答えて龐統さんも「駄目ぽ」と返しハイタッチしちゃう絶望的な戦いだよ！

「って言うか男子高校生の男子高校生による男子高校生の為の男子高校生さんが、ずっと過激に刺激されてヤバいから！　うん、太腿さんが当たってるって言うか、その動かし方は何なのかを問い詰めたいような上下運動が危な過ぎ……って、マジでヤバい激ヤバでパないんだよ!?」「これとこれと、これもいるけど……あれも欲しいけどこっちもいるの！」「ローンは！　後払いはいくらまで!?」「「「あーん、全部欲しいー！」」」

　そして揉み苦茶にされ続けて衣服が乱れるのは仕方なくっても、俺のジーンズのベルトが外されてるのは絶対におかしいよね!?

「素敵、何この可愛さ！」「こんなの普通のお洋服と別物だよ!?」「ブラウスは光沢生地を立体裁断して縫製されていますし、ニットは全て無縫製一体形成でどれも惜しみなく高等技術が詰め込まれています」「「「全部欲しい――!!」」」

　一応、寝間着な肌着なパジャマだから下着を身に着けていないのは当然とも言える。だけどそれ捲れ上がったり脱げたり開けたりはマジ不味いんだよ！　目の前の肌色率が高過ぎる。しかも、かなり見えてはならない部位の肌色が超ローライズから鼠径部まで曝け出されちゃっててヤバい！　そしてこっちもヤバくて、トランクスさんがこれ以上に下がっちゃうと被害者なのに性犯罪者確定でヤバい！って、誰が引っ張ってるの!?

「私はこれの小さいの！　サイズ無いの、絶対これが良いー!!」「お直しは出来るの!?追加注文は!!」「うん、色違いも必須だね！」「「「って言うか追加注文!!」」」

確かに前開きのネグリジェを注文されて作ったから前開きなんだけど……前を開けないでね？　うん、それ今開いたらアウトだから閉めようよ！

「引っ張らないでー、この子はもう家の子なのー！」「駄目！　先に私が摑んだの、これは運命の出会いなの！」「あーん、運命がいっぱい（泣）」

ここに来てローライズのボクサーショーツを製造した事が悔やまれる。女子さん達は背の高い子も多いし、みんな脚が長い。つまり腰の位置が俺と殆ど変わらない！　そう、その位置の刺激は無理な滅茶危険で事案がヤバいんだよ!!

「ちょ、もう限界で泣いてる男子高校生もいるんですよ、って脱がされても性犯罪者で、耐えられなくて誤射すると致命的って無罪の可能性のない罠過ぎなんだよ!?」「オーバースカートってどこ！　どこなの、出ておいで!!」「な、何でミニスカメイド服が！　それいる、でも何でこんなに種類があるの!!」「「「全部欲しくなるよー（泣）」」」

フリフリされるお尻に挟まれ、プニプニされる男子高校生さんだが甲冑委員長さんも踊りっ娘さんも救出に来る気はない。って言うより絶妙に退路を塞いでいる気がする！うん、スライムさんも抱き抱えられていて救援は期待は出来ない孤立無援の閉塞状況を孤軍奮闘で四面楚歌らしい!?

「ああん、それ狙ってたのに！　でもこっちが本命!!」「きゃあ、私もいる！」「「「全部取っちゃ駄目!!」」」

古来から福善禍淫と善人には良い事が起きて悪人には悪い事が起きると言う。俺が善人なのは疑う余地も無く異論も認めない所だけど、この危険な素敵さは幸福なのか災いなのか事案だけは間違いのない糾って縄にしちゃってごちゃ混ぜで判断に苦しむ所だ！

伝え聞く極楽浄土よりも男子高校生的には素敵そうなのに阿鼻叫喚地獄より大騒ぎな渾然一体となった柔肉の怒濤に押し潰され揉み苦茶にされ、衆寡不敵の言葉の通りに少人数では多人数に敵わない現実を肉感的に実体験で官能的に体現中なんだよ！

「まあ……難しい事を考えて意識を逸らしててもヤバい！　うん、大体男子高校生って言うものは何時もヤバいのに、これは極め付き過ぎるんだよ!!」「試着室！ってもうここで良いや、アンダーだし」「それ合わなかったら譲って！って言うか合わないで!!」

新たな『智慧』制御で微細な『魔糸』により作製されたシャツやスカートワンピの定番品の大規模なリニューアルで、今日は商品数が多い。更に刺繍やレースといった細かな細工も加わり、ニットも更なるハイゲージ化して新作が取り揃った。そこへインナーや靴に鞄が加わった大バーゲンで終わらないんだよ……うん、押し競饅頭が！

「きゃー、それ交換して！」「こっちは良いけどこれは駄目!!」「ミニ分けてよ、独占は狡い！」「ミュールが残って無いよ、誰が買い占めたの!?」

永遠に続く甘い肌と柔らかな肉の渦に糾(あざな)われちゃって、纏(もつ)れ絡まり組(く)んず解(ほぐ)れつの揉み洗(あら)いの地獄(ヘブン)ランドリーに翻弄される大海の草船の如(ごと)しって言うか脆(もろ)しって言うかヤバし？

「新作部屋着が可愛い!!」「ま、またセンスが良くなってない、女性服の!?」「エロ可愛(カワ)だ!!」「って言うかエロいの多いよね、買っちゃうけど」「ニーソさんもストッキングさんも質感が上がってる!?」「ああー、お財布も新作！」「お、お財布は何個まで!?」

　何故(なぜ)に中身を使い果たして、入れるものの無いお財布が１人５個まででも足りなくなるのかが謎なんだけど……原価が安いから大儲(おおもう)けだな？って、今はそれ処(どころ)じゃない男子高校生的に危機的(レッドゾーン)で壊滅的(デンジャーゾーン)な状況で、早くバーゲンが終わらないとヤバい。このまま意識を失ってしまうとなんか物凄(ものすご)くヤバい気がする……再生と回復でＨＰは保たれているけど、そのせいでＭＰが激減していて魔力バッテリーなアイテム袋がないとＭＰが足りていない。うん、ちょっと取ってきて良い？　うん、戻って来ないんだけど？　あっ、甲冑委員長さん達が装備を遠退(とおの)けてる!?

「ベルトは１人３本までって絞り切れないよ！」「って言うか鞄が少ないよ!!」

　一葉に囚(とら)われては木は見えない、一本の樹(き)に囚われては森は見えない……って、全部見ても全部肉感的(ムチムチ)で、どこもかしこも肌色なんだけど？　だって全部模細工(モザイク)さんとか怪光線さんか謎煙(スモーク)さんの必要性が心配になるくらいの衝撃映像が肉感の体感付きで実感中？　駄目だ、この怒濤の災禍の流れがビッグウェーブで……流れるでござる？

勿論の事だが、助ける処か脱出の機会を巧妙に潰してた甲冑委員長さんと踊りっ娘さんの御2人には、それはもうしっかりと身体で一晩中責任を取って貰ったのは言うまでもないだろう！　うん、当然の結果で仕方がない必然だ。でも、食堂で意識を取り戻すと衣服が妙に整然と整えられていたのは何故なんだろう？　何故だか物凄く気にしてはいけない気がするんだよ？

指で茸を跳ね上げて茸発射な超電磁茸砲は不味そうだし超電磁無しで投げた方が早そうだ？

95日目　朝　宿屋　白い変人

昨晩は触手さん無しの男子高校生の快進撃が破竹之勢で限界破裂せんばかりの天元突破で、破邪顕正のお仕置きで超とっても滅茶頑張った。

「まあ分かりやすく朝の現状を伝えるとジトられてるんだ？」（ジト――――ッ！）

それはもう美人さん御2人も大層な乱れっぷりで壊れていた。そして朝になっても回復しきれずに何だかまだ顔も赤いし2人でもじもじしてて何か可愛いけど、あのジトは追撃戦な空気では無い様だ。うん、お目覚めのキスだけにしておこう。舌までは問題ないだろう。

下までは怒られそうだ……残念だな?

「おはよう。よく眠れたかいって言うか、良く寝たり起きたり跳ねたり叫んだりでお忙しい所をようこそおはようございます?　みたいな?　うん、若かりし頃にベッドが軋むと言う表現を耳にした事は有ったけど、ベッドの金属音が共鳴して金属疲労の発生過程を破砕音と破断音の共鳴って破壊力学的見地から言ってもレアな金属破断象が鳴り響いて、『錬金』で補修しながらの激しい振動と金属疲労の戦いが感動的だったんだけど、錬成しながら継ぎ接ぎで補強してたから……ボロいな?」（ジト――――ッ！）

鉄を錬成しながら追加が間に合わない所には継ぎ接ぎしてたせいか、ベッドがごつく襤褸襤褸になっていた。なんだか歴戦の戦艦のような風情でもあり、修羅場を潜り抜けた要塞の様な佇まいすら見せる威風堂々なベッドさんになられたようだ?　厳ついが強度も上がり耐久性も増したけど、デザイン的には襤褸襤褸ベッドで痛ましい限りだな?

まあ、スッキリとした目覚めで爽やかに食堂に下りると……すいません、部屋を間違えました。って食堂だよ!　健全にご飯を食べる宿の付属設備が、何で妖しい風俗感の様相な有り様に様様でまざまざと見入ってしまう食堂って何!?

「「「おはよう♪」」」「ウン、オハヨー……じゃ無くってその破廉恥な恰好は何、一体急に何の妖しいお仕事を始めたの!　料金はいくらかなー?　じゃ無くって何で朝からみんなでセクシー系な素敵なミニドレスなの!　妖し過ぎて「こ、これはぼったくりの罠だ!」って敵軍も逃げ出す程のあざといまでの罠感がわなわなと戦慄いてるんだけど、俺

40エレしか持って無いよ？　高そうだな？」

食堂に入るとそこはキャバだった。な、何を言っているのか分からないと思うがキャバいんだよ？　うん、これはきっと席に座っただけで果物が積まれてお酒がタワーで5億エレは取られるだろう。うん、ちょっとチャラ王のとこ行って1億エレ硬貨を毟り取ってこよう！　だった、40エレじゃ無理そうなんだよ!!

「別に妖しいお仕事とか始めて無いから！」「「「そーだ、そーだ」」」「だって男子が居たら着られなかったんだから一」「「「うん、製作者のせいだよね！」」」「あと何で40エレしか持って無いの！　宿代どうしてるのよ!!」

怒られた。思わず石貨40枚を差し出しちゃって宿代がないのがバレた？　うん、この間まで拾った金貨が沢山で数え切れないくらいだったのに1枚も無い。そしてバーゲンで毟り取った分で宿代のツケを払ったら、昨日は1匹も魔物を倒してなくて無収入だった!?

毎朝、冒険者ギルドと雑貨屋さんと武器屋と各種工房から金貨が詰まった袋を貰うけど、ちょっとお大尽様を嗜むと瞬く間に極貧に喘ぐ内職労働者で勤労で苦労な虚労する間もなく夜も頑張る日々塵労に煩わされる苦労の多いお大尽様なんだよ？　うん、わかりやすく言うと使ったらなくなってた？

「って言うか昨日のバーゲンがツケが多くって現金収入が無かったのが原因で、主要な要因はそのミニドレスさん達も犯人なんよ？　うん、あと男子さんは居るからね？　俺多分まだ男子高校生で出席日数の無断欠席が問題な場合はみんなも女子高生じゃなくなってるんだけど、あの何とか高校は未だに何十人も不登校中なのに家庭訪問って言うかお宿訪問って言うか異世界家庭訪問転移もして来ないって生徒を何だと思ってるんだろうね？　まったく世も末なんだよ？」「「「いや、何とか高校って言ってる時点で学校を何だと思って通ってたの!?」」」「寧ろ、よく名前知らないで通学できてたね!?」

だって何か凄くどうでも良い感じの心に響かないありふれた名前の記憶に残らない、凡庸な特徴も名も無い学校だったんだよ。多分？　覚えてないけど？

そんな事よりも居た堪れない妖しいJKキャバクラの方が大問題で、目のやり場も無く『羅神眼』さんが大活躍なまま朝ご飯を作る。簡単に手早く焦りながらサンドイッチに茸スープ、デザートはフルーツポンチさんだ。

「「「フルーツポンチさんだ！」」」「「「ポンチ！　ポンチ！　ポンチ！　ポンチ！　ポンチ！　ポンチ♪」」」「いや、そのコールは何か女子高生はしちゃいけない類のコールだから続けないでね？　せめてフルーツもちゃんと入れてあげれば問題が緩和されるからフルネームで呼んであげないと可哀想だと思うんだよ？」「「「いただきまーす」」」（ポヨポヨ♪）

聞いてない！　想いは儚く果てしない様だ、そう言えばここってオモイだったたっけ？

「「「美味しい♪」」」（プルプル）

今日は教会組は女子さん達の指導で迷宮に潜る。2組に分かれ甲冑委員長さんと踊りっ娘さんが護衛に付くらしい。理由は俺に任せると碌な事をしないと誹謗中傷を受けたんだけど、シスターっ娘達が入った鉄球でボーリングしてたのも、シスターっ娘達を両手に持って二刀流とかした挙句に投げてダーツ大会してたのってその2人だからね？　うん、いっつも他人事のようにヤレヤレってポーズしてるけど、やってるんだよ？　その2人？

（ポヨポヨ♪）

　だからスライムさんと2人でお出かけだ。日々の暮らしの為に森で茸を採り、ミスリルを掘ってじっと手を見ると言う労働階級の悲哀を一身に背負うお大尽様だ。

「この労働階級お大尽様の怒りと悲しみと八つ当たりと暇潰しを受けてみよー！」

　撒き散らした鉄粉が帯電し、縦横無尽に雷が荒れ狂う電流デスマッチＩｎ魔の森。電撃に痺れるゴブ達の謎の叫び声を聞きながら、せっせと森で茸採り。

　スライムさんは雷を纏いピンボールみたいに高速で弾け回り、樹々の間を乱反射して魔物さん達が逃げ惑う中々騒がしい茸採集だ？

　やはり触媒を使うと高出力で省エネで、炎弾だって魔石と鉱石で弾頭を作っておくと効率も破壊力もが全く違ったんだけど……うん、コインを指で弾きあげてから発射したら怒られそうだし、先ずそのお金が無いから茸採りに来たんだよ？

「でも、だからって指で茸を跳ね上げてから超茸砲って、それはそれで何か問題を感じる異世界問題について思案を重ねながら茸を採取の難しい問題だな？」（プルプル）

　やはり名前はベタに「超電磁茸砲」だろうか？　アイテム袋の中には茸はまだまだ有り

余っていて、在庫充分過ぎなんだけど売れない？　特に高品質なのが高価過ぎて払いきれないと買取拒否されてしまい、現金化されずに売れ残る。だから浅い所で一般販売用の安い茸を採り続けると言う、お金が沢山欲しいのに安い茸を探すと言うなんとも不毛な作業だ。そして浅いからゴブばっかりでＬｖも10以下の練習にもならない雑魚ゴブしか出て来ない。そうこうしていると洞窟を見つけた。

「迷宮でもないただの洞窟っぽいけど実は未だに違いが分からなくて、洞穴とも見分け方がご不明なんだけど岩窟だとヤバいんだよ？　うん、仕返しが激ヤバだから、迷宮王なら食べて良いけど巌窟王だったらごめんなさいして逃げるんだよ？」（プルプル！）

　だが、洞窟。洞窟王なら弱そうだし復讐も大した事はないだろう、安心だ。湿々とした暗い穴の中に何もいないのは空間把握で探知済みだ。まあ、折角穴が開いているのだから入ってみた。そして突き当りからさらに掘り進む……壁に手を当てて土砂を『掌握』し、土魔法でトンネル状に寄せて坑道を作って進んで行く。壁は錬金術で『錬成』して固め、柱も作って強化しながら『空間探知』でミスリルを求めて進む。

「あっちに銅は有るけど量が微妙だし、こっちは鉄か？　量も無いし純度も低いから華麗にスルーで……やっぱ探すと無いもんだね？」（ポヨポヨ）「えっ、だってこっちは水晶なんだよ？　うん、あれは男子高校生に対する挑発行為で挑戦状を読まずに食べるのも仕方ない黒山羊さんも推奨な水晶なシースルーだったんだよ？」（ポムポム）「いや、だって男子高校生には譲れない夢と希望が有るんだよ。うん、主にシースルーとか？」

実際ミスリルは実在しない伝説と言われている金属。だから見つからない方が普通なんだけどよく見かける。伝説か御伽噺かも分からない言い伝えで、太古にはミスリル武器が存在したと言われているらしいけど、有るのは知ってるし掘り出した事もある。

だから豪運さん任せで掘ってみたけど甘かったようだ。いや、だってあそこで洞窟とかフラグかと思うじゃん？　うん、思わず「立った、フラグが立った」ってアルプスっ娘風に言ってみたりしたのに出ないな？

「まあ、実は『立った』と言ってたのはペーターで、フラグは立ってなかったのかも？」

手近な鉄だけ回収して、坑道を奥へと伸ばす。どのみち坑道は必要で予算が確保出来次第依頼するとは言われてるんだけど……メリ父さんが貧乏だから待ち切れずに掘っちゃった？　だから、なるべく元々からの坑道の掘削予定地に合わせて掘り進んでるけど鉄ばっかり。これは片っ端から迷宮に潜ってミスリル・ゴーレムの乱獲を目指すべきだろうか？　なんかマジで鉄か銅ばっかりで、偶に銀とか金が出るだけなんだよ。

「これなら茸狩りの方が有意義かな？　でも森ではデモン・サイズ達が頑張ってるんだし、俺は採掘の方が作業分担出来て良いんだけど……見つからないもんだね？」（プルプル）

甲冑委員長さん達の装備だって、ちょっとしかミスリル化できていない。『異形の首飾り』だって……いや現状でも、あの異形化も変態も滅茶ヤバいからあれはおいとこう！

僅かなミスリルと微量な黒金を掘りだしたけど、微々たる量。配合比を抑えれば性能も伸びない、だから大量に欲しいのに疎らには見つかるけど鉱脈が無く延々と鉄と銅と金銀だけが増えて行く。まあ、建築に良さそうな固めの土砂も大量入荷だけど、本命さんのミスリルが無いままにちびちびと集めては坑道を掘り進む。もう良いやって言う位の鉄は掘った、面倒でちゃんと錬成していないから量が多いが最終的には結構減るけど結構な量だな？

「これ、上空からばら撒いたら砕石不法投棄（メテオ・レイン）とかの技にならないかな？」（ポヨポヨ）

今では探知範囲が広がりどんどん鉱脈を見つけられるし、ＭＰバッテリー量も格段に上がり掘っても掘っても余裕がある。何より魔力制御が上がったから早く進むし、ＭＰ消費だって格段に少なくなっている。1ヶ月ちょっとでもちゃんと成長しているのに、前回もお金が無くて鉄を掘ってた気がするんだけど未だにお金がないんだよ？

それからも掘っては探し、少しずつでも掻（か）き集めて掘り進む。予定よりかなり深い坑道になったが未（ま）だ反応は無く……んっ？　ミスリルじゃないし、量も少ないけど反応が強い？　黒金でもないし、今までに見つかった謎金属とも違う強い反応だ……な？

「って、何で宝箱！　地面に埋まってるもんなの、宝箱って？　まあ、宝箱って呼んでるだけで岩の棺（ひつぎ）っぽいのだけど、反応があるって中身入り？　でも、ここ迷宮じゃなくて坑道作ってるんだけど間違えて出て来ちゃったの？」（プルプル？）

掘り出して開けてみる。これで金目の物が無いと今日は無駄働きで終わる可能性が高い。いや、金額的には金や銀がそれなりで鉄と銅は嫌になる程掘れたし取れた、ミスリルだって全部合わせればこの前のでっかいゴーレムさん1体分くらいは有る。でもわざわざ掘りに来て、でっかい鉱脈が1個も無いとかそれはそれで何か負けた気分でスッキリしない。そう男子高校生はスッキリしないとモヤモヤして深夜にモニュンモニュンしてしまう生き物なのだ！　補足、ムニュンムニュンでも可なんだよ!!

開けてみると中身は蛇さんだった？　シューシュー言ってる蛇さんが見る見る巨大化している。うん、外れだよ！　蛇さんは雑貨屋でも武器屋でも売れそうにないし、装備品ではないだろう？　まあ、箱に御札っぽいのが貼ってあったけど、全くこの世のどこに封印って書いてあって開けないやつがいると言うのか……うん、開けて欲しくないんなら書くなよ、開けちゃうじゃん!!

速射した大型貫通弾のファイアバレットが鱗で弾かれ、更に凍らせているのに効いてる感じが無いし、俺の軽妙洒脱な異世界ジョークも聞いて無い様だ！　スライムさんは大受けでぽよぽよしてるのに感受性の無い蛇さんの様だ？

「確かに蛇さんに巻き付かれちゃってる妖しい艶やかな蛇装備な美女さんは決して嫌いでは無いんだけど、でもきっとその場合はそれって装備してるんじゃなくて襲われてる気もするんだよ？　まあ、この宝箱も罠だったのか封印されてたのかは分からないけど、それなら美女さんも入れておいて欲しかったな？　うん、美女だけでもいいんだよ？」

狭い坑道を塞ぐように巨大化して行く蛇。そして、坑道を縮めて行く俺？　うん、この道は宝箱拾いに来ただけの支線で、いらない坑道だし？　しばらく詰まっていた蛇さんは動けないまま苦しそうに身を捩って巨大化を止め……縮んで行ったが坑道も縮む？　そう

して延々と繰り返される縮小化の競争で、もう普通のちんまい蛇さん程度になった「ヒュドラ　Lv100」の頭を摘まんで捕まえる。うん、莫迦な子みたいだ？

（シュ、シュウウウウウッ!?）（プルプル）

咬まれない様に頭を摘まんでいたら、にょきにょきともう頭が生えて来て咬みついてくる。慌てて逆の手で摘まむと、また頭が生えて来て咬みに来るから触手さんで摘まむ。

「ふっふっふ、伊達に毎日子狸に噛まれていないんだよ?ってまた生えて来た!!」

次々に生えてくる頭を次々に摘まむ魔手さん達。そう、触手戦で俺に勝とうなど甘過ぎてシロップ漬けにして甘ヒュドラとして売り出そうかと言う位に甘い！

「ええっ、甘ヒュドラさん食べちゃうの!?　えっ、違う？　ああ、迷宮王時代の同僚さんとかだったら積もるお話もあるだろうし、何なら上司の迷宮皇さん達も呼んで同窓会とかしてみちゃう？　うん、何なら会いたい同僚さんのいる迷宮とか踏破して、そこで同窓会とかしちゃう?」（ポヨポヨ）

違うって言われてもどれが違うんだろう。同僚じゃなくて後輩とか？　どうやら中々迷宮王界隈も厳しい縦社会な体育会系らしい。後輩を扱いちゃうパワハラなのか、セクハラなら参加も考慮するところだけどラミアっ娘じゃないただの蛇をセクハラしても楽しくなさそうだ？　うん、一応念の為に撫でてみたが愉しくはない様だ。

だが、蛇さん系の異形の触手さんには甲冑委員長さんも踊りっ娘さんも甚くお世話になって大変に御満悦の悶え狂いで反り返っていたし案外愉しいのだろうかと撫でてみたが別に愉しくは無いらしい？　まあ蛇状触手の巻き付いた艶めかしい柔肌と、締め付けられてはみ出る肉感には大変な感銘を受けた事だし蛇さんには優しくしてあげよう。何か百足さんとか蛞蝓さんとか磯巾着さんに似た方も多数お見かけしたけど、そっちはそっちで大変に御悦びな戦慄きの嬌声をあげて元気にのたうち回ってビクビクと痙攣されていたし、異形さんは種類が豊富過ぎて魔物付き合いが大変そうだな？って、スライムさんがポヨポヨと触手を伸ばして首飾りを触ってる？

「ああ、『蛇使いの首飾り：【七つ入る】　InT40％アップ　蛇複製（3匹・身体から魔力で複製）　毒作製　鱗硬化　＋DEF』で複製しろと？　この前の岩蛇さんの時は何も言ってなかったんだけど、この蛇さんがお勧めなの？」（プルプル）

蛇は多頭で大きさが変わり、性能で言えば触手さんに近いのに毎夜触手さんを生やしてるのに蛇さんまで生やしちゃうの？　まあ確かに甲冑委員長さんも踊りっ娘さんも爬虫類シリーズの異形の触手さんを御満悦されていたし、増えたらお悦びに違いない？

「成程、スライム屋よお主も悪よのう？　はっはっはっはっ」（ポヨポヨポヨポヨ♪）

ひとしきり2人で笑いあってみた？　うん、お約束なんだよ？　と言う訳で複製してみる。まあ、どうやるか分からないから、ただ念じてみたら「ヒュドラ　Lv100」は吸い取られる様に消えた。そして『蛇使いの首飾り』を鑑定すると、『ヒュドラ　ViT30％アップ　HP増量　鱗鎧　多頭化　巨大化　激毒　致死毒　即死　各種状態異常付与　自動回復治癒　再生　自動攻撃防御　＋ATT』が追加されてる。

「って、これ装備化されてるよ！　蛇さん3匹まで装備にして身に付けられるって、元々が『7つ入る』首飾りに＋3蛇分の追加可能なお得装備だったの!?」（ポヨポヨ）

装備すると身体能力(ステータス)のＶｉＴとＨＰ増加で身体(からだ)が強化され、そして自動回復治癒と再生で身体が修復される。つまり自壊対策にピッタリで、俺の身体が壊れて行くのを防ぐのに最適な蛇さんだったからスライムさんが教えてくれたのだろうか？　そして4つ目の『各種状態異常付与』ってこれもうヤバいだろうなー……うん、3つ目でも擽(くすぐ)っただけで連続で飛んじゃって痙攣してたのに、状態異常付与が4つ目って……撫でただけで倒れそうだ？　うん、手加減しないと撫でただけで終わってしまって、でもあれって気絶すら出来ないらしいから永遠に終わり続けちゃいそう？　2人共大変そうだな……まあ、使うんだけど？

「うわっ、蛇生えて来た！」

だけど、この自動で動くのは制御不要で案外と便利かもしれない。魔糸も魔手も高速転移移動中は制御しきれなくって使えてないけど、自動の蛇さんなら蛇任せ？　まあ、蛇さんも瞬間移動に慣れないと吃驚(びっくり)だろうけど、手と言うか蛇が増えるのはありがたい。うん、数の暴力には手数が必要で、蛇の手も借りたい所だけど足だと蛇足かも？　まあそれ蜥蜴(とかげ)じゃんと言うツッコミはさておいてもありがたい？　みたいな？

「ありがとうスライムさん、お礼に山吹き色のお菓子(アップルパイ)をどうぞ？」（プルプル♪）

喜んでくれたようだ。甲冑委員長さんも踊りっ娘さんも、きっといっぱい悦ぶし良い事尽くめだから試作品のアップルパイ・バケツ盛くらい安いものだ。そして、やっぱりちょいちょい自壊れてたのはバレバレだった様だ。

一撃必殺で一刀両断の深い踏み込みこそがスリットさんには必要なんだとは女性には理解できないようだ。

95日目　昼　迷宮

神は死んだ——ドイツの哲学者フリードリヒ・ニーチェさんの虚無主義を表す言葉として広く引用される一文。

「死ね悪しき魔物どもめ、良い魔物は死んだ魔物だけだ！」「「「イェス、マム！」」」

アリアンナさんの号令にシスターさん達まで神様が自殺しちゃいそうな気勢を上げて、身体ごと飛び込み振り下ろす一撃。そのただ一刀の下に斬り捨て、屠り去る。ただ頑なに前に出て、ただただ愚直に斬り下ろして斬り捨てる一撃一殺。

その守りは修道服の防御力とロザリオの結界に任せて、一振りで屠るアリアンナさん達の辻斬りの殺戮。それは祈るように全身全霊の気迫の込められし一刀……示現流。

「これで、ちゃんと教会に戻れるのかな？」「でも～、この位できないと敵中に孤立するようなものだし～？」「敵中から食い破っちゃいそうだよ、この勢いだと？」「対人特化って怖いね」「しかも、あれって先に殺した者勝ち戦法だよね！」

身を守るのは難しいし、誰かを護るのはもっと難しい。だから先に殺して殺し尽くす、これは遥君の戦い方。弱いまま強い者を殺す、守れないから殺す技。

「でも、回避だけは教え込もうよ。これは脆いよね？」「だね、これは遥君にしか出来ないよね」「まあ、使い捨て兵器もあれば少々の事は何とかなるのかも？」

そう、Ｌｖさえ上げれば使い捨て兵器だって装備できて凌げる。それすらも装備できない遥君以外は、お金さえ惜しまなければどうにか出来る。それを作れるたった1人だけが使えないけど、魔石と引き換えに破壊力を出せる。

「でも、通常の魔石兵器が効果的なのってＬｖ30位までなんだよね？」「徐々に効力が失われますから、Ｌｖ50を超えると効果は殆どないでしょうね」「まあ、でも普通は十分過ぎる兵器だよね？　高価いけど？」

抜刀が白い太腿から放たれる——対人戦向きで室内戦寄り。そして撤退戦と突破戦を重視した変則的な指導を受けた教会組さん達は、徐々にだけど連携を理解し布陣を覚えながら魔物を打ち減らしつつ撤退戦ができてきている。

「問題は装備をしていない時ですよ」「それはＬｖを上げて技を身に付けるしかありませんね」「まあ、でもあの修道服がデフォなら問題なくない？」「むしろ問題は『収納』をスリットの中に付与しているところ？」「「うん、有罪判決でお説教決定だね！」」

寄らば斬る、鎧を着た「アーマード・ギボン　Ｌｖ27」を一刀両断に斬り下ろす。遥君が「アーマード・ロングアームドエイプ」の方が格好良いし分かりやすいと文句付けていた手長猿さん達が、長い腕を活かし切り込んでも一刀のもと斬り落とされていく豪剣。

「残り僅か、反転突破で（ピー）を磨り潰してハンバーガーにして（ピー）に（ピー）して（ピー）してやりなさい！」「「「イェス、マム！」」」

女の子って言うか女性が（ピー）って（ピー）は駄目だからね！　だけどみんな戦闘が始まると顔つきと言葉遣いが豹変する。それまでが真面目でにこやかで、礼儀正しく優しい気な分だけ落差が凄い。だって、さっきまで「何から何までお世話になってしまい、ありがとうございます」とか言っていたシスターさんが「うららっららららっらららっらっ、お前達には地獄ですら生温い！」とか叫びながら魔物さん達を笑顔で両断しているの？

「確かにあのままの性格で戦闘は不安があったんだけど」「うん、戦闘は不安がなくなったのに不安が増大中？」「耐性系アクセサリーも充分みたいだし、後は狙撃防止の探知系？」「あとはお風呂なんかの修道服を着てない時が防御力が不安かも」「こうやって見ると……修道服って有りかも？」「「「有りだね、追加注文だ！」」」

周りが全て敵かもしれない教会内部。そんな実質敵中に戻るのなら、完璧に守るのなんて本来は絶望的。だから遥君は守らせない、寧ろ敵中だからこそ破壊を目指している。そう、完全に守り抜く事は不可能だけれど、皆殺しなら可能だと教会施設を内部から破壊し壊滅させながらの突破脱出ならば出来るんだと。

だけど……確かにセクシー修道服は素敵なんだけど、みんなバーゲンで破産してたよね？　現在貸主さんも含め全員仲良く破産決定だからね？　新メニューの波状攻撃で今ではエンゲル係数が凄い事になっているんだから……か、稼がないと！

「問題は無事にシスターさんたちが脱出した後だね」「修道士さん達が個別に爆発物の取り扱いと設置を習ってるって」「「ああーっ、それって内部からの破壊工作だ!?」」

教会の本拠地である大聖堂は信仰の頂点であり、難攻不落の要塞。でも中から破壊されれば脆いはず、所詮はただの石造りの構造物。要である支柱や壁を破壊していけば自(おの)ずと自重で崩壊する、そうなればシスターさん達を追う処(どころ)の騒ぎでは確かになくなるよね？

いつだって絶望的でも何とかなる可能性の種を仕込み、そうできるようにあらん限りの仕掛けを張り巡らせる。何かが起きた時にどうにか出来るようにって、いつも奇跡みたいな出来事の裏で手品師みたいに仕掛けを作り、奇術師のように騙(だま)して翻弄してる如何様師(いかさまし)。だから戦争は何とかなった、だけどギリギリだったはず。そのせいで自分を強化し過ぎた結果、自壊で破壊され襤褸襤褸(ぼろぼろ)のまま戦い抜いたせいで身体が耐えられなかった。

そんな弱体化した身体を更に装備で強化して、無理矢理戦える状態に誤魔化している。身体は脆いまま更なる力を新たな力で抑え込んで、能力も上げ技数まで増やしている。そう、きっと既に戦闘可能なまでに調整している。それでも足りないのか更なる装備強化の為(ため)に、今日はミスリルを探しに行っているの。

戦争という集団の殺し合いで、数の暴力と自爆と言う予想外の攻撃に苦戦した遥君は、『肩盾(ファンネル)』という防御と『魔糸』と言う全方位攻撃を身に付けた。そして『瞬間移動(バニッシュ)』による消失移動を制御するために、体への負荷が少ない舞踏の技術まで取り入れ剣技を磨き上げて新しい強さを手に入れようとしていた。

あれから数多（あまた）の迷宮を潰し、迷宮王を倒した遥君のLvは24のまま……弱いまま強く、脆いまま壊れながら強くなろうとしている。『変態』も随分と極めているようだけど、さすがに戦争で『変態』は……武装修道女部隊（シスター）とかが有ったら危険そうだね！

「39階層まではアリアンナさんたちの教練、実戦は任せて援護（フォロー）と指導（コーチング）。40階層からはアリアンナさん達は後衛で見学、私達がお手本だから気合入れようね！」「「「任せて！」」」

遥君は少しでも可能性を上げるために手を尽くしている。だったら私達が強くなれば良い。強くなり、不可能な事を減らせば減らすほど可能性は増えていく。そうすれば遥君の手段となり、手札として役に立てるはず。そしてアリアンナさん達を強くする。それはただの安全策以上の意味なんて無いのかも知れないけれど……何か意味が有るのかもしれないから。あの時シャリセレスさんが近衛（このえ）を率いて迷宮と戦ってくれた時みたいに、ムリムール様達が辺境を守り抜いた時のように。どんなに強くたって遥君達4人だけでは成し得ない何かがあった時の為に、出来る事は全てやり尽くして強くなってみせる！

「お手本だからね決めてよね、総員剣装備！」「「「了解（ヤー）」」」

アンジェリカさんからもネフェルティリさんからも、遥君が私達の甲冑（かっちゅう）をどれ程繰り返し試行錯誤して作り上げているかずっとずっと聞いてるの。何十回も何百回も作り直し、何千回も何万回も修正して、何億何兆の演算の中から作り上げられた甲冑。現在持ち得る全ての技術で組み上げられた、迷宮装備を超える金額度外視の究極にして至高の甲冑。私達を守ってくれる、その想いが込められた甲冑を身に纏っているんだから……これで強くなれないなんて乙女が廃るの！

「並列横隊で待機、射程まで引き付けて斬り込むよ！」「「「了解、準備完了！」」」

きっと遥君が聞けば「なんで独語の後が英語なの！」と大騒ぎしそうだけど、良い返事だ。小田君や柿崎君達が居ない今こそ役に立てないと、今出来なければ今迄私達のやって来た事の意味が無くなってしまうんだから。

異世界に来ていっぱい泣いて、いっぱい苦しんだ。そしていっぱい笑わされて、いっぱい甘やかされて……そうして、いっぱいいっぱい優しくされた。だから、だからいっぱい強くなる。だって、いっぱいのものを貰った私達は、まだ何も返せてはいないんだから。

「行けえぇぇぇぇぇぇぇいっ！」「「「了解」」」

前衛の斬り込みで敵前線を一刀のもとに壊滅。同時に2陣が前線の間を抜けて交代して、敵を斬り伏せる。一撃必殺なら2撃目は2陣に任せればいい。ちゃんと連携が出来れば陣が組める、そうすればそこに戦術が生まれる。

「一瞬で……」「皆さん凄いです！」「つ、強い」「これが黒髪の美姫」「集団が纏まるとこんな事が……」「Lv41の魔物の群れがあっさりと」

一撃必殺の二段撃ち、初撃の後の隙を2陣の一撃必殺で埋める。これを繰り返せば、一撃の後のない斬り込みでも崩されない。そして——そう思わせれば敵は押し込めなくなる。

ただし室内戦だと連携が難しくなって、狭いほど位置取りが重要。だから先ずは見て覚えてもらう。

「連携も凄いですが、作戦と指揮が見事です」「圧倒的じゃないか」「お手本と言うには凄すぎて……」「戦術とはこれほどまでに」「ですが、これが出来れば！」

　僅かになった魔物の掃討だけをアリアンナさん達に任せて下層へ進む。戦闘中でも、見学してる時は真っ当な状態でよかった。うん、後ろから我慢できずに乱入して来るんじゃないかと心配してたけど、見てるだけなら人格はまだ大丈夫みたい。そして、それは果たして大丈夫と言えるのかが心配なんだけど、優しいだけでは自分すら守れないから。

　見て覚えさせ、時々編成に混ぜて体験させる。弱った敵や数が減った魔物で戦闘経験を積ませ、最終階層の57階層へ。迷宮王戦を見学してもらう。

　護衛にアンジェリカさんとネフェルティリさんが付いているから、万が一もないのだけれど教会組を守るように布陣して剣中心に戦闘を見せる。まだまだ他人に教えたり、お手本が出来るような実力はないけど……遥君よりは良いお手本だと思うの？　うん、あれは酷かった、的確に魔物の弱点を攻撃して見せたのに虐めにしか見えなかったの？

　そして突撃だけではなく防衛に迎撃、包囲戦と教えたいことは沢山。相手が手を出せば、その腕を薙ぐ。そうして間合いを取りながら踏み込ませずに圧で止める。攻撃で迎撃しながら引き込み、周りを囲む。緑色の巨軀が突進して攻撃してくれれば、その巨大な鎌を斬り払い。払う勢いで反転させて、無防備な背中に集中攻撃。

巨大な鋼の蟷螂さんな「メタル・マンティス　Lv57」を剣戟で押し返し一方的に削り斬る。脚を出せば潰し、鎌を出せば砕く。そうやって動きを止めて囲み、背後から攻撃を重ねて弱らせていく。アリアンナさん達教会組を守るように布陣して、退きながら削り分断されないように囲み連携する。仕留めなくて良いし倒せなくて良い、守り退きながら安全であれば良い。これを教会組に教えようとしていたのだと……思うの？　うん、安全な後退戦と包囲の突破。一見すると一撃必殺の攻撃型に見えるけど、あれは威嚇。あの全力必殺の斬り落としで、攻撃を躊躇わせながら撤退する為の後の先。

きっと、これを教えたくて……出来なかった。そう、だってお手本が規格外過ぎたから。「やって見せようにも、教えようにも……きっと一撃必殺過ぎて全く撤退戦が出来なかったんだね？」（ウンウン、コクコク）「だって逃げたいのは魔物さんの方だよね？」「撤退しても魔物さん追ってこないで逃げちゃうかも？」「「「だって迷宮皇さんだもんね？」」」

うん、逃げるよね、普通に魔物さんの方が？　だって大体どんな魔物さんでも一撃で死ぬから撤退にならない。しかも4人ともイケイケで撤退戦とか退却戦したことがないと思うし？　うん、お手本に最も向かない4人が教官をしちゃったから、常識と人格が破壊され狂暴化しちゃって一撃必殺な危ない人になっちゃってたけど……多分これが教えたかったんだと思うの？　うん、お手本が失敗だったんだね！

オーバーキル過ぎで全く集団戦にならない無双なボコの魔物苛めの教官さんはお手本には向かないようだ。

95日目　夕方　オムイの領館

お小遣い稼ぎに領館に寄り、マッサージチェアーの使用料をかき集めていく。うん、お金に困った時は領館のマッサージチェアーを漁ると宿代のツケが払えるという法則が異世界ではあるようだ。そう、なんだか自販機のおつり銭漁りに通じるものがありそうだ！

「本当にありがたいよ。前回も数年分の鉄を分けて貰ったのに、凄い消費量の伸びで備蓄が無くなりそうで心配していたのだよ。あれだけ坑道を掘ってもらったのに採掘量が消費需要に追い付かないとは、発展とは凄いものだねえ……遥君達が来るまで有り得なかったから、経済予測と言うものも立ててみてはいるのだけれど全く予想を超える事ばかりで何もかもが供給が追い付かなくって本当に助かるよ」「そうそう新しく坑道も掘ったから好きに使って良いんだよ？　うん、俺の欲しい物は出なかったって言うか、ちょこちょこしか無かったから鉱脈が無さそうなんだけど鉄とか銅なら未曽有に有ったから鉱員さん達に教えてあげてね？　うん、前の所より長いから掘りやすい場所だけガンガン掘っていけば効率も上がると思うけど、ずっと鉄が出続けてブラック重労働？　世知辛いな？」

余剰で過剰な大量の鉄を領館に持って来たら、メリ父さんがさぼっていた。どうやら辺境軍はメリメリさんが率いて迷宮に潜り、王女っ娘は近衛を率いてムリムリさんに指導を受けながら別の迷宮に潜っているらしい。で、メリ父さんは1人でさぼっていたと……うん、チクっておこう！

「それで教会の方達の様子はどうだい。訓練されてるのは聞いたよ——確かに狙われるかもしれないからね。最悪辺境で殺して罪を王国に擦り付けて言い掛かりを付けて来る可能性もありそうだし、護衛を付けようかと悩んでいたんだけど自衛が出来るならそれが一番なのだろうね……教会の中で狙われかねない立場になっておられるのだから。辺境に手を差し伸べようとされたばかりに」「様子って今は委員長さん達が指導中だけど、教会騎士団くらいならもう殺れるかな？　うん、たぶん今日くらいで教会の教導騎士団とかでも渡り合えるようになると思うんだけど、経験と知識の両方が不足してるから楽勝で蹴散らせないと危なそうなんだよ？　あと、騎兵に平原とかで攻められると不利なんだよ？　まあ、魔石榴弾を大量に持たせとけばお馬さんって大体手榴弾が嫌いなんだけど、実はお馬さんじゃなくても嫌いみたいで大体みんな手榴弾を投げ込んでれば何とかなるって言う実例を尾行っ娘達が作ってたから何とかなるかも？　やっぱ対騎馬用に斬馬刀も持たしたいんだけど、今持たしている大剣で充分にお馬さんも真っ二つなんだけどお馬さん的にも斬馬刀って言う名前の響きの方が嫌がりそうだから、やっぱり斬馬刀の方がお馬さん達もびびって逃げ出したりするかもしれない可能性も無きにしも非ず？　みたいな？」

　前回見た教会の戦力ならば十分にいけそうだけど、経験不足と知識不足が否めない。それは戦闘職ではない以上致し方ない事だけど、長期戦になれば必ず差が出てしまう。だから圧倒する必要がある、って言うより圧倒してビビらせないと持久戦や消耗戦に持ち込まれると覆しがたい物量の差が如実に現れる。一気に全滅させるか、威圧で疑心暗鬼へと落とし込み手を出せない状態に持っていくのが一番。だからこその初撃必殺。

いきなり最高の一撃を見せられれば、相手は恐怖と警戒で腰が引ける。何より一撃だからこそ実力が測りきれず、攻め倦ねる可能性が高まる。だからこそ、ただ最強の一撃だけを重点的に覚え込ませ身に付けさせた。はったりでも見た以上は対処しなければならない、だからこそ力を見せ付けるのが有効だ。

「えっと遥君、護身の為に訓練をしていると聞いていたんだけど教会の騎士団に勝っちゃうのかい？　それは一対一でなのかな、まさかあの少数で騎士団ごと相手に勝っちゃったりしないよね？　あと教導騎士団は教会の最強戦力の1つなんだけど、渡り合えちゃうって何をしちゃったんだい。確か今日が訓練2日目だって聞いたんだけど！」

教国軍は総じて低Ｌｖだった。確かに総合力は高いが、それは武装と魔道具による上げ底の強さだった。だから武器装備破壊特化の『破壊のファルシオン』を標準装備させ、修道服には耐性とスキル無効化と反射防御が大盤振る舞いで掛けてある。あと、ロザリオは簡易だけど緊急用の『結界』装備だから、あれなら充分に余裕をもって安全策でも勝てるはず。最強戦力とかなら無理でも、教会側だって無力と思っているシスターっ娘たち相手にいきなり奥の手なんて使ってこないはずだ。

ただし逃亡や長期戦を見越して集団行動を覚えておかないといけないから、委員長様にお任せしてみた。指揮と集団戦闘なら辺境軍や近衛師団に習うより格段に上だし、教えるのも上手(うま)い。俺達だとパーティーが組めないから集団戦が教えられないし、シスターっ娘達を連れて行ける中層だと甲冑(かっちゅう)委員長さん達がオーバーキル過ぎて全くさっぱり集団戦にならない。うん、撤退する前に魔物が全滅しちゃうんだよ？　大体、見習わせようにも甲冑委員長さん達だと剣閃(けんせん)が速すぎて見えてないだろうし？

「2日目だから応用編の集団訓練に入ってるから、騎士団ごと殺れると思うよ？　Ｌｖ差さえなければ教会の豪華装備や魔道具だって武器破壊や無効化で対応できるし、Ｌｖ上げは辺境の方が便利で有利で魔石も取れてお得なＬｖ上げスポットだからＬｖ50を超えてしまえば教会の通常兵力相手なら勝てるはずなんだよ？　うん、だって修道服がエロくて大剣ファルシオン装備でスリットから網タイツなんだよ！　あれは凄エロいんだよ！」

茫洋(ぼうよう)と相手の全体を視界に捉えていなければ対応できない。だが、あの深いスリットから覗(のぞ)く太腿(ふともも)さんの魅惑攻撃と、その太腿さんを包み込む網タイツさんの魅了効果に加え絶対領域なガータベルトのフリルによる幻惑効果に誘われガン見した瞬間に……抜かれ振り下ろされる甲冑ごと斬り裂くファルシオンの一太刀。あれは見たら殺されると分かっていても見ちゃうだろう。だって、あれは超強力に誘(いざな)う隙間の罠(わな)。そう、対人戦特化で男相手なら、あのスリットこそが最強の凶器なんだよ！

「とある説では悪い奴(やつ)って逃げると追いかけてくる習性があるらしくて、後ろを見せると危険だから……先に殺害すればもう安全で、全員殺してから逃げれば超安全？　うん、大体世の中は皆殺しにしたら、そして誰もいなくなったから超安心ってアガサさんも言ってたかどうかはとっても謎（ミステリー）に包まれているんだよ？」

　それからチャラ王から送られて来た知らせや情報を聞き出して現状を探る。現在尾行っ娘一族も王都を中心に教国の暗部の動きを探っていて、実際王城にも暗殺者らしきものが数度侵入したらしい。まあ、王城にはレロレロのおっさんが居るからレロレロされたんだろう。但し、もしも美人女暗殺者さんなら丁寧にご案内してこっちに回すように念を押してるけどレロレロしていたら許さない！　うん、またボコろう!!

　メイドっ娘の部下達のメイドさん部隊も支給したメイド服装備で探知に索敵可能で、戦闘にも強化されてるし大丈夫だろう。あれって全身に罠（触ると危険だ）も仕掛けてあるし？

　それに少数精鋭の破壊部隊を送り込んで来ても莫迦たちのカモだ。特殊部隊の陽動作戦だろうと欺瞞（ぎまん）した奇策だろうと、莫迦（ばか）だから引っ掛からない！　うん、すっごく莫迦だから意味も理解せずにまっすぐ殺しに行く。ある意味で特殊工作員の天敵で、あいつらは敵に回すと恐ろしく味方にするとただの莫迦！　うん、嫌な莫迦だった!?

　それから側近さんや文官のおっさん達が押し寄せて、あれこれ聞かれあれこれ報告される。部屋の隅っこでメリ父さんがイジけてるけど放置（ほっとこう）？　うん、用ないし？　まあ、内政関係は側近さんに言っておいたほうが早いから、新しい坑道と埋蔵地点のメモを書いて渡し、次の鉱山開発の計画も指示しておく。メリ父さんは諦めてマッサージチェアーで癒されているようだ……うん、いないほうが早いな？

「溶鉱炉造っちゃう？　でっかいの作れば単価も下がるし、人手も逆に減らせるよ？　ただし燃料馬鹿食いでずっと動かして大量生産しか出来ないけど、製造量当たりでみれば燃料も人手も節約されるから準備だけが大変？　みたいな？」

ただ専門家のオタたちが留守だ。あいつらの専門知識と設計図作製までの能力は卓越したものがある。作らせると……止めよう、考えるのが怖すぎる！　うん、次は巨大ロボットとか出てきそうだ！　なんかちょっと欲しいのがムカつくよ!?

「いやいや農業は不作補償を付けても大規模一括にした方がお得で、作付けのローテーション工程が面倒だけど一回仕組みが出来れば作るのも管理するのも楽なんだよ？　ただ隣接してると害虫や病気でやられちゃうから違う作物を挟んで、あとは作りやすく運びやすく少ない人手で沢山の農地を管理できるようにしないと回らないんだよ。うん、沢山作らないと食べ尽くす恐ろしい集団を朝晩見てるから間違いないんだよ？」「「「なるほど」」」

ただでさえ畜産が遅れてるから、人手を取られると困る。だってチーズがないとピザが食べられない！　工業は安定し始めているけど、需要には追い付けていないらしい。まあ、無理に追いつく必要がない。これは特需、確かに短期的には投資して売り捌けば儲かる。だけど消費サイクルを超えて金儲けに走っても、余剰が出始めたら結局縮小しなければならなくなる。そんな小金の為に使える労力が有るなら、より生産性が高く効率的な工場にしていった方が有意義だ。しかし魔道具工房は広めたいけど、教会から狙われるリスクも高い。今は魔石加工だけは内職でやって、道具だけ工房化していくしかないだろう。

辺境は王国経済の中心地となり、この街も人口が2倍になっているそうだ。普通は急激な流入者は軋轢(あつれき)を起こし、治安上の問題になるんだけど……うん、この街は何の問題もない。だって、ある訳が無い。たとえ裏社会の構成員が入って来たところで、棍棒(こんぼう)装備の辺境の奥様(おばちゃん)達が居る街で悪行なんて出来ない！　だって、奥様(おばちゃん)達と揉(も)めるくらいなら、素直に魔の森で魔物と揉めてた方が安全だし儲かるんだよ？

魔動冷蔵庫と魔動洗濯機は量産化はできたけど、動力の魔石加工は内職量を増やすしかない。忙しくて魔動リヤカーには手が出せていないんだけど、大量輸送に適応した道具が欲しいが船だとなんかオタたちに負けたみたいで嫌だ！　まあ、しばらくはオタ達と沈没丸を扱(こ)き使いつつ新技術の開発で無用の長物にしてやりたいのに、現状は俺がアイテム袋に詰め込んで飛んでいくのが最も効率的かつ速い。何せ容量は無制限で飛んで落ちるだけの高速輸送なんだよ？

「そのうちに王都までは輸送も受け付けるけど、何でもかんでもやっちゃうと産業が育たないからね？　まずは商人たち優先でばら撒(ま)けば、あとは商人さんが自力で頑張って効率的に発展させていくんだよ。それを下手に行政でやろうとせずにどんどん投げてね？　人の生活は人が作るものなんだから、変に手を突っ込み過ぎたら駄目なんだよ？　みんなが頑張ってるんだからお役所は手伝うだけで、みんなが勝手に頑張って勝手に幸せになっていくのを眺めてるのが仕事なんだよ？」

経済学の父アダム・スミスさんも経済は市場原理に任せた方が良いから、爺（神）が手を突っ込んできたら叩き斬れと言う「神の見えざる手（切断済み！）」と言う名言を残しているとかいないとか？　まあ、斬っとけば良いだろう？

「まあ、あれは重商主義のアンチテーゼで、実際は行き過ぎた市場主義は儲かる作物に生産が集中し過ぎて値崩れを起こして逆に不足するなんてお馬鹿な事も起こすから、規制は必要だけど市場に任せるしかないいんだよって言うのが経済？　うん、俺はそれをお宿内JK経済から学んだんだよ！」「遥君、王都からも輸出要請が大量に来ているんだけどね」

「王都から商人呼んじゃいなよ。後は勝手に競争するから談合出来ない様に適正価格で僅かに輸出するだけで良いよ。今はとにかく王国中の経済をかき回し循環させて血を巡らせる時で、問題が出て治療するのはまだ先で、それすら出来てなければその地の領主は首ちょんぱで良いし？　いらないいな？」

　王国の経済が優位に立てば商国は従う。って言うより既にもう打開できない。商国は流通以外の能力を失った、王国から買い叩く茸と魔石、攫って売るだけの獣人奴隷と言う主要産業が壊滅してる。あとは教会から魔道具の販売で商品を回しているだけの契約運送業だ。確かに多くの商会を持ち、その販売力は高いのだろう。でも、もはやそれにすら何の意味も無くなった。自分達で儲かる仕事だけに力を入れ、他を切り捨ててきた利益優先のせいで——商国にはもう物を作り出す力が残っていない。流通だけなのに仕入れを閉ざされた商国には、もう商人以外の資産がない。その商人達が商売や情報ではなく武力と政治力で金儲けをして来たせいで、真っ当な商人も技術者も消え去った。つまり、もう商売も出来ない商人しかいない国。そんな国に未来なんて有るはずがない。

　唯一の道は獣人を攫い、運河の流通を押さえて奴隷売買を仕切り流通を独占するしかなかった。だがオタ達が行った以上は、もう獣人は攫えない。何より運河はオタ海賊団に奪われてしまって店仕舞(The End)だ。

　そして教国。教国の強さとは魔道具技術の独占による経済力と政治力、そして魔道具と金に飽かした軍隊の武力と教会の信仰。経済と政治と武力と宗教の4つが一体となっている事こそが強みだった、だがそれも壊れた。教国は魔石を手に入れられないし、魔道具は王国で製造を始められ経済は死ぬ。

　武力は先の戦争で大打撃を受けただろうし、隠し玉の踊りっ娘さんを奪われて迷宮の人工氾濫(スタンピード)も使えなくなった。そして独占品もお金も武力もない国に政治力なんて残る筈(はず)がない。つまり残りは宗教だけ。

　まあ、勝手に拝んで祈って滅びれば良い。それだけで解決できるなら教国で、祈っても助からないなら宗教国家ではないのだから勝手に極貧国にでも何にでもなればいい。だけど商国と教国が弱体化すれば王国は有利なんだけど、今度は教国と商国と言う防波堤が無くなると……その先の国がどう動くか。

「遥君、王からも獣人国への援助要請が来ているんだけど、何故(なぜ)だか獣人国に悪感情を持っているのは感じてるんだけどね……何を怒ってるのかは分からないんだが、友好国でもあるし教会のせいで獣人差別が広まってしまい苦しい立場なんだよ。出来る事ならば私からもお願いをしたい。もちろんお願いするだけで断ってくれても全く構わない、そもそも私にも王にも山のように借りは有っても貸し一つない。本来頼み事が出来る立場ですらない、ただのお願いだけだ……獣人は誇り高く、勇敢で個人としても凄まじく強い。だが数が少なく、その少数が更に部族制で分かれていてね。そして経済が弱いせいで精鋭揃いでも数と装備が貧弱なんだ。今のままでは……早晩滅びかねないのだよ」「援助とかする気はないけど経済問題は流通が整い次第輸入を始めるし、当然交易になるからお金は潤うんじゃないかな？　オタ達が獣人国領に入るから奴隷狩りは難しいと思うし、王都に莫迦たちも行ってるから大丈夫？って言うか運河からの進攻を抑えられないから獣人国は守れなかったんだけど、運河はこっちが押さえたよ？　これで敵は船を使えないから、陸路からの森林戦なら獣人国の軍隊で勝てるはずだよね？　王国側からももう回り込めない以上、後は獣人国って言う国の問題だから俺は関係ないよ？」

獣人はオタ達が助けるし、手が足りなければ莫迦達も手伝うだろう。それに必要なだけの物資は渡してあるから、獣人国なんて国家は知らないし興味はない。どのくらい興味が無いかって獣人国の名前も覚えていないほどどうでもいい。マジどうでもいい。

マッサージチェアーの使用料と鉄の買い取りで大量の金貨を貰ってお大尽様復活祭だ。割とよく復活するんだけど薄翅蜉蝣の様に儚いお大尽様発動中だから宿に戻って看板庶民娘に宿代を払ってお菓子でも施してやろう。

「まあ、薄翅蜉蝣ってさも蜉蝣の仲間みたいな見た目と名前をしながらカゲロウ目とは縁遠い虫さんで、短命な蜉蝣さんの成虫と違って羽化後3週間とか生きるし、大体幼虫時は蟻地獄さんで地域によっては極楽トンボと呼ばれて楽しそうだったりする偽蜉蝣さんだけど……あれって儚いのかな？」

退屈で寝てしまったスライムさんを頭に乗せて宿にむかう。思ったより時間が掛かったからみんなもう帰って来ててお腹を空かして暴れ回ってるかも知れない。うん、孤児院と繋がっているから孤児っ子達の晩御飯が危険だ、早く帰ろう！

こんな事も在ろうかと思ったけど、あんな事も在ったなーってそんな事も在ろうと思って作っておいた？

95日目　夕方　宿屋　白い変人

宿に戻ると「「「おかえりなさいませご主人様、萌え萌えきゅん♥」」」……そこはメイド宿屋だった。異世界は謎に満ちているが、女子さん達の頭の中も謎が満ち溢れるミステリアスJKさんだったようだ？　うん、迷宮で悪い魔物でも食べたんだろうか？

「ただいま、っていったい何してるの!?　宿代払えなくてメイドさんで働いてるの？　そ、その手があったかー！って、でもそのメイド服は家政婦さんのお仕事をする気が欠片の片鱗も見られないタイプのミニスカメイドさんで、絶対領域がずらっと並んで絶対地帯が痴態に形成されたニーソックスさんとニーストッキングさんが覇権を競う群雄割拠なメイド服さん達が一堂に会してどうしたの？」「「「まあまあ、こちらへどうぞご主人様♥」」」

怪しい罠だって、もう少し控えめだろうって言うくらいに妖しい女子高生ミニスカメイドさんたちのお出迎えだった。既に『魔纏』を纏い、スキル効果を重ね掛けし臨戦態勢。気配探知と空間把握で逐一半径200メートル範囲の空間の状況を把握しているが、空間を把握しても全く状況が把握できない！

「今日もお仕事お疲れさまでした、ご主人様♥」「そーそー、お疲れですね。肩お揉みしちゃうね♥」「うん、まずはマントとグローブを外して、肩盾も取っちゃいますね、ご主人様♥」

武装解除だと!?　世界樹の杖はアイテム袋に収納しているけど、一瞬の間に3つもの装備が解除されて奪われた。由々しき事態だ、だが向こうには甲冑委員長メイドさんと踊りっ娘メイドさんのW迷宮皇メイドさんがいる。逃げ出す隙も無いけど、迷宮皇さんってミニスカメイドしてて良いもんなの？　いや、とても良いものなのだが、ゴスロリ風から正統派にクラシカルから初代制服のアメリーメイド服！　ヴィクトリアンメイドからチューダーメイドにランチェスターメイドまで勢揃いで、ふりふりとフリルが揺れて太腿さんが見せつけられる！

「ちょ、ロングのメイド服も作ってるはずなのに全員がミニで、シスターっ娘さん達までミニスカメイド姿で恥ずかしそうに縮こまってて思わずミニスカメイド修道服とか作っちゃいそうだけど、それって修道女さんとしてどうなの!? 粗食の清貧で今まで戦闘や運動に縁がなく年齢も20代中盤から上のお姉さん達だけあって……太腿さんのむっちり感が違う！ こ、これが成熟感の罠!!」「はい、これ屋台のだけどメイドさんの手作りオムライス♥」「「「美味しくなーれ、萌え萌えキュン♥」」」「はい、あ～ん♥」「あっ、私もあ～ん♥」「こっちは～フ～フ～あ～ん♥」「はい、ご主人様♥」「食べて食べて♥」「「「あ～ん♥」」」

怪しさMAXを超え限界突破だ！ どっかの豪運さんみたいだけど、空前絶後の怪しさに驚天動地のご奉仕メイドさん達だった。って言うか男子高校生は、あーんとか出来ないから！ それ恥ずかしくて羞恥刑で、あれは彼女と恥ずかしさMAXでやるから良いんであって、彼女いない歴＝年齢な高校2年生には無理ゲー過ぎる。なのに腕は抱きつくように抱え込まれて両手はむにゅむにゅっと拘束され、椅子に座らされたまま突き出されてくる無数のスプーン達。食べないとフォークに代わったらヤバい、あれは三叉鉾ってルビが付いてるだけの兵器なんだよ！

「「「あ～ん♥」」」

恥ずい！ マジ恥ずい！ なんか口を開けて入れられるのが、ここまで恥ずかしいとは思わなかった。これやってればバカップルと言われるのも納得だ、普通の神経じゃ恥ずかしすぎて無理です！ あと、量が多いよ!!

「次、私のー」「「「あ～ん♥」」」「こっちも食べて」「「「あ～ん♥」」」「私のも食べて下さい、頑張ります」「「「あ～ん♥」」」「もう、早く食べて食べて♥」「「「あーん♥」」」

　これって全員から食べるまで終わらないお羞恥プレイなの？　うん、こっちの性癖は嗜んでないんだよ？　うん、マジ無理。これ平気で出来るやつは絶対頭おかしいか、羞恥プレイマニアな裸ロングコートの人かどっちかに違いない！　もぐもぐとオムライスを食べながら窺い視て、視切る。シスターっ娘達は恥ずかしいのもあるけど、あれは困っている。どうして良いか分からなくて、それでいて申し訳なさそうな表情。そしてムチムチの絶対領域の太腿さん……は置いといて、シスターっ娘達が絡む事柄なのだろう。

　多分、お願いがあるのか要望があるのか、頼み事なら恥ずかしいからこれ止めてくれたら聞くんだけど？　うん、寧ろこれ全部やってからお願いって、これこそが羞恥罰ゲームだから！　女子に「あーん」してる顔見られるとかマジ恥ずいよ、マジもう勘弁して（あむ、ぱく、もぐもぐ？）って多いって！

「遥君お願いします」「「「お願いします」」」「私たちに修道服を作って下さい！」「えっと、修道女コスプレでハロウィンでもするの？　あの西洋でコスプレして悪戯で脅迫してお菓子を強奪するって言う凶悪な、ある意味お菓子をあげて悪戯する人の方が真っ当に見えちゃう脅迫と強奪の2択な何故だかとっても既視感なアレしちゃうの？　お菓子いる？」

　古代ケルト人のお祭りとも言われ、秋の収穫を祝い悪霊などを追い出す宗教的な意味合いのある行事だったはずが、いつの間にか悪戯脅迫とお菓子強奪の2択な南瓜大王が現れるとか現れないとか言う謎のイベント化してしまったハロウィンさんなのだろうか？

　ケルト人の1年の終わりを表す10月31日の夜は、夏の終わりと冬の始まりであり死者の霊が家族を訪ねてくると信じられていて、時期を同じくして出てくる有害な精霊や魔女から身を守るために仮面を被(かぶ)り、魔除(まよ)けの焚(た)き火(び)を焚く行事だったと言う。そして魔女やお化けに仮装した子供達が近くの家を1軒ずつ訪ねてはトリック・オア・トリート(Trick or treat)「お菓子をくれないと悪戯するよ」と南瓜ランタンが有名なアレだ。有名だけど、お菓子あげるから悪戯させてと言う事案ｏｒ通報なアレとは無関係らしい？

「「「お菓子はいるけど違うから！」」」

　違うらしい。つまりハロウィンは関係ないがお菓子はいると？　いや、まあアレやらかすくらいならお菓子あげちゃうけど、ただのコスプレなのだろうか？

「遥君、とっても大変だと思うんだけど、私達に戦闘用の修道服を作って欲しいの。うん、人数が人数だし布の修道服を戦闘用に作るなんて大変な作業だと思う。それでもお願い、お金は絶対に払うし高いのも覚悟してるから……お願いします！」「「「お願いします！」」」

　ああー、これ教国に行く気だ。おそらくシスターっ娘達と仲良くなって、救けたくなった。無関係な犠牲者を出したくなくって、でもその為(ため)には乗り込み敵を選(よ)り分けて戦う必要がある。その潜入の為の修道服、だから戦闘用。

　甘い、甘すぎる。もう口から砂糖どころかメガ粒子砲が出そうなほどに甘い。敵地に乗り込み、敵陣営の民間人を巻き込まないように戦うなんて自殺行為だ。ましてその民間人は全てが教徒で、全員が敵になる可能性がある。守るべき者まで敵になりかねないと言う、不利とか言うレベルじゃない自殺行為にも等しい危険な行為だ。そして、それをシスターっ娘達がやろうとし、委員長さん達は助けたいと思ってしまったんだろう。もう、莫迦っ娘とかに改名してバケツでご飯食べさせたくなる程のお莫迦さん達だ。そして恐らく可愛いバケツだったら喜びそうだ？　うん、女子力残ってる？

「助けたいの？　その助ける相手は辺境を穢れた地と呼んで見捨てて、獣人達を穢れた生き物と呼んで差別し奴隷にして、ついでに爺愛好家の変質者集団なのに？　助けても敵に回るだけだよ。だって敵と同じ思想に従う信仰者だよ？　そんなものを危険を冒して守る意味は何なの、それは守る価値のあるものなの？　もし仮に俺達が守って助けてあげたとして、その人達が辺境や獣人を害したらどうするの？　だって、その思想を支持してる人達なんだよ。思想も宗教も自由な権利だけど、その行いの責任として復讐される義務があるんだよ？　だって同罪だし？」

　虐げ傷付けておいて「騙された、知らなかった、考えもしなかった」なんて言い訳は通らない。それを信仰して支持したのなら、それは加担している。それは結果に報いるべき十分な罪で、善かれと思っていようが悪意を持っていようが虐げられ傷付けられ奪われ殺された人達からすれば大した違いなんてないのだから。

「……遥様。責は全て我ら教会の者に在ります。そして神の名のもとにその人達が害を為すならば……斬ります。教え語らい、共に考えて論じます。それでも尚、害を為すならば

我らの責として責任を取ります。どうか1度だけ御慈悲をお願い致します」

　覚悟が出来たのか、その場凌ぎなのかはきっとシスターっ娘にも分からないのだろう。ただ決意を持ち、覚悟を決める意思を持った。だから甘々なミニスカメイドさん達がお願いに来た……うん、恥ずかしいから普通に頼んでくれないかな？　結構、何かがガリガリと削られたんだよ！　うん、メイド喫茶に通える奴って精神耐性が相当の高Ｌｖに違いないよ！　メイドさんは大変に素晴らしいんだけど、普通の男子高校生には居た堪れない破壊力があり過ぎで何が破壊されたのかが分からないけど被害甚大だったよ！

　まあ、こんな事も在ろうかと実は全員分の戦闘用のセクシー修道服は作製済みだったりする。あんな事も在ろうかとミニバージョンも作成済みだ。実は何も考えてなかったけど、思わず作って有っちゃったりする？

　勿論、甲冑委員長さんと踊りっ娘さんの分は4種類ずつ試作済みなのだ！　そう、勿論スリットとミニで計8種を試さねばならないに決まってる、って言うか決めたんだよ！　うん、頑張ろう!!

俺のご意見が反映されず高スルー率の無抵抗さに言って歌って踊りも付けてオペラってみた。

96日目　朝　宿屋　白い変人

修道服と言うのが何とも言えない背教感で、清廉ながらも肉感的なボリュームを醸し出す背徳的な素肌の誘惑の魅惑な曲線美(ヒップライン)からの絶対領域。そして網タイツに包まれた太腿(ふともも)さんと宗教論争を戦わせて撫(な)で回し、普遍論争の如(ごと)く堂々巡りに繰り返される目眩(めくるめ)く官能感が修道服により更なる淫靡(いんび)な妖艶さを強調して零(こぼ)れ出る肉体の生々しさを引き立てている！　うん、これは良いものだった!!

深夜の協議の結果、触手さん禁止の代わりに甲冑(かっちゅう)委員長さんと踊りっ娘さんも力業による拘束は無しと言う平等条約な協定が結ばれ、夜の帳(とばり)がとばっちりで破れるほどのセクシーシスターさんとの戦いの幕は開けた。勿論(もちろん)、協定通りに出番のない魔手さんに代わり、新登場な百の頭のヒュドラさんが大躍進に大活躍で修道服の白い胸元を弄(まさぐ)り回り琥珀(こはく)の絶対領域の奥へ潜り滑り込み、巻き付いて腕を縛り上げて細い足首を搦め捕って長い脚を大きく割り裂くとうねうねと全身を嬲(なぶ)るように這(は)いずり柔肉に絡み付いて緊縛し、その細かく無数に生えた牙で甘噛(あまが)みしながら真紅の舌先で舐(な)めて柔肉を咀嚼(そしゃく)する百の蛇身が悶(もだ)える肢体を捏(こ)ね回していくと言う素敵な邪神祭(スネークフェスティバル)に、初対面の甲冑委員長さんも踊りっ娘(こ)さんも感涙しながら親睦とか侵入とかを深めちゃって仰け反っちゃって煌々と交友をかわして交遊に愉しく弄ばれて黒と白のベールに包まれたお顔も悦びの表情で格別のようだった。

「ズルい、触手は禁止……んあぁ♥」「うん、つまり蛇さんは初登場で初参戦な初入場だからセーフなんだよ」（シューシュー♪）「「「ひぃぃぃぃっ♥」」」

高々と掲げられた震える丸い尻肉を甘噛みし、唾液で『感度上昇』を付与されて快感に喘ぎ泣く嬌声。柔肉を絞るように巻き付く蛇身の頭部から伸びる、紅い蛇舌に先端を舐めまわされ『催淫』を付与されて悶え狂うエロティックな修道女達の饗宴。その悶える生肌を埋め尽くす蛇身が畝りニョロニョロと這い回りチロチロと舌先で女肉を嬲り続ける。

百の蛇からの百の責め苦に苛まれ、爬虫類特有の滑った皮膚感触に全身を冒され嬲り尽くされ、泣き狂う修道女さん達の背徳のエロス。って言うかエロい！

「ちょ、出番がない！　蛇さんも魔力体になったんだから触手さんと同じ魔力接続で、自由に動き蠢くけど感触はちゃんと伝わってくるんだけど……１００の蛇身から伝わる柔らかな肉の感触と、火照った肌の温かさに感じいって見入って見惚れてたら男子高校生さんの出番がなかったよ！」（シュウシュウ？）

やはり感度上昇の四重奏は神経を淫らに灼き尽くして官能に狂わせ、唇やいろんな所から唾液を垂らしながらぐちゅぐちゅと濡れた音を立て白目を剝き長い舌を垂らして微笑み痙攣する２人の美女。その意識はすぐに『回復』されるけど、もはや自我を失い刺激されるままに悶え乱れる肉の人形の如く、それはもう蛇さん達の成すが儘に嬲られ玩具の様に弄ばれて戦慄き続ける淫靡で美麗な2つの姿態。

当然だが羅神眼さんも全力記録中の永久保存版量産中で大忙しで、蛇さんはとても良い蛇さんだった。うん、中々こう分かっていらっしゃる蛇さんで、寧ろ一体何を仕出かして地中に封印されていたか気になるくらいに技巧的な蛇さんで超拾い物だった。うん、ラフレシアさんとも意気投合しそうな有為な人材と言うか蛇材だな？

「いや、だって時が経つのも忘れるくらいの魅惑のスネークショーの素晴らしさに心を奪われてたら……2人とも徐々に瞳に光が戻って、滅茶ジトってるな！」

そう、「天はジトの上にジトを作らず、ジトの下にジトを作らず」と伝えられているが、これはやばいジトだ。心を無にしたような虚無を秘めたジトで、無表情なジトでありながらその口角は僅かに上がり手にはモーニングスターを持って……ジトオコだった!?

流れる時間を無理矢理に押し止め、智慧による超高速の思考加速で時の流れを遅延させて時間遅延の蒼い世界に没入する。立体裁断で身体に衣装を纏わせて行く様に、魔力と効果を重ね合わせて補正し調整する。体感覚で干渉し制御して指先から心臓まで、足裏から髪の毛先までを掌握して空間の中で認識し操作して永遠より緩い時間の流れの中を逃げる！

マジ逃げる。だって、あれはオコだ！　しかも激オコで、おそらくプンプン丸さんも発動のムカ着火ファイアーまで降臨した究極のオコ。重い水底を走るように空気と言う名の液体を掻き分けて身体を操作し、瞬間よりも速く逃げる！　1ミリでも遠く、果てしない

1センチ先を求める様にひた走る!!　だが訓練場まで追い立てられ、ついには囲まれた瞬間に世界は鉄球になった。目に映るものは巨大な鉄球のみの、ただ鉄色の世界……オコだと思ったらボコだった?　みたいな?

(ベキッ!　バキッ!　ボコッ!　グチャ!　ドカンッ!　ガゴッ!　ズバッ!　ボキッ!　ドゴン!)「「ぜーぜーぜー、悪、即、ボコ!　ぜーぜーぜーっ!」」

　昨晩ミスリルを増量した肩盾は片側6枚の計12枚。鋭角な三角形の鉄板が鱗(うろこ)状に重なり合い、鎖骨から肩を覆い肘下まで伸びる形になった。その先にはガントレット化されたグローブが装備され、肩から指先まで使い鉄球を決して受け止めずに力や勢いに逆らう事なく僅かに押すように力を加えて軌道を逸(そ)らす。身体を反らして鉄球を逸らし、話題を逸らそうと愉快な異世界ジョークを飛ばしてみるけど鉄球が飛んでくるお返事無しの激オコだ!　掠(かす)めるように躱(かわ)し、霞(かす)む様に消失(バニッシュ)しても満天のボコ(モーニングスター)。オコとボコが交響曲(シンフォニー)のように美しい旋律と軌道で舞い踊る。だが、この鉄色の空を掻い潜(くぐ)った先にしか俺のグッドモーニングは無い!　分かりやすく標準語で言うと、強制永眠が強行されそうなんだよ!

「いや、あれは蛇(ヒュド)さんが『初めまして、これから宜(よろ)しくニョロ?』って言う初対面の礼儀を弁(わきま)えた御挨拶で。俺は約束通りに魔手さんを使って無い無罪確定な男子高校生さんなんだから俺は悪くないんだよ?　うん、決して蛇さん達も悪気があった訳じゃなくて、心ばかりの御挨拶ニョロって燥(はしゃ)いでニョロってみただけの罪のない爬虫類さんだから……まあ、新装備?　お披露目的な?　うん、気に入って貰(もら)えたみたいで良かったよ。気が逝ってとっても良さそうで愉しくお悦びで蛇さん達も頑張った甲斐（かい）があったとか、やったとか犯（や）っちゃったとか……エロイな？」（ベゴッ！　ガスッ！　ボキッ！　バカッ！　ズドッ！ドスッ！　ゴンッ！　バキッ！　ボコッ！）

感度上昇四重掛けな蛇さん咬（か）み咬（か）みは不味（まず）かったのか、『回復』と『治癒』で気絶出来ない極限状態のまま延々と続く感度上昇四重掛け状態からの淫技付きな蛇さんの活躍は異形の触手さんにも勝るとも劣らない見事な蛇縛（にょろにょろ）感で頑張ったんだよ！　うん、感動した！

そう、初登場で最大の戦果を挙げ、思いの外に甘咬み攻撃からの蛇舌チロチロも素晴らしい働きだった。そして予想外の蛇さんと修道服の背徳の淫靡感な連携（コンビネーション）攻撃が素晴らしい協調（ハーモニー）を奏でていた同調攻撃（コラボレーション）で……あのセットはエロいな？　まあ、おかげでボコられたけどそれだけの価値、いやそれ以上の価値だった！　ただ時間が足りなかったのが悔やまれる、男子高校生の出番こそが最終幕（フィナーレ）なのに序章（イントロダクション）を汁だけで堪能し過ぎたようだ。まあ、いつの世も男子高校生とは欲求不満な物なのだろう……エロりたかったな？

「まあ、朝だから朝ご飯を作って食べようよ。きっと爽やかな朝の食卓で目が覚める刺激的な1日が始まるって言うか、朝まで刺激的過ぎたって言うか……眠い（パオン）な？　うん、完全に睡眠するのも忘れるほどの充実感だったけど、男子高校生的に出番がなかった男子高校生さんがご不満なまま朝が来たけど良いものだった！　うん、あれは素晴らしき蛇々物語（エンターテイメント）だったんだよー！」「一体どこで蛇を……あの蛇鵬緊縛（にょろにょろ）は危険！」「反則、です！　『触手

が駄目なら蛇さんを出せば良いじゃないの』って、良くないです!!」(ポヨポヨ)

朝からスライムさん以外みんなお疲れで、実は蛇さんご推薦はスライムさんなんだけど我関せずとよく眠れたようだ。今日もぽよぽよと元気いっぱいに跳ね回っている。

「「「おはよう」」」「昨日は修道服ありがとう、エロかったけど」「おはようって言うか何故朝からみんな揃ってミニチャイナなの？　シスターっ娘達までチャイナドレスをレンタル中って、中華街作って街乗っ取っちゃってリトルチャイナしちゃいなよって言うチャラいノリなチャイナなの？　ていうかエロいな!?」

太腿さんです。スリットから見え隠れする太腿さんはたいそう素敵なものだし、ミニスカメイドさんの絶対領域下の限定感あふれる太腿さんも大変に麗しくあられたけど、むちむちと惜しげもなくミニチャイナさんから伸びる健康的で肉感的な脚線美と太腿さんの乱立する太腿ワールドは目の毒と言うか目のやり場に困ると言うか、百太腿は一見にしかずって目から耳に抜けないで脳内で絶賛永久保存作業中なけしからん太腿さん達がにょきにょきと生える太腿大森林は魔の森よりも危険地帯で痴態なミニチャイナさん達だったのだー！

「せっかくだしみんなで着てみたの」「似合うかなー？　どう、どう？」「いやー、シスター服から盛り上がっちゃって、今日はチャイナ？」

なにかお話ししているけど太腿さんだ。いや、太腿さんはお話しせずにムチムチしているんだけど太腿さんだ！　魚の目に水見えず、人の目に空見えず。男子高校生には太腿しか見えずって言うか、ガン見せずにおくべきかと男子高校生の目に太腿以外は映らないのも仕方が無い事だと言う意味の故事だろう。そうに違いない！　そう決めた!!

「修道服のお礼にチャイナ接待です」「ほら、屋台で肉まん買って来たんだよ、食べて食べて」「水餃子もあるよー、こっちは炒飯！」「うん、みんなで食べようよ」「女子高生のミニチャイナに囲まれて中華三昧ですよ、嬉しいでしょ♥」

　目の正月だとか目の保養とか、そんなちゃちなもんじゃない目の前は全部太腿。見るは法楽どころか悦楽感が目の毒で、刮目して見てるんだけど脇目も振らずとも辺り一面の太腿さんパノラマ展開。朝から欲求不満全開の男子高校生に試練が与えられているようだ、これが神の試練だったら爺フルボッコだな！

「遥様。教国はあまりに危険です。まして私達と一緒ならばどのような目に遭うか分かりません。私達は委員長様達のご厚情だけで充分なのです。教国への無差別攻撃さえお控え頂けましたら後は我らの責任、遥様からもお止めして頂けませんでしょうか」

　うん、やはりお姉さんなシスターっ娘達の太腿のむっちり感は、また格別で別腹だ？　しかし聖職者なのに無差別攻撃を差別して、個別反撃を容認な差別主義者とはどうなのだろう？　うん、平等な差別なき世界を求める教会なのだから、無差別飽和攻撃こそ教義に合っているはずなのに駄目らしい？　やはり宗教観の違いとは難しいものだな？

「止めるって嘗て俺の御意見が反映されるどころか取り上げてまともに論議頂けた事が無いって言うくらいに、俺の御意見のスルー率の高さが透過率の限界を超えた無抵抗主義な御意見だから言っても歌っても踊りも付けてオペラっても聞かないと思うんだよ？」

　多分、俺の御意見がほんのちょっとでも心に届いていたら、毎晩毎晩わんもあせっとしてないはずだし？　うん、あと教国は危険かもしれないけど、俺達のいた国の通説には女子高生より危ない危険物は無いって言うくらいの危険人物大集合だから教国が危険を心配すべきは危機的な太腿さん達で今が危ないいんだよ……むちむちがヤバいな！

　結局、知らない人に優しくは出来ても命までは賭けられない。女子さん達が心配してるのはシスターっ娘達、それはただ友達を見捨てたくないだけで、それ以上の深い考えはない。そう、ただシスターっ娘達に悲劇が訪れるのを我慢できないだけなんだよ。

「「「アリアンナさん、もう決めたんだから駄目だよ！」」」

　まだ準備期間（焦る時間じゃない）は有る。未だ（まだ）何がどう動くかは不透明だし未来（さき）は読めない。悪くなる事は有っても良くなる事は無さそうだけど、良いも悪いも向こうの都合でこっちはこっちで勝手にやらしてもらうから関係ない。向こうが笑いながら握手を求めてきても脅しながら剣を突き付けて来ても、それは向こうの勝手。こっちだってその足元に落とし穴を掘り、中をグロい蟲（むし）だらけにして置くのもこっちの勝手だ。

　まあ、落ちたら埋めれば良いだけだし、おっさんは埋めれば良いと王都でも言われていたし、きっとそれで解決する。うん、教国の地底人さんは大丈夫だろうか？

　これで莫迦（ばか）は王都、オタは獣人国、そして女子さん達は教国に分散してしまい辺境の戦力が無くなる。つまり俺は動けない。最大の問題は教会が踊りっ娘さんを捕まえる事が出来ていたと言う事……迷宮皇を抑え切った何かを持っている可能性がある。最悪を考えるなら教会は闇を操る術を持っているか、迷宮皇級の戦力を隠し持っているかだ。だとすれば迷宮皇3人は出せない。だけど俺が単独で動くのを甲冑委員長さんも踊りっ娘さんもスライムさんもとっても嫌がる。ムリムリ城で無理した件が不味かったのか、あの後滅茶怒られたし？

　オタ莫迦たちが戻ってくるまで動きが無ければ良いけど、先に獣人国の問題もある。商国も分裂して策動し蠢動しているから接触を図ってくるだろうけど、先ずは辺境の平和と王国の内政。なのに周りが煩わしいし、太腿が如何わしいんだよ？

　考えなければならない事は多く、しておかなければならない事も山積み。だが、昼間は稼がないといけないし、夜はとっても忙しい！　そう、御多忙なのだ!!　おかげで寝不足なのに、昨晩は寝る間もないくらい御多忙で御多望なにょろにょろへブンＷｉｔｈ修道服な夜だった。全くみんな悪い事なんてせずにエロい事でもしててくれれば世界は平和だって言うのに、困ったものだな？

96日目　昼

朝から悶々(もんもん)と魔物さんをボコる。この行き場のない男子高校生の思いを込めてボコる。きっと夜が短すぎるのも、太腿(ふともも)がむちむちだったのも、蛇がにょろにょろだったのも全部魔物が悪いに違いない！　ボコだ！　ボコこそが正義、ボコのみが真実だ！

「諸君、私はボコが好きだ。諸君、私はボコが好きだ。諸君、私はボコが大好きだ。殲滅(せんめつ)戦のボコが好きだ、電撃戦のボコが好きだ、打撃戦なボコが好きだ、防衛戦のボコが好きだ、包囲戦なボコが好きだ。突破戦のボコが好きだ、退却戦なボコが好きだ、掃討戦のボコが好きだ、撤退ボコが好きだ。迷宮で、魔の森で、何とか王国で、うん此処(ここ)なんだっけ？　この世界で行われるありとあらゆるボコ行動が大好きだー！　みたいなー!!」

と、ボコってみた。うん、少しだけほんの僅かに悶悶が消えた気がしなくもないけど魔物が足りない。このやり場の無い悶悶を刃(やいば)に乗せて、地獄の様な鉄風雷火の限りを尽くし三千世界の鴉(からす)を殺す嵐の様なボコこそを望んでいるんだよ！

「だって、気を緩めると昨晩の乱れた修道服から覗(のぞ)く艶肌に這(は)い回って締め付ける蛇縄な緊縛の懊悩(エロス)が脳内再生(リピート)されて、多重音声(サラウンド)で嬌声(きょうせい)と喘(あえ)ぎまで復元音声(リフレイン)で再放送(リバイバル)上映が始まって後方から渾身(こんしん)の力を籠めて今まさに振り下ろさんとする鉄球が一心不乱の大説教で振り下ろされる。うん、分かりやすく言うと怒られて今もジトられてるな？」

　だから罪の無き俺がボコられるより、顔も悪くてＬｖ89の魔物がボコられる方が世の為俺の為な平和的解決方法だ。ボコろう、きっとボコり尽くせぬボコの先にこそ夜がくる。終わらない昼は無い、夜はまた昇る！　まあ、太陽2個あるらしいからずっと昼とも言えるけど……まだかな？

　足捌きの歩幅を変え歩調を変速する。変拍子を入れ、足運びで拍子の可変で律動を作りボコり回る！　水平移動の舞踏には抑揚を付け、円運動のまま軸を傾け回転から縦回転への変化で止まらずに流れる。物体は運動中は姿勢が乱れにくい、その現象を利用したジャイロ効果で足捌きと腰の捻りを複合された回転方向を、肩と肘で可変させて剣閃を操る。全身の複数個所から生み出される円運動、その膨大な多軸回転運動の組み合わせで作る縦横無尽の多重回転。それを繋げて終わりのない移動と斬撃に変える嵐流のような剣舞。

　無限、螺旋、運動。『智慧』に情報を蓄積し制御可能になるまで振るわれる狂乱の剣舞。

　無限の派生が生み出す制御不能な止まらない剣技。多数を相手に長時間ＭＰ温存で戦うには慣性しかない。だから負荷で体中の関節が砕け散り、筋肉繊維は引き千切られ、加速するほど血管は次々に破裂し、神経が千千に破断する無限の自己破壊。これを正しい運用で負荷を減らし、身体と智慧に覚え込ませる。永遠を舞い剣を振るう試行錯誤の千錯万綜。

「うん、大事なのは取り敢えず腕が捥げないように注意が必要で、捥げて飛んで行くと拾って引っ付けるのって面倒だし、あれって何だか人として間違ってる気がするんだよ？

あと、痛いし？」（ポムポム！）

　膨大な装備とスキルを得て、それを制御し得る能力も持った。そして魔纏、全てを合成し増幅できる力だってある。うん、自動技が無いだけとも言う！

　だから、覚える。身体が付いて来れずに振るえていないだけで、逆説的には無限の組み合わせが可能なんだよ。うん、もう痛いとか挽げたとか泣き言を言っている場合ではない。死ななければ何とかなるし、ちょっとくらいなら死んでもどうにかなる。

「荒い。拙い。無駄だらけ……ちゃんと出来て、ました。でも……」「無茶、身体より精神、心、壊れます。剣技は、身体に添わせる。壊したら……駄目。痛いです……」

　剣技のみで「スケルトン・パラディン　Lv89」を斬り尽くしたけど、ぶっ倒れてる。一撃も貰わなかったのに、自壊で自滅が痛い自己責任で現在は血を吹き出しながら怒られ中。まあ、意識が朦朧としてよく聞き取れないけど、日頃から意識があってもお説教は聞いていなかったりするから問題は無いだろう。そう、だって大体俺は悪くないのだから！

そして心配は掛けたく無いし、もっと訓練が必要そうだな？

「いや、痛いだけですぐ治るし、このくらい毎晩の究極の再生と回復を無限に無尽蔵に繰り広げる真の戦いと較べるまでもない御遊び事の様なものなんだよ？　そう、真なる戦いとはもっと苛烈で、切実で気持ち良いものなのだー！　みたいな？」

　ジトだった？

「もう大丈夫で、ちょっと何時もより多く振り回ってみただけで治ったし大丈夫なんだよ？　だって俺の居た世界には究極呪文とも言われる「痛いの痛いの飛んでいけ、逝け『転移激痛！』って技も有って、痛いのも飛ばして他人に投げつけると解決って言う恐ろしい世界だったから平気なんだよ？　うん、風邪すら他人に感染せば治ると言われる悍ましき世界を生き抜いていたんだから、このくらい全然問題なし？　みたいな？」（ポヨポヨ）

泣きそうな顔の2人の頭を撫でる、後でお菓子でも上げれば大丈夫だろう。でも悪戯しちゃうと事案なんだろう。やはりハロウィンが根付くのは難しそうだ……悪戯したいな？　スライムさんも撫でまわしてお菓子を上げておく。心配させたみたいだし？

「いや、治るし生えるし引っ付くし大丈夫なんだって？　だって大体世の中の怪我って、治って生えて引っ付くと問題ないと思うんだよ？　釜底抽薪だな？」

身体の動きも、求めるべき剣筋も感じくらいは摑めた。身体にも智慧にもちゃんと刻み付けた。つまり、ちゃんと調整はでき始めている。後は積み重ねるしかない。だって積み上げなければ届かない。

まだ心配そうな3人に試作MkⅡな「シナモンが無いなら、林檎の皮を炙って苦みを付ければ良いじゃないないなアップルパイ」を食べさせて休憩中。普通なら「大丈夫。俺達の世界では翼も魔法も無しに空を飛んで、あの月まで行ったんだから出来ない事なんて何もないさ」的な格好良い科白で安心させてあげたいんだけど……俺は月に行った事が無いし、異世界って月が無い。うん、太陽は有るんだけど、太陽には行ってなかった……まあ、行ったら帰ってこられないだろうし、全然大丈夫ではなさそうだな？

休憩も終わり軽く剣筋だけ稽古をつけて貰う。客観的視点で経験者に見てもらい、理論的に指導を受けて正しい形を再認識できるのって物凄い役得なんだよ。自分だけの考えでは偏りも出るし、無意識に枠を作ってしまいがちになる。何より女体型甲冑は見ていて大変に楽しい！　うん、役得だ!!　そして休憩も終わり階段を下りていく。90階層が終点、最下層。そこには階層主ではなく迷宮の王が待っている。

階層主と迷宮王では大きな差があると言う。そう、迷宮の王とは他を隔絶する圧倒的な存在なのだと……まあ、違いは良く分からない？　いや、だって最初が迷宮皇だったし？

「うん、最初が圧倒的に隔絶し過ぎた孤高の圧倒感だったから、あれ見た後に迷宮王と階層主の違いとか言われても微々たるもので誤差なんだよ？　うん、きっとこっそり入れ替わってても絶対気付かないよね？」（プルプル）

むくれた顔の軀な「キング・スケルトン　Lv90」さんは巨大な骸骨さんで、合者髑髏さんとは無関係みたいでガシャガシャ言わずに音もなく巨大な剣を打ち振ってくる剣士タイプの髑髏さんだった。その巨大な体軀からは想像し難い、素早く正確な剣技は……案外、読み易くて避け易く躱し易いので踊ってみた？

「さすが、全世界を魅了したと言う伝説のダンスだった？」（ポヨポヨ♪）

首を傾けて躱し反転して避ける、甲冑委員長さんやスライムさんも歓声を上げる。踊りには厳しく一家言を持つ踊りっ娘さんまで手を叩き、ノリノリの様だ。骸骨さん相手なのでスリラーダンスで回避中だけど、本当に素晴らしいものに世界など関係ないのだろう。でも、キング・スケルトンさんはオコみたいだ？　更に剣を激しく振り回して、荒々しい剣戟（けんげき）を振るい回る……うん、踊らないらしい！

　だから当たらない。読み切られ、動きすら誘われ誘導されてしまう。だから体勢を崩して、単調になる振り回し。うん、あれが俺だ。

　真摯に剣技を学び、至誠に脚運びを習い、基本と理論を身に付けてみて初めて分かる無駄な動きと無意味な予備動作。流れに理のない剣と先への繋がりがない脚運び、ばらばらな勢いの纏（まと）まりのない速さ、ただ速くただ強い無駄な運動。きっと甲冑委員長さん達から見た俺が、あのキング・スケルトンのような無様な剣技なんだろう。だから当たる訳が無いんだよ……毎日、その甲冑委員長さん達からボコられてるから詳しいんだよ？

　整える。受け流して逸（そ）らし、舞って翻弄し躱しきる。何だかキング・スケルトンに稽古を付けてる気分だけど、自分の悪い所を目の前でまざまざと見せ付けられる気分だ。それを反面教師に、動きを研ぎ澄まして無駄を削り落としていく。

　昨日でも勝てた。でも昨日なら分からなかった。自分で壊れたから悪い所が分かる、昨日までの俺の悪い所が理解できる。うん、骨格標本だから分かりやすい!?　これが成長と言うのなら、これをあと何万回何億回かやると甲冑委員長さん達が見ている世界が見えるんだろう。それまで、ずっとボコられるんだろう……遠いな！

　詰める。交錯する意思と可能性の掛け合い。剣に向かい一歩踏み込み体を開く。これだけでキング・スケルトンの体勢が不利になり、慌てて足を入れ替え体の向きを合わせなければならなくなる。だから無駄に剣を薙いで牽制を入れ、慌てて足を捌こうとする。そんな読まれた状態の重心が揺らいだままの一刀を、振り切る前に叩いて姿勢を崩す。剣を振って後退しようとするけど、そんな崩れた体勢から振れる剣筋なんて限られてる。だから簡単に読まれて躱され、死角に潜り込まれる。うん、これって俺がよくボコられるやつだ！

先を考えずに、無駄に動けば動くほど不利になっていく。動いた結果で出来る事が限定され、可能性を減少させるから読まれる。一手毎に不利になり、不利になる度に体勢は崩れて出来る事が更に減り余計に読まれて悪手へと誘導される。だからボコられる。うん、これ朝やられたよ！　よし、八つ当たろう!!

「強く、なってます。ちゃんと、強く……なれています」（コクコク、プルプル）

珍しい合格点だ。途中で蛇さんを出すのも我慢して剣で戦って良かった。うん、蛇さんを出すとジトられるんだよ？　そう、昨晩は初対面であんなに仲良くなって、愉しく一晩中はしゃぎ回ってたのに不思議な事だ？　うん、慣れると顔に愛嬌があって可愛いんだよ？　紅い舌もチロチロしてて？　うん、滅茶逃げてるな？

「うん、つまり剣技とは可能性を高める事で、可能性が無くなっていくから追い詰められて負ける訳で……それなら剣技と蛇さんと触手さんの組み合わせにだって新たなる可能性だって有るかもしれないのに……滅茶ジトってるな？　うん、練習してみた？」

実際に剣技で追いつめられても、「剣技で勝てないならにょろにょろすれば良いじゃないの」と言う展開だってあり得る。そう、特に相手が美少女魔物っ娘だったりすれば可能性は無限大だ！　にょろいな？

「うん、昔の偉い人は『人は可能性の生き物だ』と言ってて、想像の数だけ可能性は在り即ち無限なんだよ。そう、触手だって蛇身が生えてきて粘液で振動して甘咬み出来たんだから、男子高校生の夢を見る力に不可能は無いんだよ！」

だって男子高校生の想像力は果てしなく終わりなく、1年中24時間ずっと想像中なのだから。よし、今晩も頑張ろう！

あれは悪いのはハートマン先任軍曹さんで、俺は悪くないんだよと言っているのに物分かりの悪い異世界だった？

96日目　夕方　領館

教会のアリアンナ様が見えられたと側近から伝えられ、教練の途中で執務室に向かう。そう、領館が一気に広くなったせいで遠い。そして高価な美術品が飾られた華美な廊下を通ると、未だに緊張する！　その掛けられた絵画の美しい壮麗さと、並べられた彫刻の荘厳さに脅かされながら通り抜ける。

　そう、ついこの間までは朽ちた壁紙すら張り替えられず、石壁に囲まれて暮らしていたと言うのに目が痛くなるほどの色鮮やかな壁。そこに飾られた調度品の数々の高級感に気圧されながら執務室に入る。また、この執務室が何度入っても胃が痛い。あの大きな絵画の雄大さに目が眩み、座った椅子の豪華さと座り心地の良さに逆に居た堪れない……以前はギシギシと鳴る襤褸椅子にぼやいていたのが、今では襤褸椅子が懐かしくて思わず倉庫から探し出してしまった程だ。

「オムイ様、教会から何かありましたでしょうか。我らの身柄が要求されたならば、私どもはすぐに帰参致します。どうか辺境のご迷惑にならない様お願いします」

　ソファーをお勧めして掛けて頂くが、この革張りのソファーがまた高級感あふれる豪奢な作りで何度腰かけても緊張する。ムリムリ城の豪華さに驚くも喜びを感じていたが、我が家である領館で毎日緊張しながら暮らしていると言うのも結構胃に来るものだ。

「御心配なさいますな、今の処は何も在りません。貴女方は辺境に手を差し伸べて下さった大切な御客人、教会が謂われなき罪に問うと言うならば我ら辺境は貴女方の味方です。どうか、それだけは覚えておいて頂きたい。如何にあの少年達に鍛えられようと高々20数名で国と戦うなど無謀、教国はもはや敵地と言っても差し支えないのですよ」

　無謀だ。だが頑なに無謀を押し通し、深慮遠謀な謀略の専門家の下で鍛えられていると言う。既に教会騎士団なら圧倒できて、教導騎士団とすら戦えると言う。そして少年が言うならばそうなのだろう。もう、少年が言う事ならば荒唐無稽で空理空論に聞こえても疑いの余地なく信じよう、あの少年の言を疑うくらいならこの世に信じるに値するもの等在りはしないだろう。

「身を護る術を教えて頂きました。教徒を護るには程遠いと言われましたが、力なく諦めるのではなく戦うと言う手段を手に入れられました。ですが、その力は誰かの幸せのために在りたいのです。どうか私等の為に辺境を危険に曝す事だけはお止めください」

優しく志の高い本物の聖職者たち。腐敗しきった教会に残る一欠片の良心。死を覚悟して、いらした時と何ら変わりない……何かお召し物がエロいが、それ以外は純粋無垢な聖職者の方々にしか見えない。戦えるのか――いや、少年が言うならばそれは真実。

その言がどれほど現実離れして、いかに雲を摑むような話であっても遥君は全てやって見せた。実践し証明して見せたのだ。誰にも出来ないと思われていたこの辺境を幸せにすると言う絵空事を、誰もが一笑に付する見果てぬ夢の虚しい御伽噺を実現させたのだ。

あれを信じられなくて何を信じろと言うのか、少年が出来ると言うのならそれは出来るのだ。たとえ想像がつかなくとも、あの少年が関わる事柄を想像しようと思う事こそが無謀。あの少年と現実が相反するなら、殺されるのは現実だ。あの少年こそが、現実ごときが逆らってはならぬ辺境の奇跡なのだから。

「我ら辺境軍は魔の脅威の前に無力な軍でした。ですが脅威に抗い続け、生き延びてきた軍でもあるのですよ。我等が恩人のために戦うことを恐れる者など居りませぬ。そして今度は必ずや辺境の平和も、そして辺境のお客人も守って見せます。御心配なさいますな」

そして話は平行線を辿り、私は辺境軍の強さを教えて安心して頂こうと訓練にお誘いした。指導の1つもしようと演習場に向かったら……マジで？

「遥様に頂いたこの修道服は何の為だ！」「「「敵をぶっ殺し（ピー）を捩じ切って（ピー）に突っ込むためであります、マム!!」」」「遥様に頂いたこの大剣は飾り物か！」「「「（ピー）を切り裂き血を吸わせて、（ピー）を撒き散らすための剣です、マム!!」」」「委員長様方が教えて下さった事は何だ！」「「「殺す事殺す事殺す事！」」」「ならば三千世界の（ピー）を（ピー）して（ピー）にしてやれ！　行けえええええっ！」「「「イエス、マム！」」」

　遥君は一体何を教え、どんな訓練しちゃったのであろうか。まさか、ただ一撃、初撃で辺境軍の陣が瓦解し斬り込まれている。只々その一撃を受けきれずに吹き散らばされ、戦列が抉られ反撃すら許されずに辺境の精鋭達が進撃を止められないとは。

「我らの前に立つとはいい度胸だ、（ピー）を記念品に（ピー）な（ピー）にしてやれ！　突撃せよ！」「「「イエス、マム！　前進！」」」「「「殺せ殺せ殺せ!!」」」

　押されてると言うか、ドン引きしてビビっておるな。うむ、辺境軍は神父様達に怪我をさせないよう受けに徹した陣……それが一撃の破壊力と、人が変わったかのような凶暴さと凶悪さに混乱し呑まれ怯えている。魔物の軍勢と笑いながら戦い抜いた猛者達が凶暴な気迫に恐怖している。いや、あれ怖いから！　何か恐怖過ぎだよ、遥君なにしちゃったの!?

　混乱しながら立て直し、陣形を整えるが……それすらも一撃。受けずに引き込んで包囲するも、それすら一点突破で裏を取られる。互いに屈強な装備を身に着けているからこその乱戦。倒せないから決めきれぬ教会側と、決められない様に編成を繰り返す辺境軍の膠着(こうちゃく)状態。

「押されているな」「遠慮して挑んだ辺境軍では、あの気迫は押し返せないのでは」

そう、押せぬ。あの一刀からの退き(しりぞき)を追えない。追えば2陣にやられるが、押さねば交互に斬り込まれて総崩れになりかねない。退かれても追えず、囲めば突破される。確かにこれなら教国軍とて手に余るだろう、そういう戦い方を叩き(たたき)こまれ磨き抜かれている。たった数日で歴戦の兵とも剣を打ち交わせている……今度、辺境軍(うち)も訓練を頼もう。メリエールやシャリセレス王女の話では精神が圧(へ)し折られて常識を破壊されて落ち込むらしいが、この強さは本物だ。故に私も出よう。お教えしなければならない事も多々あるが、まずは少年が教えようとした退きの難しさだろうな。

「「「殺せ(デストロイ)殺せ(デストロイ)殺せ(デストロイ)」」」

うわっ、怖ぁあっ!!

「大陸最強と名高い辺境軍に訓練して頂き、一生の記念になりました。遥様からも一撃離脱でしか生きる道は無いと教えられましたが、戦いの中で教えられて身に染みて分かりました。ありがとうございました」「ああ……良かったですな。いや、一撃後は離脱しなくとも、あれは普通の軍なら壊滅しそうでしたが……」

何とか持ち直し、怯えながらも抑え込んだ。だが実戦を知らねば、敵はあの気迫に飲まれ怯えて恐怖し崩れる。向かえば一刀で殺しに来る敵、それを追える胆力などそうそう持ち得るものでは無いのだから。

　そして、いざ剣を交えれば兵が怯える訳が良く分かった。怖かった！　これなら殺戮と蹂躙を愉しむと嫌悪される教会の軍すら怯み恐怖する事だろう。聖職者の衣を身に纏い、一刀の下に死を見つける強者。これは、ただ弱者を嬲るだけの軍では対抗し得ない。

「だが遥君……この方は世俗の肩書を捨て一介の修道女となられていらっしゃるけど教国の王女様なのだからね？　何で（ピー）とか（ピー）とか教えちゃってるんだい？　聖職者が（ピー）を（ピー）して（ピー）に捻じ込んで（ピー）してやれって叫んだら駄目だから！　遥くーん、何とかしてくれないかなー!!」

　嗚呼、本人に言えないから虚空へ語る。何もかも間違っているのだが、これ以上の対策など在りはしないのだろう。

「そう言えば、遥君は王国の王女もさっぱり気にしてなかったな。全く何も……それどころか、王を虐めてたし」

　あれは器が違うとは思っていたが、底が見えないどころか器の縁の端すら見渡せぬのだろう。通訳の方は底に穴が開いてるともおっしゃっていたが測りかねる事この上ないな。

「貴様ら、気迫に怯むなど貴様の（ピー）を（ピー）に（ピー）で（ピー）を（ピーピーピー）に（ピー）するぞ！」「「申し訳ありません、マム!!」」

　これ、教国に帰したら不味くないだろうか……色々と？

兎追いしあの山は許されて、バニーさんを追い回す宿は通報で事案な不条理な異世界社会だ。

96日目　夕方　宿屋　白い変人

　昨日は朝からセクシーミニドレスのキャバ状態で、夜は夜とてミニスカメイドさんだった。そう、あの絶対領域こそが真の絶対性を極めた極絶なる太腿さんだったと言えるだろう。そして今朝は朝からミニチャイナさんだったのだ！　あの惜しげもなく剥き出しの生脚様に終始圧倒されたが、あれはとても良いものだった!!

　だからこその湛然不動で泰然自若の平常心。もはや俺に恐れるものは何もない、この眼に全てを灼き付けたからこその絶対的余裕！　明鏡止水の心で宿に戻ると、そこは兎天国だった。そう、戦戦恐恐戦戦慄慄のバニーさんだったんだよ!?

「「「おかえりー、迷宮潰せたの？」」」

　身体の曲線美を引き締めつつ肢体美を惜しみなく晒す背中と胸元、そして四肢を曝け出したあられもない姿態のバニースーツから伸びる網タイツの脚線美がにょきにょきと伸びる。光沢感が煌めく黒のバニースーツが食い込む、丸いお尻の上では白い丸尻尾がふりふりと振られておいでおいでして……罠だ！　思わず手が伸びそうになったが、これは男子高校生への危険な罠。そう、手を伸ばせば事案で通報でお巡りさんな、俺の好感度に痛恨の一撃を受ける事請け合いと言う兎さんトラップだ！

「お疲れ～、お飲み物をど～ぞ～♥」

くっ、タキシードバニーさんが現れた。たわわに揺れて零れ出しそうな白い肉がハーフカップの胸元にむぎゅっと押し潰されながら今日はしていて御機嫌よう？　お会いできて大変悦ばしいですとポヨンポヨンとこっちを見ている。

1、攻撃　2、防御　3、撫でる　4、揉……！

って、4駄目だから！　それこそが押し潰されるような谷間の罠だよ!!　だが3もバニースーツからはみ出す柔らかそうな尻肉こそが罠！　その微妙にハイレグ気味なギリギリなラインが艶めかしい!!　ならば1で攻撃……!?

「って、戦ったら駄目だから!?　ちょ、触手さん達も待機!!」

それは男子高校生が戦ったら駄目なもので、必然的に2しかない一択。だけど男子高校生にバニーさんは防御貫通ダメージの耐え切れない魅惑攻撃で、素晴らけしからん兎祭り。これはカジノ開いても、みんな遊戯せずに兎さん眺めて終わっちゃうんだよ！　うん、スロットなんてしてる場合じゃねえええぇ!!

「な、なな、何でババババニーなんＤＡ‐ＹＯ！って、兎さんが集団で何かなのかな？って、あと近いから、当たってるんダＹｏ！　Ｓａｙ？って、ちゃんと修道服は渡したよね！　武装化これからＤａからちゃんとするんだＹｏ！　チェキナ？」

　押し競饅頭だと何が何だか分からない怒濤だが、じわじわ寄って来られると何が何だか分かってしまう魅惑の兎さんがムニュンムニュンだった！　全くかの山で兎さんおいしって美味しく追ってた奴は通報すべきな大変けしからん案件で、視線を下げるとたわわな誘惑の狭間が深い谷間でトンネルの向こうは天国だったと言うけしからん双子山は素敵な観光スポットがはち切れそうではみ出しそうだ！

「うん、だからお礼のお持て成し♪」「そうそう、感謝の気持ち」「遥君の兎好きは情報漏洩されてるし？」「「あと、いちいちグループ感とか、ヴォイスラップに謎のハンドサインも必要ないからね？」」

　突き出された可愛いお尻がふりふりと何か言っている。いや、お尻は喋らないんだけど白い丸しっぽが揺れている！　バニースーツの小さな布地から溢れ出さんばかりの肉感な我儘女子高生バディーが周囲に乱立で、３６０度全方位に目のやり場が目の毒って言う困惑な世の中でポイズンなの!?　みたいな!!

「まあまあ～、座って座って～♪」「はーい、お疲れ様。装備はずすねー」「お客さん凝ってますね？　もみもみ♪」「「もみもみ、もみもみ、むにむにゅん♥」」

　いや、途中でマッサージじゃない何かが混じらなかった!?　何か当たってる気は気の所為で、貴方疲れてるのよなんだろうか？　雑貨屋さんと武器屋によって有り金を奪っている間に、先に帰った甲冑委員長さんと踊りっ子さんもバニーさんだからグルだな。そう、きっと迷宮で自壊してた事をチクられている！

そして昨日寝てないのと迷宮での自壊による疲労と、バニーさんマッサージで刺激的光景と睡魔がぐるぐる回って、網タイツな太腿さん達もグリグリでヤバい！

「ああ、これジュースかと思ったらお酒だったあー（棒♥）」「「な、なんだってー（棒♪）」」「ああ、大変なものを飲ませてしまったー、どうしよう（棒♪）」

意識をバニーさんに奪われ過ぎて鑑定してなかったけど、甘いお酒だったようだ。男子高校生飲酒問題勃発だけど、異世界では飲酒の年齢制限はなく15才過ぎていると飲まない方がおかしいくらいのノリらしい？　これって眠気とか疲労じゃなくて酔ってるの？

「うん、気付け薬（お酒）をどうぞー♥」「そうそう、ぐぐっと♥」「「おおおーっ！　はい、おかわり♥」」

くらくらすると思っていたら、バニーさん酔いではなくアルコール酔い？　何か全身が柔肉に揉み解されて、ぐだぐだで思考が纏まらないけどバニーさんから飲み物を飲まされ……気持ち良いのか、怠いのかも分からない倦怠感に包まれて揉まれてるんだよ？　うん、何だか疑問に思わなければならない事象が起こってる気がするんだけど、思考が朦朧の曖昧な感覚で良く分からない？　瞼が……。

（寝ちゃってる？）（うん、寝息たててる）（やっぱりバニーさんで正解だったね）（メイドさんもチャイナさんもいい感じだったけど？）（まあ、お酒に弱くて良かった～）（うん『無効化』されなくて良かったよ）（痣だらけだねー……）（筋断裂と血管破裂による重度の内出血ですね）（こんなになるまで……）（でも『再生』して、これって）（そもそも人が『再生』出来ちゃ駄目なの、それは身体が慢性的に破壊され続けてるって事だから駄目なのに……）（治癒と回復かけるから、マッサ～ジしてあげてね～）（（（まかせて！）））（蒸しタオルできたよ）（（（ゴクッ）））

ふきふき、もみもみ、ふきふき、もみもみ、さわさわ……♥

夢を見ていた。夢なんてずっと見てなかったのに、夢だって分かってるのに夢を見ていた。それは懐かしいのに全然知らない夢だった。俺なのに知らない俺で、それが何だか酷く懐かしくて涙が止まらない夢だった。

すっきりと目が覚めると、お部屋で毛布を掛けられてトランクス1枚の格好で寝かされていた……そして、体中から痣が消えて綺麗になっている。

ここまでの『治癒』が出来るとすれば副委員長Bさんかシスターっ娘だろう。襤褸襤褸の身体を見られてしまったようだ……って、それほぼ裸見られてない!?　まあ、気にしない方が良いいし、気の所為だと思うし、記憶の混濁に違いないし深く考えたくないけど……ボクサーだったっけ？　あれ、朝は……。

「って、豹!?　うん、豹柄で作ってみたものの恥ずかしくって使わないまま仕舞ってたはず……豹？　うん、気の所為に違いないに事この上なく……うん、考えちゃ駄目だ！」

「おはようございます。良く、眠れ、ましたか」「みんな、心配……してました」

普段なら無意識下でも思考し続けてるのに、頭が真っ白。用意はしておかなきゃならないし、前倒しでやっとけばいざと言う時に困らないから多少の負荷は覚悟の上で限界まで常時演算で酷使していたのに……智慧さんまで酔わされた？

「怪我なんてほっとけば再生するし、再生するころにはまた怪我しているって言うのに……身体がどこも痛くないなんて随分と久しぶりだな？」

そして、眠らされていた間にマッサージして身体も拭いてくれたらしい。体の調子が良いと訓練したくなる所だけど、せっかくの心遣いを無にするような事も出来ないしアルコールが残っているのか身体は怠い。だけど爽快感があって、何もする気が起きない……って言うかバニーさんが2人でベッドに座っているのに心が騒めかない？　男子高校生を鎮静化させる作用があるとはお酒って不思議なものだ？って、MPもごっそり無くなってて、それで怠さ倍増……MPは内職用に残しておいたはずなのに……まあ、魔力茸だ。

のたりのたりとスライムさんとお風呂に浸かりゆっくりする。そしてのそりのそりと部屋に戻って、ごろりごろりとベッドで転がってみる？　うむ、にーとのLvが上がって、ひねもしちゃいそうだ。

空っぽ。今日は何かもう毒気を抜かれた気分で、湧き出てて漲る男子高校生的欲望の坩堝が空っぽな虚無さんで空虚感すら感じる。怠いし。寝ようかなとか思ってみたり……うん、やっぱり絶対豹柄じゃなかった気が？

怪しげだから値切ったらタダになったが　それはそれで御利益感も急降下なありがたみだった。

97日目　朝　宿屋　白い変人

朝だ。爽やかに謎の爽快な疲労感を感じながらギルドでジトを済ませ、雑貨屋に茸弁当も届けて武器屋にも立ち寄ると……アクセサリー？　新入荷な装備品の中に『禍福のイヤーカフ：【ＬｕＫに応じ禍福を微かに変動させる御守り】＋ＬｕＫ』と、怪しい通販で買っちゃった幸運のネックレスの様な如何わしい装備品。うん、異性の好感度さんには効果は無いのだろうか？

　まあ、最初からＬｕＫがＭａＸで限界突破だから＋ＬｕＫしなくて良い気もするんだけど、イヤーカフの装備品なんて初めてだから研究材料にも良い。何より装備枠が増やせる！　まあ、怪しいけど？　そして効果が無くても御守りだから縁起も良い。そう、つまり縁起さんが好感度さんに効果を及ぼす可能性だって微レ存だ！

「おっちゃん、これいくら？　安いの、安くなかったら力尽くでも安くするんだけど、一応値段を聞いてから値切ろうかと聞いてるけど高かったら髭毟るんだよ？　うん、実は安くても毟りたい気持ちが無きにしも非ず？　的な？」「毟んなよ！　何でいつも髭毟ろうとしてんだ！　ああ、それか。やるやる、無料でやる。それは武器頼んできた常連が代金が足りねえって置いていったんだ。そいつも賭け事で巻き上げたらしいが効果も怪しくて売り物にもならねえよ。まあ、武器がなきゃ可哀想だから引き取ったが不用品だ。そして売った武器はお前らに習ったあの剣で、材料だって貰った鉄だ。だからやる。ただでやるから俺の大切な髭を毟んな！　禿もほっとけ!!」

値切ってみたら無料だった。何か御守りが無料って言うのも、それはそれで御利益が無さそうだから鉄払いで1t置いてきた。うん、ミスリルは足りてないけど鉄は余ってるんだよ？　装備を更新するとミスリルの必要量が増えていくから鉄だけ余る。以前よりも簡単に『掌握』で採掘できて『錬金』で抽出できるから精製済みがいっぱい余ってるんだよ？

そして検証。早速イヤーカフを着けて実験と言う事で、甲冑委員長さんと踊りっ娘さんのお尻を撫でてみたら怒られた。うん、滅茶オコだった？

「駄目じゃん！　うん、御守り程度では、お説教は回避不可能なようだな？」

既にメリ父さんにもちゃんと紹介したから今は2人とも私服。それはもう至福の可愛らしさでお尻を撫でちゃうのも男子高校生的には仕方がない必然的な素敵美少女さん達だから、このオコだって成果は充分な実験の結実なのだ！　だから早くお説教は終わらないかな？　うん、実験だから俺は悪くないんだよ？

迷宮に向かいながら御守りの追加実験に手を伸ばすと叩かれる？　何故伸ばすのか、そこに桃が有るからだ！　なのに激しいビートで叩かれ続けて、その魅惑の桃源郷に辿り着けない。遂に鉄球が取り出されたから実験は諦めよう。どうやらＬｕＫが上がってもラッキースケベ的イベントは無いようだ。

一息に斬撃を薙ぐ。変拍子の緩急は未だ訓練中で身に付いたとは到底言えない。それでも『虚実』は格段に切れが良くなっている。ゆっくりと速く、流れるように鋭く、無意識下で合わせてしまう旋律を意識して紡ぎ出す。そうして意識できて初めて分かる魔物達の速いだけの単調で単純な旋律、だから読み切られ合わせられて……狂わされたまま、斬り散らされていく魔物たち。

既視感。うん、いつもボコられるはずだ。旋律を読めると攻守の狭間が全て狙える。だからいつもボコられていた、それはもうボコボコだった。

「そう、お前達もボコボコになるが良いいいいいい――っ！」（ボコボコボコボコ!!）

思いを込めてボコってみた。俺の気持ちは魔物さん達に伝わっただろうか。念の為に『重力』魔法で重いも込めてボコってみた？　そう、それはまるで日々の訓練で俺がやられるように……うん、俺ばっかりボコじゃ可哀想だから、魔物さん達もボコボコを味わうが良いとお裾分けしてみたが全滅だ？

「ちょ、このくらいの準備運動なボコくらいは耐えきって欲しいものなんだよ？　俺なんかここからが本番だってボコられるんだよ？　マジで！」

昨日、女子さん達が「迷宮アイテム払い」で借金返済にくれた『天魔のローブ　ＡＬＬ

30％アップ　全強化　魔力魔術制御（特大）　魔力整流　魔力循環増幅　効果調整相乗』が良い感じだ。修道服代も込みで借金はチャラの上に、新作の洋服を各自3枚オーダーと言うぼったくり価格で買い取らされたけど……これは、その価値があった。

　女子さん達のぼったくりにも負けない程の驚異的な制御効果。うん、あの恐ろしいバニーさん接待のドサクサに、網タイツの太腿さんを絡められ柔らかな危険物をもにゅもにゅと顔に押し付けられるあざと過ぎる値段交渉に負けない能力の装備品だ。そう、あれは素晴らしく素敵だったんだよ！　実は超高級バニーさんだったんだけど、お店が出来たら通っちゃいそうだ！

　意識して制御しなくても感覚的に『魔纏』が整っていくのが分かる。暴れ狂うような魔力や効果の乱れが整い、自然に調和しながら融和していく感じがある。格段に操作しやすくなって負担が軽い。それでいて全体的に能力は上がっている。

「これって、また全部最初から再調整だな？」

　制御できないから『智慧』が後追いで調整に追われて破綻していた。それが、ある程度の制御が可能なだけでも負荷は激減し、調整も凄まじくしやすい。82階層を埋め尽くす「スラッシュ・バット　Lv82」の大群。数が増えるほどに求められるのは速度、それが破綻しない。全身の複雑な円運動を調整して、変拍子の緩急の踏技と旋回で旋律が合わせられる。だから、全く寄せ付けずに踊り込んで剣を躍らせ斬り回る。

　そして89階層は可愛くないグロ系の「マグマ・スライム　Lv89」だったけど、可愛くスライムさんがお食事中だ？　うん、スライムさんだけに猫舌ではないみたいだけど、見てるだけで熱そうだな？

　90階層は階層主戦で、その広い階層の高い天井に張り付き眼下を睥睨する階層の主「アシッド・タランチュラ　Lv90」……が、天井を歩いて行くと困った顔でこっちを見てる？

「こっちみんな？って言うか見下すな？　うん、ただ天井に張り付いてるだけで上から目線って、今どきの男子高校生はみんな天井天下を唯我独尊で歩き回る覚り世代で解脱しそうな勢いなんだけど煩悩は満載なんだよ？　みたいな？」

　かっとしてやったが、後悔も反省も無いって言うか魔物を倒したんだから俺は悪くない。よくよく考えると天井に張り付いてただけで見下してた訳では無かったのかもしれないが、多分あれって天井から糸で絡めてくる気だったのかも。身体から強酸の体液を吹き出していたから、あれを下から攻撃すると浴びてしまう罠だったんだろう……まあ、落ちて食べられてるからもう分からないけど？

「うん、強酸持ちさんだからスライムさんの消化にも良さそうだな？」（ポヨポヨ）

　でも、強酸性は消化には良さそうだけど、それって食べても健康に良いのだろうか？　体液が飛び散った地面からは、刺激臭な煙が立ち昇ってジュウジュウと音を立てているんだけど……まあ、胃が無いんだから問題も無いのかも？　みたいな？

素直で純粋な全世界の男子高校生さんへの欺瞞行為な胸鎧は全男子高校生一致で却下されたようだ。

97日目　昼　迷宮　地下91階層

どうやら90階層までは俺の訓練に充てて、91階層からはいつも通りの早い者勝ちらしい。

うん、先に教えといてくれないかな？　抜け駆けられたんだよ？

本日だけで3回目の蝙蝠さん、「イグニッション・バット　Ｌｖ91」は接触すると発火と言うか炎上と言うか爆炎を上げる蝙蝠さん。だけど蝙蝠さんは振動魔法で空気中に振動波を送ると一瞬だけど動きが止まる。そう、毎晩極めに極めた振動魔法さんは地味に効いている。でも夜の方がとっても派手に効きまくって、毎夜の大活躍で大躍進の大振動で大絶叫が鳴り止まない大絶賛で大喝采の大人気なんだよ？

それを12枚に増えた肩盾で「狙い撃つぜ！」ってしようと思ったら、誘爆の連鎖で階層中に犇めいていた無尽蔵の蝙蝠さん達は消え去っていった。

うん、悲し気に12枚の肩盾達がゆらゆらと宙を揺らめいていている？

（ポヨポヨ♪）「まあ、スライムさんも満腹みたいで喜んでいるから良いか？」

朝から痛み一つない完全健康状態で、万全に近いのに出番が無い？　上がった身体能力と、制御の限界を一気に試したいのに邪魔されている節がある？

しょうがないから慣らし運転程度に、9割9分程度に抑えて参戦する。集団戦で暴走すると味方が危ないし、迷惑だと怒られるから抑制（セーブ）して慣らして馴染（なじ）ませていく。これでも長く続ければものに出来るのだろうが迂遠（うえん）、限界値での実践なら一瞬で集まる情報（データ）を、細かく安全に延々と積み重ねて実証していく気の長い調整。

「これだと調整が出来る前に、スキルLvも上がるし新装備も増えちゃうよね？」

だけど、心配されている。せっかく治療してもらった身体（からだ）に無理な負荷を掛けて内出血だらけにするのは申し訳ない気もする？　まあ、すぐに再生されるから痣（あざ）が残るだけなんだけど、目立つから余計に気兼ねしてしまう。

だからなのか、配給されたのは僅か3体の「リザード・ウォーリアー　Lv92」さん。円形の片手盾（バックラー）と長剣（ロングソード）で武装し胸鎧（クウィラス）を身に着けた、案外ドロップ品で儲（もう）かりそうな武装蜥蜴（とかげ）男さんだ。荒いが鋭く強い剣の攻撃と、的確な盾の取り回しでLv90越えの身体能力（ステータス）。鎧（よろい）の無い部分も硬質な鱗（うろこ）で隆々と盛り上がる筋肉を覆い尽くし、時折トリッキーに長く太い尻尾で足元を鞭（むち）のように払ってくる戦士の名に相応（ふさわ）しい蜥蜴さん。でも800後半のSpEを持ちながら遅い、ただ振り回す直線的な速さだけで致命的なまでに技術が無い。

どれほど動きが速くても予備動作が見て取れる技術の無さと直線的単純な動き、そして無駄の多い動きでその速さを無駄にしその膂力（りょりょく）を発揮できないまま身体能力（ステータス）任せの攻撃を仕掛けてくる。

そして単調なのは動きだけではなく旋律（リズム）、その単純な拍子（テンポ）を淡々と繰り返す攻撃と移動では読み易(やす)く合わせ易い事この上ないカモだ。蜥蜴だけど？

　仕掛ける時期(タイミング)の分かった攻撃は脅威となり得ない。どれだけフェイントや奇を衒(てら)った攻撃を仕掛けようとも、旋律(リズム)が読まれてしまえば時期(タイミング)を簡単に合わせられてしまう。それに単純な動きと技術の無さが輪を掛けて、その凄(すさ)まじい身体能力を無駄に浪費している。

「うりゃ！」

　3匹のリザード・ウォーリアーと同時に打ち合い、自分の身体の動きを調整しながら窺(うかが)う。この程度なら負荷は掛からない、速いだけで見え見えの当たらない攻撃だ。躱(かわ)して反らして擦り抜けると、その可変し続ける変拍子に混乱し対応できずに崩れていく。体勢を崩して、剣に勢いすらなくなって腕だけで振り回す緩い剣。もう良いかな、向こうも終わりみたいだし？

「秘剣　蜥蜴返し！って蜥蜴は返らないけど剣閃(けんせん)が返るって言うか、方向を変えるって言うか行ってから帰る？　まあ、蛙(かえる)じゃなくて蜥蜴みたいな？」

　一歩踏み込み、横一閃に貴重なお小遣い候補の胸鎧(クウィラス)を避けて薙(な)ぐ。2匹のリザード・ウォーリアーの首を落とし、剣を振るう方向(ベクトル)を背中と肩から肘に流す。弧を描くように『世界樹(ユグドラシル)の杖(つえ)』の斬撃の軌道を可変させた斬り返しで、最後の1匹の振り上げた腕ごと首を落とす。うん、踊りっ娘(こ)さんの技の物真似(ものまね)だけどできた。

　一振りの勢いのままに切り返し放つ2撃目。3撃目は膝から上の螺旋(らせん)運動で方向(ベクトル)を操作する円運動の組み合わせみたいだけど……うん、あのお手本はハードルが高すぎるんだよ？
　加速し放たれる斬撃に、Ｌｖ92のＳｐＥでは防御も回避も出来ないまま蜥蜴頭が転がり落ちる。うん、真似したら本家さんがドヤ顔で踊り殺して大暴れ？　まあ、おかげで最小限の自壊のみでＬｖ90台を速度で圧倒せしめた。だから充分だ、装備も武装も斬ってないからお小遣い的にもバッチリな家計に優しい虐殺だ！
「高く売れそうだけど胸鎧なら甲冑組以外でも装備できるし、俺も着けられそうだし後でちゃんと鑑定した方が良いのかな？　でも、胸が平らだから男性用？　いや、約２名候補はいるけど１人は甲冑だし、もう１匹の子狸はなぜかウエスタンスタイルだけど平らだから勧めても良いんだけど……何故だか頭を囓られそうな未来が予測されてるから兜も落ちてないかな？　うん、囓ってガジガジされるとマジ痛いんだよ？」（ポムポム）「うん、ハムラビ法典に則って『目には目を歯には歯を、ガジガジにはガジガジー！』って子狸と２人で囓り合ったら、野生の男子高校生があらわれたって謂われの無い悪評がたって俺の異性の好感度さんが異星に移住でお引っ越しの危機なんだよ？」（ポヨポヨ）
　手分けして魔石と装備を拾い集める。まあ、魔手さんが拾ってる。ちゃんと手伝おうと出てきた蛇さんから約２名が滅茶離れてる？　まあ、儲かったし今日は帰りに強欲さんさせてあげられそうな臨時収入も大量入荷だぜ？　うん、武器屋のおっちゃんからぼったくろう。でも、朝もぼったくったばかりだがお金持ってるだろうか？　まあ、きっと生活費くらい隠しているはずだ。ゲットだぜ？

せっかくの迷宮だから高速移動中の自動蛇攻撃機能(オート・ヒュドラモード)も試したいけど、蛇さんを出すと鉄球を持った2人組に虐(いじ)められそうで使いどころが難しい？

出番は今晩まで待ってもらうしかないのだろうか？　まあ、今晩は異形異形の触手さん達と蛇さん達に魔糸さんや魔手さんもご招待の、豪華ラインナップな男子高校生とズッ友たち大集合(オールスター)が開催で開幕な戦いが開戦されるご予定だ。うん、ここはMPの節制に努めなければ！

93階層で、ようやく12連装肩盾(ファンネル)の試用中。流石(さすが)に移動攻撃しながらの操作だと意識が割かれて難しい。12機の個別連動制御でも動いてなければ楽勝なのに、移動や攻撃に『転移』が絡むと途端に『智慧(ちえ)』の並列演算制御が破綻する。崩壊まではしないけど、操作や演算に遅延が起きて隙が出来てしまう。『天魔のローブ』で格段に制御能力が上がったけど、制御が必要な効果(スキル)と装備が多すぎて要練習？

「天魔のローブは当たりのようだし、ミスリル化が必要そうだな？　これで更に制御力が上がれば次は24連ファンネルの夢も広がるけどキリが無いな？」

胸鎧(クウィラス)問題は、その鉄板鎧(プレイト)部位にゴム毬(まり)でも詰めて豊胸胸鎧(ボイン・クウィラス)とか作れば約2名ほど一生涯分の借金をしてでも買いに来るだろう！

「でも、正直者の男子高校生さんは上げ底は決して許せないんだよ！　そう、あれは素直な信じる心に満ち溢(あふ)れた、純粋な全世界の男子高校生さんへの許し難い欺瞞(ぎまん)行為に他ならないんだよ!!　そう、優しい心で寄せて上げてまでは許せるんだけど、上げ底って邪悪な禁断の技術(お前は駄目)だ!!」(プルプル)「いや、副委員長Bさんの豊胸胸鎧(ボイン・クウィラス)は外的要因じゃなくって、あれは内的破壊力で内側から装甲が破砕されるから異世界如(ごと)きの技術じゃきっとあれは抑えきれないいんだよ？　うん、バニースーツも、ミスリル鉄線(ワイヤー)を網状に編み込んだ特殊技術で抑えてたんだけど、はち切れんばかりの破壊力に飛び出しそうな揺動感が満ち溢れた、溢れ出しそうでいながら零(こぼ)れない絶妙な揺揺(ようよう)と揺蕩(たゆた)う大質量兵器を格納な苦心作であれは凄(すご)かったんだよ……うん、あれはヤバイな！」

　新装備の胸部設計問題を語らい論議しながら、94階層に向かい長い通路を進み続ける。女子の中で唯1人の布装備の副委員長Bさんの装備問題は割とマジだったりする。数値的に新型甲冑に迫るとは言っても布である事に変わりは無く、万が一に『効果無効』効果(スキル)を受けて抵抗(レジスト)出来なかった時はたった1枚の布になり果てる……うん、一撃で致命傷になり得る。せめて胸部、出来れば体幹部分だけでも装甲化して欲しいのに、かたくなに魔法特化装備に拘(こだわ)りを持っている。うん、戦闘中全く魔法に拘りが無く、自称杖な撲殺用ハンマーを振り回しているけど全身魔法特化の布装備。

「やっぱ、舞踏会のドレス並みの装備に再挑戦するしかないかな。まあ、でも服では再現できなかったし、あの異常な効力はフリルとドレープにレースの組み合わせによる複合効果で、つまり面積に応じるんなら……できるとすればバトル・ドレス1択？」

　恐らく魔法特化装備で、金属部品を最小限にしたバトル・ドレスならば着てくれそうな気はする。だが、それはまたフルオーダーメイドの採寸から始まる男子高校生ムラムラ悶(もん)

絶地獄の幕開けになる。そして出来たら出来たで、絶対に女子さん全員分の追加注文が来るのは過去の経験に鑑みても間違いない！

ただ、甲冑はこれ以上の進展が望めなくなって来ている。構造上の手直しは重ねられ、可動部位の柔軟性と新素材による強化と軽量化は進んでいる。だけど、そこからの発展性が見出せない。

「可能性的にはバトル・ドレスも……やっとブラさんとナプさんとビキニさんと言う至上の3大命題を解決したと言うのに、また新たな火種を放り込む勇気が無くて手を付けずに新型甲冑に注力してきたのに……」（プルプル）

現状の魔法陣と錬金術の知識では完成形が見えてこない。魔道具の知識が発禁にされているなら、記録が有るのは恐らく教国のみ。つまり、焼き払うと不味いらしい？

「うん、燃焼拡散弾で爺とおっさんだけを焼き払う計画だったけど、まさかエロいシスターさんは想定外だったんだよ？」（ポヨポヨ）

燃焼弾の研究は停止のようだ。そして今日のトリは94階層の迷宮王、「イグニス・アウィス　Lv94」さん。確かに前後ともラテン語で、繋がり的に問題は無いし響きも良い。だから、イグニス・アウィス自体に文句が有る訳じゃないんだけどさ？

「炎で鳥ってファイアー・バードで良いじゃん！　フレイム・バードとか混ぜるからややこしいのに、イグニスさんまで出てきたよ！　ぶっちゃけ前のフェニックスと何が違うの!?」（プルプル）

確かに命名権や学術名、そして異世界語翻訳問題が多岐に渡る魔物さんの種別問題と密接に関わり合い複雑化していると言う推測も成り立たなくはない。

「しかも、見た目はちょっと孔雀（くじゃく）っぽくって、羽は大きく炎を纏（まと）う鳳凰（ほうおう）っぽい感じだし？　まあ、燃えてるけど？」（ウンウン、コクコク）

覚えにくいし分かり難（にく）いし、違いが分からないから紛らわしい。うん、魔物さんの名付け問題の苦情ってどこに出せばいいんだろう？　だって、火の鳥（ファイアー・バード）良いよね？

「ま、まさか火の鳥とかファイアー・バードとかフレイム・バードとかが、未（ま）だ別にいるの！　確かにファイアーなら普通に燃えてて、フレイムなら燃える気体を纏ってそうだけど、イグニスはどっちなの!?」

その判別方法も不明だけど、炎の鳥って世界中にいたからあと何種類控えているか分からない。取（と）り敢（あ）えずラテンな炎の鳥さんらしい……何かノリが良さそうだな？

まだまだ言いたい事は尽きないけど、12枚の肩盾（ファンネル）が突き刺さって、更に鎖を巻き付けられて墜落したところを斬り刻まれて食べられている。とっても情熱的で熱血なラテンな鳥さんだったらしいけど、鳥って落ちると弱いんだから閉鎖空間（ダンジョン）に向いてなくない？　うん、不利だから狭い所には入らない方が良いと思うよ？

「うん、『超加速』に『旋風』と『飛翔（ひしょう）』に『斬撃羽根』と空中戦最強なスキル構成で、更には『豪炎』による防御機能付きで『炎弾（ファイアーバレット）』装備の爆撃機仕様って、それ高高度からの超高速戦特化な凶悪な鳥さんなのに……迷宮だと狭すぎて本領を発揮する事も出来ず

に撃墜？　うん、報われないな？」（プルプル♪）

　だけど、この「イグニス・アウィス」が大空を飛び回っていたら、こんなに簡単に勝つ事は出来なかった。こんなのが氾濫（スタンピード）で出てきたら、マジでヤバいんだよ？

　隠し部屋もこれと言った当たり装備無しで、稼ぎは良かったけど装備の充実という見地から見れば外れだった。せめてもと思った「イグニス・アウィス」のドロップは『炎（イグニス）のマント　SpE40%アップ　姿勢制御（大）　加速（大）　豪炎　旋風　炎羽』と良い装備だけど、特化しすぎてて決め手に欠けるマントさんだった。いや、効果（スキル）は良い、『加速』は使える。ただ、補正がSpEだけで防御系が皆無。うん、マントは不足気味だからありがたい。でも、せめて＋DEFが欲しい所なんだよ？

「うん、帰ろうか。なんか最近ご飯作ってないし、今日は晩御飯作ろうかな？　まあ、流石に2日もコスプレ女子高生の罠（わな）に掛かれば免疫も出来るし、先に覚悟しておけばどうと言う事はないんだよ。うん、急にやられてこその罠で、先見の明で賢明に警戒していれば恐るるに足らず！　そう——だって自分で作った服だから予測可能で心構えは既に万全、いくら何でも下着は無いだろうから今日はやられないんだよ？」（プルプル）

　そう言えば昨日の、キング・スケルトンさんのドロップだった『死者王の剣』もほったらかしだった。

「だって死者王（ドヤッ）とか言われてても、迷宮皇さん達が毎日一緒にいてゴブリン・エンペラーとかいた世界で……死者王。うん、「おおおっー！　こ、これはっ!?」ってなら

ないんだよ？　俺だって性王持ってるし、チャラ王だって王付いてるし？」（プルプル）
そう考えると昨日の戦いは死者王と性王の戦いだったらしい。だけど迷宮皇が3人も観客に居たから、身分的には底辺同士の戦いだったようだ？　世知辛いな？

未成年の飲酒は退学の危機だが見回りに来る気も無い薄情な学校のようだ。

97日目　夕方　宿屋　白い変人

警戒しつつ、目線を配りながら油断なく扉を潜る。いつもの黒衣装束姿の遥君が帰って来た。総員確保！

「「「お帰りー、お疲れさまー」」」「まあ、座って座って」「「「ほらほら、座らないと逮捕しちゃうぞ♥」」」

みんなノリノリでミニスカポリスさん。ブルーのぴたぴたのタイトのミニスカに、同色のネクタイと警察帽装備で遥君は完全に固まっている。

啞然と固まったまま両側からミニスカポリスさんに腕を取られて連行されて、座らされて確保成功。そう、遥君の知らない衣装で驚かせて、茫然自失状態で食堂に連行。そして、かつ丼を「あ～ん」されているけど未だ放心中みたい。あっ、再起動？

「な、な、何でミニスカポリスさんって、そんな衣装作った覚えが無いんだけど見覚えがある作りの服がミニスカポリスさんで、緊急手配なよく見たら帽子だけ手作り感なマルチカラーでバリエーション追加なお得なコスプレお宿って……その宿って業務停止になりそうな危険な女子高生の勤務状態が犯罪的なのに、取り締まるのがミニスカポリスさんで「あ～ん♥」うぐううぅ……もぐもぐ？」

　そう、実はマルチカラーでミニのタイトスカートを青にして、お揃い(そろ)の手作りの警察帽子とバッジを付けただけ。スカーフのネクタイも青で合わせて即席のミニスカポリスさん。

　そう、ただ意表を突くだけでいい。それだけで簡単に逮捕からの強制連行で取り調べのかつ丼「あ～ん♥」に持ち込めた。ちなみに、かつ丼は遥君の作り置きなの？

「「「今日もお疲れ様～♥」」」「ご飯にする？」「お風呂にする？」「「「そ・れ・と・も・わ……」」」「わあーわあーっ、って聞こえないったら聞こえないって決めたんだよ？　うん、事案発生で『おまわりさーん、この人です』って言う原因がミニスカポリスって、それ警察機構の悪辣な罠(わな)だから風営法で取り締まりに来たらミニスカポリスの方がエロかったと言う風紀紊乱罪(ふうきびんらん)現行犯な警察官って、それ誰に通報したらいいかが謎なんだよ？」

　黒目がピンボールみたいに凄(すさ)まじい乱反射の、目の眩(くら)むような高速の目の泳ぎ方。だけど既に装備は取り上げている。だってほっとくと訓練を始めるか、内職を始める。だから武装解除で拘束中。だって、きっとそれは私たちを護(まも)るために無理して強くなろうとする訓練だから。そして私達(たち)やアリアンナさん達の装備や護身用兵器の内職のはずだから。

「でねでね？　もうちょびっとだけ下層に行きたいな（むにゅむにゅ♥）」「絶対危ない事

しないから。ちゃんと退路の確保と脱出装備も展開するし（すりすり♥）」

装備作製に追われて睡眠不足の休暇無しで、休みを作っても鉱石を掘りに行ってしまうし夜も頑張りすぎて寝ないから強制休養。衣装（コスプレ）で隙を作り、その刹那に間合いを詰めて装備を奪い押し競饅頭（おしくらまんじゅう）。乙女の近接戦闘術（スキンシップ）で包囲を敷いて、流されるが儘（まま）で成すが儘……うん、チョロいね？

「良いよね、ねえ？　危険をちょっとでも感じたら、すぐに撤退するから（ぽよんぽよん♥）」「「「おねがーい、せめて4パーティーで89階層。85階層でも良いから（さわさわ♥もみもみ♥ぐにゅぐにゅ♥ののの字のの字♥）」」」

　もう、うんと言うまで首に抱き着き、お膝に座っちゃって左右からも腕に抱き着く。その包囲網で、あっちこっち押し付けて絡ませ「あーん♥」しながら上目使いでかつ丼さんで、脚も太腿（ふともも）で挟み込んで拘束して入れ代わり立ち代わり（ローテーション）で許可のお強請（ねだ）り攻勢を掛け続ける。うん、帰って来てから固まったまま目が泳ぎまくりで、耳まで真っ赤になりながら動揺と混乱の狂乱状態（バーサク）だね！

　強くなるためには、もっと下層に行かないと駄目だった。私達はLv110手前でまた壁にぶつかっている。私達が弱いままだから、その結果が昨日の痣（あざ）だらけの遥君の身体（からだ）。だからずっと暑い日でも全身を覆う黒マントを着込み、私服だって肌を見せない服ばかり選んでる……そして男子のお風呂だけは大浴場の無い個室風呂。アンジェリカさんとネフェルティリさんが涙を浮かべて語る壊れていく身体の話。砕けて折れて裂けて、血を流し吐きながらの戦い、倒れて這い摺り回って壊れながら笑って巫山戯て戦う姿。

全身から血を吹き出しながら、「大丈夫」と笑って頭を撫でてくれるらしい。それの、どこが大丈夫なの。やっと壊れなくなったと安心してたのに、次々と装備を増やし武装を強化してる。新技術を増やし、自分の身体に負荷を掛け続ける。戦えなくなった身体を調整していると思ったのに、未だ強くなろうとしていた。

だから私達が強くならないと、「もう良いよ」って、「もう大丈夫だよ」って言えるくらい強くならないと。だから、みんな必死に食い下がる。実は結構みんな恥ずかしいんだけど遥君の身体を考えれば、恥ずかしいのなんてもうどうだっていい。

お強請りの結果、試験的に同伴付きの許可。合格してもしばらくは教官付き。装備的に80階層台から不安要素が大きすぎると譲ってくれなかった。

「私達の事ばかり心配して」「うん、その百万分の一だって自分を心配しない癖にね！」「私達だって、いっぱいいっぱい心配してるのに！」

そして遥君はお風呂に逃げた。うん、きっと今頃スライムさん相手に「心配だ」とか「大丈夫かな」って語ってるんだろう。心配性で過保護で、でも甘くて照れ屋でひねくれ者の偽悪者さんは今もいっぱいいっぱい心配してくれてるんだろう。

「ミニスカポリスさん作戦は成功だったね」「うん、成果は微妙だけど」「まあ、無事終了だよ」「「「うん、みんなでお風呂女子会だね」」」

そしてお風呂では恐怖の性王と戦う勇者達の愛と涙と感動の英雄譚。みんなが真っ赤な顔で時には興奮に拳を握り締め、時には感動の鼻血を流し鼻を押さえながら……湯船に沈没？　うん、すっごく描写が生々しいの、あとジェスチャーが物凄くリアル……えっ、ほっぺまで使っちゃうの！

目標の3日間は遥君に無茶な訓練も過度の内職もさせずに過ごさせた。72時間中の最低でも12時間は休ませたはず。今まで蓄積された疲労と故障を癒すための、これが最低限必要な回復時間。そして、また自壊していた昨日は酔わせてとにかく眠らせた。ずっと寝なくても平気な顔をしてるけど、ちゃんと熟睡させる事が出来た……うん、また無理したら飲ませちゃおう。

「大迷宮の深層の猛毒も効かない割に、思ったよりもずっとお酒に弱かったね？」「無自覚でも、無視できても疲労は蓄積するんです」「「「うん、攻略法発見だね！」」」

人前で寝顔を見せるほどお酒に弱くて、そして弱ってて疲弊していた。

追加注文で気を逸らし、我が儘言って過度の内職は妨害できる。アンジェリカさんの話だと、服を作ってる時なんかは魔力は凄まじいけど集中している分、無謀な魔力訓練を並行して行わないらしい。実験とか言い出すと身体を破壊するような危険な魔力操作を始めるから、何かさせてないと危険な実験を始めてしまう。だけど、内職させ過ぎると、それはそれで寝なくなって休養が足りなくなっちゃう。

危険に最も近い遥君に強くなって欲しい。でも、それこそが苦しみと痛みの原因。強くなれない遥君を守る方法なんて最初から、私達が強くなるしかない……小田君達や柿崎君達もこっそりと「強くなってくる」と告げて行った。きっと迷宮での狩りでは身につかない力を求め、実戦を求めて王都へ向かった。強くなろう、私達には他に何もできないんだから……そして、いつかきっと守れるように。

うん、お酒も又用意しておこう。でも、女子は禁止だからね？　だって、きっと女子まで酔っちゃったら、乙女が駄目な方へ大暴走しそうだから。だって、みんなは素面で……あれだったし？　うん、ヤバイね？

乱れた風紀が風紀委員長さんからお説教の危機だが誰が風紀委員長なのかは謎に包まれているようだ。

97日目　夕方　宿屋　白い変人

宿に帰るとミニスカポリスさん達に逮捕され、「あ～ん♥」なカツ丼な取り調べからのお強請りだった。な、何を言ってるか分からないと思うんだけど、お宿が女子高生ミニスカポリスだったんだよ。この宿、ヤバいな？

ミニスカメイドさんにはちゃっかり参加していたお宿の看板娘も、流石にバニーさんとミニスカポリスさんには参加させて貰えなかったようだ。そう、女子高生だけでもヤバいのに女子中学生混入だと事案力が更にもう1段上がってしまう上に、従業員がやったらまじ危険指定なお宿決定で怪しいお店グランプリ受賞決定&事案で廃宿決定な如何わしさチャンピオン間違いなしだ！　うん、名前も駄目だし？

「全く、何かと思えばまだ下層に行く気なんだよ。スライムさんからも危ないって言ってやってくれないかな？」

　焦って強くなるより地道な強化、そして今は装備の強化なんだよ。チートさん達のLvアップに、装備が追い付けていない。だから、まだ危ない。

「うん、きっとお金がない貧しい庶民女子高生で、お金を稼ぎに下層に行きたいんだろうけど、高校生なんだから落ち着きが欲しいものだな？　やれやれ？」（ポヨポヨ）

　耐状態異常効果に全力を注いでいても、下層では確実に抵抗出来るとは言い切れない。そして懸念は増加した、何故なら俺は酒に酔って寝てしまった。それはつまり酒精が耐状態異常耐性では無効化されなかった。本人の意識や認識的な要素も有るのかもしれないけど、完全ではないと言う事が露呈したんだよ。

　空気中に大量のアルコールを散布して、それが無効化できないなら状態異常兵器だ。実際に偽迷宮では物理的な鳥黐が大活躍で、王女っ娘も引っ掛かったまま鎧を溶かされて半裸わっしょいを楽しんでいた。つまり、『粘着』や『接着』の効果なら無効化できても、物理罠だったら危険そうなんだよ。

「アルコール醸造って、動物系魔物さんには効きそうだけど殴った方が早いんだけど……案外、昆虫魔物さんに効果ありそうだな？」

そして、辺境の特産品にできるかも。手間は掛かりそうだけど、酒造りは儲かるらしい。ただ、その分野は男子高校生には理解できない経済活動。もちろん、綺麗なお姉さんの居る妖しいお店ならすぐに行くけど、それは綺麗なお姉さんがいるのであって別にお酒はどうでも良いんだよ？

「所詮、お酒なんて綺麗なお姉さんの居る妖しいお店のただの構成要素の一部分であって、そっちが重視されるなんて本末転倒だよね？　そう、大事なのは綺麗なお姉さんだよ！」

うん、間違いない。問題は、その素敵なお店は何処にあるんだろう？　そして最近では妖しいお店より、宿の方が妖しくて疚しそうなんだけど……このお宿は大丈夫なの？

「って言うか触れると事案な美人さん達なんて、ただの男子高校生的拷問に近いから妖しい素敵な大人のお店が良いな？　みたいな？」（プルプル？）

高校に通った事の無いスライムさんには、男子高校生道は難しいようだ。だけど屋台で買い食いしてたんだけど、読み書き計算はどこで習ったんだろう？

「何か癒されそうな気遣いが感じられたけど、ほぼ全部いやらしさだったんだよ？」

うん、迷宮なんかよりミニスカポリスさんの方が絶対に危険だよ！

「大体、かつ丼を『あ～ん』って食べにくいよ！　だってカツが大きいよ！　あれって俺が作り置きしてたジャンボカツさんで、あれって『あ～ん』が全く想定されていないジャンボサイズなのに次々にみんなで『あ～ん』って……無理だから！」

色気より食い気とも言うけど、色気が圧勝で圧倒でカツが厚すぎだった。そう、この3

日でわんもあせっとの危機。食べ過ぎた？　まあ、もう身体（からだ）も全快したし、条件付きだけど下層への挑戦も許可したから妖しい接待は終わってくれるだろう。

「うん、あれが毎日続いたら男子高校生的過ちが起きまくって、俺の好感度さんの最後の砦（とりで）である青少年の称号が剝奪の危機で、乱れた風紀が風紀委員長さんからお説教されそうだけど、誰が風紀委員長なんだろうね？」（ポヨポヨ）

　でも、あれって全員で風紀乱しまくってるから、きっと召喚されてないに違いない。うん、むしろ危険なお宿が風営法の召還を起こしそうだよね？

　身体を拭いていても痣（あざ）一つなく、何処にも痛みが無い。Ｌｖが上がらないのに訓練もしないとかダラけ過ぎな気もするけど、甲冑（かっちゅう）委員長さん達まで向こうの味方だからお休みだ。男子高校生の休日と言うには心休まらない生脚さん達だったけど、調子は良いのに訓練は駄目らしいから内職コースだな。

　部屋に戻り、新しく手に入れた装備を並べてみる。『雷竜の槍（やり）』なんかはＶｉＴ、ＰｏＷ、ＤｅＸの30％補正で雷属性強化に、『雷装』や『雷撃』や『雷光』とスキルも盛り沢山で＋ＡＴＴまでついたいい感じな隠し部屋アイテムだ。気に入らないのはリザード・ウォーリアーの上位種のリザード・グラディエーターが護（まも）っていた宝箱なのに『雷竜』って……蜥蜴（とかげ）だったよね？　まあ、ドロップではなく宝箱の装備なんだけど、何かもやもやする名前なんだけど、これはミスリル化してからバーゲンで良いかな？

　そして、ラテンな火の鳥「イグニス・アウィス」のドロップの『炎（イグニス）のマント　ＳｐＥ

40%アップ　姿勢制御（大）　加速（大）　豪炎　旋風　炎羽』もバーゲン候補だけど、『姿勢制御（大）』と『加速（大）』は惜しい。うん、飛ぶ時の補正になりそうな気がする。そう、せめて墜落じゃなく不時着したい。落ちるのって痛いんだよ？

　選り分けては悩み、ぽよぽよして。また選別して鑑定し、ぷるぷるする。うん、癒しも必要なんだよ？

　きっと多分おそらく推測し穿った見方で好意的解釈を用いると、女子さん達も癒し的な意味合いで接待してくれていたのでは無いだろうかと邪推していたりはする。一般常識的な普通の男子高校生的な解釈では、いやらし過ぎて癒される所じゃ無いエロリズム溢れる生肌むちむちな、いわゆる癒し感とは程遠い肉感的な謝肉祭だったが癒そうとしていた節が極々僅かな微小に見て取れた気がしなくもなかった？

「きっと絶対間違いなく、毎朝毎晩女子高生達の生脚だの太腿だの、背中フルオープンで肩出しとか、お腹とお臍どころか谷間が下からローアングルとかを見せ付けられ捲くって癒されちゃう男子高校生はいないと思うんだよ？」（プルプル？）

　断言しよう。それは素敵な光景だけど、遠くから見てるならともかく目の前でパノラマ生中継ライブ映像を繰り広げられたら、それってもう癒される所じゃ無いよ！　うん、男子高校生さんが癒されずに暴走状態で大変なんだよ！

「うん、疲れたな……主に回想シーンへのツッコミに!?」

　どっぷりと精神的に疲れたけど、体は休まった。男子高校生だけが休まる暇のない日々で、内職しないと宿代が無いとも言う？

キング・スケルトンのドロップの『死者王の剣　ＰｏＷ・ＳｐＥ・ＤｅＸ30％アップ　耐即死　不死殺し　＋ＡＴＴ』と効果が微妙な剣も悩みどころだ。そう、『不死殺し』が重要なフラグっぽいけど……うん、いつも殺してる？　神剣持ってるし？

「今更フラグられても、神槍と神剣が2本入った御徳用な杖だから、不死も死ぬんだよ？」

これは誰かに持たせておくと、殺せない敵に出会った時の切り札になるかも？　まあ、そんなもんに出会ったら逃げろと言う話で、下手に持たした方が無茶しそうで怖くもある……オタ莫迦行きかな？

「不死殺しって、不死なんて出てきても、莫迦だから不死って気付かずに殺しちゃいそうなんだよ？　うん、死すべき運命の否定者さんとか難しい事って、あいつ等には分からないよね？」

うん、不死者もブーメランで殴り殺すんだろう。寧ろブーメランで殴って、不死者さんを投げてそうだ？

ＭＰ温存で、あまり難しい作業は出来ない。そう、油断すると記憶に刻み込まれるどころか、塩まで塗り込まれて胡椒を少々でバターで焼かれるような屈辱を与えられるんだよ！　うん、なんか美味しそうだ？　まあ、故に完全装備だ。ＭＰも満タンに近い。

（コンコン）

ノックだ。女子さん達はまだお風呂だし、気配探知や空間把握に掛からず現れたのにノックする意味が分からない。うん、暗殺なら挨拶しないし、挨拶したなら明殺なんだろうか？　嫌な殺し方だった！

「どうぞ、って鍵は開いてるよ？　ドアは閉まってるよ？　男子高校生的な心の扉はいつも全開放だけど、性癖の扉はこれ以上開くと問題が有るんじゃないかと懸案だから、春を売りに来たんだったらお金が無い可哀想(かわいそう)なお大尽様で実は宿代もツケなんだよ？　うん、困ったな？」「ただいま戻りました。お知らせしたいことが有ってこっそりと来ました、声を小さくお願いします。宿代はちゃんと払ってあげて下さい！」

　せっかく帰ってきたのにお忍びみたいだが、忍びだ。って言うか尾行っ娘だ。ずっと寂しそうだった看板娘も大喜びするのに、内緒らしい。でも、女子中学生を深夜に自室に内緒で入れる男子高校生って、有らぬ嫌疑が掛けられてＬｏの称号が付与されそうだけど急ぎらしい？

「まあ、お帰り？って言うかお菓子食べる？　オタ莫迦たちは使えた？　まあ、役には立たない気はしてたけど、尾行っ娘一族は貴重な情報収集機関で、オタ莫迦たちは何かあってもすぐ湧き直し(リスポーン)しそうなスカポンタンだから、あれは敵陣に案内して置いて来て良いんだからね？」（もぐもぐもぐもぐ♪）

　急いで報告に来たわりにお菓子優先のようだ。実はお菓子が急いでて、報告はそうでもないらしい？

「甘美味しいです、甘ずっぱ美味しいです。林檎(りんご)の味ですか？」「アップルパイは初めて

だっけ？　まあ、いっぱいあるよ？」（ポヨポヨ♪）

　スライムさんもちゃっかり参加している。途中から話しかけても寝てたよね？

「教国、商国とも分裂状態です。各派閥ごとに特使と密使と密偵と暗部が王国に入って来ていて大賑わいです（もぐもぐ）。破壊工作や暗殺の危険な集団、および個人は莫迦のお兄さん達に潰して貰いました（はむはむ）、海賊に偽装して略奪を行っていた商国の武装船団はオタのお兄さん達が追いかけて行きました（もぐもぐ）。現状、王都は問題はありません（ごっくん♪）」

　王都に問題が無いのに慌てて戻って来た。しかも最速装備を渡してある尾行っ娘が、急いで帰って来たと言う事は辺境で事件が起きる……ただし重要度と緊急性はアップルパイより下のようだ？　フライドポテトよりは上な事件性だろうかと差し出してみたけど、フライドポテトが上みたいだから大した事案ではないのだろう。うん、平和なようだ。

「塩っぱ美味しいです、塩が変わりましたね！　前よりも美味しいです（むしゃむしゃ）。あっ、それと教国からのシスターさんに追手が出ています（もぐもぐ）、殺し屋も一緒です（むしゃむしゃ）。新偽迷宮を商人を脅して潜り抜けたみたいなので急ぎお知らせに来ました（はむはむ♪）」

　急いでいたらしい。全く緊迫感は感じられないけど、危急な緊急連絡だったようだ？

「シスターっ娘たちは領館か……手遅れだな。うん、こっちに来てくれれば良かったんだけど、あっちはどうしようもないよね？　まあ。行ってみようか？」（プルプル）

窓枠に足を掛けるとスライムさんが頭に乗る。そして飛ぶ。速く高く、姿勢にも乱れなく滑空するように飛ぶ。そして……落ちる。うん、いつも通りだ。『炎のマント』の効果は、空中での姿勢制御と加速。そう、速くなったけど、その分だけ墜落速度も速かった！

近頃では空気を読まないと空気吸えない命がけの空気感らしい。

97日目　夜　領館

領館は設計時から宿屋側に墜落用の場所を予め作っておいたから、安心の墜落現場だ。

「うん、着陸と違って墜落って場所を取らないコンパクトさこそが売りなんだよ？　まあ、落ちた？」（プルプル）

着陸への期待の大きかった『炎のマント　SpE40％アップ　姿勢制御（大）　加速（大）　豪炎　旋風　炎羽』は、見事な姿勢制御で空中を滑空し、旋風と共に加速して華麗に墜落だった。そんな痛い思いまでして急いで領館まで来た甲斐は皆無で、そこには穴に落ちたおっさん達。あと壁に接着されたおっさん達と、木からぶら下げられたおっさん達……そう、おっさんだらけ。

「誘拐犯か殺し屋かなんて言うのはどっちでも良いけど、みんなおっさんって飛んで来たのにまたも美人女暗殺者さんも美人女工作員さんもいらっしゃらないよ！」

歓迎用に用意した綺麗な花束は仕舞っておこう。こんな事なら菊でも用意しておくんだったよ。

「やあ、遥君。侵入者が捕らえる前に次々に罠に掛かって行ったんだけど、怖いから住んでる私達には罠の場所教えておいてくれないかな？　暮らしていて初めて罠屋敷だった事に気付いたけれど、出来れば住む前に教えてくれないかい？」

「いや、見張り台や探知機の死角を縫った、普通なら絶対に通らないし侵入しないはずの場所に身を潜めないと……落ちて埋まれないし、壁や木だって攀じ登らないと粘着シートに貼り付けないし、罠縄にも掛かれないんだよ？　うん、素敵な美人女暗殺者さんや美人女工作員さんをお待ちして拘束するだけの罠なのに……なんで全部おっさんなの!?」

　きっと身動きも出来ない美人女暗殺者さんが、暴れ悶えて待っているのを期待して飛んで来たのに……おっさんが一杯。期待の罠さんだったのに、空気を読まずにおっさんが掛かって張り付いてぶら下がってる？　うん、焼いちゃおうかな？

「遥様、教会の手の者でしょうか！　狙いは我々なのでしょうか。我等のせいで……」

シスターっ娘達も気付いたようで、ちゃんと抜刀して駆け付けて来た。そう、走るとスリットが素晴らしく開いて、大喝采な太腿さん達がむちむちと駆けて来た。

「尾行っ娘、相手の人数は分かる？って言うかおっさんしかいないの！　お姉さんは居ないの!?　暗殺者の中に美人女暗殺者さんは居らっしゃいませんかー、美人女工作員でも良いんだよ？　みたいな？」「人数的にはこれで全員のはずです。かなりの手練れだとの報告でしたが……この領館の攻略は無理でしょうね。忍び込めそうな場所が全て悪辣な罠……って、いつの間にこんなに立派な領館に！」

おっさんなら捕らえてもしょうがない。何故ならば拷問も尋問も楽しくない。きっと初尋問の出番を心待ちにしていた蛇さんも、異形で怪奇な触手さん達も、美人女暗殺者さんとはニョロれなくって寂しがっている事だろう。

「メロトーサム様、毒物が出ました。おそらくは暗殺目的かと」「言動から言っても狂信的な教会の裏部隊で間違いないと思われます」「うむ、どうせ使い捨ての部隊であろう。手段は問わぬ、情報を絞り取れ」

辺境軍の隊長さんが「はっ」とか答えて走っていく。しかし、どうもメリ父さんは台詞に安定感がない、辺境伯ともなるとキャラ付けが大変なようだ。

「遥様、宿の方はご無事でしたか。すぐ、そちらに知らせを出そうとしていたのですが」

「母が孤児院へ急ぎ向かいましたから、連絡は大丈夫です。兵も付けております」

王女っ娘とメリメリさんも完全武装。つまり王女っ娘の甲冑がエロいけど、陰からやはり完全武装のメイドっ娘が睨んでる。うん、ジトでは無いようで、剣先をこっちに向けて睨んでる？

「敵さんは全員こっちに来てるから、宿は平和に放置的？　まあ、あそこに侵入って、超常現象でもボコられるから心配するなら侵入者さんなんだよ？　あそこは時空間を超えても容赦無くボコられるから、無事って言うより無理なんだよ？　みたいな？」

現在王国で最も安全なのは宿屋だ。そう、それは建物の強度と防衛力もあるけど、それ以上に宿泊客こそが最強狂暴凶悪強ボコなんだよ？　だって、あそこに何かするくらいなら迷宮に行った方がずっと簡単で安全だ。教会の精鋭を送り込んで来たらしいけど、この程度なら女子風呂の入り口にすら辿り着けないだろう。うん、宿から女子さん達も駆けつけて来たし？

会議室で情報共有を行う事にした。勿論、俺も情報の共有化の為に美人女情報員さんのお持て成しの為に用意して無駄になった悲しい罠達について熱く語ろうとした所を、委員長さんの指示で甲冑委員長さんと踊りっ娘さんにお口を塞がれて情報封鎖されて、現在は呼吸も閉鎖されそうな時代の閉塞感だ？　うん、不思議な事に使役主のお願いは聞かれずに委員長さんのお願いは受理されるんだよ？　お願い力の差なのだろうか？

「教国内で騒乱が!?」「追い詰められた教会の上層部が謀反を起こして、教皇が教国の王族を幽閉とは確かなのですか!?」「そうなれば、教皇派の独裁状態に」

聞き終わるとシスターっ娘は気を失い、部屋に運ばれていった。うん、家族が捕らわれたのが衝撃だったようだ。そして、ようやく教国の王女であることがメリ父さんから語られる……ステータスの称号に書いてあったから知ってるんだよ？　うん、普通は読めないらしい？

みんな、「えーっ！」って顔で驚いている……今、職業称号的には王女だけで2人居るし辺境王もいるけど、性王さんもここに居て、元迷宮皇な女皇さんも2人いて、皇帝なスライムさんだっているんだよ？　女子さん達だって王級スキル持ちいるよね？　別に珍しくないよね？

「敵対勢力になりそうな他派閥の主導者達も、片っ端から捕らわれているようです」「そんな……教会が武力で支配などと！」

大体、辺境って迷宮だらけで各迷宮ごとに迷宮王がいる。だから辺境って、穴を掘れば王級の称号ってゴロゴロ出てくるんだよ？　うん、ちょっと前までは森の奥まで行けばゴブリン・キングだって居たし？

「教皇派による独裁に不満は有れど、国王一家が王宮に封じ込められ、他の各派閥の長は捕らえられ……今は反旗を翻すにも、集うべき旗印がないだけの暴発寸前の状態のようです」「だからアリアンナ様の暗殺を!!」「個別に反対を唱える教徒達も次々に異端と認定されて処刑されていき、完全な恐怖政治が始まっているとも」

ところが国外に王家の血を引き、教皇派と志を異にした教国の民からも他国からも信頼の厚い王女っ娘だけが残っている。うん、それは攫いたいだろうし最悪暗殺もあるだろう。そして俺はまた間違えたようだ。全く、毎回毎回本当に嫌になる。いい加減、愛想尽かされて『智慧』さんが出奔しそうな驚愕の愚かさだ。

「皆様、大変にお世話になりました。なんの恩返しも出来ず、なんら辺境のお役にも立てませんでした。そんな我等に過分な迄の御計らいを頂いたこと、生涯忘れません。私達は急ぎ国へ戻ります。民が虐げられ、神が蔑ろにされている時に安全な場所で異だけを唱える訳には参りません。辺境での日々は一生の宝物にさせて頂きます、本当にありがとうございました」

身を護(まも)る術(すべ)を教えてしまった。それは戦えると言う事だ。戦える力を持ち、戦わねばならぬ時に戦わないなんてシスターっ娘が選ぶ訳が無いのに。だって魔物の跋扈(ばっこ)する地獄だと聞きながら、戦う力も無いのに辺境にまでやって来た……そんなシスターっ娘達に戦い方を教えてしまったら……それはもう、死にに行けと言うようなものなんだよ。

　俺の愚かさが間違いを起こす度に誰かが死にそうになり、どこかで誰かが死ぬ。もう、間違わないと決めても、いつも間違いばかりで嫌になる。これが教国を追い込んだ俺の責任で、その所為(せい)で人々が殺されていると言うのに、わざわざシスターっ娘達にまで死ぬ為の理由を与えてしまったらしい。

「お待ち下さい！」「「「駄目だよ!!」」」「ですが、これは我が国の問題です」

　嫌になるな、この愚劣な頭は。捥(も)いだらもうちょっと賢い頭とか生えてこないだろうか？

「危険です」「駄目だって、もう祖国は敵中なんだよ!?」「どうか、お考え直しを！」「お止(や)め下さい、無謀です」「行ってどうなります。死ぬだけです、お考え直しを」

　騒乱と混乱を極める会議室。皆がシスターっ娘達を引き留めるけど、頑(かたく)なに拒み帰国を急ごうとする教会組。そして止めながらも、いざとなれば付いて行こうと画策している女子さん達に、軍を動かすべきか軟禁してでもやめさせるべきか混乱中のメリ父さんが大騒乱のまま混迷を深めていく会議室。

「そうだよ、無理だから」「せめて様子を見ようよ！」（もごもごもがもが？）

事件は会議室で起こってるんじゃない、教国で起きてるんだから……戦場で会議？　この戦力が現場で会議してると、それはそれで教会さんも迷惑そうだけど迷いなく壊滅間違いなしだろう？　ただし辺境が空っぽのほったらかしだ。

「王国の庇護をお受け下さい」（ポヨポヨ？）「まずは情報を、何も分かっていないも同然です」（もごもごもがもが？）

教国自体は軍事的には恐るるに足りない。軍事力を誇っても脅威にはなり得ない。既に主力に大打撃を受けて、内部で抗争している軍には纏める力は無いはず。ただ侮れないのだ、歴史の闇に常に絡み蠢く教会の暗部。その秘匿された武器や知識。

「絶対反対だからね、そんなの駄目！」「出来る事と出来ない事が有るのですよ、無策で動くのは愚策です」（もごもごもがもが？）

実際に辺境戦では踊りっ娘さんを投入してきた。普通なら、あれだけで国なんて軽く落とせる最強の切り札を隠し持っていた。しかも美人さんだった！　あざっす!!

「それでも帰らねばならないのです。皆さまへの御恩は一生忘れません。どうか行かせて下さい、これは教徒の務めなのです」

だからこそ関わらずに、こっそりと何気なくさりげなく遠距離からの大量破壊兵器による飽和攻撃で何事も無く穏便に済ませたかった。訳の分からない手を持った相手と直接対決で、敵陣突入な敵中旅行しながら敵地観光な常在敵中の全敵生活はちょっと快適ではなさそうな気がする。寧ろ、それで安全快適だったら、それってもう敵さんが全然仕事してなくて大量解雇処分で壊滅な自滅してくれそうな良い敵さんだ？

そう、だから色々と言いたいことが有るけど、お口を塞がれて発言できない？　舐めたり甘噛みは出来るけど発言は未だに出来ない？　まあ、蛇さんにお口は有るから、いっぱい生やせば1人で合唱団も出来るんだけど、出すと斬り払われそうだから止めておこう？

「どうか、皆様に御迷惑は！」「「「駄目ったら駄目だからね!!」」」（ポヨポヨ）（ぺろぺろ？）「「「そして、そこは何してるのよ!!」」」

誰が止めても聞き入れない、俺はお口が開けない？　その瞳には覚悟が宿り、焦りに盲目になっている。ならば俺が発言するしかないのに、お口が塞がれてるから艶やかな指を舐めてみた？　うん、ちょっと楽しいかも？

「ッていい加減しゃべらせてあげようって言う意見がどこからも出ないって、男子高校生的な言論と撲殺の自由が蔑しろにされ過ぎて物理的に言論と呼吸が塞がれる弾圧と空気圧で、断固とした男子高校生的に抗議活動が呼吸困難？　うん、苦しいな？　ニョロ？」

「「「蛇さんがしゃべってる！」」」

やれば出来るものだ？　でも、みんな蛇さんガン見してるけど、喋ってるのは俺だからね？　先ず手を退けてくれないと腹話術師のスキルが取れそうな怪しい絵面で、異世界で魔術師や魔導士は分かるんだけど腹話術師は違うと思うんだよ？

「ッいや、まず先にこのお手手を何とかしないと酸素濃度が低下のチアノーゼどころか酸素濃度以前に酸素も窒素も二酸化炭素もあらゆる大気物質が吸えない空気皆無な苦し気な空気を読もうよ？　うん、何で目隠し能力は壊滅的なのに口塞ぎ能力だけ絶対的なの、均等に振り分けようよその能力を！　極振りにもほどがあるんだよ……ニョロイナ？」「「「発言するならちゃんとした発言を……えっと、出来るだけ頑張ってね？」」」

　やっと台詞有りＶｅｒな男子高校生の語り尽くせぬ語りの始まりらしい、最後の憐れむような憐憫の目と疑問符に若干の疑念を抱くんだけど語ってみよう。

「あ――――っ、空気が美味しい!?　って、もう教国の教会の本部の大聖堂だけピンポイント破壊で良くない？　そこに集まってるんだし？」「「「……ピンポイントで狙えるの？遠距離から!?」」」

　不勉強だ。理論的には可能性のある技術とは、必ず成功を収めるものなのに。

「うん、ピンポイントに命中するまでずっとピンポイント攻撃？　そう、諦めなければ夢とかピンポイント攻撃はいつか当たるんだよ？　みたいな？」

　必ず成功は収めるが、成功するまで延々と繰り広げられる失敗の数が無限に多いだけで、必ずいつかは成功するものなんだよ？

「「「それピンポイントじゃないから！　一発ずつ撃ってるだけで当たるまで撃ち続ける時間差飽和攻撃だよね!?」」」「ちょ、一緒にしないで欲しいな？　うん、飽和攻撃とか絨毯爆撃の方が、案外命中率がずっと高いから平和的なんだよ！　失礼だな？」

　そう、一気に撃ち込めばどれかは当たる。だけど単発のピンポイント攻撃だと当たるまで延々と撃たれ続ける分だけ被害は凄まじい。まあ、運が良いとすぐ当たるかも？　景品は貰えるんだろうか!?

「飽和攻撃や絨毯爆撃の方が平和的なピンポイント攻撃は駄目！」「それピンポイント攻撃の意味を最悪に間違った使用法だからね!!」「でも運よく一発で当たれば簡単スピード解決なんだよね？」「騙されちゃ駄目！　それで『次こそ』って撃ち続けてピンポイント攻撃中毒で依存症まっしぐらだから！」「殲滅兵器は駄目って言う話し合いで、殲滅兵器より残虐な案を出す人に発言権を与えるのが間違ってるんです」「ようは一発じゃ無理なんだね？　一発で決められないなら却下だから」「いや、大量破壊兵器なら一発だよ？　うん、直撃で当てる必要も無いし、安心確実？」「「「もう嫌――っ！　やっぱり、お口塞いでて！」」」（ウンウン、コクコク）「ッ俺が接近すればするほど命中率は上がるから、要は至近距離からのピンポイントなら高ポイントに絶対当たるから……うん、内部から撃ち込めばいいんだよ？　だって、360度全部当たり判定だから外すのが不可能に近い難易度ニョロ？」「「「触手さんまで普通に会話に参加してきてる!!」」」「でも、その触手さんはビジュアル的に表に出したら駄目ー！　隠して！」

　会議は踊る、紛糾と糾弾と罵りの声が入り混じりジトが突き刺さる。出来ないとか無理とか、やるしかないとか決めつけてから話し合うから出口が無いんだよ。そう、出来る事を積み上げて、目標へ到達できる可能性を高めるのが会議なんだよ？　そう、無意味な話し合いは集中力を削り時間を失う。あと酸素も失われてて、そろそろ苦しいんだよ？

そう、俺ってごく普通の人族さんだから、酸素とか空気とかないと健康に悪いんだよ？

列車なら列車砲なのは名は体を表すのだからしょうがない事なのだ。

97日目　深夜　宿屋　白い変人

宿に戻り食堂に集まると、深々と頭を下げる修道女さん達。ようやく落ち着きを取り戻してくれたみたい。

「お騒がせして申し訳ありませんでした、気持ちは変わりませんが無策のまま暴走して皆様にご迷惑やご心配をかけるようなことは慎みます」

清楚さと厳粛さを備えた修道服に長いヴェールから覗く秀麗で気品のある顔立ち。問題はその修道服がピタピタのストレッチ感でボディーラインを露わにして、腰まで届く長く深いスリットから覗く網タイツに包まれた肉感的な美脚。だから清廉な佇まいで真摯に詫びているけど、衣装がエロすぎるの？

「ですが私達の問題である事には変わりありません。委員長様達に危険な事をしていただくわけには参りません！」

アリアンナさん達は冷静さを取り戻してくれたけど、その意思は固くて説得までには至らない。正確に言うと、今は教国ごと滅亡させようとした誰かに毒気を抜かれ冷静になってしまっただけなの。そう、毒を以て毒を制すどころか、混ぜるな危険な劇毒で一周回って冷静になってしまってるだけみたいだね？

「どうせ、もうじき獣人国からのご招待でみんなで移動だよ、獣人国に行ったついでに獣人国を通り抜けて教国の大聖堂まで行ってボコれば解決？　うん、ボコっても解決しない時は、解決するまでボコり続けると解決以前に問題が破壊されて壊滅だから解決するんだよ？　論理的に言うならば？　まあ、理論的には怪しいと言う噂も無きにしも非ずだけど、物理学的には間違いないんだよ？」

問題は距離と時間。辺境に第一師団と後続の近衛師団の残り半分が来る。でも柿崎君達は教国についてくるはず。辺境軍と近衛師団、そして第一師団が揃って辺境の魔の森と迷宮と戦ってくれる。その間に獣人国に向かう計画だったのが……それを利用してそのまま教国へ侵入する。

問題は遥君は全部間をすっ飛ばして、いきなり大聖堂に乗り込んで破壊する気しかない。それは計画と言うには余りにも酷いし、その大聖堂の情報が全く得られない。

「王国のほぼ全軍が辺境に駐留するから、王都が無防備だよね？」「商国は海戦で小田君たちが潰してるし動けないはずだよ？」「遥君が、獣人国の森に柿崎君達を放流すれば陸戦部隊は入って来られないって？」「「「放流って、それ回収する気皆無なんだね」」」

辺境は3軍で現状維持か時間稼ぎ。王国は小田君と柿崎君達の海賊戦とゲリラ戦で平和を維持して、第二師団が王都で王国を守る。そして残る私達が少数で教国潜入して……侵入かな？　うん、強行突破しそうだけど、中枢部だけを叩き潰し粉々の砂屑にして塵も残さず焼き払うと解決だって言い張ってるの？

「この期に及んで話し合いは」「そう、甘いです。もはや交渉どころか戦闘に!!」「いや、こっちにも1名いっさい考慮の余地なく殺戮決定済みの人が？」「あの口ぶりだと、遥君は最初から教国に行く気だよね？」「でも、もうアリアンナさん達の護衛で済む話じゃなくなってるよ」「教国の人達を助けに行くのに、破壊王な殺戮魔人を連れて行くって……」

「それでも遥君は教会を警戒し続けていました。教国ではなく教会をです」「「「ネフェルティリさんだけじゃ無いかもしれないってやつ？」」」

そう、迷宮皇だったであろうネフェルティリさんを一瞬であれ、抑え捕らえる力があったはずだと言う。何かを持っている、そう考えないと辻褄が合わないと。

「アリアンナさん達は大丈夫そうだった？」「「「うん、飲ませたら倒れた。あのお酒って実は強いんじゃない？」」」

遥君が5、6杯で寝ちゃったからお酒に弱いんだと思ってたら……アリアンナさん達は舐める程度でふらふらと倒れて行ったらしい。うん、お酒の強さとか分からないんだけど、アルコール度数とかが強いのかもしれない？　スライムさんは平然としてたんだけど？

現在遥君組は会議中。誰かを辺境において、誰かを私達の護衛に付けて、出来れば王国にも1人置いておきたいらしい。安全策と言うけど、それは遥君が1人になると言う全くさっぱり安全じゃない無防備すぎる提案で、アンジェリカさんもネフェルティリさんもスライムさんも大反対で、みんな遥君について行きたいと怒りながら大揉（おおも）めのようだ。

「いっつも他人の心配ばかりして」「うん、いっつも1人きりで危ない事ばかりして！」「毎回どこかで、たった1人で死に掛かってるのに——反省も学習も、きっと後悔も全くしていないんだね!!」「「「うん、お説教決定！」」」

　だからまた危ない事は自分でやろうと画策し、だから3人に怒られているんだろう。まあ……怒っても怒っても、毎回まったく懲りてないけどね。

「とにかく最短で3日しかないからね、アリアンナさん達の教練と並行して私達も鍛えるよ！」「「「了解（ヤー）！」」」

　時間が無い。だけどすることは単純。潰せるだけ迷宮を潰せば辺境の安全性は高まり、氾濫（スタンピード）の可能性は抑えられる。そしてそれこそがＬｖ上げと戦闘経験を積める方法で、装備品だって手に入るはず。

　目標は指導官付きで1パーティーで50階層までは確実に行く。できるなら2パーティーで75階層まで行きたい。そして4パーティーのレギオンで90階層級の迷宮踏破だ。最低でもレギオンで80階層級の迷宮王戦はやりたい。

　現状望むべくも無い装備を揃えている以上、ここから更に装備での強化は難しいだろう。ならば、この装備に恥じない実力こそを磨く。私達を護（まも）るために作り上げられた装備達に、そしてそれを作ってくれた遥君の思いに恥じないように。

尾行っ娘ちゃんとの久しぶりの再会に看板娘ちゃんは大泣きして抱き合っていた。ずっと尾行っ娘ちゃんの一族は王国で情報を集め、他国の動向を探り続けて情報を齎してくれていた。ここからは私達の戦いが始まる。遥君がかたくなに私達から遠ざけていた、対人戦闘になる。戦争と言う名の人同士の殺し合い、殺人と言う現代人の禁忌に。

「全部終わらせて、また笑って辺境に帰って来ようね。その為に戦うんだからね」「「「だね！」」」

そう、命は賭けない。絶対的に安全確実に、一切無理をせず無茶もせずに有りと凡ゆる危険に備え臆病に強かに命の安全を最優先に一方的に戦う。石橋を叩いて叩いて叩き割り、敵ごと砕くように自らは危険は冒さず全力で楽して勝つ。それが指揮官に選ばれた私の務め、私の責務はみんなで笑って戻って来る事。それだけ、それだけで良い。

「標準武装だと緩いかな、対人戦に特化させとく？」「教会は無効化とかの魔道具が得意だから標準装備の方が良いかも？」「うん、最後は物理攻撃だからねー？」「異常系は効かないと無駄だもんね」「魔法も無効化され易いし、物理攻撃に1票！」「案外とモーニングスターが効きそう。あれ小細工に強いよね」「「「確かに！　でもシスター服にモーニングスターってどうなの？」」」「だとすると遥君も修道士の服なのかな？」「「「……邪悪そうなイメージしか思い浮かばない!?」」」

冒険者が少ないらしいから、完全武装だと目立つ。そして教国は修道士と修道女がやたらに多いと言う話だ。そして様々な派閥が有り、僧衣も微妙に異なるらしくて全てを把握出来ない位の種類が有るらしい……けど、エロいのは無いと思うんだけど……これを着て行くの？　うん、怪しまれない様にって、これ妖しいよね!?

「遠距離だよね、困るのは」「甲冑じゃないと、連打で浴びると怖いね」「結界も連続だとMPがすぐ尽きるよ」「防御特化役作る?」「でも、盾も持ち歩けませんよ」「馬車禁止がつらいよね、教国内って」「乗合馬車って言うのも危なそうだし歩きかな」「「「面倒だねー」」」

遥君は馬車の偽装も視野に入れているのか、教会用や乗合馬車のデザインを聞き出していた。でも、今ある馬車って……あれって、もうデザインでどうにか誤魔化せるような状態じゃないよね？　教国の乗合馬車は質素で機能的だが小さくみすぼらしいそうだ、教会公認の教会用の馬車は豪華だけど珍しいらしく目立つらしい。

あと馬は普通らしいからね？　世紀末覇王さんがドン引きして逃げ出しそうなお馬さんは他所にはいないんだから、あれって何をしても偽装不可能だと思うんだけど？

「まあ、遥君がいる以上、いくら真面目に悩んでも……」「うん、やらかして『俺は悪くないよ?』で終わる予感!」「ああー、『こんな事もあろうかと』って碌でもない事を……」「きっと今頃は爆発物大量生産中?」「本人が王国中から『爆発しろ』って思われてる張本人なのにね?」「うん、辺境に戻る時も、馬車繋げて列車になったからって主砲のロングバレル化してたしね?」「「「うん、あの有効射程距離は全く防衛する気なかったよね」」」

　大体ほっとくと過保護に過剰防衛兵器が作られて、攻められる前に皆殺しの見敵必殺な安全装備が用意される。それは至極安全だけど、全く平和的ではない「殺られる前に殺れ、殺られなくても殺れ？　まあ、殺っちゃえ？　みたいな？」の一言の下に、王国の魔物達は通り縋りの馬車からの一方的な遠距離攻撃で滅び去って行った。うん、平和にはなったけど、全く平和的な要素が欠片すらない通り魔的な常習犯の犯行だったの。

「王国は、商国が動かないなら大丈夫かな？　多分」「動かないって言うか、遥君が小田君達に「手当たり次第に沈めて、落し物落として拾って来い」って指示出してたから……滅びてるかも？」「うん、海賊に見せかけてって……海賊さん達はそこまで酷くないよね、一般的に？」「いきなり沈めておいて、落とし物って言い張るほど極悪な海賊さんは居ないだろうね」「普通は『船を沈められたくなかったら積み荷をよこせ』だけど、いきなり沈めに行ってから略奪だもんね？」「でも、海じゃないから河賊船だから海賊行為じゃないから俺は悪くないって言い張ってた極悪人がいたよ？」「「「ああ、言ってたね！」」」

　運河を断てば商国は陸路でしか進攻できない、そして船と違って陸路での大部隊の移動速度は遅い。だから戦になっても充分に戻ってくる時間は稼げるはず……だって、その関所である要塞こそが王国の王城なんだから。

　みんなでおしゃべりしながら何時もよりちょっと真剣な表情で明日の準備をしている。残り少ない訓練の期間に、気合を入れ覚悟を決める様に武装を整えていく。変わらないいつもの朝の為に、ずっとみんなで笑っていられるように。私達は、ただそれだけの為に強くなってきたんだから。

不倶戴天の敵は共に天を戴けないのだから 地中に埋めるしかないのだが共感は得られないようだ。

97日目　深夜　宿屋　白い変人

オコだった。どうやら甲冑(かっちゅう)委員長さんも踊りっ娘(こ)さんもスライムさんまで、置いて行かれるのも別動隊に入るのも嫌らしい？

そう、俺はいやらしいのは超得意なんだけど、嫌な方の嫌らしいらしい？　そう、純粋ないやらしい方ならば即時対応する準備は万端なんだけど違うらしい。残念だな？

だけど過剰戦力。そう、あまりに護衛が過剰防衛過ぎて、「ちょっと世界滅ぼしてくる」って言うくらいの過大で過多な過度すぎる超過な過剰戦力。なにせ迷宮皇級が3人揃(そろ)っているって、どう考えたって戦力分布が偏る所じゃ無い極点集中。もはや、そこにはボコ以外の何物も存在しえない、究極の高純度圧縮ボコの空間が形成されちゃうんだよ？

そして……それでも教会の中枢には連れて行きたくない。この3人が同時に無力化されるような事が有れば戦力比なんて逆転どころか吹き飛ぶ。そして何らかの方法で操られる可能性が極僅かでも在るなら、集中策なんて下策にして愚策も良い所だ。何よりも闇になんて触れさせたくも無い。うん、俺は触りたい！

そして、過剰すぎて隠密な潜入に向かない。俺のように地味にひっそり地道にこっそりできそうにないんだよ？

「俺はこっそりと大聖堂に行って、ひっそりとボコるやつはボコって、後は拾うものは拾って御大尽様化して帰って来るだけだから何の問題も無くて大丈夫なんだよ？　寧ろ女子さん達は囮に近い状態で敵中孤立になりかねないから、女子さん達こそ護衛が必要なんだよ？　俺は安全安心の教国の旅のついでの破壊工作な思い出作りな、青春16切符すらVer無賃乗車な自分探しの旅だし、旅の爺は斬り捨てと言う格言も在る位だから、こっそり撫で斬りにすればきっと大丈夫なんだよ？」

警戒厳重にして魔力的に護られていた王国の王城。そこに普通に侵入れて、レロレロのおっさん以外は誰も気付かなかった隠密能力から言って何気にこそこそする能力は俺がダントツで高い。そう、伊達にずっと魔の森でこそこそとゴブたちを後ろから襲ってボコっていた訳ではないんだよ？　そして、ステータス傾向から見ても隠密能力の高い高速戦闘型の近接戦特化な魔法使いなのだから大丈夫に決まっている……しかし、どうしろって言うんだろう、このステータス？

「大体、最大破壊力を有した4人でこっそりしてるっておかしくない？　それもう四方から大聖堂破壊工事して、普通に粉砕作業した方が正しい超過戦力でひっそり感がまったく

感じられないよね？」（プルプル）

　確かに戦力とは集中させてこそ、分散させて逐次投入など最悪の愚策とも言う。だけど隠密部隊に最大戦力を集中って何か間違ってて、一生懸命こっそりしてるのに見付かっても何も心配のない潜入無双……うん、突撃で突入の方が早そうな隠密さんで、それはもう隠れて潜んでる密やかな存在意義が全く見出せないから潜入のし甲斐が無いんだよ？

「1人は駄目、です。絶対、です」「一緒。危険なら、みんなで一緒です」（ポムポム）

　いや、危険にならないように、1人でこっそりと侵入しようと思ってるんだけど伝わらない。大聖堂にこっそり殲滅で、ひっそり爆破で、ちゃっかり拾い物な完璧な作戦なのに御不満が有るようだ？　分かり易い嚙み砕いた説明で説得するしかないのだろう。

「いや、そろっと行って殺して拾って焼くだけなんだよ？　俺達のいた世界だと初めてのお使いでちっこい子でも出来る簡単な3ステップなお使い？　みたいな？」

　ジトがお返事なようだ。良いお返事だが、全く納得した感じは感じられない？　まあ、ここで「ええのんか、ええのんか」と感じさせるのも吝かではないのだけど、悪寒が走ったから止めておこう。なんか鉄球も見えるから今は未だその時では無いようだ。

　話し合いながらも内職を進めて行く。もっと良い物が出て来るかもと、ミスリル化を見送られていた装備品を片っ端からミスリル化して付与を追加していく。先の心配より目先の生存と破壊力。ミスリルはまた探しに行けば良いけど、戦いは待ってくれない。何時も訓練で待ってと言っても待って貰えた事が無いから間違いないだろう！　戦いより訓練の方が過酷なのは、きっと気の所為だと思う事にしよう。

　そして、まだ解析途中だけど新機軸なアイテムのイヤーカフ。

「でも、これならピアスとかも作れそうだけど……校則でピアス禁止だった気がするんだけど、最近服装検査とかないんだよ？　うん、女子生徒の服装が乱れに乱れて天下大乱な淫ら感まで全開な風紀崩壊中なのに、風紀指導にもやってこないとかあの何とか高校の教師達は一体何してるんだろうね？　うん、みんな居るのに担任すら来ないんだよ……なんか担任が居たと思う気がしたけど、気の所為だったかも？」

　イヤーカフは探知特化にしてみよう。本来なら空間把握が付けられれば一番良いのに無理らしい？　まあ、あれは慣れないと脳が軋むし？

　そう、頭蓋骨が軋むのは遠聞した事は有るけど、脳が軋むのは寡聞にして耳にした事が無いから異世界特有の現象なのかもしれないけど結構痛いんだよ？　うん、便利なんだけど、あまりお勧めしない方が良いだろう。

　妹エルフっ娘の『感情探知』が便利そうだと思ったら、あれはあれで心を無心にして周りの心の騒めきを聞き取るのだそうで、女子高生さん達に全く向いてなさそうだから早々に諦めた。うん、「煩悩は１０８しかないと言ったな、あれは嘘だ」と言わんばかりに魂レベルで騒めき捲くって騒々しい大騒動な姦しっ娘達だから、絶対に向いていない。全く高校生にもなって困ったものだ？

「動体感知を補助に付けて、あとは気配探知と索敵に全振り？　これだと罠が怖いから

『罠探知』って……魔石3連はイヤーカフがでかすぎる！　うん、重さで耳が伸びて福耳を超えた伸び耳で、王様の耳はチャラの耳とか言い出しそうな大きさだよ！　縮小しないと怒られる！　うん、でかいな？」（ウンウン！）

それに補助武器の護身剣の実用化もしたい。肩盾の効果『自動防御』の解析が進み、やっと実用化レベルに達したけど市販価格的には高価過ぎて販売レベルにならない。だから製造を見送っていたけど、殺し合いの場に身を置くならば赤字販売でも必要だ。高級魔石が多量に必要だから赤字と言ってるだけで、実は迷宮にいっぱい落ちてるから原価はタダだし？

没頭し、集中の極みを超えて没入していたら……MPが無くなった。そして美しくも壮絶な2人の美女の微笑が舌舐めずり付きだった！　くっ、今夜の為にMPを温存し、ちゃんと武装までしてたのに、いつの間にか妖艶で妖絶い艶麗妖美なベビードールに着替えて挟み撃ちで、着てるのに半裸よりも開放的で全裸より艶めかしい魅惑のボディーが包囲接近中の急速密着中だった！　そう、瞬く間も無い刹那にアイテム袋は取り去られ、一瞬で回復茸も奪われ腕を組まれる絶望的な状況。そしてMP切れの眩暈の中で、妖艶な身体を見せ付けながら吐息を感じるほどの傍まで躙り寄る悪い笑顔！

右からは踊りっ娘さんの夜用下着なのに眠らずに寝る気しかない、網目の透過で何一つ隠す気のないホルターネックからノースリーブなロングチャイナで、布面積こそ多いが布密度皆無なもうそれって着てない方が絶対健全だよねって断言できる素晴らけしからん編み編みで、透け透けな黒だけどほぼ肌色なシースルーチャイナベビードールさんだ！

だが、その反対側からは夜用下着も何も一応シースルーのコルセット状の編み上げなビスチェだけど、その編み上げな紐の部分の面積の方が絶対に多いよねと疑問を呈したくなるほど前も背中も編み上げられた紐だけで、シースルーのビスチェ部分は側部だけと言う夜用下着どころか下着の役割完全放棄で断固ボイコットな紐ビスチェにガータなストッキング!!　その狭間にはシースルーだとかどうでも良くないって言うくらい僅かな布面積な三角ビキニな紐ショーツさんが辛うじて隠してるって言う、言い訳程度まで浅過ぎてローライズの概念を覆す低さまで肌を曝け出している恐ろしい娘!?

うん、これはＭＰが有っても無理だっただろう。智慧とは思考を分割化し、並列的に無数の複数思考により作り上げられた高速な仮想意識。それは宛も独立した知性のように振舞っているけれど、俺の意識の分化した分体。つまり複雑な演算をこなし、独立的にスキル制御を担っていても俺の意識。故に夜の戦いでは全員がガン見して一斉に固まるんだよ！　そう、これは無限に分割された智慧さん達まで一斉に魅入られる罠。そして、その高速思考の一瞬の静止こそが隙となり致命傷となるのだろう。うん、今なってるよ!?

芸術的な曲線を描く細い括れから、まろやかな曲面を張り出させる白い尻肉がうねり、艶やかな陰影が織り成す琥珀色の姿態美が丸く揺れ弾む双丘を押し付けてくる！

宛然な艶美さを放つ二対の美体が左右から跨り、白と琥珀の美脚を艶めかしく絡み付かせる魅惑の脚絡みと見せ掛けて……Ｗアームロックだとおおおっ!?

万華鏡（カレイドスコープ）のように羅神眼に広がる広大な光景が全てエロい！　凡（あら）ゆる角度から凡ゆる光景の、その全てに見惚（みと）れて魅入られる。魂が思考を放棄する千の映像と、億の画像が美しく妖しく艶やかに脳を溶かして思考を蕩（とろ）けさせる。そうして意識を魅了すると同時に、脳を灼（や）く強烈な刺激が神経を駆け巡る。そう、映像だけでなく体感までが甘美な殺戮（さつりく）、これこそが迷宮皇の恐ろしさで真なる異世界の驚異！

生肌の艶めかしさと透けるメッシュ越しの肌の妖しさに魅せられながら、芸術品も色褪（いろあ）せる美しい指先と艶やかな柔らかい唇の感触が神経を掻（か）き乱し脳髄を狂わせる。

手も脚も顔もむっちりと柔らかい肉感と、滑々（すべすべ）としながらしっとりな生肌感に覆いつくされ、男子高校生の男子高校生的な男子高校生たる確固とした男子高校生の強固たる不屈の難攻不落なる男子高校生さんが無残に蹂躙（じゅうりん）され尽くしてゆく！

古（いにしえ）に天をも越えんとしたバベルの塔は、故に神の怒りに触れ朽ち果てたという。今まさに天空を目指し聳（そび）え立ち続ける男子高校生は、神なんか歯牙にも掛けぬ天上の女神（ミューズ）コンビに『回復』と『治癒』されながらの無限延長（エンドレス）・永久奉仕（オーバーキル）！　そう、つまり毎晩（いつも）俺がやってたら、覚えられて復讐（ふくしゅう）されてるんだよ!?

そして男子高校生さんは儚（はかな）く哀（かな）し気に夜を瞬き、朝の光に消え去って行った。まあ、やられ尽くしたとも言う……うん、だってアームロックが解けないんだよ？

淫雨なんて言われたら外に飛び出して風邪をひくのも男子高校生だからしょうがない。

98日目　朝　宿屋　白い変人

朝から御機嫌なニコニコで、若干ニヤニヤとニタニタ成分も配合された晴れやかな笑み。それは、まるで朝陽の輝きが溢れ出したような嬉しそうな微笑……そう、滅茶勝ち誇ってる御満悦だった！

「「おはようございます♪」」

白と琥珀のすらりと伸びた美脚が美しい。可愛らしい足先から細く引き締まった脚首、そして美しい曲線に形どられた脹脛に、折り畳まれて重なるむっちりと躍動美に溢れる太腿さん。

普通これ以上ない至福の目覚めで、全世界の男子高校生が夢見る見果てぬ夢の果てより更に上位進化な最上にして至上の至高の至幸な羨望だけど……その麗しい唇に浮かぶ微笑と、見上げる様に覗き込む宝石のような瞳の奥に宿る達成感で凄まじい敗北感に打ちのめされる朝の目覚めだ。

外は珍しく雨がぱらついている。雨着の作製で復讐戦を挑む余力が無く、頑張りすぎたせいでMPもかつかつで魔力茸を囓りながらレインコートを量産していく……後ろからは、いつの間にか覚えられた「雨に唄えば」の鼻歌が二重奏で流れて……滅茶ご機嫌だ！

　復讐は甘美とも言われ、甘く美しい快楽の復讐劇をにょろにょろと繰り広げ往復で復讐を複週で報復な複雑な思いなんだけどMP的にも宿代的にも生産一択なんだよ？

「おはよう、雨合羽の即売会で色彩々だけどマルチカラーなんだよ？　でも、この無料配布は孤児っ子達の分だからパクるな子狸？　『ウー！』じゃない、買え！　買ってお大尽様に貢ぐのだ的な献上の美？　みたいな？」「「「可愛い！　買う!!」」」「「「傘は無いの、あと長靴！」」」

　装備は元々防水で撥水。だから雨ぐらいなら充分弾いて中に通さないんだけど、気分的に濡れるのは嫌なんだろう。でも、長靴にわざわざ履き替える気なの？　マントもブーツも完全防水だよ？

　儲かった、若干揉み苦茶な押し競饅頭に押し流されたが、持ち堪えた。ただ追撃の孤児っ子ランチャーを回避しきれずに朝から押し潰されて埋没中。重いな？

「傘は作っても良いけど時間と手間がかかるから高いよ？　みんな装備も私服も防水で撥水だから、ちょっとくらいの雨なら平気だと思うんだけど……うん、何で何でも強欲に何が何でも欲しがるの!?　その謎の習性で未だ究明されない女子高生の生態なんだけど、女子高生の生体とか成体だとなんかエロいな？　まあ、性体だったら事案で風営法発動な乱れた女子高生の爛れた実態？　ヤバイな？」「「「ヤバくない！　爛れてないから！」」」「乙女なんだからね！」「まあ、ふしだらな女子高生問題は置いといて、今日の編成決まったの？　こっちはそっちに合わせるよ？　４手に分かれるか、２手に分かれるか全員で行くか……ってメリメリさんに王女っ娘も混じるの？　多いな？」

　朝御飯を作りながら雑談ついでに今日の予定を聞き出す。下層に行きたいらしいけど、教国行きで予定も変わっただろうしどうするんだろう？　遅くとも１週間の内にはマッチョお姉さんの第一師団と、近衛師団の残り半分が辺境に来る。それと同時に獣人国のお招きに招かれて、モフモフと招き猫族もお招きなご招待の旅に行って教会を焼き払うらしい。まあ、モフモフだ。

　そして第一師団マッチョお姉さん達に莫迦達は付いて来るんだろうし、獣人国に向かえばオタ達もその辺を徘徊しているだろう。

　チャラ王の代理は王女っ娘らしいから、後はメリ父さんを持っていけば良いらしい。女子さん達はシスターっ娘達に付いて行くから全員でぞろぞろと行く事になった。

　しかし、異世界の最大の問題点にして終焉の地は辺境なんだけど、何でちょいちょい他所に用事が出来るんだろう？　うん、普通はここを目指すべきなんじゃないかな？

「ふしだらって言うな！　清純無垢な乙女なの!!」「フランクフルト！　何でマスタードが無いの!?」「はむうっ、もぐもぐ……で何だったっけ。班分け？」「ううぅん～、美味しいよ～♥」

　一部モザイクが掛かりそうな勢いの朝御飯で、瞬く間もなくフランクフルトを頬張り咥えて貪り尽くし……うん、エロいな？

「全体訓練もしたいけど、個別も必要だよね」「日数が分からないから、どっちが優先かな」「ちょ、ちゃんと食べちゃってから喋ろうよ！　うん、頬張って咥えながらのお喋りは口元から垂れちゃって絵面が妖しいんだよ！」

　うん、フランクフルトは止めよう。何か男子高校生的に居た堪れない！　うん、上目使いでチラチラこっち見ながら食べられると非常に困るんだよ!!

「しかしフランクフルトも辺境名物になっちゃってるけど、フランクフルトさんって地名なんだけど良いのかな？　まあ、名も無き土地だから名物からとって辺境の街をフランクフルトにしても良いのかもしれないけど、問題は領主の姓になるからメリメリ・フランクフルトとかムリムリ・フランクフルトって、何だかフランクフルトさんに謂われなき誹謗中傷を感じる名前になってしまうのが問題と言えば問題なんだよ？」（プルプル？）

　まあ、メリメリさんも美味しそうに咥えているから問題ないだろう。でも、ちゃんとパンとサラダも食べようね？

「美味しくて食べたりない♪」「「「うん、美味しいぃ♪」」」「しかし、結局は朝はムチムチスパッツさんに戻るんだ……うん、でもマルチカラーだから濃くて暗い色にしようね？　ちゃんと透けないように作ってあるけど魔力循環用に密着効果を高めてあるから陰影とか凹凸がリアルな生々しい問題が多々山積してて、ムチムチ感にクッキリ感や食い込み感まで凄いからそれでお外には出ないでね？　うん、きっとみんな困るんだよ、色々と？」

「「「出ないから、お家の中だけだから良いの！」」」

　生半可なセクシー衣装より普段のムチムチスパッツさんの方が危険だよねと認識も新たに、昨晩ミスリル化した武器装備を並べてイヤーカフも販売を開始する。そう、ムチムチスパッツさんの氾濫に飲み込まれて、ムチムチと密着感が実体験で揉み苦茶なバーゲンで朝からどっと疲れたよ！　早く心休まる迷宮に向かいたいものだ。うん、安息の地は迷宮の地下にしか無いらしい？

「お口いっぱい……んっ、肉汁垂れちゃう！」「あふぅぅ、中から熱いの出ちゃった」

　その向こうで、朝から嬉しそうに看板娘と尾行っ娘がフランクフルトを咥えながらニコニコとじゃれ合っている。スライムさんもぽよぽよと参加中で、唯一の癒される光景なんだけど……周りの困ったお姉さん達の食べ方を真似(まね)するのは止めようね？

　そして、こっちでは真の艱難辛苦(かんなんしんく)が始まる。そう、女子さん達が武装を始めた……きゃあきゃあと騒ぎながらブーツを履いてグリーブを着けていくんだけど……グリーブは鉄と鎖からなる甲冑(かっちゅう)の脚部パーツで、膝当てや足首部等の稼動部を中心に複数のパーツで構成されている。その為(ため)に履くというより「装着していく」感じで身に着けるから案外着け難(にく)くて、結構前屈(まえかが)みで悪戦苦闘する。つまりムチムチスパッツさん達がみんな一斉に前屈みになって、屈伸状態でお尻を突き出しフリフリと悪戦苦闘する男子高校生的に焦心苦慮な光景が広がムチムチパラダイスなんだよ？　うん、エロいな!?

「まあ、肉体に密着する事を目的に作られた薄い伸縮性のある生地だから、その目的通りに張り付くように姿態を肉感的に包み込んで、肌のように張り付いて、その陰影を余す所無く見せ付けんばかりの密着な圧着の伸縮性能は正しいんだけど……うん、お尻向けて前屈みは止めようね？」（（フリフリ♪））

うん、お尻が高々と上がってるから、割と見せちゃいけない部分がムニムニと見えちゃってるからね？　うん、後それってお返事なの？

健康美が不健全に柔肉の弾力感を肉感的に揺らし、躍動感あふれる肉体が部屋中に溢れている。うん、オフホワイトや生成りもヤバいんだけど、思いの外にライトグレイの破壊力もヤバいようだ……って言うか、オタ莫迦達が居た時は全員（みんな）黒だけだったよね？

そして胸鎧（ブレイトメイル）になると、今度は万歳するように被（かぶ）っていくから……今度はホルターネックのトップスがはち切れんばかりにムニュリと撓（たわ）み、拉（ひしゃ）げてゴム毬（まり）のような丸い柔肉がプルルンと震えて弾み……うん、なんだかもう家に帰りたい気分だけど、ここが宿で今から出かけるんだよ？

そして、外は降り続く雨。敢（あ）えて淫雨と言うと素敵そうだけど、意味はいつまでも降り続く陰気な雨。

「まあ、長雨の事なんだけど、世界中の男子高校生が淫雨と言う言葉に騙（だま）されて外に飛び出して風邪をひいたことが1度や2度は有るものなんだよ？」（ポヨポヨ）

まあ、10回以上騙されてたら高校の卒業は難しそうだな？

「ビッチビッチ左左（ジャブジャブ）、乱乱乱？って雨になるとビッチ達が暴れ出して左を制する者は異世界を制しちゃってビッチ帝国がびちびちびっち？　まあ、雨？」「「「なんで雨が降ったぐらいで異世界征服するのよ！　一体私達を何だと思ってるのよ!!」」」「どこの誰が雨が降ったら暴れ出すなんて言ってるの！　あと一体どれだけ言ったらビッチじゃないって分かるのよー!!」

　ビッチ達が雨に向かって吠えている。うん、仲間を呼んでたらヤバいな？

「でも日中に本降りは初めてだね、雨期なのかな？」「迷宮に潜っている間に何回か降ってましたよ、帰りに道が泥濘んでましたから」「夜にも降ってたし、運が良かったのかも」「まあ、晴れてる方がありがたいよね？」「確かに雨は視界が悪くなりますから、危険な世界では困りますね」「って言うかこのポンチョ可愛い！」「孤児っ子ちゃん達はテルテル坊主軍団で可愛かったね！」「「「うん、あれは萌えた」」」「遥様、私達にまで貴重な雨具をお譲り頂きありがとうございました」「やっぱり傘があった方が雰囲気が出るかも」「花柄で揃えちゃう？」「「「や～ん、可愛いよそれ」」」「でも遥君の作る傘って……強そうだね？」「「「あっ、ヤバイね！」」」「仕込み剣とか？」「きっと、傘キャノン!?」「傘盾なら私みんなを守ります！」「回転傘カッターはグロそうだね！」「「「いやー、想像しちゃったじゃない!!」」」……

　雨だというのに楽しそうだ。女子が3人寄ると姦しいとは言うけど、30人寄ると喧しいな？　雨音の調べに耳を傾ける風情も無く、喧々囂々と騒いで迷宮に向かう。だって女子高生なんだもの？　うん、くだらない殺し合いになんて関わらずに、ずっとみんなで楽しく和気藹々（わあわあきゃあきゃあ）のままで良いのに……だけど戦いは始まる。

「盾槍構え（パンツァー）、弓盾、撃てぇえ（ファイアー）」「「「了解（ヤー）！」」」

シスターっ娘達を躾（しつ）け直し、暴走モードを抑え指揮に従わせている。伊達（だて）に莫迦達にまで芸を仕込んできた訳ではない、調教委員長様の的確な戦闘指揮だ。

「各自3人編成（スリーマンセル）分散見敵殲滅（サーチ&デストロイ）！」「「「了解（ヤー）！　行（ゴー）きます！　行（ゴー）ってくる！　行（ゴー）くよ!!　参（ゴー）ります!!」」」

女子さん達2人組に、修道女さんか修道士を1人組み込んだ3人組編成で魔物を追い込んでいく。あえて集団戦で壊滅させずに、個別に戦わせて戦闘経験を積ませていく考え抜かれた臨機応変で的確な判断力。どうやら学級委員長と言うものは、思いの外に大変な重責のようだ？

こっちのボコ委員長3人組はお目付け役で、手出しできなくて退屈そうにトランプでスピードして遊んでるのだけど……スピードのスピードが速すぎてゲームが1秒で終わる！　コンマ数秒で終わっちゃうからカードを4組入れたのに、秒で決着して参戦したいのに、付いていける気がしない!?　うん、ババ抜きにしてみよう？

「ぜ、全員ババが見えてるから誰も引かない！って、全くゲームにならないよ!?」

そして大富豪の戦いが再び始まる。出（い）でよ我がお大尽様力！　うん、シスターっ娘達の装備の慣らしと訓練を兼ねて1Fから入ってて、下層まで出番（すること）が無いんだよ？

教祖率いる17才教に、果敢にも反旗を翻す16才教との狭間なお年頃なのが問題なのだろうか？

98日目　昼　迷宮

女子さん達も新装備だから武器の慣らしを兼ねて、戦いながら調整で魔物達を斬り飛ばす。個人レベルで微調整はしてあっても、使い心地とかは本人にしか分からない。それに比べて俺の武装の使い心地は、頑固一徹徹頭徹尾に一貫して木の棒のまま。見た目も木の棒のままで、使い心地も何も変わらない……うん、白銀の剣と甲冑が煌めくあっちと、ヴィジュアルの差が凄すぎない？

「分散回避、中央引き込んで！」「「「了解いたしました！」」」

シスターっ娘達も的確に指示に反応できるようになり、戦力として扱われ前線で頑張っている。修道士組は盾職化してるようだから、異世界でも男は過酷なようだ。

鉄火の如く撃ち込まれる剣と槍が、魔物の壁に雨裂を穿つ。今日は全国的に雨模様な七砂降りで、降り注ぐ返り血を滴らせる凄惨な姿の美少女達は悍ましいまでの美しさ……は、「殺ったどー」とか「魔石ゲットだぜ！」とか言って燥いでいるから気の所為なのだろう？

「盾槍構え突っ込めぇ！」「「「了解！」」」「踏み砕き蹂躙せよ、有象無象の区別なく一匹残らず薙(な)ぎ払えぇー！」「「「見敵必殺(さーちぃあんどおでぇすとろーいぃ)！」」」

大盾と甲冑で身を固めた重装乙女達が躍り込む。

「うん、あれって女子力は大丈夫なのかな？　肉食系女子までは需要が有りそうだけど、肉斬り系女子や肉裂き系女子って需要が有ったら有ったで大問題そうだな？」

力は漲(みなぎ)ってそうだけど、破壊と殺戮(さつりく)特化な女子力ってどうなんだろう？　うん、合コン(合同コンパ)とかは呼ばれないけど、合コン(合戦コンバット)とかなら大人気かも？

「まあ、あれだと蟲汁(むしじる)をモロ浴びちゃうんだよ？」（ウンウン、コクコク、ポヨポヨ）

それが原因で女子さん達は昆虫系に弱い。被害皆無(ノーダメージ)で勝ってるけど、多大な精神的ダメージを受けて鬱ってたりする。さっきもドロドロの白濁色の粘液に塗(まみ)れて、粘っこい汁を溢(こぼ)し滴らせ身体(からだ)中に白濁の糸を引いて……死んだ目のビッチーズが大量発生していた？　うん、5人共突っ込みすぎて、ぶっかけられて汁塗れのドロドロで人型の白濁になり果てていたんだよ？

もちろん戦闘後にはちゃんと水魔法と泡沫(あわあわ)洗剤で洗浄し、髪を梳(す)きながら温度魔法と風魔法で乾燥(ドライ)までしてあげたんだけど……その間、ずっと顔を真っ赤にして無言で固まっていたから精神的ダメージは深かった様だ？　うん、みんなが触手は駄目と言うから、ちゃんと1人ずつ手でブラッシングしたのに小刻みに震えていたから心的被害はかなり重篤だったらしい？

上層までは余裕をもって高速移動と回避重視の機動戦闘。攻撃を受けない戦い方で進み、中層からは遠距離攻撃を組み入れて接敵しない戦いを重視に終始した。だけど下層に近づくと余裕は無くなり、陣形も守備に重きを置く防御型から速攻の攻撃戦が増えて行く。そして被弾する以上は耐状態異常が命綱になる……うーん、バトルドレスかー？

「索敵班展開、護衛付いてね！」「「「「了解！」」」」

女子さん達は全員がチートな特殊系スキル持ちの集団だ。それ故に集団戦でも1人1人が全員が違う役割を担い、臨機応変に交替して補い合っている。お互いを知り尽くし、理解し合う仲間だからこその連携力。シスターっ娘達が及ばないのは仕方のない事なのだろう？　うん、王女っ娘やメリメリさんって頻繁に宿のお風呂に現れてはお泊りしていく常連さんだから、すっかり仲良しさんなんだよ？

「裸族っ娘の剣は目を見張るものがあるけど、ギョギョっ娘は……あれ、とんでもなくない？」（プルプル）

そう、あの剣筋ってまったくの甲冑委員長さんだ。その領域に全く届いていなくても、その無駄のない合理は全く同じ理路の剣技。

「頑張ってました、ずっとずっと、頑張ってました」（コクコク、ポヨポヨ）

まだ遠く及ばないけど、初撃や打ち下ろしの一振りなんかは甲冑委員長さんと酷似する美しい剣筋。勿論、力の入れ方や抜き方。呼吸も判断も技術自体は全然及ばないけど、それが模倣だとしても型を身に付け剣理を理解し始めている。

「新体操部っ娘、負けてない。確実に殺してます。乱戦なら撃破数一番最多です」（ウン

ウン、プルプル）

こっちは変幻自在で神出鬼没。魔物の只中に踊り込み、攪乱して通り抜ける舞うような身ごなし。こっちはこっちで踊りっ娘さんの技を身に付け始めている。模倣でも中層の魔物の群れ程度では掠りもしない幽玄の舞い。しかも新体操の立体機動な動きが加わって、予測不可能な奇異奇怪な動きの組み合わせ。そしてその遠心力の生み出す攻撃は鋭く、防御力の無さを速度と技巧で超越する。

「まさに、迷宮のファブ○ーズ！」「違うって言ってるでしょう!! なんで迷宮でもファブ○ーズしちゃうの!? リアルに妖精のいそうな異世界で妖精の舞踏とか言われても困るけど、ファブ○ーズはやめて！ 私は臭い娘とか思われちゃいそうでしょ!!」

駄目らしい？ きっとファブ○ーズと呼ばれると、元の世界の栄光の日々を思い出してしまうのだろう。世界レベルの選手で新体操界のファブ○ーズと呼ばれていた日々を。

「呼ばれてないって言ってるでしょ！ 何で私、世界中からファブ○ーズされてるの！ 勝手に間違えたまま良い風に纏めて終わらせないでー!!」

難しい年頃なのか、多感な時期だからなのか、はたまた教祖率いる17才教に果敢に反旗を翻す16才なお年頃だから問題が多いのかも？

「じゃあ、サクサクと下層ってみようか？」「80階層の階層主だから、見てるけど時間かかりそうなら手を出しちゃうよ？ うん、今日中に終わらせたいし、暇なんだよ？」「うん、行ってくるね」

70階層戦も時間が掛かったけど、あれは巨大な芋虫だったから仕方が無いだろう。うん、甲冑委員長さん達も全く手出ししなかったし？　まあ、そのせいでシスターっ娘の援護で蟲汁の直撃を受けたビッチーズを丸洗いして乾燥して時間が掛かったんだよ？

「散開、固まらないで動き続けて！　盾組はフォロー！」

うん、苦手そうと言うか時間が掛かりそうだ。純粋にデカいと盾職では止めづらいが、機動戦をするには敵の足が速い。そして魔法反射持ちで遠距離も難しいし、搦め手も効かない「ヘル・タイガー　Lv80」。その肉食獣のしなやかで強靭な膂力が、気配無く静かに身構える。黄金色に光り輝く体毛をたっぷりと蓄え、黒い縞模様を際立たせる巨体。

「「「了解！ってきゃあああっ！」」」

そんな強大な体軀を音も立てずに躍動させ、一瞬で迫り凶悪な鉤爪が空を切り裂く。Lvとは別の肉食獣特有の戦い、狩るために適応し尽くした無駄のない巨体。その肉体は人族では到底覆せない圧倒的な動きの差を生み出し、威圧しながらもゆったりと身構え悠然と佇んでいる。

「機動防御、脚を削るよ！」「「「了解！」」」

野獣の動きこそを封じないと戦う事すら敵わない。手数で傷を重ねて囲い込む作戦だけど、機動戦は連携が取れていなければ孤立した瞬間を狙われる。絶え間なく動き、それでいて味方と併せた高速移動を続けるって存外に難しいんだよ？

「剣が通らないよ、毛が鉄の針みたい！」「みんな、突くか叩いて！」「「「了解！」」」

作戦自体は良いけど、俊敏な獣の脚を突くなんて無謀。斬るのは線から拡がる面だけど、突きは点からの直線のみ。まして連携して追い込む高速移動だと余計に当たらない。だけど、誰も奥の手を出さない。まあ、強力な分だけMP消費は激しくなって、疲労度も高い。何より大技は連携を無視した力業になる。

（グゥアアアアァオゥ！）

斬られた虎が吠える。孤立して見せたギョギョっ娘に釣られ、裸族っ娘の斬撃に危険を感じて飛び退いた瞬間を……入れ替わりのギョギョっ娘の一太刀。針金のような毛皮の薄い腹部を斬り裂かれ、飛び跳ね身を翻した先で、回り込んだ新体操部っ娘が棍棒の一撃。着地の瞬間を払い打たれて、反撃も出来ず更に飛び退く虎。

（ガアアアアアアアッ！）

威圧の咆哮と共に、力任せに爪を振るう。そこにバレー部コンビが大盾を叩きつけ、弾いたところを一斉に槍先で追い立てる。そう、手負いの獣は恐ろしいが、JKとはもっと怖いのだ！　それはもう、おっさんでも虎でも魔物であろうと狩り尽くし、お小遣いにすると言う最強の捕食者！　食物連鎖の頂点に立つ人間の更なる頂に君臨せし女子高生を相手に、虎ごときが逆らえば毛皮を剝がれて魔石を毟り取られて爪も牙もアクセにされかねないに決まっているんだよ？

「「「人聞きが悪いから、変な解説を入れないで!!」」」

一瞬の動揺と怯み。隙を見せた瞬間に躍り込むビッチ達の追撃の槍。目や喉を狙った牽制で押し込み、その陰から躱しにくい脚の付け根を狙い機動力を潰す連続攻撃。

きっと虎は捕食者のつもりだったのだろう。倒して殺し喰らう気だったのだろう。だが、ビッチたちは齧る！　しょせん大きな猫ごときが、犬すら齧り殺す獣の天敵相手に捕食者を気取れば齧り殺されるに決まってるんだよ？　それはもう火を見るよりも明らかに大炎上の中に飛び込んで延焼中で虫の息？

「「「だから齧らないし、齧ってないでしょ！」」」「って言うかビッチじゃないのよ!!」

文化部組からの執拗な矢と、目晦ましの魔法に苛立ち雄叫びを上げてるけど手遅れ。齧り負けまいと子狸が斧を振り翳し、副委員長Aさんが六刀流で刻み掛かる。そして揺れる――虎の頭部が激震し、巨大な鉄槌と膨大な球体が揺れて世界は激震する。その大質量の動揺に階層中の大気まで震えるような振動兵器、副委員長Bさんのおっぱ……鉄槌の一撃だ！

「いや、ちゃんと鉄槌って言ったって！　マジ、マジでちゃんと言ったよ!!　うん、揺れてたからしょうがないんだよ？　いや、あの揺れを抑え込むよりも揺れ幅を制御して減衰するしかなかったブラ作製苦労譚をちょっと回想してただけなんだよ？　うん、確認作業の為に凝視してただけだから、俺は悪くない……えっ、ガッツポーズしてた？　そ、それは応援で手に汗握りエールを送ってたんであって、エーロじゃないから事実無根の冤罪で無実無根な無罪な男子高校生なんだよ？」「「「うん、有罪だね♪」」」

今日は珍しく外は雨だった。雨から逃れて迷宮に辿り着けば、そこはいつもジトの雨。

うん、今日はジトも多いらしい？

お菓子屋さんに隔絶され駄菓子屋さんにすら遠く及ばないまったく駄目な商売屋さんのようだ。

98日目　昼過ぎ　迷宮　地下81階層

迷宮(ダンジョン)に暇潰しを求めるのは間違っているのだろうか？　（コロコロ？）

「退屈だね」（ウンウン、コクコク、ポヨポヨ）

だって暇なんだよ。

「右翼突破しながら包囲！」「「「了解(ヤー)！」」」「盾並べて……押せー！」「「「了解(ヤー)！」」」「弓に切り替えます、狙い中央！」「「「は、はい！」」」「突撃戦用意、付いて来られない（ピー）は魔物の（ピー）に（ピー）ですよ！」「「「イェス、マム！」」」「右、包囲完了！」「中央押し込みました」「後衛、連射！　手数で押します」「各自近接戦用意、踏み躙(にじ)れー！」「「「了解(ヤー)！」」」（キャンキャン！）（コロコロ？）

　犬(わん)ちゃん達(たち)が鳴いている。そしてもう鳴き声すら潰(つい)えた様だ。

「手分けして魔石を確保、怪我(けが)した人は医療班(メディック)に」「結構いい魔石が大量だねー、下層は儲(もう)かるね」「でも、時間かかってるから時給換算だと微妙かも？」「普通は武器の消耗分経費が掛かるんだけど、壊れないから儲かってるよ」「甲冑も傷一つ付かないし、矢の消耗だけで経費は無しだもん」「「「うん、新製品の代金確保だね！」」」（コロコロ？）

　高額で購入時にお金が掛かろうとも、高級装備なら消耗が無いし何より壊れない。結局は長く使えて費用対効果的にも継続維持費用的にもお得なんだよ？　そして壊れない武器こそが命を守る。つまり、俺のぼったくりは良い事なんだよ！

「集合、パパッとミーティング済ませよう」「「「はーい！」」」「問題提議」「後衛が分かれる必要はありましたか？」「あー、押せてたね」「でも、上から矢で意識がそれて、突撃は楽だったよ？」「それに2陣が居れば、いざと言う時に退き易いし？」「前にアリアンナさん達居るから数も足りてたもんね」「それより右翼は突破して後ろ取った方が良くなかった？」「えぇー、最悪孤立だよ？」「そこは挟み撃ちより十字砲火？」「剣だから一緒じゃない？」「でも、半包囲の方が追い込み易いよ」「「「だね」」」「他は何かある？」（コロコロ？）「あっ、マス罠発動……だと！」「「「その大双六大会が気になるのよ!!」」」「「「そーだ、そーだ！」」」「大体、100マス戻るって、どんだけマス有るの！」「あと駒がバトルってどんなルールなのよ!!」「迎撃とか突破とか謎の用語が気になりますね」「双六で挟み撃ちとか十字砲火とかしてたし？」「ジャンプって何っ！　ジャンプって、何で駒が飛んじゃうの!?」「トラップマス発動って何が起こったの!!」「「「うん、双六が凄く気になって戦闘に集中出来ないから止めて！」」」

　暇なんだよ？　ＪＫさんにはＳＬＧ双六さんは不評なようだ。賽子の目の数だけ縦横無尽に駆け回り、交差し合うマスを駆け抜け敵を襲い、時には足止めし、時には協力し、時として裏切り戦略の限りを尽くす熱い双六バトルだったのに御不満が有るらしい？

「前衛、散開。押し返すよ！」「「了解！」」「敵、２割麻痺です」「アリアンナさん左を」「分かりました！」「中央、開き過ぎだよ」「下がって下がって」「くぅ、ここで地雷マスだと！」（コロコロ）「くっ、駒のＨＰ50％で移動速度半減、です！」（ポヨポヨ）「私の番逃がさない！　さっきの仕返し」「ちょ、こっち攻めてきたら甲冑委員長さんがゴールに向かっちゃうって！」「あっ！　トラップマス発動……『Ｇ74マスへ』って、最悪、です」（プルプル！）「そこ塞がれたら　迂回路が遠い。戦うしかない、いざ尋常に勝負、です」（ポムポムー！）「そこで後ろから攻撃だー、後から突くの大好きだから超得意なんだよ！」「ぐぅ、挟まれた　ジャンプマスは何処に！」（ポヨポヨポヨ）「ぐはぁ、まさかスライムさんの裏切りだと！　ス、スライムさん、お前もか！」（ポヨポヨポヨ）「ああっ、また。落とし穴……Ｋの40って……」「貰った、です！　ジャンプで６マス、独走です！」「ちっ！」（ポヨ！）「「気になるから止めてって言ってるでしょ！」」「いや、ほら、お気になさらずに？　みたいな？」「「何か聞いてて凄く面白そうなのよ！」」「なんで迷宮での戦いより双六が面白そうに盛り上がってるのよ!?」

　怒られた？　いい所だったのに戦闘は終わったようだ。うん、やっと踊りっ娘さんとスライムさんの包囲ルートから抜け出して、甲冑委員長さんを邪魔するルートに入れそうだったのに時間切れだ。だが、しかし踊りっ娘さんをフリーにすると逃げられる、スライムさんがどう動くかなのだがスライムさんはポーカーフェイスで読めないんだよ？　うん、ずっと丸いんだよ？

　ぷんぷんとオコだが暇過ぎる。かのニーチェさんも「退屈だから神々でも簀巻(すま)きにして沈めてやるか」とオコだったと言う位に、古来から退屈と言うものは暇なんだよ？　多分？　だって出番ないし、退屈で爺(かみ)でもボコりたい所だけど、居ないから双六バトルが開幕で、やっと俺のターンだから早く続きがしたいんだよ？

　だって急がないと、もうすぐ終点。きっとこの迷宮は80台前半で終わるだろう。90層越えの迷宮ならもっと精神を疲弊させる何かが有る、そういう気配が無いんだよ。

「うん、迷宮の間取りや造りから言ってもそんなもんだよね？」

　そして90階層台の迷宮なら、下層の魔物に癖があってこうはいかない。そして１００階層級の大迷宮はまさに別世界だった。その最下層の迷宮皇さんも、それはそれはもう別世界の素晴らしさで毎晩堪能させて頂いております？　敬具？

「まあ訓練では見てたけど強くなってたんだね？　うん、やっぱＬｖ１００越えの超越者(オーバー)さんは凄いけど超越者(おーばーさん)って言うと滅茶睨(めちゃにら)まれるんだよ？　ギョロいな？」「頑張ってるんです。本当に、強く、なろうと。一生懸命、です」「気持ちが有るから、強くなれる。です。想(おも)い、強いです」（ポムポム）「なんか良い話風に語ってるけど、３人が訓練でボコボコにしてるから強さがいまいち分からないんだよ？　うん、強くなってても御目目(おめめ)×(バッテン)で積み上げられてるし？」（ピュピューピューピュー♪、ピュピュピュ♪、ピュムピュム〜♪）

　ま、まさかの口笛三重奏が、ヴェルディの歌劇「アイーダ」の凱旋行進曲で来たか!?　うん、確かにアイーダなら踊りっ娘さんに似合ってるけど、凱旋行進曲は誤魔化しで吹く曲には壮大過ぎない？　うん、威張ってて反省感が皆無なんだよ……寧ろやってやった感すら感じられる勇壮さだった!!

「なんで戦闘中にＢＧＭが盛り上がっちゃうの！　思わず突撃しちゃったじゃない！」

　雄大な凱旋行進曲の調べに合わせて女子達の御帰還だ。まさに勝利者としての凱旋、目はジトだ？　な、何気にシスターっ娘たちまでジトを会得しただと！

「「「そーだ、そーだ！」」」「しかも何で蛇さん達がトランペットになってオーケストラが始まっちゃうの!?」「「「全くだ、全くだ！」」」「挙句にネフェルティリさんの舞踏まで始まっちゃって、魔物さん達まで一緒に観劇して感激の拍手してたのよ!?」「「「うん、すごく殺しづらかったよね!?」」」

　スタンディングオベーションで涙目で手を叩き、「ウヲーン」と喝采を送る人狼「ワーウルフ　Ｌv81」達はみんな後ろから斬り殺されていた。うん、惨いな？　まあ、あれはオペラに感動したのではなく踊りっ娘さんの妖艶な踊りと生肌を晒す麗艶な衣装と凄艶な姿態の艶姿に興奮してただけだろう、うん気持ちは良く分かるのだがそれを言うと俺まで後ろから斬られそうだ！　怖いな？

「いや、歌劇『アイーダ』はファラオ時代のエジプトとエチオピアの2つの国に引き裂かれた男女の悲恋を描いたオペラさんで、この『凱旋行進曲』は第2幕第2場で戦いに勝利した将軍ラダメスの凱旋帰国シーンで演奏されるんだけど『アイーダ・トランペット』っていわれる管の長い独自のトランペットが使われるのが特徴で、トランペットのファンファーレと弦楽の掛け合いで始まり、それに混声合唱が加わってクライマックスを迎える名曲なんだよ？　うん、戦闘も盛り上がりそうだから蛇さんは頑張ったんだよ？」「「「盛り上がっちゃうから、挟んでたのに突撃しちゃったのよ!!」」」

オコだった？

「盾用意、全員防御陣形……えっ！」「は――い、不合格だよ！　後退して交替で公開でお手本だから後学で後悔してててね？」

うん、下層はこれがある。委員長さん達を後退させて、双六を片付けながら斬り掛かる「クエイク・コング　Lv82」を引き付ける。

「いや、コングって『キングコング』に登場する怪獣さんの愛称なのに、映画の影響で『コング＝ゴリラの英名』とか『大型の類人猿』とか誤解され定着しちゃって某ゲームメーカーさんがドンキなコングとか発表しちゃって世界に定着させちゃった誤字界最強のワールドドレベルの誤字さんなのに……ついに異世界にまで来ちゃったの!?」

轟音と共に響き揺れる。大地が共鳴を起こし振動波を発生させて、床は割れ砕け、陥没して足場が崩壊していく。一発技の全方位からの「クエイク・コング」達の合わせ技『地振』。こういう嵌め技が有ったりするから、下層は怖い。そして防御陣形で固まっていれば、崩落に巻き込まれて足場を失ったままゴリラとの乱戦に持ち込まれる、それでも勝てるだろうけど、命懸けの潰し合いになるだろう。そして掴み合いの殴り合いでゴリラを殴り殺すのは、女子力的にもよろしく無さそうなので代わってみた？

回避されると大声で『咆哮』を上げ、大気を震わせる。震動技特化のゴリラさんで、きっと『咆哮』を浴びれば麻痺するか平衡感覚を失う振動系の状態異常だろう。物理系は魔法系の状態異常よりも無効化が難い悪辣な技だがら、一瞬で判断して無効化しないと危ないんだよ？

逆に振動波で「クエイク・コング」達を吹き飛ばす。だって、男子高校生には振動で勝負挑まれたら負けられない戦いが深夜とか御部屋とかに有って、それはもう震動しまくってるんだよ！　まあ、本来はゴリラ如きに使うにはもったいない技だ。うん、ＭＰが勿体なかった。

「毎晩毎晩劣勢の孤軍奮闘で、孤立無援な戦いの中で幾度と無く振るい勃ち続けて、共に戦ってきた歴戦の戦友とも呼べる『振動』さんは魔物如きに使うような軽々しい技ではないんだよ！　そう、毎夜毎夜終わり無き夜の無限の時間の中で、艶やかに柔肉を揺らし生肌を振動させ迷宮皇さん達を震撼させ絶叫させ続けた最強の振動魔法さんに敵などないのダ――ッ！」「「「振動波を反射攻撃!?」」」「あぁー、あれが深夜に……」

振動負けしたコングを名乗るゴリラさんと斬り合おうと踏み出した時には、「クエイク・コング」さん達は絶滅の危機だった？　どうやら異世界でも絶滅危惧種指定が必要そうだけど、殲滅する気満々な御２人が何か鬼気迫る斬撃で縦横無尽に駆け巡って蹴りまで入れて虐待中だ？
（ぶるぶるは頭壊れます、ぶるぶるは許さない！）（何千回何万回……ったか！）（余計な事を、あれがどれほど恐ろしいかを……スキルLv上がったら、どうするの、ですか！）
（ポヨポヨ？）

　委員長さん達も見学しているけど、マジだから見学にならないだろう。うん、速すぎて見えないし、学べるレベルじゃないいんだよ？　あれはマジだ……さっきからずっと補強してるんだけど階層がやばいな？

「次が最下層で迷宮王戦だけど大丈夫？　今のだって、あのままだったら穴の中でゴリラと近接戦闘（インファイト）の殴り合いで、勝てるだろうけどゴリラに殴り勝っちゃうと奥様（おばちゃん）の称号がステータスに……」「「「いやー、止めてー！　それは乙女には禁句（タブー）なの、奥様は良いけどルビは駄目！」」」

　まあ、16才だから奥様は合法的だし、既にバーゲンでも奥様（おばちゃん）達と戦えそうな凄みを身に付けてきている。そして、奥様に勝てるならばクエイク・コングでも教国でも大丈夫な気がする？　ただ、歴史的に見ても教会って毒とか薬物とか呪詛（じゅそ）とか罠（わな）とか人質とか見せしめとかが大好きなんだよ？　因（ちな）みに拷問も大好きなのだから困ったものだ？

　それでも強くなりたい思いは分かった。まして相手が教会なら、シスターっ娘達の悲惨な悲劇の未来なんて見たくも聞きたくも知りたくも無いのだろう。そろそろ異世界経験も１００日に近くなり、今までの経験を基に判断すると悲惨な悲劇の未来を回避するにはもっと残虐で悪逆な現在を与えてあげるに限るんだよ?

まあ、分かり易く言うと悲劇がこっち来る前にさくっと殺しに行った方が良い。面倒なのだがそういう人生経験が異世界で培われてしまったようだ。

「うん、全く男子高校生とはきゃっきゃうふふと高校生活を送るのが正しい人生の在り方だと言うのに、何故かそんな高校生活を送った覚えが無いのは何故なんだろう?」(ポヨポヨ)

装備を整えているが目には気迫が籠り、下層への思いが有る。戦いたいと、強くなりたいと。無関係な者が巻き込まれないようにシスターっ娘達は自ら向かおうとしている。戦いの先には死しか無いと知っていても尚、戦おうとしている。せめて一太刀の相打ち覚悟なのだろう……それは甘い、教会だの権力者だのは自らは危険は冒さずに、安全に悪事の限りを尽くし悪逆を行いながら平和を謳う。教国自体が人質にされているシスターっ娘達は戦う事すら許されずに捕らえられるだろう。その後は教会お得意の胸の悪くなる醜悪な教会らしいお決まりの残虐な未来しか待ってはいない。

神を信じるはずのシスター達は、祈るように願いを込める様に剣を磨いている。自分達の命を預けるものだと無意識に理解している。だから俺も行こう、シスターっ娘がいるならば教国との全面戦争が避けられる可能性もある。教国と教会を分け、教会をさらに派閥で分けて行けば諸悪の根源が残る。

「うん、剣を渡したなら製造物責任法で俺の責任で、世界を造ったとか口で言うだけで何の責任も取らないか取れない神（やつ）なら試し斬りにも丁度良さそうなんだよ？」

戦闘的には敵は分離したい。だけど禍根を残せば意味は無い。ただの信心深い教徒でも敵対するならば皆敵だ。だがそういう割り切りは女子さん達には無理だろう。甘い、だけどみんなは甘いままの方が良い。結局、甘すぎる甘々だらけの辺境こそが、一番みんなが笑っているのだから。

辺境はみんながお互いの様子を見合い、声を掛け合う。笑いながら微笑（ほほえ）みながらその目はみんなを優しく気遣っている。

だから、ずっと大人から罵られ、搾取され、虐げられ、蔑まれ、傷つけられ、奪われ、見捨てられ続けてた孤児っ子達から大人に対する怯（おび）えが消え去った。きっと辺境（ここ）以外では、今みたいに心から笑う事は出来なかったはずだ。だったら世界なんてきっと甘々で良いのだろう。世界が甘くないなら、甘い世界を邪魔する敵（にがさ）を消し去ればいい。世界を甘くもできない宗教（かみ）なんて、お菓子屋さんほどの価値も無いのだから。

痛い迷宮王さんは痛々しいまでに痛ましく痛烈な激痛にのたうち回ってめーめーだった。

98日目　夕方　迷宮　地下83階層

80階層クラスの迷宮王、階層主とは一線を画す上位存在。ただし遥君は違いが良く分からないらしい。未だに迷宮と集合住宅の違いが分かってないみたいだから、きっと迷宮王と階層主は難し過ぎるのかもしれない。

だけど圧倒的な威圧感、階層主とは桁が違う。そして強くて賢い、迷宮王は知性を感じさせるに止まらず、狡猾で策略的。きっと遥君は自分が狡猾過ぎて悪逆的だから、迷宮王さんの狡猾さとかに気付かないのかも？

そして迷宮王でも教国でも、遥君には同じ。みんなが戦い方を考えている時に、遥君だけは殺し方を考えている。殺せるのならば出来る、だから出来る事をする、そう言って脆い身体に驚異的なスキルを纏わせて、壊れながら相手を壊し続けて来た。

だから私達は迷宮王なんかに負けてあげられない。強いとか怖いとか勝てないとか、理由なんてどうでも良いの。殺せば死ぬ、だから殺す。遥君が壊れる前に、遥君を壊すあらゆる原因を壊し尽くしたい。だから、迷宮王くらい壊して見せる！

「最後の相手だからＭＰ使って行くよ、３割残せば良いからね」「「「了解！」」」

残心――ＭＰ枯渇は危険だ、意識を失い戦闘中なら死ぬ。決して矢は打ち切らない、矢の無い弓は脅しにもならないから。だからＭＰも枯渇させない、何よりもＭＰの枯渇は命を削るとも言われる危険な行為だから無理はさせない。

　迷宮王は因縁の相手「スフィンクス　Ｌｖ83」。ただし羊のスフィンクスさんで、不死属性だけど、遥君から不死殺しの『死者王の剣　ＰｏＷ・ＳｐＥ・ＤｅＸ・30％アップ　耐即死　不死殺し　＋ＡＴＴ』を貸して貰った。使い手は御指名でギョギョっ娘ちゃん。まあ千佳ちゃんだけど、最近誰も名前で呼ばないの。

「一応先に言っとくけど古代エジプトでは羊は生殖能力の象徴だったから、羊さんの怪物って『性豪』持ちで『絶倫』持ちのＷな頑張る羊さんなんだよ？　後、モフモフだけど羊さんってハーレム王だからエロいんだよ、あと喧嘩好き？　まあ、序列争いの好きな頭突き好きな女好き、で角が有ってモフモフしてるから気をつけて？　色々と？」

助言かと思ったら世間話だった。しかもモフモフは2回言っていたけどモフリストさんなの？　うん、撫でるのは大好きらしいけど？

「ちょ、『性豪』と『絶倫』のＷ持ちってエロいの!?」（ウンウン、コクコク！）「何か、さっきから圧し掛かろうってしてるのって……まさか！」「種付けでしょうね、なんだか興奮状態ですし？」「「種付けって言わないで！　もっとソフトに!!」」

　目が血走り、鼻息は荒く、口からは涎を垂らして興奮状態な羊スフィンクス。あれって発情だったの！

「王の象徴（ネメス）を付けた人間の顔で、ライオンの身体と鷲羽（わしばね）のアンドロスフィンクスさんが有名人で、神殿の守護者とか威張ってるけど……まあ、キメラだからね？　しかも人間混じってたり？って言うか、羊の頭はクリオスフィンクスさんで、あとは隼（はやぶさ）の頭を持ったヒエラコスフィンクスさんでコンプなんだよ。うん、全3種？　シークレットは無いと思いたい？　みたいな？」

そう言われると途端に視線に人間味を感じ、いやらしく見えて来る。しかも、目移りするかのように見回す目が好色そうで、女の敵だ！

「やっ、こっち来た!?」「くっ、硬い！」「きゃあっ！」「い、今舐（な）めようとしてたよ！」

「なんか……ぶら下がってない？」「「「……斬り落とそう！」」」「なんか大きく……」

「「「言っちゃ駄目！　それは解説しなくて良いの！」」」

モフモフに剣が通らない。槍（やり）や斧（おの）でも手ごたえが無い。そして頭部は硬く曲がりくねった角（つの）が邪魔だし、振り回されると避けにくい！

「倒して乗っかろうとしてるのがムカつく！」「性犯罪者な魔物さんは、倒さないと女性の危機だよ!!」「でも、すばしっこくて硬いよ。どうするの？」「誰かが囮（おとり）で押し倒されてる隙に滅多刺しとか？」「「「委員長！」」」

角が邪魔で目も狙えず、胴体はモフモフで守られてる癖に鉤爪（かぎづめ）を持ったライオンの四肢が危ないの。なのに、後ろは尻尾の蛇さんが守ってて要注意で隙が無い。

「絶対に嫌っ！って、なんかアレが……巨大化してない？」「「「頑張れ、委員長！」」」「頑張らないからー！　押さえつけられちゃったらアレってアレだよねっ!?」「まあ、甲冑着てるから？」「うん、押し付けられるだけ？」「腰は……振られるかも？」「ええ、発射の危険はありますね」「嫌嫌嫌嫌超嫌本当に嫌絶対に嫌！　誤射でも嫌なの！」

　早く倒さないと生贄にされちゃいそうで、乙女の危機だ。みんなの冗談を真に受けてアリアンナさんが囮になるとか言い出して、みんなで宥めて止めている。

「アリアンナさん無理だって、『性豪』と『絶倫』のW持ちなんて、『再生』持ちの委員長じゃないと無理だよ！」

　えっと……あれは冗談だよね？　泣いちゃうからね？　まじ泣きだからね？

「メエエエエェエィエゥエェ！」

　突進からの頭突きと、頭を振る角攻撃。そこから棹立ちになって、爪を振り回し隙あらば押し倒そうと圧し掛かって来る。2本の逞しい後ろ脚で立ち、前脚を大きく広げて上半身を支える姿は……まさに不審者！　乙女の前でぶらぶらさせないで！

「そりゃ、豪炎閃」「ふっ、烈風斬！」「薙げ、百流」「凍てつけ、完全静止」「六華乱斬っ！」「駿閃!!」「でりゃああっ、水龍爆落」「急所突き」「球潰し」「捥げろぶらぶら！」「大鋏で切断！」「局所破壊！」「股間の危険物割り」「輪切りだああっ、十六斬」「（ピー）を（ピー）して（ピー）ですわ！」「「「うりゃ～!!」」」

　弱点を突く！　うん、立ち上がったのが運の尽きだった。立ち上がる事で威圧して恐怖させ混乱に陥れて襲い掛かる気だった強大な獣の威圧を破壊し尽くす！　そう、性王の恐怖に挑み、鍛えられた女子力の修練は無駄ではなかった！　そう、自信満々に威圧しようとし弱点への集中攻撃に涙目で吠えながらメエエメエと叫び、抉られ切り刻まれて蹴られ踏み潰されて割られていく迷宮王の断末魔。威圧しようとも所詮は性王さんと較べ得る敵ではなかったの？　うん、性王さんの方が凶暴だったし？

「メエメエエエメエメエェーメエィメエメゥエェー！」「委員長！」「えっ、あ。瞬斬！」「メエエエェー………（バタッ！）」

女性の敵は滅びた。何故か遥君が何とも言えない顔で固まって、倒れた羊スフィンクスと見つめ合っている？

「あっ、ギョギョっ娘ちゃんありがとう。えーと『死者王の剣』は遥君に返したら良いのかな……ありがとう、迷宮王を倒せ……あっ!?」「お疲れ、って殺っちゃったんだ？　うん、『強奪』で更にWでゲットだぜ？　的な感じな……ああー、『性力増強』まで盗っちゃった？　うん、まあ、頑張れ？　みたいな？」

そう、止めを刺してしまった。突然に良い位置に『死者王の剣』を投げ渡されて……何で私に投げちゃうのー！　『絶倫』と『性豪』のＬｖが上がってるし、『性力増強』まで……何気に『再生』も持ってるのに!?

「い、い、いっ、いやあああぁっ！　何で投げちゃうの？　何でとどめ刺させるの？　盗っちゃったじゃないのー！　いろいろとー！」「「「まあまあ、頑張れ？　みたいな？」」」

「乙女が、乙女が、乙女が持ってちゃいけないの！　そのスキルは……いっぱい取って、

Ｌｖ上がって称号に『性女』とか付いちゃったらどうするのー（号泣!!）」

ぜ、全員でテヘペロ！　みんなで頭に拳を当ててる所があざとい!?　うん、乙女なのに『絶倫』と『性豪』に『性力増強』まで……副作用とか有ったらどうするの？　これって、

これって……まさか本気で生贄にされちゃうの!!

うん、遅くなったので宿に戻ろう。てへぺろ組はお説教だけど、アリアンナさん達はかなり疲労している。わずか数日で迷宮の下層なのだから、肉体的にも精神的にも限界に近いだろう。茸ドーピングで無理矢理に元気になり、ＭＰを強制回復させているだけで実は相当にキツイはず。

それでも文句ひとつ言わず、必死に強くなろうとしている。数日でＬｖ50の壁も超えて見せた。頑張ってる、泣き言一つ……さすがに遥君の強制Ｌｖ上げでは泣いて逃げ回ったらしいけど、今は喰らい付いてでも強くなろうとしている。もう、時間が無いのだから。

今日の結果は迷宮王戦は及第点だけど、82階層の「クエイク・コング」で赤点だった、スキルを読み取る目と、そのスキルを理解する頭脳が無ければ嵌め殺しに遭う。強くならないと、結局は遥君まで教国に行くことになってしまったのだから、みんな余計に焦りが出ている。

遥君は修道女の服を作ってくれる前から修道士の服を作っていたそうだ。それはきっと自分用。だってコスプレさせるのは好きみたいだけど、自分でする趣味は無いらしいの。ならば変装用なんだろう。

きっと教会は危ないからと言って、きっと何だかんだ言ってアリアンナさん達も辺境に引き留めて、きっとアンジェリカさん達も置いて——また1人で行っちゃう気だったに違いない。そして後から「偶然通りかかった」とか「道に迷ったら大聖堂だった？　みたいな？」とか言って誤魔化して、こっそりみんなを置いて1人でやる気だったに違いない。

だってアリアンナさん達を見捨てる訳が無い。関係なさそうにしてるから絶対に間違いない。

シャリセレス王女の時だってノコノコついて行き、王国なんてどうでも良いと嘯きながら孤児っ子ちゃん達を助けてた。見ていただけなら同罪だと言いながら、王都の人を巻き込まないように貴族街だけを徹底的に破壊し続けて、内乱にならないように戦力を削いでいた。

隣の領の時だって最後の最後まで隣り街の一般人を巻き込まずに事を進め、最後は尾行っ娘ちゃん達を助ける為に、未だに出来ていない危険な『転移』で飛び込んで行った。

だって、だって——私達を助けに来た時だってそうだったから。偶然って言いながらまっすぐにやって来た。きっとあの時の火の雨だって限界だったはずだ……あの時、コボルトリーダーは遥君の目の前まで行き、咬み殺そうと口を開きながら力尽きて倒れて行った。あの時、遥君はただ立っているだけで微動だにしなかった。動けなかった、魔物を目の前にしながら無防備にただ立っていた。あれは平気な顔しながら限界だったんだ。きっと魔法の反動で襤褸襤褸だった。死の直前にギリギリで打ち勝っただけ、あの時だって本当は死にそうだったんだ！　ずっとずっと嘘つきで、ずっとずっと嘘ばっかりで、ずっとずっと大丈夫だって嘘をつく。関係ないって嘘をつき、そして最後は偶然だって嘘をつく。

　遥君の嘘はみんなにとても優しい。とても優しくみんなを騙してくれる。でも、遥君の嘘はとても残酷で、その優しい嘘を真実にする為に1人で傷つき壊れていく。

いつもいつも嘘ばっかりだ。だから、遥君が1人にならない為に布石を打った。私達がアリアンナさん達を護衛しながら教国で戦おうと。それが何故だか教会がいらない事してくれたせいで、全員で総突撃になりそうな勢いなの。そして時間が無くなった。王族の処刑が有り得るなら、遥君はすぐにでも行くだろう。

　アリアンナさんを捕らえるための人質ならば処刑はされないはず。だけど誘き寄せる為の餌にされる。卑劣な策を力尽くで捻じ伏せる力がいる。策略ごと木端微塵に打ち砕く力がいる。遥君が1人で苦しまなくって良いだけの力が欲しいの！

　あれ以上強くならせちゃ駄目だ。あれはとっくに限界なんか超えてしまい、豪運だけで生きてくれているだけ。それをアリアンナさん達の訓練をしたせいで痛感してしまった、Ｌｖ24なんて……まともに戦える力なんて無いんだって。

　難しい事は分からない。だけど教会は、ずっと遥君が警戒し敵視していた相手。分からなくても遥君の敵なら、私達の敵だ。それが危険なら私たちこそが盾だ、私達が遥君の剣になり遥君をこれ以上戦わせなければ良い。

思いはずっと前から決まってる。ただ時間が足りない、力が足りない。追い付けない、追い付こうとしても遠くなっちゃう……だって、なんで肩盾が12個に分かれて空飛んで戦うの!? あと、蛇さんってヒュドラさんだったんだ!! それ、伝説の神獣さんで演奏したり歌ったりエロい事する為のものじゃないからね!? うん、性王って人類が追い付けるものなのかな？

刮目しないで刮眼したまま黒目が飛んで瞳孔開きっぱなしの眼球痙攣だった。

98日目　夜　宿屋　白い変人

退屈だった、出番が無かった、何より双六で1回もあがれなかったのだ！　みんなで包囲して待ち伏せして、ゴールさせてくれないと言う使役主虐め問題が発生し、あがれそうになると一致団結で邪魔して攻撃してくる熾烈な双六大戦略だったんだよ！

「まあ、俺も邪魔しまくって罠に嵌めて回ったら、その手を覚えられちゃって誰もあがれないと言うネバーエンディング双六だったようだよ……ムズイな？」(ポヨポヨ)

女子さん達の妖しいコスプレお宿が始まる前に、さっさと料理を始める。そう、男子高校生的に3連続はかなりキツかった！　あれ性犯罪者育成プログラムって言うくらいの危険行為で、思わず伸びそうになるお手々を『木偶の坊』で拘束しながら耐えると言う、ルマンを超える耐久を求められるロマンな衣装が異世界で一番ファンタジーだったと言う大人のお店的な危険な罠だった。手を押さえたら触手が出そうでマジ大変だったんだよ？

「全く、ああいうのは恋人と2人っきりでして欲しいもので、純情無垢な多感なお年頃の男子高校生に集団でやると虐め問題で、多感どころか痴漢の危機だけど希望者殺到な虐め問題が勃発して、調査に教育委員会も召喚……って、教育委員会って何の役にも立ちそうにないから来なくて良いや？」

うん、きっと森に居たらゴブたちも迷惑だろう？

「孤児っ子からのリクエストでオムライスなんだよ、って言うか孤児っ子達に聞くとずっとオムライスのターンなんだよ？　うん、まあハンバーグもつくからある意味お子様ランチで、孤児っ子様用だからあながち間違いでは無いと言うナポリタンに唐揚げさんにフランクフルトさんまで参加な、フライドポテトさんもついた孤児っ子様ランチだからプリンもつくんだよ？　うん、ケチャップ尽くしで赤いな？」「「「いただきまーす♪」」」

夕飯でコスプレ大会を抑え込み、してやったりと北叟笑んでいたが、よく考えたら着替えずに武装解除したらムチムチスパッツさんだった。うん、エロい！　男子高校生に安住の地はないのだろうか？　だって作りたてのプリンに負けない、プリンプリンと揺れる女子高生集団ムチムチスパッツさんの中で安らげたら、それはきっと男子高校生として終わっていると思うんだよ？　うん、お願いだからせめて前みたいに黒にしようよ？　朝にグレイはヤバいなとチラ見してたら、何故だかグレイ率急上昇だった!!　そしてピンクもヤバいけど、これってお茶がヤバいとか思ったらお茶が出て来るんだろうか？

　ムチムチとお代わりを取りに来て、ムッチリと持って帰り、ポヨンポヨンと追加を求め、プリンプリンとプリンを持って行く。うん、今日も相変わらずにわんもあせっとの様だ。でも、結局わんもあせっとで更にスタイルが良くなり、男子高校生への破壊力に変換されて戻って来るムチムチ永久機関だよ！　うん、エロいんだよ？

　雨のせいか湿度も高いが、温度も高く。食後で体温も上がり、大人数が犇めいて室温が高い。そして汗ばむとスパッツさん達が更なる凶悪さで、ぴたぴたと肌に張り付き汗ばむ肌と相俟って妖しい食事風景だ！　通気性を確保し、快適さを保つために湿ると織り糸が僅かに締まり布の目地が荒くなるようになっている。だから着る分には快適なんだけど、見る分がヤバかった！　そう、僅かとは言え元々凄まじい破壊力を秘めたスパッツさん達が身体に薄く張り付いて、肢体の柔らかな曲線を露わにしていく。これは無理！

「んっ……あふぅ……美味しい、んんっ」「ふぁ……んっ、おっきいっ……んちゅっ♥」

　甘い吐息で熱く滾った太く長いフランクフルトさんに、唾液で濡れた唇を這わせながら口付けする様に押し付ける。愛撫するみたいに啄む小さく開いた唇が、逞しいフランクフルトさんを苦し気にゆっくりと咥え込み、赤い舌が肉汁を舐めとり……。

「ってエロいんだよ！　そのねっとりと舐め回す舌使いが駄目なんだって!!　うん、普通フランクフルトさん食べるのに、そんな如何わしい音出ないから!?」

　異世界にフランクフルトさんはやっぱり禁止にしよう。何かヤバい！　うん、孤児院作って良かったよ……これ孤児っ子たちが真似しだしたら事案なんだよ！

「ぐちゅっ、ちゅぷぅ」「あむぅ……んふっ……んっ、じゅぷぅっ……くちゅっ♥」

どうして晩御飯食べてるだけで男子高校生的な拷問の様な妖しいお食事絵巻が展開で、音声多重放送で艶めかしいBGMまで付いてるんだろう？　これはお子様ランチが18禁になりそうだ！

何もしていない1日だったが晩御飯で疲れ果てて、お風呂に向かう。女子さん達はわんもあせっとだが、カロリー消費の観点から見てもダンレボさんも開催されるのだろう。うん、既にムチムチスパッツさんでいろいろヤバいから、レオタードさん達が現れる前にお風呂にしよう！

「ふっは～」（ポヨポヨ）

身体が軽い、蓄積していた疲労がお湯に溶け出すように身体が弛緩して力が抜けて行く。考えてみれば休みなく何かしていたから、朝からトランプと双六して過ごしたのなんて初めての事だ。まあ、双六は異世界初の可能性もあるから初めてだ？　戦闘もちょろっと振動魔法を使っただけで身体を動かしていない。昨日からの休みで鈍ったのかも知れないけど、痛みも重さも無くなって軽く柔らかくなった気がする。

お湯の中でゆっくりと手足を伸ばしてストレッチしながら、ゆったりと長湯する。こんなにゆったりしている場合でも無いんだけど、きっと休まされている。強くならなければ命が無くなる、だけど急ぎ過ぎで身体がくたびれていたのだろう。ゆっくりと体中が生まれ変わって行くように、軽くしなやかだ。

結局、遠距離飽和攻撃案は禁止されてしまい、目標地点と美人シスターさんの確認のために作った俺の潜入用修道服は無駄になってしまった。うん、タキシードと言い自分用の服って無駄になる確率が異常に高い。浴衣だって次はいつ出番が有るか謎だったり?

「「「わんもあせっと!　わんもあせっと!」」」

お風呂から上がるとレオタードさん達がレゲエダンスで、バイブスでグラインドしてるから逃げよう。うん、男子高校生には過度の刺激は厳禁で、見てたら男子高校生がグルーヴィングでヒップホップにヘッドロールなヘッドスピンでパワームーブ間違いなしのパンキングなのだ、逃げなければ!

お部屋に逃げ込み、脳内映像を観(み)ない様に内職に取り掛かる。いや、踊りっ娘(こ)さんがいろんなダンスに興味を示すから俺が教えたんだけど、女子さん達にまで教えるとか思ってなかったんだよ?　まあ、ヒップアップには効きそうだったな?

「さて、自動防衛機能付きのソードブレイカーなマインゴーシュと、室内戦闘用のガン・トンファーの仕上げもしたいし……祭儀用ロッド風な仕込みレイピアももう少し強度と効果が欲しいんだよ?　対人戦って面倒なんだよ、まして正面からの戦闘じゃない暗闘は対策にきりが無いよね?」(プルプル)

あと何手必要なのか分からない。だけど手数は命綱。力と力の魔物との戦いとは違い、罠と罠を競わせる人との騙(だま)し合いは手がなくなったら終わりだ。だから手数なんて有り余

271　刮目しないで刮眼したまま黒目が飛んで瞳孔開きっぱなしの眼球痙攣だった。

るくらいで丁度良い。爆発物だって余らないように全部投げつければ残り物の心配も無いんだから大量生産だ。

「しかし変装とは言え、修道女になろうかと言うのにレゲエダンスって……あのセクシー修道服だと大変な事になりそうだな？　うん、教徒希望者が殺到しちゃうよ！」（プルプル）

　マインゴーシュの自動防衛は切り札。魔力消費半端ないから、不意打ちや暗撃の一撃防御の暗殺対策用だ。魔石動力だから長時間の戦闘は無理そうだ。

　お菓子休憩を取りながら内職を進めて行く。やはりデモン・サイズ達がいないと寂しいものがある。オタ莫迦たちの護衛に出してから、未だ帰って来ない。オタ莫迦達には空中戦対策が無いからデモン・サイズ達に任せたけど、オタはともかく莫迦はブーメランは決して投げ無いが槍投げは得意だったし、ハルバート投げも斧投げも得意だった。そう、剣すら投げて魔物を突き刺してたのに、どうして最後はブーメランで殴るんだろう？

「マッチョお姉さん達の御指名とは言え、あんなのを指導官にして良かったの？　うん、第一師団の行く末が心配だな？」（ポムポム）

　身体が軽い。訓練がしたいけど、心配されているなら休んで見せないとまた過剰に心配をされる。

「しかし再生ＬｖＭａＸの『回復』に『治癒』持ちの大賢者なんだけど、一体何を心配されてるんだろう？　うん、ちゃんと『蘇生』も有るからちょびっとくらいなら死んでも安

心なんだけど？　捥げても生えるし？　蛇さんも出るんだよ？」（プルプル）

だから、出来る事なら1人で行きたかった。

「って言うか女子さん達はまだ分かるんだけど、甲冑委員長さんや踊りっ娘さんが強くなるのを止めるなんて考えられないから、不思議だったんだけど……もう限界で壊れるのかとか思ったりしてたけど、この感じはそういう事なのかな？」（ポヨポヨ）

窮命の指輪に入れたのは『生命の宝珠：【錬成術、錬丹術及び房中術による身体錬成要錬金術師、大賢者】』。『身体錬成』は身体能力、つまり肉体強化になるかも知れないけど、なんだか改造人間とか仙人とかになりかねない危険なアイテムで、果てしなく怪しい上に房中術が妖しさ満点な宝珠。

「錬金術師は持ってたから、大賢者を手に入れて使用条件は満たしていたんだよ？」

ただ使えば「人間辞めますか？」な気がして、気が乗らなくて気後れしてた。だが「人間止めますか？」の前に「人生止まります」になりそうで、つい使ってみたのだが身体能力の上昇は感じたものの、全能力を開放してみたら身体はあっけなく簡単に壊れた。

だから、外れだったかと思っていたんだけど……この身体の軽さは尋常じゃない。全身の細胞の全てが生まれ変わったような活力と、魔力や能力が身体の隅々を循環し練り込まれながら造り直されていくような感覚。

「限界まで酷使した身体が、休んだ事で超回復を起こしてるのかと思ったりもしたけど……これって『身体錬成』が始まって、身体が造り替えられているのかな？」

より壊れにくく、より頑強に。そして吸収している。魔力を、効果(スキル)を、魔法や今まで気付かなかった何かを。甲冑委員長さんも、踊りっ娘さんも使う事を反対していた。恐らく強い力は反動が有るから、それでもこの超回復の為(ため)に無理矢理休ませたのなら、そこまで身体に限界が来ていたのだろう。身体能力(ステータス)が低いままに効果(スキル)を重ねて誤魔化して調整して来たけど、負荷による自壊に身体が耐えきれないと判断した……だから許してくれたんだろう。

「まあ、何だか寿命とか削られていそうで嫌なんだけど、健康的に今日死ぬと寿命どころじゃ無くなるから、取り敢(とあ)えずは今日を生き延びて寿命が来た時に寿命を騙すか誤魔化すか、こっそり寿命を殺す方法とかを考えた方が建設的なんだよ？」（プルプル）「いや、男子高校生には古くから伝わる格言があって『今日出来る事は明日でも出来るんだよ』と言い伝えが連綿と受け継がれてて、きっと『今日死ぬんなら明日でも死ねるよ？』と言う自殺防止か何かの格言なのだとは思うんだけど、取り敢えず今日を生き延びれば敵が事故とかで死んでるかもしれないのだから正しい教えなんだよ？」（ポヨポヨ）

　タロットでも世界を見渡し10年先１００年先を見渡しながら、足元を見ず転げ落ちて死ぬ賢者を愚者(FOOL)と呼ぶ。だから、大事なのは目先だ。

「将来は将(まさ)に来てから考えれば良いし、未来は未だ来てないのだから来るかどうかも分からない。目先の事を積み重ねて行って、初めて未だ来ていないところへ行ける。うん、何とかなるんだよ？　多分？　ならなかったらその時に何とかすれば良い、可能性とは無限

大に無責任で適当で良い加減なんだよ。だから、まあいいや？」（ポムポム）

　こうやって常に俺は悪くないと言う論拠を論理的に積み上げて、俺は悪くないんだよ理論を日々構築しているのだが、未だ世界はこの崇高な理路整然とした真理には辿り着けていないようだ。うん、俺は悪くないって言っても、いつもお説教されるんだよ？

「これこそが先駆者の苦悩と言うものなのか、もしかすると天才ゆえの孤独かも？　うん、だって俺は悪くないんだよ？」

　まあ、ぼっちなだけで誰も聞いてないのかも知れないけど、それは悲しいから考えない事にしよう。

「なんだか珍しく身体が調子良いのに、身体が鈍ってそうな元気な怠さで『漲る倦怠感！』って感じなんだけどゴロゴロしてた方が良いのかな？」（プルプル）

　珍しくスライムさんが付き合ってくれると思ったら訓練しないように見張っていたらしい。だが監視付きな宿屋に軟禁状態の男子高校生は需要が無さそうだ。これもある種の男女差別なのだろうか？　酷いな？

　そんなこんなしながらもＭＰを注ぎ込み、内職を加速し、内職と言う限界を突破する。急ぎの商品を優先しつつ、必要なものを片っ端から作り上げて行く。

　しかし、ようやく指輪は7つ入って満タンだ。これからは入れ替えも視野に入れながら装備品を厳選していく必要に迫られるのだろう。

「ぽいぽい入れると自壊するし、かといって外すと何か損した気分なんだよ？」

まだ『迷宮王の指輪』も放置中で、『ゴーレム・メーカーの指輪』共々、偽迷宮のマスター・ゴーレムと言う名の山に渡したままだったりする？

「なかなか埋まらないと不満に思っていても、いざ満タンになると物足りないやる瀬無さって……これは強欲さんの影響なのだろうか？　みたいな？」

　そして内職も終わり、ＭＰが枯渇した瞬間に開く扉と微笑(ほほえ)む2人の美女……の綺麗(きれい)な脚。それは極まると斯くも神々しいものなのかと拝みながら撫(な)で回し、舐め回したくなるような魅惑の脚線美。長く細い引き締まった脚なのに、まろみを帯び柔らかく肉感的。芸術的な彫刻の様に優美で在りながら、しなやかで生々しい二律背反(アンチノミー)で、相反する両極の美を併せ持った両面価値(アンビバレンス)な誘惑の脚。まさに恐ろしい娘(アンファンテリブル)！

　そう、なんと今日はブルマさんのようだが、胸に手造り感のある「あんじ」と「ねふぇ」の名前(ゼッケン)が付けられている。うん、一体女子会で何を教えてるの？

　甲冑委員長さんはエンジ色のブルマさんで、踊りっ娘さんは紺色のブルマさんで、その長く美しい脚を惜しげもなく晒(さら)して、やや小さくも見える体操着にはち切れんばかりに魅惑の肉体を包み込んで豊潤な曲線と陰影を張り付かせている。そして露わにされた長い手脚が際立ち、一層の肢体の美しさを見せ付けている。

　そう、それは体操着と名乗りながらも「もう体操してる場合じゃない！」と言わんばかりの我(わ)が儘(まま)バディーさんで、胸元の布地を丸く押し上げはち切れんばかりに張り詰めて、夢と希望と柔肉の丸みを浮き出させているんだよ！

「ただ今戻りました、です♪」「夜の運動、体操服で、完璧です！」

動くと寸足らずな裾から引き締まった腹部のくびれと、可愛いお臍が覗く。その下ではむっちりと張り付いたブルマさんがお尻の形状に合わせぴっちりと張り詰め、食い込むように包み込んでプルンプルンと揺れている。そして小さめのブルマが包み切れない尻肉が溢れ零れ出すのを、その柔肉を締め付け食い込み押し止めるブルマさんを応援してたら……捕まってた!?

「ちょ、魅惑の三角地帯を熱視線で応援してたら、妖艶な三角締めがブルマってて……クッ、視線が外せなくて解除できない……だと!?」

ムッチリ締め上げられたまま、美麗な姿態と肉感の鬩ぎ合う妖艶な肉体。その瑞々しい肢体を絡め付かせて柔肉を押し付け、手を伸ばし武装を解除していくけど動けない！ 目前の臀裂までくっきりと張り付くブルマ姿の美女さんと、薄布を丸く押し上げて張り詰めた体操服を押し当て押し潰す女さんに挟まれて、視界まで健康的な太腿で挟み込まれて身動きすら取れないんだよ!!

「魔法だけでなく、装備も身体強化も魔力、です♥」「そう、MP切れは御奉仕の時間、です♥」「ちょ（チュッ♥）ぐはあああっ、って（むにゅん♥むにゅん♥）ごはあっ」

蹂躙だった――だけど枯渇し奪われ果てる魔力が？ 房中術。それは古代中国に伝わる術で、その名の通り「房の中で行われる術」。そして房とは寝室であることから性技の側面も存在するが、それは後世になってから提唱されたもので本来は高次な陰陽の気を操る技術体系だったりする？　ただ伝説では２８０才になっても容姿が衰えない女性なんかが伝えられ、房中術を極めることで女仙人が現れて秘伝を伝授してくれるという言い伝えもあるが、本来の房中術は男女関係なく強力な力を得られるものだった。

　実際に現存する日本最古の医学書と言われている『医心方』の中の『房内』の巻にも、七損と呼ばれる方法の第六番目に「百閉」と呼ばれる行為で消耗した男性が女性から気を取り入れる方法が記されているんだよ？　その方法は……。

「身体の中を巡り循環する力を意識する、魔力で在り血液で在り呼吸で在り効果で在り、その感じ取れるが何か分からない力を循環し、身体を巡り煉られ廻り増幅するのが陰陽の気で、その極致こそが……仙気！」

　不老不死の仙術に至り、この世の理を解き明かす為に連綿と研鑽された学問にして術理。西洋の錬金術と対を為す東洋の仙術への標。そう、それこそが房中術。

「ふっ、勝ったな？」「「あっ、えっ……えあああっ……！　ひっ!?　あふっ♥」」

　うん、性技の側面もちゃんとしっかり存在するんだよ？　それはもうバッチリと存在を確定させて『淫技』と混ぜ合わせ、『錬金術』で錬成し『房中術』で陰陽に練り上げ『性王』に纏う。そして『各種状態異常』も『錬金術』で精製して『房中術』で陰陽に練り上げて『淫技』に乗せる。感度上昇や催淫だけで無く、混乱や恐怖や痛みすら房中術で練られて快楽の刺激へと変えられていく。そう、ＭＰが僅かでも『気』は練れるんだよ！

「ひゃあああうっ！　んあっ、ふぁあああぁんっ……んぁ、あうっ！……　（パタン）」「ひっ、くぁっぁ！　やっ……あっ、んあっ……ひあぁあっ、んんっ！（ポテッ）」

さて、ＭＰ茸で回復しよう。うん、だって男子高校生に３日会わなければ刮目しろとも言うが、３日分の男子高校生の逆撃は刮目どころか刮眼して黒目が飛んで瞳孔開きっぱなしで、眼球と一緒に全身痙攣の白目剝きで逝きまくりに行ってらっしゃいで半失神状態のままお帰りなさいで、またまた行ってらっしゃいの無限往復なのだ！　うん、蛇さんと触手さんも出ておいで？　身体の調子も良い。よし、もうちょっと調子に乗ってみよう！

「「きゃああっ！　あうっ……んあっ、ひゃあぁっ！　（エンドレス？）」」

無敵を誇った辺境の恐怖の奥様達に天敵が現れたようだがチェンジは決定だ。

99日目　朝　宿屋　白い変人

ジトだが黒目には虚無が宿り、凡ゆる光を飲み込む漆黒の闇の坩堝と化して……じっと見てると言う怖いジトだった！　今までにも、これはちょっと「見せられないよ」と看板が出てくるような姿やお顔は多々あったが、昨晩の壊れっぷりは凄まじく狂乱と快楽に狂ったお顔でいろいろと女子としてはしたない姿とあられもない格好と、あと破廉恥なお顔で女の子が口にしちゃ駄目なタイプの卑猥な言葉が連呼されて、絶叫と嬌声の泣き喘ぎで乱れて悶えて泣き叫ぶと言う……かなりの狂態と痴態を繰り広げて天堕しちゃってたの

骸骨騎士様、
只今異世界へお出掛け中

Skeleton Knight in Another World

TV放送 AT-X ▶ 毎週木曜23:30～【リピート放送】毎週月曜11:30～／毎週水曜17:30～ TOKYO MX ▶ 毎週木曜24:30～
サンテレビ ▶ 毎週木曜24:30～ BS11 ▶ 毎週木曜25:00～
国内配信 dアニメストア ▶ 毎週木曜24:00～最速配信／その他各配信サービスにて順次
海外 クランチロール 他にて

STAFF 原作：秤 猿鬼（オーバーラップノベルス刊）／キャラクター原案：KeG／原作コミック：サワノアキラ（「コミックガルド」連載）
監督：小野勝巳／シリーズ構成：菊池たけし／キャラクターデザイン：今西 亨
音楽：eba、伊藤 翼／EDアーティスト：DIALOGUE+／アニメーション制作：スタジオKAI×HORNETS

※放送日時は予告無く変更になる可能性がございます。

だが、朝お目覚めすると暗黒のジトだった！

（（ジト――――――ッ））

うん、逆らうとヤバい。仕返しは仕返しを呼ぶが、仕返されたから仕返したのに仕返されるようだ。うん、仕返され捲くるらしい目がマジだ。って、ぐわあっ……ちょ……！

【仕返しの御奉仕中です】

爽やかな朝が来たようだ。太陽が黄色く輝いている。さっきは健やかな朝だったけど、また朝だ？　甲冑委員長さんも踊りっ娘さんもご機嫌で、暗黒のジトは過ぎ去ったようだ。なんか俺は凄く衰弱したけれど、色々と暗黒のジトに吸い取られたんだよ。だがしかし虚無はとんでもないものを奪って行きました……男子高校生の朝元気です。うん、奪われ尽くしたんだよ？

食堂に下りると、看板娘から面会希望の商人が来ていると言う言伝を貰った。普段は無視しているけど今回は面会することにして、スライムさんと本館のロビーに向かう。名前が名前だけに無視できないだろう。

「デイリバウル商会のハルスと申します。御面会が叶い光栄です、貴方は全商人の夢ですからね」

若いな、見た目なら20代半ばの新人のおっさんだ。立ち上がりお辞儀しながら迎える礼儀正しくにこやかな商人の顔をして見せているが、これは心と頭を切り離せるタイプ。手強そうだな。

「えっと、そのデリバリーのヘルスさんが宿にやって来たって聞いて夢と希望と男子高校生心満載で来たのに……おっさんなの？　チェンジ利くのかな、3回おっさんが続いたら連鎖で消滅させて良い？」「えっ……両替は承りますよ、御用命が有ればいつでもお申し付け下さい」「「…………？」」

　やはり異世界語との翻訳に齟齬が生じ、会話に微妙な言語問題が山積みな過積載で話が通じ合っていないようだ？

「デリバリーのヘルスさんは普通綺麗なお姉さんだと語り継がれていたんだけど、異論も多くて常に論議と議論が論戦と論争を繰り広げてたんだけど、異論は認められてたからチェンジ制だったんだけどおっさんが来るのは未だ論じられていない緊急討議で討論会がバトルロワイヤル？　みたいな？」「……あぁ、デイリバウル商会の会頭のエリゥースの噂の事でしょう。若く美人の商会会頭は珍しくもあって著名になっておりまして、私共の良い宣伝になっているのです。本来ならば会頭がご挨拶に伺うのが筋なのですが、正直ご挨拶だけでもと参りましてお会い頂けるとは思いもよらず、現在はオムイ様の下へご挨拶に伺っておりまして。失礼ながら副会頭を務めさせて頂いております私がご挨拶に参らせて頂きました」

　つまり、美人なお姉さんはいるようだ。だが、これは噂に聞く美人なお姉さんがいると見せ付けておきながら、いざ呼んでみると……なトラップ！　しかもおっさんが来た！　ちょ、チェンジどころの騒ぎじゃなかった、恐るべし異世界デリヘル業界!!

「えーっと、ヘルスさんは挨拶だけしに来たの？　こんにちは？　お会いできて後衛です？　それって、誰が前衛なんだろう！　いや、俺に聞かれても陣形とか分からないって言うか、編成自体が無意味な並んでるだけの早い者勝ちな闘いの日々を送ってるから後衛にお会いする前に前衛にお会いすべき気がするんだけど、デリバリーなヘルスさんが後背急襲(バックアタック)って呼ぶ前に背後から襲い掛かって来るデリヘルさんだったとは怖いな！」

「…………？」

　話が弾まない。まあ、おっさんと話が弾んでも楽しくないのだが、世間話を振ってもなんか噛(か)み合わない感じがする？

「もちろんご挨拶の上でお取引をお願いにと参りました。当然ですがズァカーリャ商会と競合する気などございません。売り買いのお相手としてお付き合いをお願いしたく参上させて頂きました。遥(はるか)様ご本人にお会い頂けるとは思わず、会頭ではなく私めがご挨拶に参ったことはお詫(わ)びさせて頂きます。当然の事ですが正式なお願いには会頭が参りますが、不肖私めが全権委任されておりますので何なりとお申し付け下さい」

　お姉さんは後から来るらしい？　こ、これが指名料の罠(わな)と言うものか！　どんどんとお金を注ぎこんで払わないと綺麗なお姉さんは逃げ続けて行くと言う恐るべき孔明の罠とも言われるご指名だが、払わないからと言ってまさかおっさんが来るとは異世界は男子高校生の常識を軽々と飛び越えてくるようだ。

「売り買いって何を買いたくて何を売りたいの？　特に売り物(デリヘル)に関してこっちの要求と

そっちの考えが天と地以上に掛け離れてて大局観的に見ても対極に分け隔てられてる気がするんだよ？　うん、なに売る気なのかな、良い物が有るなら話を聞くけど良くない物なんていらないからね？」「…………お若いのに噂通りの方でしたね。見せ物用に並べた金銀財宝や宝石には一瞥もくれずに『何を売れるのか、何をもって支払えるのか』を問うて来るとは……あの芝居に騙されるような無能な商人達が押しかけても、誰1人としてお会いして貰えなかったはずですな。勿論商品の品揃えにも価格にも自信がございます、何なりとお申し付け下さい。ですがあなた様が商人に求めるものは違うと言う事ですね、私共は王国が教国や商国に敵わなかった理由こそが商人だと自負しております、我等商人ならば交渉と売買を武器に渡り合えたと確信しております。ですが王国は商取引を貴族に任せてしまいました。貴族は教国や商国を相手に互いが商品を値引きして販売し、互いに値を吊り上げ合って購入して我欲で国家単位の取引を暴落させたのです。その価値を理解できずに目先の欲に踊り国家の財産と利権を安売りし、富を流出させて軍事力すら維持できないまでに落ちぶれたのです。それこそが情報と知識。我等には遥様がお求めになる情報をお出しする用意があります」

　情報らしい。まあ、商人って自動物流装置としては優秀だけど費用は高い、だけど役人仕事はそれすら上回る膨大な浪費になる。だから必要悪なんだけど費用対効果で言えば税収で補えない損失だ。だからこそ情報って言う価値が無ければ割に合わない厄介者だが、それこそが商人の武器なんだよ……うん、風俗情報誌だろうか!?

「高そうなもの売ってるね？」「いえいえそれほどでも」「でも、お高いんでしょ？」「それが今ならなんと商国と教国の最新情報のセットに王国の旧貴族派の情報もお付けしてお値段据え置きの……こんな感じで？」「いや、内容が分からない情報に対価って言われても困るな？って、だからこのくらい？」「いえいえ、商人としての誇りにかけまして適正価格がモットーですから、このくらいで？」「いやいやいや、商人なんてお金の為なら誇りも高く売ってなんぼ、しかも適正価格って付けた人にとっての適正価格だからお高いんだよ？　で、このくらい？」「いえいえいえいえ、これから末永くお付き合いをしていただきたく存じまして特別特価に謝恩価格で今日だけの吃驚価格でこのくらいなら？」「いやいやいやいやいやいや、やいのやいのの大騒ぎでやんややんやの大喝采を受けるにはこのくらいの金額じゃないと？」「いえいえいえいえ……」「いやいやいやいやいや……」「いえいえいえいえ……」（ポヨポヨポヨポヨ……）「いやいやいやいや……」「いえいえいえいえ……」「いやいやいやいや……」（プルプルプルプル……）「いやよいやよも……」「長――――い！って、戻ってこないから見に来たら何して遊んでるの！　何で算盤弾いて笑顔で威圧し合ってるの！って言うか算盤あったんだ！　あと、ご飯まだ？」

委員長がお腹を空かせて呼びに来たようだ。算盤は結構前に雑貨屋のお姉さんに教えたら流行ってしまい、辺境の隠れたヒット商品だったんだけどこのおっさんは部外者なのに既に算盤を見事に使いこなしている。つまりいち早くその価値を理解し習得したのだ。そのうち「ざんす」とか「ざます」とか言い出しそうだ！

「これは委員長様、お初にお目に掛かりますデイリバウル商会のハルスと申します。どうかお見知りおきを。こちらはつまらないものですが当店で取り扱っております最新流行の化粧セットです、噂に名高い黒髪の美姫と呼ばれる絶世の美女の皆皆様にお使い頂ければ良い宣伝になりますので是非お納めくださいませ」

やるな。将を射んと欲すれば先ず馬を射よと言う言葉が在り、お馬さんは可哀想だし面倒だから将だけボコった方が早いよと言う古来からの格言だ。つまり内職係の俺より委員長様の方が偉いと見抜くや否や陥落させる手際の良さ！　侮れないな。

短めのオールバックにコールマン髭で、吊りあがったフォックス眼鏡って言うのが怪しさ満点なんだけど……何せこの世界で眼鏡は貴重品だろう。それを見せ付けられるだけのものが有るのだろう。そして算盤をマラカスにするセンスこそが恐ろしい！　うん、本当に異世界人なんだろうか？

結局、会頭のお姉さんがデリヘルに来てから正式に話し合う事に決まったが、委員長さんはちゃっかりみんなの分のお化粧セットを確保していった。

「まあ、正式な交渉と言いながらも契約する事を前提に値段交渉に持ち込む腕前から言って、あれって怪しいけど間違いなく本物の商人だよね？」

何より怖いのは情報なんて最初からタダで渡す気だった。挨拶料として、こちらが最も欲しがるものを持って来て見せると言う、交渉に長けたやり手のデリヘル屋さんだったの。でも、男子高校生の思い描くデリヘル屋さんとなんか違う気がするのは何故なんだろう？

うん、おっさんだったし？

　契約は止むを得ない。雑貨屋のお姉さんだけで大陸の流通は賄えないし、今は良くても独占商法は世の中を悪くする。競争と競合こそが商人を、延いては経済を抑制する。なにせ商売には社会性なんてないから放置すればあらゆる富を食い尽くし奪い尽くして独占し全てを無にしてしまう究極の無駄な有益。それ無しには世界は回らないけど、それを回してしまえば止まる事の無い無限に暴走する利益の追求装置。それこそが経済。

「経済は数字の世界で、その数字を高めるためだけの機関と化すと危険な化け物になるんだよ？　その点ぼったくり道とはお大尽様に至る道で、実はお金なんてどうでも良くて欲しいものが手に入り食べたいものが食べれて住みたい所に住めれば良いだけの慎ましやかなお大尽様なんだよ？」

　決して相いれないが中世程度の異世界如きには、未だぼったくり道は早過ぎるのだろう。

　そして親子丼を並べる。何故だか孤児っ子達がオムライスを所望すると、翌日は女子さん達が親子丼と騒ぐ謎の法則が有る気がする？　オタ莫迦達だと焼肉丼かカツ丼だ？

　さて、商人如きに負けないようにぼったくろう。補助武器兼用のマインゴーシュの実用化が済み、販売に至った。肩盾の効果『自動防御』の実用化による急場凌ぎだけど、緊急用の護身装備だ。ただし鋭い攻撃に緊急対処するように調整した為、１日に数回の起動で魔力が切れる。武器破壊も付けてあるけど、あくまで護身用。

　修道服用に、白いロングの布の手袋に見せかけた鎖編み込みのガントレットも同時にセット販売で、袖口にはスライドレールに内蔵したマインゴーシュとトンファーを使い分けられる便利機能付きの杭打ち(パイルバンカー)も備えた素敵な手袋だ。

「トンファーはガン・トンファーだから近距離用だけど3発限定で銃としても使えて、ガン＝カタにも対応な室内専用の護身兵器なんだよ？　うん、パイルバンカーは……浪漫(ろまん)？　うん、何か付けてみた？」「「「買うけど、一体修道服を何だと思ってるのよ!?」」」

今なら特別に編み上げのロングブーツも付いて来て、爪先と踵(かかと)から刃が出るようにしてある。孤児っ子ブーツとお揃いの『加速』と『回避』と『蹴撃』付与の、ジョンロブを彷彿(ほうふつ)とさせる優雅で機能美溢(あふ)れる素敵ブーツなのだ。

「あとは儀式用の装飾ロッドは仕込みレイピアで、杖(つえ)のままでも魔力展開型で大鎌として使えて、デモン・サイズと一緒に首刈りもできると言うとっても便利なロッドさんなんだよ？」「「「うん、全く修道服を理解していないことだけはよくわかったよ！」」」

これで護身程度なら出来るだろう。急襲を掛けられるか、暗殺かの戦いになれば武装する暇は無いのだから高くついたがこのくらいは必要だ。まあ、今回は格安販売だな？

なにせシスターーっ娘(こ)達を守りたいと言うのは本心だろう。教国の無関係な人を巻き込まず、できれば救いたいって言うのだってきっと本心だ。だけど女子さん達がしようとしている本当の事は、俺の為の囮(おとり)だろう。自分達が敵の目と攻撃を引き受ける気で、それ以前に自分達だけで済ませる気だった節すら在る。無謀だ、相手の手口が分からない対人戦。いくら俺が苦手だからと言っても、女子さん達はもっと苦手だろうに。

うん、俺達は良い。もうとっくに血塗れだ。だけど女子さん達の手は汚れていないのに、敢えて汚す必要なんてどこにも無いんだよ？　だって、こんな世界に染まる必要なんて全く以て無いんだから。うん、だって世界の名前すらわからないのに？

武器を取り出す瞬間こそが隙になりうるが、隙間が素敵なら大丈夫だろう。

99日目　昼前　迷宮　地下57階層

強靱な四肢には爪を、顎には長い牙を持つ凶獣「サーベル・タイガー　Lv57」。その群れに修道女さん達の大群が躍り込み、文字通り蹴散らし斬り裂き叩き潰して行く。勢いのまま舞い荒れる大剣と、捲れあがるスリットが鮮烈に吹き荒ぶ。

身体に張り付くようにボディーコンシャスな漆黒のタイトな修道服。その長いスカートの深いスリットからは、網タイツの白い美脚が高々と掲げ上げられて、打ち下ろすように虎の頭を抉り砕く華麗なブラジリアン・キック！

清楚さを思わせる肘まである白いロングの手袋を纏った手で、サーベル・タイガーの頭を鷲摑みにしアイアンクローをメキメキと食い込ませ、袖口から発射される杭打ちで頭部ごと虎を粉砕する。

「「「うん、経験を積んで強くなった代わりに、敬虔なシスターさん感が皆無になっちゃってるよね!?」」」「うん、アイアンクローからのパイルバンカーが致命的だったね！」

猛獣の俊敏な体躯が躍り掛かり、長い牙で食い千切らんと襲い掛かるが、トンファーで受け止められた挙句に自慢の牙を圧し折られ、口内にトンファーを差し込まれると虎の頭部が爆散する。うん、ガン＝カタも可能なガン・トンファーを咥えちゃ駄目なんだよ？

そして囲い込み、死神が舞い踊るが如く虎達を斬り裂き回る。儀式用の装飾ロッドを模した杖は、魔力の刃によって大鎌へと変わり魔物達の魂と首を無慈悲に刈り取って行く。

女子さん達の修道女さん装備の戦闘訓練なんだけど、この凶悪な修道女さん達見たら爺もさぞやお嘆きどころかビビって逃げ出して悲嘆に暮れている事だろう。うん、怖いよこれ？

「結構蹴りって良いね？」「うん、虎さんの頭って蹴りやすい高さにあるし？」

きっと虎さん達が聞いたらそんな理由で4足歩行してないよと抗議集会が開かれそうな発言だが、『蹴撃』付与の爪先と踵は徹甲化され、刃も飛び出す素敵な編み上げブーツはお気に召したようだ。うん、その美しいフォルムに至るまでに、どれだけの木型の試行と試作を繰り返した事か。

「トンファーって間合いが近いけど、その分すっごく防御し易いね？」

使い易く訓練も簡単、そして持ち方を変えただけで多様に変化する対人戦に有用な攻撃性の高い武器だから多くの国の警察なんかでも採用されている実績が有る。ガン・トンファーなのは男子高校生の浪漫だからしょうがない事だろう。

「使用感は1つを除いて全く問題なし？」「うん、1つを除くと凄く良いよこの装備」「武装としても安心感がありますね、問題は1つだけです」「まあ、見た目が滅茶セクシーなの以外は完璧？」「「「うん、何で武器が全部、スカートのスリットの中なのよ！　見えちゃうでしょ、いろいろと！」」」

装備に『収納』付与すれば常時武器を携帯出来るから、普通はマントの裏に付けているんだけど……修道服だと付与する場所が難しい。そして腰まで切れ上がった長いスリットから大剣や大盾やハルバートが出てくる様子は壮観ですら在り、網タイツな美脚とガータベルトの絶対領域な太腿さんも相まって壮絶な絶景が壮大にむっちりと見え隠れで素敵なのだが御不満なようだ？

「いや、ちゃんと設計と試作を重ねて計算し尽くして、取り出し易くスリット大解放でお御脚様も大公開でありながら見えそうで見えない絶妙な角度に計算されてるから、ギリ見えないから大丈夫なんだよ？　見たいな？」「「「脚も隠せって言ってるの！　何で武器を出す度に太腿さんが付け根いっぱいまで大解放なのよ！」」」

凄く対人戦で有効だと思うのだがオコだった？　武器を取り出す瞬間はどうしても隙になってしまう。それこそが狙われ兼ねない危険な瞬間だ。だけど突然スリットさんから長く美しい肉感的な脚が淫らに晒され、絶対領域まで見せ付ける様にムチムチと太腿さんが曝け出されて、見えそうで見えない角度まで捲れあがっている状態ならば見入ちゃって正常な趣向の男性ならば攻撃が出来ない事だろう。うん、俺なら魅入られて剣でも盾でも全部取り出すまで、ずっと見ている自信が有る！　うん、そのまま斬られちゃいそうな所が恐ろしいほどなんだよ？　怖いな？

「いや、流石に大盾が出せるのって、スリット部分だけなんだよ？　そのスリットがすっごく長いから出せるんだよ？　むっちりと？」「「「だからスリットが深すぎるって言ってるの！　どんだけ深くしたら腰骨までスリットが上がってきちゃうのよ！」」」

脚長効果もあるんだよ？　それに編み上げブーツは膝まで隠すオーバーニーだから深くしないと網タイツさんが見られない。特にガータベルトさんは刺繍にも凝ってみたから可愛いし、当然ガータベルトのナイフも浪漫！　うん、そこは男子高校生的に譲れない。

今日は修道士組は辺境軍で爆発物の取り扱いと、索敵や潜入を習うそうだ。でも、きっと無駄になるんだろう。だって絶対に習う相手を間違ってるんだよ……辺境軍って突撃しかしないし？　せめて近衛なら、もしかしたら可能性は僅かにあったんだけど……王女っ娘の部隊だから多分突撃だろう？　そして。ここも突撃らしい。

「突き込めー！」「「「了解！」」」

仕込みレイピアが修道服装備の主武装になるが、あれは魔物とは相性最悪の対人特化武器だ。人は急所を突けば戦えなくなるほど脆い、だけど魔物は逞しく暴れ回る。レイピアは刺突特化で、斬り払えない事は無いけど細剣だから相手が硬いと逆に剣の方が折れかねない。隙間を見つけて差し込む為の剣だからタフな魔物相手だと苦戦する。躱し回避して激しく動き回るから、スリットさんからは太腿さんがむっちりと溢れ、タイトストレッチな修道服からはくっきりと臀裂が刻まれ双臀がむにゅむにゅと揺れ動く手に汗握る伯仲の接戦だ！　うん、正座で応援だな！

「散開、囲みながら波状攻撃！」「「「了解！」」」

これ、オタ莫迦たちが居たら戦闘不能な危機だな？　うん、俺もいきなりこのセクシー修道服を見たなら、きっと襲われてても戦闘しないで応援してるだろう。もう何を応援してるかは分からないが、応援せずにはいられない激情と激昂の狭間の激高が思わず激越するくらいの奮激で、あえて一般的な熟語で言い表すなら興奮で昂奮で亢奮で実は全部が興奮だったりする太腿さんの熱い戦いなんだよ！

「くっ、硬い所は駄目、隙間を狙わないと！」「慣れないと剣のしなりが!?」

躍動するヒップの形に合わせて布地が持ち上げられ、引っ張られて肢体に合わせぴっちりに張り付く修道服。肉体に合わせて布地が引っ張られて形を変え、中で押し潰された肉の弾力が我儘に押し返して押し上げて大忙しだ！

「結構狙うと難しい！」「いっつも大剣だったからね」

細いウエストのくびれから暴力的な曲線の丸みに続く曲線美、その膨らみが薄い布地を押し広げてスリットから脚線美が大暴れ。修道服で脚を大きく広げて構えると、スリットは開け網タイツに包まれた優美な白く長い脚が惜しげも無く溢れ出す。

「じっくりで良いからね」「攻め急がないで、確実にね」

うん、応援しよう。問題はお尻さんと太腿さんのどちらを応援すべきなのかが課題と言って良いだろう、応援歌とか必要なのだろうか？

「「「なんで指導係が指導しないでガン見してるの！　アドバイスとかないの？」」」「甲殻類さんは硬そうに見えて案外圧力に弱かったりするけど、細剣だと差し込んで切断位しないと死なないんだよ？　まあ、モーニングスターで殴ったらすぐ終わるんだよ？」

跳ねる様に襲い来る「ランド・クレイフィッシュ　Lv58」の、巨大な大鋏（おおばさみ）を躱しながらレイピアを突き込む。隙間に刺さらないと甲殻の鎧（よろい）に剣先を弾（はじ）かれ、刺突が入っても致命傷には及ばずHPを削る持久戦になっている。しかも、跳ね飛んで躍り込み、やたらに暴れ回るから女子さん達はその都度に逃げ回る機動回避戦だ。大騒ぎで駆け回るからスリットさんも開（はだ）け回って大捲（おおまく）れだ。

「「「乙女キーック！」」」

打撃は有効。だけど重量差で軽く尻尾に払い飛ばされている。まあ、重量差で大型魔物に勝ちたくは無いだろう。泥の魚（クレイフィッシュ）と名乗りながら、巨大なザリガニさん。一説にはクレヴィスと呼ばれていたのが訛（なま）ったとも言われてるけど、今は深い裂け目（クレバス）で忙しくてザリガニ見てる場合じゃないんだよ！

「「「乙女パイルバンカー！」」」

巨大な鋏を振り回し、攻撃を受ければ盾にも使うザリガニさんが、跳躍（ハネ）て陣に突っ込み大鋏と尻尾を振り回して暴れ回る。確かに甲冑（かっちゅう）相手にレイピアで戦うのに、甲殻類は良い練習相手かも知れない。ただ、甲冑着たおっさんはぴょんぴょん飛び跳ねて突っ込んで来たり、尻尾とか振り回さないんだよ？

「乙女レイピアー……は、やっぱ駄目かー？」「うん、別に名前叫んでも何も発動しないんだよ？　そんなスキル無いんだし？」「「「だって、硬いのよ！」」」

まあ、孤児っ子キックに対抗してるのかも？　でも、でっかいザリガニ蹴っても大したダメージにはなっていない。脳天へのパイルバンカーは一撃必殺で即死みたいだけど……乙女って鷲摑み（アイアンクロー）から杭打ち（パイルバンカー）しないと思うんだよ？　多分、杭（くい）を打ってたら乙女じゃなくて工事の人だと思われるよ？

「頭部に集中攻撃！」「首も結構通ります!!」

修道服装備の訓練と調整を兼ねてるとは言え、中層で1日が終わりそうなスローペースで進行中。やはり対人武器のレイピアが使いにくいみたいで、練習を重ねているけど魔物さんと滅法相性が悪い。素早い小型の相手なら良いけど、ザリガニさんはタフで突いたくらいだと弱らない。

基本対人装備で、過剰な攻撃力より手数重視。まして攻撃より防御と回避を重視したスキル構成で固めているから、決定打に欠けたままの長期戦。だが甲殻類の装甲を甲冑に見立てて刺突剣の実戦練習にする心算みたいで、武装は切り換えないまま華麗な回避からの刺突で連撃でじわじわじわじわザリガニさんのＨＰを削り取って行く。

「散開しても孤立しないで、突く時はタイミングを合わせて押し返して！」「「「了解（ヤー）！」」」

甲冑と較（くら）べ軽装な修道服だから動きが軽く、掠（かす）りもしていない。ヒット＆アウェイの一撃離脱に特化した戦闘スタイルで苦戦してはいるけど……まあ、訓練でなければ大剣に持ち替えて、瞬殺できるんだし好きにやらせておこう？

そう、戦闘に時間が掛かるなら今度こそ双六も決着がつくかもしれないし！って……

くっ、地雷マスだった！　こ、こっちも先は長そうだ。

広義な意味では出席中だから出席日数は大丈夫なはずなのだが下校が出来ない。

99日目　昼　迷宮　地下80階層

サクサク進みサクサク下りる。早くも80階層到達で素敵な修道服での訓練は終わりを告げ、無骨な甲冑姿に戻り瞬く間に中層を踏破して行く。確かに甲冑もボディーラインを露わにした女体型密着セクシー甲冑さんなのだが、ぴったぴたの修道服さんの後だとやはり男子高校生的に物足りないんだよ？

「前、打ち合わずに流して！　囲んで削るだけで良いからね」「「「了解！」」」

それでも80階層からはペースが一気に落ちる。それだけ安全的余裕が無いと言う事だ。

じわじわとでも確実に強くなる方が堅実なのに、焦りからか下へ下へと行きたがる。宿では執拗に対人戦闘の訓練を繰り返し、迷宮では連携とLv上げに励み続ける。

そして最も焦っているであろうシスターっ娘は、女子さん達の決死の覚悟を見て何も言わずただ黙々と強くなろうと無心に剣を振るう。教会組から頭一つ以上抜けたようだ、剣に迷いが無い。良い意味では命を剣に懸ける覚悟が出来た、悪い意味では死への恐怖より思いが強すぎる。

　順調に隠し部屋やドロップで装備は増えて行く。戦力微増程度で驚愕の一品なんて中々出て来ないけど、それでも微増でも上げて行くしか無いんだからしょうがない。面倒でもその微増は生命の確率の微増、塵も積もれば山溜穿石……確かにどちらも意味的には一緒だけど、積もるのか穿つのかはちゃんと決めて欲しいものだ？　うん、積んで穿ってたら無限ループで進歩してないよ！

　委員長やビッチリーダーも、パーティーリーダー達は専用武器を封印している。敵陣の教国内では休息の無い常時戦場リアルＶｅｒだ、ＭＰ消費の激し過ぎる強力な装備は常用できないと判断したのだろう。

「集中を切らさない、とにかく防御優先！」「「「了解！」」」

　だが、体中に矢を受け、槍に刺されて全身針鼠のようになっても、牛さんは全く意に介さないかのように元気いっぱいに走り回って女子高生のお尻を追いかけている。もしかすると違う部分を追いかけてるのかも知れないけど、いちいち牛さんの性癖までは知らないんだよ？

　頑丈で頑強。頑固一徹かどうかはわからないが頑陋至愚に刺されようと斬られようと追いかける巨牛「ベヒモス　Ｌｖ80」は、巨大な魔牛だが和牛では無いようだ。うん、和牛マークも付いてないから産地偽装はしていない正直者の階層主なベヒモスさんのようだ。
「ヴヲオオオオーオッ！」（ポヨポヨ～！）「うん、ごめん。我慢の限界みたいだったんだよ？」

　女子さん達を追い回す牛さんを、スライムさんがぽよぽよと追い駆け回して食べる気満々だ。うん、牛肉だもんね？

　しょうがないから前に出る。甲冑委員長さんがもっと前に出るのを、踊りっ娘さんが更に前に出て牽制してる間に俺が最前線に踊り出すと、甲冑委員長さんが飛び出し、踊りっ娘さんがそれを飛び越えるから俺も瞬速で宙に舞うが……横一線に並ばれて、デッドヒートで駆けて途中邪魔な牛を踏ん付けて滅多斬りにしてスライムさんのご飯にしてみた。俺が脚1本落とす間に脚3本と首1個と尻尾も斬り落とされた、出番は脚1本だった!?

「もう、みんなが焦らしプレイで牛さんを甚振り回して、傷め付けながら『捕まえてみ？　うふふふ♪』とかしてるから、スライムさんが美味しそうな牛さんの誘惑に魅了されて摘み食いしちゃったんだよ？　うん、こっち4人はする事の無いのに、焦らしプレイとかされると焦れちゃって拗れるから焦らしプレイは禁止にしようよ？」（ポヨポヨ！）

　ジトられてるが主張してみた？

「いや、まあ時間かかっちゃってるけど、牛さん相手に焦らしプレイとかしてないからね！」「誰が牛に『捕まえてみ？　うふふふ♪』とか言ってたの！　言わないし捕まったらヤバイの！」「それ以前に『捕まえてみ？』が有り得ないよね？」「それを言ったら

『うふふふ♪』だって無いよ！」「でも、あの頑丈なベヒモスが瞬殺って……」「うん、一瞬で自信も砕かれたね？」「分かってたんだけど、見ちゃうとねぇ？」

あんまり遅くなるとデリヘルのお姉さんを待たせても悪いし、何より男子高校生としては美人デリバリーなヘルスなお姉さんは正座でお待ちするのが正しい儀礼だといえるだろう。だが、さすがに古くから男子高校生に伝わる伝説の正統派な礼儀作法の裸正座だと逆チェンジされちゃいそうだ！

「みんな移動するよ」「「「は～い」」」

委員長様の引率だ、まあ校外活動には違いないが、ずっと校内に戻れないから放校処分の危機だ！　でも登校してる状態のまま異世界転移しているのだから、広義な意味合いでは出席中。だから出席日数は大丈夫なはず。だって下校できないし？　上履き履いて来たから間違いないんだよ？

「80階層台だよ、気を引き締めようね」「「「は～い！」」」

俺が同じセリフを言っても引き締まったことが一度も無いのに、委員長だと一発だ？しかし女子さん達の装備では、ここからは危険域で各種リスクが豊富に有るからこそ80階層から下には行かせるべきでは無い。無いのだけど……行きたがる。きっともうお小遣いが尽きたのだろう。うん、俺もだから気持ちは良く分かるんだよ！

「倒しきれなかったよ」「うん、無理してでも削らないと長引いちゃうね」「無理したら駄目なんだってば」「でも、持久戦だってよくないよ？」「勝負所が無かったよね」

　だが下層はめちゃ儲かるのは確かだけど、確実な生存が担保されない領域に入る事になる。何故か俺の心配ばかりされてるけど、ＬｕＫがＬｖＭａＸの限界突破してるだけで確率論的な意味でのチートどころじゃない完全な如何様だ。そしてジョブによる補助効果は一切得られ無いけど、代わりにジョブの縛りも全く無い。うん無職だし？

「状態異常や魔法を無効化されると痛いですね」「ＭＰ全開放なら押し切れるんだけど？」

「それは絶対にしたら駄目！」

　だからＬｖ制限のない武器なら自由に大量に使える。武器の破壊力だけで装備チートに達している。ただ、ちょっと弱いだけ。ちょびっと脆くて、ちょいちょい自滅していくけど、火力だけなら既に迷宮皇クラス。だから、殺される前に殺せば万事解決の明朗会計な殺ったもの勝ち。無限の再生力と驚異の頑丈さを誇るベヒモスを瞬殺して見せた事でも明らかで、しかもどこも捥げていないから完勝だ。バッチリだ。

　ベヒモスは委員長さん達が最強装備で全火力を注ぎ込めば充分に圧殺できた。だが一戦でＭＰは枯渇していただろう。異世界ではＭＰ枯渇は死と同じだ、魔物さんはＭＰ切れだからと言って待ってはくれないのだから。うん、迷宮皇さん達も待ってくれないどころか待ってましたと嬉々として襲い掛かって来る恐ろしい世界なんだよ！

「やっぱり、破壊力が無いと……」「だね～、あれ見ちゃうとね～？」「うん、ＭＰが枯渇すると男子高校生的にいろんなものが枯渇させられて、毎晩が男子高校生成分の枯渇的危機なんだよ？　だって、踊りっ娘さんが色々教えるから、甲冑委員長さんまで凄い技術力

を会得してしまってそれはもう大変なんだよ。うん、Wで凄いんだよ？」（プルプル）

「「「そこは何の話をしてるのよ!?」」」

決定力不足。でも魔物と言うものは簡単には倒せない、強く頑丈で生命力溢れる化け物。普通はあんまり即死したり、バラバラにされたり、食べられたりしないものだ。強力な武器を持ちLv100を超えても、下層の魔物は簡単には倒しきれなくなる。そして時間が掛かれば掛かる程に、状態異常の危険が確率的に高まって行く。うん、普通はベヒモスさんってモーモー鳴きながら斬り刻まれて食べられたりしないと思う？　だがしかし、とっても美味しかったらしいから良いだろう。喜んでるし？　ぽよぽよなんだよ？　可愛いんだよ？　（ポヨポヨ～）

うん、可愛いから正義だ。決して正義だから勝つんじゃない、だが勝ったから正義なんかでもない。そう、可愛いから正義なのだ！　ぽよぽよだ、至極当然の真理だな。

そして81階層、82階層、83階層とサクサク進む。基本ただ速いだけの相手や群れには強い。燕さんも燕返しされ、鰐さんもワニワニにパニックされ、人形さんも人形遊びの熟練経験者達に弄ばれて壊滅した。だけど84階層の「アーマード・コブラ　Lv84」は硬くて速くてにょろにょろだ。何せ地面を這う敵は攻撃しにくく、足元への攻撃は危険で、しかも急に飛び上がってくる。だが残念な事ににょろにょろ方面の才能は無いようだ。うん、無能な蛇さん達だ。ただし『猛毒』『致死』『各種状態異常』の大量の毒蛇の海。

「円陣で堅守。凍らせて叩くよ！」「「「了解！」」」

だから触れさせない事が第一。守りに集中し、数の差を範囲魔法で覆して弱体化させて減らしていく。そつなく捌き、外連味なく戦う良い判断だ。あとは持久戦に装備が耐えられるかどうか。可能な限りに被弾を抑え、『耐状態異常耐性』の能力次第で戦況は決まる。強力な酸や猛毒を遠距離から吐き出してくる攻撃。だが、その甲冑は溶けない、Lv80台程度に溶かされるような甘い処理はしていない。しかし修道服ならじわじわとだが溶かされて行ったはずだ。そう、見たくはあるけど酸は駄目なんだよ？

「盾掲げ、被弾しない事を優先！　近付けさせないで！」「「「了解！」」」

躱しきれず被弾が増えて行くが状態異常は発生していない。0％なら勝ちだけど、1回でも毒や状態異常に掛かるようなら、たとえそれが小数点の途轍もない下位の極僅かな確率でも無ではなく有。それは負けだ。一応保険は掛けてあるけど、効果は御守り程度の気休めでしかない。茸を握り締めながら全員の様子を絶え間なく窺う。

いや、回復茸だからね？　うん、粘液でどろどろになって行く甲冑姿の女子高生を見守ってるんだから、ちゃんと回復茸を握ってるんだよ？

「数の多い所優先で、至近距離は前衛堪えてね！　副Bさん治療待機だから、前に出ちゃ駄目！」「「「了解！」」」「ええ～っ、や～？」

うん、「や～？」はお返事として不適切な割り切れない感じで、嫌なのか了解なのか揺れるのか、はっきりして欲しいものだ？

「島崎さん、いざって言う時はお願い。でもそれまでは堪えて」「分かってる！　あー、でも苛つくわね、これだけ多いと！」

ビッチリーダーは『永久氷槍』を取り出してはいるが、発動はさせていない。蛇相手なら『氷凍陣』の発動で一気に決められるけど、MP消費が激し過ぎるのだろう。結局強過ぎる武器は制約が付いてしまい、MPとMPバッテリーでは賄いきれなくなる。

俺みたいに『魔力吸収』が有ればバッテリーの補充も直ぐなのに、MP回復だけだと1日に回復できる量に限りがあり、MPバッテリーを大きくしていっても満タンに出来なくなる。そして『スキル考察』の本によると『魔力吸収』は人間のスキルではないそうだ、再生も人間はしないそうだ？　うん、あの本は何か俺に言いたい事でも有るんだろうか？まあ、委員長さんだけは強奪できる可能性が有るが、普通には習得ができないらしい？

まあ、スライムさんを投げ込めば『氷界』発生で、大量の蛇さんは大盛りの冷やし蛇さん定食に代わり、お代わりの完食で簡単スピード解決だ。多分スライムさんはMPやHPも食べているから回復も早い。

闇とか蟲とかグロとかGさえ出なければ、俺のせいでLv48縛りになっているとはいえ迷宮皇組だけで十二分に迷宮は殲滅可能。ただ、ずっとずっと迷宮に1人で捕らわれていた3人だけに行かせるなんて絶対にしたくないだけ。これは俺の我が儘なんだから女子さん達が無理をして危険を冒す必要なんて全くない。俺たちでやるのに……蟲とGは任せるけど？　うん、あれは俺たちは無理。グロも嫌だな？　うん、闇の方がましだよね？

被弾を避け、接近戦を抑え、徹底的に守り抜き……ようやくコブラの海の果てが見えた、ここまで状態異常は無し。

「剣構えー、殲滅せよ！　突撃ーっ！」「「「了解(ヤー)、殲滅開始(デストローイ)！」」」「「「ひゃっはああっ！」」」

ストレスが溜(た)まり数名の女子さんは世紀末を迎えてしまったようだ。蛇は消毒だとか言うと爬虫類(はちゅうるい)好きの愛好家の良い人みたいだが、殲滅らしい？

「串刺しだー！」「輪切りにしてやる」「普通に乱切りで？」「えっ、千切り……は大変そうだね？」「ささがきだー！」「あれ、あられ切りと賽(さい)の目(め)切りはどう違うの？」「だったら短冊切り？」「えっと、じゃあいちょう切りで？」「えっ、あとは……なます切り」「乙女にどろどろかけた罪は重い！」「くっっ、にょろにょろして拍子木切りは難いかも」「みじん切り面倒だった」「くし形切りも蛇に向いてなかった！」「って言うか斬ればざく切り？」「また甲冑の清掃(クリーニング)でぼったくられるよ」「「「許すまじ！」」」

一見、女子力アピールしてる感もあるけど蛇さん惨殺事件で、最も凶悪な犯人は蛇さんささがき犯が重罪グランプリ決定だろう。うん、次点でみじん切りで、次が千切り？

「まあ、戦闘に使うなら半月切りが一番響きが格好良いけど、なます切りは三成さんのせいでイメージが悪いんだよ？　そして家庭的な細切りや小口切りを誰も思いつかなかった辺りで女子力は微妙なようだったけど、惨殺力は過剰なようだ？　うん、普通に切ろうよ？　蛇さん達はスライムさんが美味しく召し上がりました？」（ポヨポヨ♪）

まったく最近の魔物さんは目上の者に対する礼儀も無く序列も弁えずに無礼な事で嘆かわしい。

99日目　昼過ぎ　迷宮　地下85階層

攻撃に出ると見せかけ急激に転じ、機動戦に持ち込む。一気に逃亡を図るが、追跡されて追い付かれて遂には追い込まれて挟み撃ちだ。
あと少しだったのに、ここまでか。もう出口は見えていたのに、俺のＨＰは尽き果ててもう動けない。終わったな……くっ、「振り出しに戻る」だ！

「ちょ、あとちょっとであがりだったのに何でサイコロが6しか出ないで追いついて来るの！　それ絶対サイコロの6の目を確実に出せるようになってるよね、それって運じゃなくて技術だよね！　ずるいな！」

負けず嫌いだ、凄まじく負けず嫌いな不敗の迷宮皇さん達が使役者さんの駒をボコボコにしてＨＰが0で振り出しに戻されたのだ！　許すまじ、だが逃走しながら伏せたトラップ・マスの罠の発動で、3人ともＨＰは残り僅かで機動力は無い。もはやサイコロで6を連続しても半分も進めないトラップゾーンの真っただ中。未だ追いつける！

正々堂々とサイコロを『掌握』し、確率を『智慧』で演算して力加減を『木偶の坊』で微調整しながら転がす。そして運ならば無敵だ。ずっと「6」のターン！　颯爽と駒を手に取り、疾風のごとく盤上に躍り込み、猪突猛進の猛追撃を仕掛け盤上を疾走……。

「ねーねー遥君？　せめて迷宮王戦くらいは戦いを見守ろうよ!?」「戦闘より双六が白熱してて気になるのよ！」「うん、こっちも戦いが佳境で苛烈な迷宮皇級3人との熱い戦いで今ボコられたから、復讐の時でHP0の振り出しからだから『復讐条件』発動で『2倍移動×10』が発動中の驚異の追い上げで驚愕の追撃戦展開中な熾烈な争いだから……迷宮王とか適当にボコってて良いよ？　うん、終わったら教えてね？　よしっ、『30マス跳ぶ』発動だーっ！　行け、大跳躍だ……」「「「滅茶気になるから跳ばないで！　賭場も開かないで!!　その景品のお饅頭もずっと気になって、委員長の指揮が止まっちゃってるから止めて!?」」」

　低く重い唸り声を響かせる迷宮王の威圧は、騒々しくも姦しい女子さん達のお説教で掻き消され、ついでにガン無視されている？　いや、こっちジトらないで敵を見ようね？

　最下層の床が波打つほどの地団駄を踏み、高々と咆哮を上げる迷宮王。負けじとポヨポヨとサイコロを振るスライムさん！

　ちっ、やはり6か、もう永久に6しか出ないな。現在3竦み状態の上に、トラップゾーンから出られずにいるがあがりは近い。確実に足止めしないと追い付く前に抜け出される、回り込めるのは位置的に踊りっ娘さんだけだが、追わずに別ルートを回ればあがりまで障害物は無い独走に入れるポジションだ。だが、僅差でスライムさんの方が早いか？　甲冑委員長さんがどちらを狙うかで戦局は大きく変動し、新たなる局面が訪れる事に……。

「グウヲォオオオオオオォッ！」「喧しい！」「うるさい、デス！」「駄目　黙れ　死ね」（ポムポム！）

全く静かに戦って邪魔せず死んで欲しいものだ。こっちは忙しいんだから迷宮王如きが迷宮皇さん達に吠えたら怒られるに決まってるじゃん？　全く最近の迷宮王ときたら序列も弁えずに無礼な事だ、目上の者に対する礼儀がなってないんだよ？

「あのー、遥さん？　邪魔です」

うわ、いつもギャーギャー喚いてる女子や、グオーグオー吠えてる迷宮王よりも普段は無口な文化部のオコの方が迫力があって怖い！　反省して静かに続けよう。（コロコロ）

「「「続けるなって言ってるでしょー！　迷宮王が可哀想でしょう！　ちゃんと指導官しなさいよー！」」」

だってもう見なくっても決まってる、女子さん達には無理。だから委員長さん達が奥の手を出す、それでもう迷宮王は無理。以上、証明終了。

「ちなみにQ.E.D.はQuod Erat Demonstrandumのラテン語略で『かく示された』、すなわち『証明終わり』の意味として数学や哲学なんかの証明の末尾を示すのに使われるんだけど、QEDだけだとQuantum ElectroDynamicsで量子電磁力学の略だったりもするから点々がとっても大事なんだよ？」（プルプル）

うん確かに「故に1＋1＝2　量子電磁力学！」だと採点する先生も吃驚だろう。きっとビビって不正解にできなそうだな!?

巨体だが反り返っている迷宮王。捕まえて引っ張って伸ばして測れば体長は15メートル以上、20メートル近いのかな？　体調までは知らない。うん、興味ないんだよ、蠍(サソリ)だし？

まあ、伸ばして測るのも面倒だからその位な感じ？

外殻は硬く、巨大な鋏(はさみ)が6本な蠍さんが、ガシャガシャと8本の脚を鳴らして計14本のお徳用？　そして高々と持ち上げられた尻尾、その巨大な針の先から怪しい汁が垂れている。毒だろう……うん、毒じゃ無かったら無かったで何か嫌だ？　先っぽだし？

「「「余計に気になるから変な解説入れないで!?」」」

強固な甲殻に『耐炎』『耐水』『耐冷』『耐物理』に『耐斬撃』も付き、『耐状態異常』まで持った巨大な蠍さんだが感電中。うん、忘れ物なのか『耐雷』とか『耐電』とかが無い。

そして『波及の首飾り』を装備した軽甲冑姿の図書委員が、首飾りの効果の『アンチレジスト』で各種魔法に状態異常を満載の『効果波及浸透』効果で送り込んでいる。

蠍さんも襤褸襤褸(ぼろぼろ)になりながら耐えていたけど、感電だけは耐性が無くて痺(しび)れたままでピクピクしている。うん、でもピクピクされても蠍だから需要無いんだよ？

それでも痺れて動かせない体軀(たいく)から、6本の巨大な鋏を次々と叩(たた)きつけて乱打。だけど相手は盾委員長さんで、『明鏡の大盾』で弾(はじ)き返して『武器装備破壊』で鋏を壊される。

追撃の『激楯撃(げきじゆんげき)』で4本の鋏は腕ごと消し飛び、残る2本も既に襤褸襤褸。

ギチギチと異音を立てて最強の武器である毒針付きの尾を振るい、先端から太い針を高速で射出して攻撃する。だがそれすらも『豪雷鎖鞭』装備の委員長様相手には無駄な抵抗で、鞭の鋭い衝撃波と共に『豪雷』で甲殻ごと叩き壊されていく。

その可哀想な蠍さんの背中に槍を突き立て、ビッチリーダーが蠍さんを踏み躙る。まあ、乗ってるから見下している。背中に突き立てられた『永久氷槍』に体内から凍らされ、凍り付いて動けなくなると躙り寄る無数の凶悪なJK達に囲まれ嬲り殺しにされる。『耐冷』持ちだったのに『耐氷』が無く、尚且つその効果も甲殻に付いていたんだろう。だけど頑強だった甲殻は土足で踏み躙られて砕き潰され、ビッチリーダーの脚の下で拉げて陥没し体液を滴らせている。うん、踏み躙られてご褒美だと思っていたらどうしよう？そうだったら、かなりヤバイ業界の蠍さんだ！

（ギィイイァイイイゥイイイッイイィ！）

断末魔の悲鳴。御褒美の嬌声では無いと思いたい！　既に一方的な蹂躙だけど、油断なく安全確実に丁寧に効果的に効率重視で迷宮王の強大だった体軀を削り崩し尽くす。

「お疲れ様、踏破終了でーす」「「「わぁあ――いっ♪」」」

最後は取って置きを使ってしまったが完全制覇。途中スライムさんの摘み食いがちょいちょい有ったけど、女子さん達だけで85階層の迷宮を踏破し、迷宮王「デス・スコルピオン　Lv85」を倒しきった。

また1つ目標を達成し、全員がLv110の壁を越えて新たなる力を得た……きっと、もうじき俺は邪魔な役立たずになるのだろう。

「お疲れ、まあ合格だけど帰る前に泥々だからお湯用意したから顔と身体をざっと拭いてね？　こっちにお湯で、そっちは温水噴霧だから。で、甲冑ちょっとこっちに置いといて。あっ、お菓子も置いとくから休憩もね」「「「わああっ、ありがとう♪」」」

ギリギリだったか……甲冑内部の内張りに薄く塗布していた、予備の状態異常反応膜が変色している。つまり、毒が甲冑を通ってる。非常用の膜で無効化できたけど、この膜は反応して対消滅するから効果は1回のみで……2度目は無い。

どの甲冑も表面に問題は無いから、『耐状態異常』を超えられてしまった。1度だけでも無効化しきれなかった物が30近い甲冑で2つ通されてる。まだ甘かった。万全は無いと知っていても、この眼で見ると……だって、この意味するところは死だ。

比較的通り易い『毒』か『麻痺』でも、迷宮王戦で起きれば致命的。それを庇う為に連鎖的に何人もが危機に陥る。通す事はほぼ無いと言っても『致死毒』や『即死』も有り、『溶解』や『壊疽』だってあるのに装備を過信し過ぎていた。

確率論とは言え80階層に入って2回目で通されてる。それも1つなら奇跡的偶発的な物の可能性もあったが、2つ。これは通されている。うん、俺のミスだ。

「ごめん、この甲冑じゃ駄目だったよ。俺の力不足と慢心でみんなを死なせるところだったんだよ……ごめん」

謝って、頭を下げて済む事ではない。生き死にの掛かった致命的な失策で、これはただ運よく誰も死ななかっただけなんだから。

「「「謝らないでっ！　遥君は何にも悪くない！　だから謝らないで!!」」」

いや……ちょっと待ってね？　うん、不味いって？　いや、って言うか温水噴霧は顔とか手脚だけにしとこうよ？

「甲冑で全部防げたらその方がおかしいよ」「そーだよ！　その為に指輪やネックレスやブレスレットもインナーも有るんだよ！」「大体、もしそれで誰かが毒を受けても、何でそれが遥君のせいなのよ!!」「ちゃんとリスクは分かってる。毒だって回避しきれてなかったのに、ずっとその甲冑が護ってくれたの！」「絶対なんてあるわけないじゃない。私達は遥君がどれだけ甲冑や装備を何度も何度も作り直してたか、ちゃんと知ってるんだからね！」「寧ろ誰も毒すら受けてないのが異常なの。下層だよ、遥君のおかげなんだよ。だから絶対謝っちゃ駄目！」「そうだよ～、それでもみんな無事なんだから～。だから、みんな感謝してるんだよ～？　ありがとう～って」

いや……完全耐性って言う売りで売ったから謝ってるんだけど？　うん、そのつもりの高値設定だったし？　まあ、払い戻しが無いんなら自主回収で改善をするだけなんだけど…………今は話を戻そう。

「だから温水噴霧は顔とか手脚だけにしとこうよ？　何で甲冑脱いでムチムチスパッツさんとホルターネックのタンクトップさんなのに、全身噴霧で濡れ濡れになっちゃうの！　あと、当たってるのを遠い昔に通り越して押し潰してるよ!!　何かが押し潰されて圧縮されて当たってるから!?」

もう、近いとかの距離の問題ではなく、密着中で圧力問題だった！　濡れてもう張り付いてるだけの弾力が柔らかに押し潰されててヤバい!!

「だって温水噴霧（ミストシャワー）気持ち良いよ」「うん、お風呂にも欲しいね♪」

確かに気持ち良いんだけど、ミストと無関係な柔らかさが気持ち良いからヤバい。そう、濡れた生肌と湿って密着した薄着はマジで色々と駄目で、見た目も完全に駄目なんだけど感触こそが激ヤバな本気（マジ）ヤバな超ヤバで、目のやり場どころじゃない全面パノラマ密着女子高生さん達の肌色率が危険物なんだよ!?

まだ水滴の残る肌はうっすらと濡れて、艶（なま）めかしくも健康的で瑞々（みずみず）しい。その張りのある若々しい身体は水を弾き、濡れそぼったタンクトップとスパッツがひたひたと張り付き肌に食い込み白い肉を締め付けている。あとなんで何気にシスター組や王女っ娘やメリメリさんまで参加してるの！　ヤ、ヤバすぎる、メリメリさんって未だ……ＪＣ!?

「うん、ローション配合だったから気持ち良いし、温かくって火照っちゃった♪」

問題は火照るの通り越した男子高校生さんの炎上問題で、もう体温が生感触で熱殺蜂球より殺傷力満点のむにゅむにゅ生殺ＪＫ球で、あっちこっちの柔球がぽよんぽよんと男子高校生を殺しに掛かって来ているんだよ！

これはもう孔明さんと龐統（ほうとう）さんもお手上げで、「いぇ～い」ってハイタッチを交わし合うくらいモウダメポな罠だ。うっすら桜色に染まる上気した濡れた肌がぴったりと密着し、押し付けられる柔らかな肉の感触が……しかもヌルヌルにローションだと!?

「とにかくみんな感謝することは有っても文句なんて絶対にないの、だから絶対に謝らないでね」「「「そうだよ、いつもありがとう！」」」

いや、良い話風にされても……駄目だよね、この状況？　うん、どれだけ駄目かって、濡れて張り付いて食い込んで負けじとはち切れんばかりに若さの柔肉が溢(あふ)れてるんだよ？　そして薄暗い迷宮の中でも羅神眼には、良い子には見えちゃいけない部分まで濡れて張り付いてる。うん、これは18禁の危機で16才の男子高校生は逃亡必須な状況(シーン)の状態(シチュエーション)な境遇(フェイズ)と言えるだろう。だって、絵と会話が全くかみ合って無いんだよ!!

　今までどれ程危険な状況下でも大丈夫だった理由は、常に俺を守り続けてる甲冑委員長さんとスライムさんと踊りっ娘さんの助けがあったからだ。うん、全く助ける気無さそうだよ！　寧ろ妖しい口笛って、なんでＰｅｒｅｚ　Ｐｒａｄｏさんの「Ｔａｂｕ」とか知ってるの!?　それ、誰が教えちゃったの？　ちょっとだけよって、ちょっとでも駄目なんだよ！　あと、踊りっ娘さん踊らないでね？　妖しいから！

　まあ、感謝の心算らしい？　どうやら女子高生感謝祭は危険なお祭りで、男子高校生は決して入ってはならない禁断の秘祭だったようだ！って、入ってはならぬも何も出たいんだけど、そろそろ本気でヤバそうで男子高校生が通報の危機だ!?　もう、それならいっそ蛇さんと触手さん出しちゃおうかとも思うけど、それはそれで通報されそうで、どっちが俺の好感度さんに対して損害が優しいんだろう？　難問だな？

悲運な感じに迷宮の最下層で力尽き倒れたが原因は痴女さん達だった。

99日目　夕方　迷宮　地下85階層

みんな結構怒っていた。怒りの乙女に蹂躙され、押し潰されて揉み苦茶された遥君の屍が迷宮の最下層に転がっている。迷宮王よりも危険な相手だけど、今日の濡れ濡れ押し競饅頭は破壊力も数段高かったから……遥君のお目々も幸せそうにバッテンだね？

だって、きっとみんな聞きたくなかった。誰もが「ごめん」なんて絶対に言われたくなかった。これ程までに心配されて、過保護にされて甘やかされて、ずっとずっと優しくされて守られて来た私達に……遥君から「ごめん」なんて絶対に言って欲しくなかったから。だって、それは私達の為に頑張ってくれた遥君への侮辱だから。それは、みんなを助け続けた遥君への侮蔑なんだから。だから、それが遥君であっても許さない。

ううん、遥君だからこそ許せなかった。だって私達が遥君を責める事なんて絶対に有り得ない。もし、仮にそれがミスだったとしても、何らかの落ち度が有ったって、何が有ろうと絶対に許す。誰がこんなにもしてくれた人を責めるの？　だって幸せも、命も、何もかも全部貰った私たちに何で謝るの。

本気で私達を完璧に守り切る気で甲冑を作っていた。もう既に迷宮下層のドロップ級でありながら、全てが私達に最適化されたオーダーメイドの手作りの鎧。どれだけ何度も作り直したかも、どんなにいっぱい試験したかも全部聞いてるの。誰がこれ以上を望むって言うのよ。

だから、みんな怒って揉み苦茶だった。きっとお説教しても聞いてないから、身体に身体で教え込んでみた。きっとこの声は届かないから。どれだけ声を張り上げて「もう充分だ」って叫んだって、もし私達の身に何かあれば死ぬほど悔いて自分を責めるんだろう。

だから、私達は絶対に死ねない。だって、遥君が苦しむから。だけど、危なくても強くなることは諦めない——だって遥君は1人で傷つくから。

「幸せそうな屍さんはどうしよう？」「置いていくと迷宮に迷惑そうだね」「うん、遥君が迷宮王になっちゃったら……その迷宮ヤバいね？」「「「持って帰ろう！　迷宮最下層に放置禁止な危険物だったね!!」」」

無理難題でも私達は安全に危険を冒して強くなる。だから結構大変なのに……退屈だって双六してて、ちょっとでも危ないとスライムさんのせいにして助けに入って。そして、私達に少しでも危険が有れば——自分を責める。だから、みんな怒っている。

「大丈夫、私達で……持って帰ります」「ご主人様ですから」（ポヨポヨ）

私達にする心配の、ほんの少しだけでも自分の事を心配してくれれば良いのだけれど。私達にする、ほんの少しだけでも自分を甘やかしてくれれば良いのだけれど。多分きっと全くさっぱり通じてないんだろう。うん、きっと帰ったら甲冑の再設計から始め出す、そして朝までに仕上げようとする。

もう既に30体を超える甲冑。いつの間にか教会の人達用の甲冑も用意されていた。採寸していないからちょっとデザインが平坦で武骨だけど、全員のサイズに合わせて防御専用仕様で作り上げられていた。下手すると小田君達や柿崎君達の分まで合わせて40体以上を作り上げかねない。凄まじい速度で作り上げるけど、それは脳に負担をかけている。なのに、頭が割れるような思いをしてでもきっと作ってしまう。

「なんか迷宮の最下層で力尽き倒れたって言うと悲運な感じなのに、痴女の群れに押し潰されたって言うと悲惨さを感じないのは何故なんだろう？　うん、一体全体迷宮の最下層で『痴女　Ｌｖ１１０』に襲われた可哀想な男子高校生の被害届はどこに出せばこの切実な感情の思いは届くんだろうね？　痴女いな？」「乙女を痴女って言うなー！」「「「そーだそーだ！」」」「あと、魔物風に『痴女　Ｌｖ１１０』って止めて！　ステータスに付いちゃったらどうするの！」「「「えっ！………セーフ！」」」「って言うか、そこでステータス見た時点で犯行を認めちゃってるんだよ？　痴女いな？」「「「ぐぬぬぅ！」」」

　宿に戻るとお客さんだった。朝の怪しい商人さんと、綺麗なお姉さん。２人とも20代そこそこと言った若さだけど、身なりは良く愛想よくも緊張気味な笑顔を作っていて冷静で理知的な鋭利さがある。だけど、あのお化粧セットは良い物だったの。そして……遥君は何故か正座で待機しているの？

「ああー……ヘルスのおっさんとデリバリーのお姉さん？」「「「何でデリバリーヘルスのお姉さん呼んじゃってるの！　有罪!!」」」

えっ、朝の商人さんはヘルス屋さんで、お姉さんをデリバリーしてきちゃったの！　うん、お説教だね。

「ふふふっ、情け容赦のないお説教を、鉄風雷火の限りを尽くし三千世界の鴉（からす）を殺す嵐の様なお説教を。渾身（こんしん）の力をこめて今まさに振り降ろさんとするお説教で、ただのお説教ではもはや足りない大説教を!!　一心不乱の大お説教をぉ――――っ!!」「「「委員長が壊れた、医療班（メディック）いつものやつ！」」」

【治療中です。モグモグ】

「お目に掛かれまして光栄です。デイリバウル商会の会頭を務めさせて頂いております、エリゥースと申します。どうか、お見知りおきを。そしてハルスからもお伝え申し上げた事と思いますが、私共はズァカーリャ商会と競合する者ではありません、共存共栄で発展したいと考えております。どうぞ良しなに」

　全然全くデリバリーヘルスとは無関係な商人さん達は、商業国家の商人さんたちらしい。

「えっ、こっちもデリバリーのヘルースさんって、紛らわしくてデリヘルさん頼んで間違えておっさんが来ちゃって大騒ぎなアッ――――ッな展開が期待された時点で駄目だ腐ってやがると断言間違いなしのデリバリーヘルスで、それは男子高校生達が夢見てた浪漫（ろまん）なデリバリーヘルスさんと何か違う違和感が激しく激動中だけど雑貨屋商会と被（かぶ）せないって言う事は国外販売？」「「「あの雑貨屋さん、商会でズァカーリャ商会って名前有ったんだ！」」」

「「「あとデリヘルじゃないの!!」」」

どうやら遥君と取引をしたい商人さんで、デリヘル屋さんではなかったらしい。だけど遥君は理解して無さそうなので有罪なんだけど、健全な男子高校生だと言い張る割にはデリヘルさん呼んだ気で正座でお持て成ししているから退学決定な確信犯で間違いなしなの？　うん、あとで押し潰しちゃおう。

「ご挨拶として朝方御提案させて頂きました教国と商国、そして王国の不満分子の情報を。これは顔繋ぎのご挨拶ですので、お取引とは関係なくご提供させて頂きます。デイリバウル商会の心ばかりのご挨拶の品とさせて頂きます」

　遥君との繋がりを持つ事の意味に気付いている、この人達はやり手だ。一介の高校生が軽々しく言質を取られて良い相手じゃない。皆が息をのむ中で、一介どころか厄介な自称男子高校生さんが気軽に答える。

「あ、選べるの？　しかも無料ってプライスレスなぼったくりの罠でも、タダで良いんなら教国と商国と王国の不満分子の情報とか別にいらないからチェンジで、デリヘルさんが良いって言うと鉄球の雨が降り注ぐ準備の音が後ろからガッチャンガッチャンジャラジャラと聞こえるから心の扉に仮置きしてみて――タダで情報くれるなら教国じゃなくて、その後ろの国の情報と、あとエルフの国の情報が良いな？　うん、おっさんしか居そうにない国の情報とかどうでも良いんだよ？」「…………だそうですよ、会頭」

　顔付きが変わる。取り澄ました愛想に満ちた表情に、本物の感情が浮かび上がる。困ったように嬉しそうに、その瞳にありありと感情が溢れ出す。そう、品定めされていた。

「ふ――っ。全くとんでもないとは分かっていましたし、充分に覚悟していましたが。敵(かな)わないどころか交渉すら出来ないほどとは……、何故その2国なのかお伺いしても？」

　これから教国に行くし、商国だって何があるか分からないのに情報いらないって!?　そして教国の後ろって何なの？　大陸最大の宗教で、各国の国教にもなっている教会に後ろが有るの？

「えっ、だって神が正しくって、教義がちゃんと伝わってるなら獣人差別が起きるはずがないんだよ……だって獣耳だよ!?　うん、獣耳に敵対するって邪教に決まってるじゃん！　うん、可愛(かわい)いは正義と教義に書かれるべきなんだよ？」「ご存知だったのですか？　教会の志す神の教えを捻(ね)じ曲げる為に、長い年月を掛けて浸透して行った暗躍の歴史を」

　そこからは陰の歴史、闇の真実。だから教会は教義を捻じ曲げて教国を乗っ取った……そんな話、聞いたことが無かった。だからアリアンナさん達が震えている、怒りと悲しみと何も知らなかった自分達の愚かさに怒っている。

　あと、エルフの国って大森林の奥で未踏の地で秘匿されてるから情報が無いって聞いてたんだけど？　一体、遥君は何を知りたがっているのだろう？

「なんでって用事が有るから？　うん、教国の後ろは用事が有るんだけど、エルフの国は俺に用事があるみたい？　なんか引っ込み思案でチラチラチラチラしてて気になるんだよ。用が有るんなら言ってよって感じだよね？　俺も用があるんだYO？　で……何の用なの？」「これはこれは交渉どころか、駆け引きする前に首根っこを掴(つか)まれておりますな？

いったい何故どうして我等がエルフの関係者だと？」

　話が見えない。そもそも遥君とエルフさんに接点なんて……あっ、キリキルさん!?

「剣のおっさんと槍のおっさんが引っ込んだままだし、俺の好感度を持ったままあの行商さんも現れないいんだよ？　多分、妹エルフっ娘が来たの見て引っ込んだから、次は誰が来るのかなーと思ってたら、怪しいおっさんが来た？　うん、算盤上手過ぎなんだよ？」

　そう言えば、辺境に戻ってからオフタやガテクさん達のパーティーを見なくなった。ムリムリ城の防衛戦には居たのに、あれから1度も会っていない。そしてキリキルさんはエルフだったけど……やっぱり、話が見えない。商人さん達は嬉しそうに困ったように……でも、肩を震わせて楽しげに笑っている。

「えっと、それって雑貨屋のお姉さんから算盤を買っても、習って無いと使えないから使えてるなら……習った誰かから手渡されてる？　つまり、あの時に辺境にいた人と繋がっているって言う事なのかな？」

　そう言えば算盤なんて無かった。遥君が雑貨屋のお姉さん用に作り、そこからようやく領館の文官さん達に広がり始めた知識だった。

「うん、それもあるけど……俺が作ったんだから誰が買ったかも知ってるんだし、全部ハンドメイドの試作品だから、見たら誰に売った物かくらいはわかるんだよ？　そもそも、あの行商が持ってきた商品ってとんでもなかったんだけど、あれって一体どこから持って来たのかな？　辺境以外の？　うん、だって辺境内外であんな装備の売買の情報が全く無いんだよ……あれだけの商品数の全てが？」「いやいや、全く最初から待たれていたとは」「わざわざ商国を経由した意味はありませんでしたね」

そう、遥君は調べていたんだ……ずっと。

「うん、フェロモンリングはお金に糸目を付けずに徹底調査して、王国中を調べ尽くしたけど……そんな装備が発見された噂すらも無かったよ。で、妹エルフっ娘の病気って、あれ辺境と全く同じ高濃度の魔素によるものだったんだよね？　だったら辺境以外に濃い魔素が溢れ出すような、そして出物の迷宮アイテムがぼこぼこ出てくるような深——い迷宮はどこにあるんだろうね？　で、そんなヤバい迷宮が有ったら困ってると思うんだけど、迷宮の対策って辺境にしか無くない？　だったら調査するにせよ誰か寄こすし、そこに迷宮殺しが現れたらどうするのかなーって見てたら……居なくなった？って言う事は、妹エルフっ娘の知ってる人が混じってるよね？　そして超偽名臭くて、顔もずっと隠し気味にしてた人が２名いたし？」「お手上げですね」

ずっと、異性の好感度を上げるフェロモンリングの行方を！　うん、ガチ説教だね!!

「くっくっくっ……、失礼、降参です、参りました。もう私共が来る前からバレていたなら、どうにも誤魔化しようがありませんな。ただし誓って悪意などありません。ただ、キリキルさん達から届く情報があまりに荒唐無稽で理解不能で、誰にも理解出来ず判断がつかなくて交渉どころか接触にも至らなかったのですよ。今回は情報を手土産にお顔繋ぎだけの心算だったのですが……いやいや、困りましたな」

2人は床に膝をつき深々と頭を下げる、その相手は妹エルフっ娘さんのイレイリーアさんだった。

「私どもはエルフと親しい商会であり、決してエルフを代表するような者ではありません。ですが、封印の巫女イレイリーア様にはかねてから申し訳なく思っておりました。それはエルフ皆の総意です。手を尽くし薬を集めましたが、商国上層部に押さえられて良いものが手に入らず、薬を求めて手練れと辺境まで参ったのですが……私共が力及ばず、ようやくオフタ達が手に入れた時には、もうお兄様のヴィズムレグゼロ様が攫って行かれておりまして。本当に、何もかもが後手後手に回り申し開きのしようもありませんでした。危険なお役目を果たして頂きながら、お助けする事も出来ず本当に申し訳ありませんでした。そして――ありがとうございました」

頭を地に付け謝罪し感謝する。お兄さんが商国の手先となり集めた薬で辛うじて生き延びられた、それでももう危険な状態だった。

ずっと迷宮の活性化を巫女として抑え続けて、濃い魔素に身体を蝕まれ病に倒れた。それでもお兄さんが攫って連れ出すまで、封印の巫女を続けようとしていたんだそうだ。次の巫女が選ばれるまで必死に……倒れて動けなくなるまで。

ようやく遥君の顔から威圧が消えた。イレイリーアさんはただ泣いている。苦しみ抜いた事を労われ、重責を課したことを詫びられて。逃げた事を責められるどころか謝罪され、心からの感謝を受けてやっと報われた。まあ、遥君は足りないって言うに決まっているけど、やっと心から報われた。重い責任から今やっと本当に解放されたんだから。

商人さん達は迷宮の事もあるけど、イレイリーアさんの為に「茸の伝道師」を探していたんだそうだ。だけど伝え聞いた茸の伝道師さんが「柔らかな微笑で、みなを癒して回る慈悲に満ちた目の青年」と聞かされていて、手を尽くしても全く全然そんな人は発見されなかったそうだ。うん、それ絶対見つからないから。

そして「迷宮殺し」の為人を調べていたけど、結局報告の意味が全く分からずに混乱していたんだそうだ。だから——会いに来た。うん、会っても分からないの？　そして、しゃべるともっと意味不明になるの？　だけど、そこには元気になり幸せそうに暮らす、行方不明だった封印の巫女イレイリーアがいた。だから信じる事にしたんだそうだ、その幸せそうな笑顔を見て。

何より商売したいのも本当だけどイレイリーアさんを救ってもらったことに深く感謝して、情報と武器や装備を届けようと取引を画策していたらしい。そして今は未だ「伝説の迷宮殺し」に迷宮踏破を依頼する為に掛かるであろう莫大な予算をエルフの国を挙げて集めて工面しているらしい。うん、安いのに——その迷宮殺しさんって？

多分また宿代なくって、小金でも付いて行きそうだし？　だって、いっつも無給で迷宮に行って魔石集めて生活してるの。冒険者ですらないから迷宮に入っても補助も出ない、踏破したって報奨金も貰えないのに、儲かるって止めてもホイホイと入ってるの？　そう、ずっと無給なの？

そして遥君と延々と話し込み、書類を渡し質問に答えている怪しい商人さんと、イレイリーアさんにお礼と謝罪を繰り返しながらエルフの国の事を話している会頭のお姉さん。

「うん、じゃあこれ情報料？　デリヘル代はデリへらなかったから払わないんだよ！　うん、払う準備も心構えも万全で、満を持して正座してたんだけど無かったんだよ？　まあ、茸？　今ならなんと辺境名物茸ペナントも付けちゃおう！　どやっ！」「と、とんでもありません！　これはあくまでエルフからのお礼の極一部、それに対してお礼など頂けば叱られますし……ましてや、それほどの高級な回復茸を買い取れるだけの現金など、到底持ち合わせておりません。なにとぞ……」「今は封印してる巫女はいないの？　迷宮が放置できない以上誰かが巫女をしてるんなら、口が裂けても貰えないなんて台詞は出てこないはずだよね？　だってまた倒れるよ？　当たり前じゃん、絶対倒れるよ。で、またそれから薬が無いって騒ぐの？　間に合わなくなるまで騒いだらそれで満足なの？　そうじゃ無いんなら要るよね？　要らないなんて言葉が出るはずが無いもんね？　うん、絶対にペナントも要るよね！　ペナントだけ要らないって言ったら許さない！　可愛いんだよ、茸型で？　だって、いっぱい有るんだよ……まだ」

今度は遥君に深く頭を下げる2人……宿屋さんの本館のロビーだからお客さんがいっぱいいいて、周りがみんなドン引いてる。だけど辺境の人達はもう慣れている。

それでも肩を震わせ、ぽたぽたと涙を流しながら魘される様に、唱える様に「ありがとうございます」と呟き続ける商人さん達。

甘い、甘すぎるよ。商人さんなのに情報収集が全くなってない！　そんなんだから「茸の伝道師」を見つけられなかった、辺境の恐怖の伝説「茸の伝道師」の話すら知っていないから断ったりしちゃう。うん、甘すぎだ。

それは今現在進行形で辺境に伝わる怖い怖いお話。

どこかで誰かが病気になりお金も無くなり薬も買えないで動けなくなると、何処からともなく現れると言う黒マントの少年。

「もう、お金が無い」「高価過ぎて一生返せない」「勿体なさ過ぎる」と許しを乞うても、泣いて謝っても許されない。

瞬きする間もない勢いで接近し、「僕の茸をお食べー！」の掛け声と共に一瞬で茸を咥えさせ。躊躇も許さず飲み込ませる奇跡の妙技。

そして回復すると「強制労働だー！」と、お給料が沢山貰える仕事場に無理矢理放り込まれると言う辺境の恐怖の伝説。

未だ逃れられたものは1人もいないと言う。そして結末はいつも号泣だ、未だ現在進行形の被害者続出の怖い怖いお話。

そして、また2人ここで泣かされてるの。それこそが辺境に伝わる「茸の伝道師」の伝説だから。

まあ、私たちも聞いた時は唖然とした。あれだけ、「僕の茸をお食べー！」は止めなさいって言ってるのに、やらかしまくっていた。だってあの病気って女性患者さんの方が圧倒的に多いんだからね!?

本人の自供は「辺境は人手不足の労働力不足の売り手市場で、工房も人材確保が困難なんだよ。だから病人中の人材をヘッドハンティングで攫ってきて働かせる？　だって、ヘッドハンティングって言っても妖怪首置いてけとは違うんだよ？　健全な人攫いで強制労働みたいな？」だった。本人だけが病気してる人をヘッドハンティングで雇い入れたと思ってるようだったけど、病人って職業じゃないからね？

もう、縫製工場や紡績工場なんて元患者さんでいっぱいだった。高いお給料に美味しいご飯にお菓子付きでお洋服の社割制度も魅力らしい大人気の就職先だった。

そう、この茸の伝道師さんは有料ではなく強制なの。患者の意見なんて一切聞かないし、何を言おうと無理矢理にでも強引に茸を咥えさせちゃうの。だから頼むのも逆らうのも全部が無意味……だって、人の話聞いてないんだから？　うん、だから全く情報収集がなっていない。

しかし、何でエリゥースさんもハルスさんも、ヘルスさんに聞こえちゃうんだろうね？

まあ、今からお説教だけど。

この後の本人の供述では「呼んでないけど来たんだからセーフ、みたいな？」（犯人談）との事だった。うん、お説教だね！

99日目　夜　宿屋　白い変人

全くのデリヘル詐欺だった。それは純粋な男子高校生の夢と希望を打ち砕く悪魔の所業で、迷宮で出会ったデモンさん達でもデリヘル詐欺までやる程は残酷ではなかったから、悪魔より悪質なデリヘル屋さんだったのだ！　うん、おっさんだったし!!

だけど地図も無く、情報が全くなかったエルフの国と教国の向こう側の国の情報が手に入った。入りはしたけど食材や特産物なんかの最重要情報がない？　でも、海がある？　そう、海が有ったらお魚さんで、きっと漁業も盛んで魚々もいっぱいで、それはもうギョギョっ娘も感動の再会だろう。うん、ただオサカナ君が泳いでいるかどうかは現地での調査が必要なようだ？

そして、なんかデリヘル屋さんが2人で泣いているが、しっかりとフラグは折ったから大丈夫だろう。うん、だって次の巫女が倒れたら、絶対またそのお兄さんが現れてレロレロし出すと言う恐ろしいフラグだったんだよ！　危ない所だったが茸を咥えさせておけばレロレロは発生しないはず。

「うん、我ながら完璧な推理だよワシントン君？」「いや、ワシントン君だと桜の木を切り倒しちゃうからね？」「いや、でもあれは桜の木を切り倒した斧を片手にお父さんを脅して、そのまま大統領に昇り詰めちゃうんだよ？　うん、そんなの怖くてお父さんだって怒れないよね？」「「「あれって、そういう話だったの⁉」」」「お父さん、逃げて（泣）」「まあ、桜の木のエピソードって実はマウントバーノン教区の牧師メーソン・ロック・ウィームズさんが子供向けに書いた『逸話で綴るワシントンの生涯』の中で『嘘をついてはいけないよ』って教訓の為に書いた嘘だって言われていて、『本末転倒』を子供達に教えようとしたと言う偉大なお話だったりするとも云われてるんだよ？」「「「結局、何の話なのよ‼」」」

結局レロレロフラグは折ったが、デリヘルフラグも折られ傷み分けだけど凄く損した気分だ。うん、でもなんか有り金と貴金属をくれるらしいから儲かった？

「つ、遂にお大尽力で自動的に貢がれるお大尽様能力が発動し始めたのだろうか！　ぼったくる前から金貨が積み上がり宝石が並べられてるけど……こっそり使えない王貨まで、また混入してるんだよ？」

まあ、貢いでくれたからお土産くらい持たしてあげよう。貢ぐとお土産をくれる良いお大尽様だと評判になれば、もっと貢ぎに行こうと言う人も増えるかもしれないと言う先見の明的なお大尽様の知的戦略なお土産だ！

「あのー……、これは一体？」「えっ、お土産？　辺境名物茸ペナントも入ってるよ？　うん、ばっちり？」

どうやらペナントの素晴らしさに感動して声も出ないようだ。

「えっと、気にしないで貰って下さい。きっと会話しても質問しても意味分からないですから聞くだけ無駄です。理解も不可能ですから」

しかしエルフの国の迷宮は急がなくて良いとは言われても、そこまで悠長な時間はないはず。だって魔素が強くて選ばれた封印の巫女しか入れない神域、その巫女までもが病むと言う事は魔素が高まっている。それは迷宮を抑え切れていない、そして魔素が濃くなった以上は次の巫女も病む。いずれ強い魔力適性を持った巫女が尽きれば封印は切れて、そして氾濫までがお約束？

デリヘル屋さん達は何度も頭を下げて帰って行った。次は剣のおっさん達も来るそうだが、入れ違いになりそうだから雑貨屋のお姉さんに話は通しておくことにしておいた。うん、国外販売ならば競合もしないし、販路が増えて余剰品が捌ける。お大尽様的に言うと計画的経済活動が出来る。そう、まずはペナントだな！

そして、なぜか大変不思議な事だがよくある事で、デリヘル許欺の冤罪で被害者なのに俺が怒られると言う驚異的な冤罪力で怒られ中だ？　うん、加害者を怒ろうよ！　俺は騙されて正座で待ってた罪の無い可哀想な男子高校生なのに……ば、晩御飯にしよう！

借り切っている別棟に戻り豚焼肉定食を作っているが、みんな妹エルフっ娘とシスターっ娘を囲み話し込んでいる、カツアゲ？

「確かに異世界は貨幣から、跳ねたらチャリンチャリン言いそうだし、ついでにポヨンポヨン揺れそう……な、な、何でも無いし何も言わずに晩ご飯を作ってる真面目な家政男子高校生さんだから寡黙に沈黙してるから何も言って無いんだよ？　うん、煙ももくもくだけど換気を喚起してる良い男子高校生さんだから鉄球仕舞おうね？」

なんだかモーニングスターが増えてるな！

「まあ、出来たよ？　たーんとお食べって、食べ過ぎた自らに試練を課す事になるんだから自動でお仕置きなんだけど、どうせ食べ過ぎるんだからたーんとお食べ？」「「「課さないけど、いただきまーす♪」」」

デリヘル屋さんはデリバリーしないで帰って行ったが、デリヘル屋さんのおかげでみんな私服に着替えてくれたから久々の安心のお食事だ。ちゃんと、ちゃっかり看板娘と尾行っ娘も仲良く並んでお食事中だ。

ミニスカに短パンにノースリーブにオフショルダーと、露出こそ相変わらずだがスパッツさんじゃないだけなんか安心感がある。うん、あれって甲冑のインナー程度にしか考えていなかったから、あの破壊力は予想外だったんだよ！　やっぱミストシャワーが不味かったんだよ？

魔糸でキャベツを千切りからの億切りにしても、大騒ぎではしゃぐ孤児っ子達も居ないし、バケツを抱えて騒ぐ莫迦たちも居ないし、壁際で空気なオタたちも居ないからいつもの食堂が何だか広く感じる……つまり、それを全く感じる暇もないくらい、最近この食堂は如何わしかったんだよ！

うん、宿に帰ったらバニーさんだらけって全く寛げずに緊張感あふれる緊迫の兎さんナイトだったよ！　まあチャイナさん達でもミニスカメイドさん達でも、とっても落ちつけなかったが何気に普段のスパッツがヤバかった。

　甲冑の全面見直しも視野に入れた再修正もあるけど、数日間強制的に休ませられた身体（からだ）に違和感を感じるのが気になる。昨晩完全回復したと思っていたけど、何だか今までと違う感じがして気持ちが悪い。うん、またどっかおかしくなってるのだろうか？

「甲冑委員長さんに踊りっ娘さん、ちょっと訓練付き合ってくれないかな？　充分休んだし、休み過ぎたのか変な感じがするから調整しとかないと逆に心配なんだよ？」（コクコク、ウンウン、ポヨポヨ）

　スライムさんも付き添いらしい。でも普通にしゃべろうね？　まあ、訓練禁止令は解かれたようだし、とにかく違和感を放っておけば戦闘中に致命的な失敗をしでかすかもしれない。最近のお休みで緩んでるだろうし、ちょっとマジモードで行こう。

　まあ、分かり易（やす）く言うとお説教から逃亡だ！　うん、呼んでないのにやって来たデリバリーヘルスのせいで、男子高校生無罪の主張すら認められず、しかもデリヘル詐欺だったと言う被害報告すら受け入れられないと言う究極の冤罪でお説教再開の危機なんだよ？

「行くんだよ？」（ポヨポヨ！）

　全身に魔力が流れ、細胞に効果（スキル）が浸（し）み込み一体化するように馴染（なじ）む。ただ全てを纏（まと）うのではなく、体内で活性化するような熱を感じる。身体は軽いと言うよりも薄い、希薄になった身体に魔力や魔法や効果（スキル）が充満して行くような錯覚すら感じる不思議な感じだ？

休み呆（ぼ）け？

何か調整が出来ていない。まだ余裕が有りそうで、いつもより纏い過ぎてるようなチグハグ感を感じる。ゆっくりと全身の状態を検査しつつ、ゆったりと動き始める。昨夜摑（つか）んだ気の流れを感じ取り、呼吸と共に魔力や魔法や効果を意識し循環させて1つにする。一瞬身体が膨らむような感じを受けて戸惑うけど、自壊（ダメージ）はない。行こう。

「ふっ、行くよ？」（プルプル）

声を掛けながら息を吐き、全身に纏われ内包された力を集中させて踏み出す、意識は高速思考化（アクセラレーション）で、周囲が深い時間遅延（スローモーション）の世界に沈んでいく。

粘りつく蒼（あお）く重たい世界を振り切るように身体を突進させると、微（かす）かにだけど抵抗感が薄い。時間遅延（スローモーション）時独特の身体が重い粘土になった感触が無く、緩やかにだけど流れるように身体が進んでいる。感覚的にちぐはぐで、動きも出鱈目（でたらめ）。うん、だってぶつかる。

「ぎゃあああっ、避けるか止めるか転ばせるかの3択を迷わず瞬く間に全部選ぶ強欲さがとってもらしいと言えばらしいけど、今何が起こったの？　うん、自分では分かってる心算なのにどうなったかが良く分からなかったんだけど今の何？」「速過ぎました、使った事ない、速度。戸惑って、ぶつかりかかって……ました」「身体の動きだけ　体捌きも歩術も遅れてます。制御と意識ズレてる。駄目になってる、ます」（プヨプヨ）

智慧（ちえ）さんの解析でも、身体の動きに制御が遅れていた。つまり思いのままに、意識したより捷（はや）く身体が動き過ぎている。

脳内で失敗を再現し、演算して修正して、制御と動きを摺り合わせて再調整して再突進する。更に高速思考(アクセラレーション)が強化されて時間遅延(スローモーション)がより深くなっている。なのに、より重く鈍いはずの身体は緩やかだけど、軽く鋭く動けている。つまり格段に速度やキレが上がり、体感覚が経験則と乖離(かいり)し制御がズレている。

再調整したのに又ぶつかりそうになり、蹈鞴(たたら)を踏んで踏み止(とど)まろうとすると、その足を払われて転がされる。

「あれ、止まれないんだ。って、この速度を殺しきる身体能力が無いから制御できないまま無理に止まると……反動で身体が壊れるし、無理しないと転ぶんだ？　だから急停止で壊れないように転ばせていると？」（ウンウン、コクコク、ポヨポヨ）

そう、俺の身体を気遣い、転がし回転させる事で反動自滅(フィードバック)を抑えてくれているのだろう。うん、満面の笑みだが悪意はない。でも、その顔は悪意はないけど絶対七転八倒を楽しんでるよね！　うん、復讐(ふくしゅう)される心当たりは……普遍妥当(ふへんだとう)だな？

「ふ——っ」

3度目の正直と言うが、俺はずっと正直者だから駄目だったようだ。ちゃんと3度とも正直に転がり中だ。未(いま)だに心体が合わさっていない、ただ速度が上がったのではなく身体が生み出す速度自体が上がっている。これはひたすらに試し、情報を累積して経験に換えて制御技術を適応させていくしかない。単純なSpEの上昇なら数字的に演算し調整できるけど、身体が作り上げる力が上がって速度となっている以上、まずは全身の動きの強さと速さを智慧さんに覚え込ませるしかない。

延々と繰り返される動作。踏み込み、蹴り出し、振り、捻(ひね)り、伸ばし。そして静止させようとして転がされる。うん、直線運動を回転運動に繋(つな)ぎ、螺旋(らせん)運動に昇華しないと停止こそが危ない。ころころと転がされゴロゴロと転げ回る、だが少しずつだがコツは摑めてきたし次はもっと華麗に転がれるはずだ！

それでも自壊はしていない。力や速度だけでなく耐久力も上がっている。これは身体が変化、『生命の宝珠』で得た錬成術の効果『錬丹術及び房中術による身体錬成』で身体が造り替えられている。だから休まされたのだろう、恐らく造り終わるまで。純粋に休む必要があったのか、それともその間が危険だったのかは分からないけど仕組まれてお休みだったようだ。うん、わざわざバニーさんせずに普通に伝えようね？

「うん、戦闘訓練では逆に身体の動きが摑めないっぽい？　身体操作から始めるべきだけど、ラジオ体操ってあんまり戦闘に向かなさそうなんだよ？」

ラジオ体操格闘術がない以上、取り敢(とあ)えず『房中術』の影響なのだから気功も交えて太極拳かな？

意識を変えゆっくりと練り上げる。筋肉の動きと纏った力の動きを併せ、身体に練り込んで合わせていく。いわゆる功夫(クンフー)の鍛錬だ。もちろん本で読んだり映画で見ただけだから功夫も出来ないし蛇拳も出来ないが、蛇は出せるんだよ？　うん、差別にならないように触手拳の開発と鍛錬も必要なようだ？

(シューシュー?)「「引っ込める、それは訓練しなくていいです!」」

太極拳、健康法として有名だが套路(とうろ)から推手散手(すいしゅさんじゅ)と進む習得の最初の套路を、敢えて緩やかで流れるようにゆったりとした動きで行うことで正しい姿勢や体の運用法を身に付ける。その動きがそのまま健康法として取り入れられているけど、当然実際の戦闘における動作はゆっくりしたもので在るはずも無く、寧(むし)ろ鋭くも俊敏で力強い。その実質は太極思想を取り入れた総合武術の結晶と言える拳法で、気功法に最も取り入れられるのが太極拳だ。

24式太極拳から48式と練功18法をこなしてから太極拳の型で各種の組み合わせで調整するけど、甲冑委員長さんに踊りっ娘さんにスライムさんまで気に入ったようで、みんなで太極拳講座になってしまっている? うん、手合わせしないならラジオ体操で良かったんだよ?

「独立歩(ドウリイブ)から虚歩(シウブ)で丁歩(デインブ)に? そして弓歩(ゴンブ)から仆歩(プブ)に歩型をなぞって上歩(シャンブ)と退歩(トウイブ)と扣歩(コウブ)で歩の流れを作るんだよ? うん、舌噛(か)みそうだな?」

練り上げながら正確に少しずつ早く踏む。武術と舞踏は歩から生まれる。抱掌(パオヂャン)、穿掌(チユアンヂャン)、分掌(フェンヂャン)、挑掌(テイアオヂャン)と手法を併せ体全体に流れを作ってると、ムチムチスパッツさん達まで太極拳に参加のようだ。うん、太極拳で健康的な老後を送れそうだけど、健康的な老後を迎えるためには先(ま)ず今を生き残らなければならない。そう、あれをガン見したら即死できそうな太極拳とむちむちスパッツさんの夢の饗宴(きようえん)がコラボで共演中だ!

推掌（トゥイヂャン）から攔掌（ランヂャン）にそして楼掌（ローヂャン）から握り沖拳（チョンチエン）へ。女子さん達は身体制御のスキル持ちばかりだから様になっている。まあ、やった事は無くってもTVや映画で見た事くらいは有っただろうし？　トンファーも支給しているから役には立つし、大量に摂取されたカロリーさんも消費される事だろう。身体の筋力を余す所無く使う全身運動は、緩やかでも見た目のイメージとはかけ離れた運動量が要求される。汗を飛び散らせながら型をなぞる女子達、汗で張り付いて来ている……ヤバいな？

搬拳（バンチエン）からの貫拳（グアンチエン）、四手法四隅手である攬雀尾（らんじゃくび）の「採（ツァイ）」で白鶴亮翅（はっかくりょうし）の左手「挒（リエ）」って、既に甲冑委員長さん達の方が型が綺麗（きれい）だ！

「太極拳ってムチムチスパッツさんでやると結構エロいな？　うん、お尻がヤバい！」

汗で張り付いてるから割と凄い事になっていて、当然健康で健全な男子高校生的にも大変な事になりつつある！

跟歩（ゲンブ）、碾歩（ニィアンブ）、擺歩（バイブ）、側行歩（ツァシンブ）、蹬脚（ドンジャオ）と歩法を増やしていくと、くびれたウエストからむっちりとお尻が突き出され男子高校生的には全方位の録画機能が最大稼働で大忙しだ！

確実にR15は越えたな、高校2年生の年齢制限的な限界が試されているようだ！

うん、スパッツさん達がいたら集中力が集中され過ぎて、捩（ね）じるとプルンと震え、捻（ひね）るとムニュンと揺れて、打つとポヨンと弾（はじ）け、踏むとプルンと震えてもう大変なんだよ！

「うん、実はわんもあせっとはともかく、ダンレボにはちょっと参加したかったんだけど、この凄（すさ）まじい光景に耐えられそうになくって男子高校生は参加を見合わせてたのに、もう

『掩手肱捶（イエンシヨオウゴンチユイ）』でポヨンポヨンと大暴れで、『楼膝拗歩（ロウシーアオブ）』でプリリンと引き締まりながら震えて弛（たゆ）む肉体がムチムチうねって、エロすぎて参加すると辛（つら）いんだよ!?」

　そうして「翻腰（ファンヤオ）」と「烏龍盤打（ウーロンパンダ）」で恐れていたことが起こった！　それはプルンプルンの大激振だった。大きく回される腕に引っ張られ、それはもう縦横無尽（ポヨンポヨン）と無限軌道に乱舞する震撼（しんかん）必至の衝撃の映像だった！　うん、太極拳よりこっちを永久保存で後世に伝えなければ!!

　心を落ち着け、もうこれ以上は烏龍盤打（ウーロンパンダ）は無理だから切り上げて燕式平衡（イエンスーピンハン）にしたら、これこそがムチムチスパッツさんの最大の罠（わな）だった！

「そう、恐るべし太極拳の罠。まさか数千年の歴史はここまで恐ろしいものを生み出していたとは！　うん、これスパッツ駄目だから!!　もうムチムチを超えた食い込み感が駄目な所にぐいぐいと食い込んじゃってモザイク発動な危機すら感じる絶世の凄惨な壮絶さだった！　うん、モザイクは決定なんだよ!!」

　もう、后掃腿（こうそうたい）と仆歩穿掌（プーブーチュアンヂャン）で螺旋を描き跳躍する肉感的な肉体の乱舞に、智慧さんが録画を頑張りすぎて熱暴走（オーバーヒート）な大惨事を巻き起こしながら、二起脚（にききゃく）と「旋風脚」に騰空擺蓮（とうくうはいれん）の激しい動きと跳躍と回転な開脚が、それはもう食い込んでムッチリでモザイクさんですらお手上げでハイタッチな、凄まじくも荘厳な光景に全世界の全男子高校生感涙間違いなしの号泣と挙動天地の女肉さんの八面六臂（はちめんろっぴ）の大激動な大躍進の大立ち回りだった。うん、死ぬかと思った！

疲れて立ち上がれないと言う程ではないんだけど、諸事情により立ち上がれないのでへたり込んでいる。うん、無理だから！

ムチムチさん達は疲れて立ち上がれないようで、食い込んだまま汗に濡れてぴっちりと張り付いている。くっきりと浮き上がるように肉の形も露わな姿態と言うか、はしたない格好でムッチリと転がっている。

「いや、マジで脚だけは閉じようね？　スパッツさんって安全そうな表面積のわりに、別の意味合いで防御力低いんだよ？」

そう、そしてその防御力の低さは男子高校生への攻撃力に変換されて、破壊と殺戮の限りを尽くしちゃって男子高校生さんが大虐殺されてるんだよ？

魔纏と身体調整に良いかもって思い付きだったけど、練気法で魔纏は身体によく馴染み、身体制御はじっくりと練られた。でも、今晩寝られるかな？　悶悶？

その夜は絶叫と嬌声の大合唱が蛇触手大活躍で鳴り止む事が無かったとの証言が多数だったそうだが、なんで結界張ってるのに突破して聴こえちゃってるのかな？　スキル『耳奥様』!?

男子高校生ならば哀悼と共にその重要性は魂に刻まれているがやっぱり消失する。

100日目　早朝　宿屋　白い変人

夜半には雨も上がり、燦々(さんさん)と降り注ぐ黄色い太陽の日差しとジト。それはもう惨々とジトがオコを伴い、半睨(はんにら)みなジトという奇跡の共演(コラボレーション)が復調波奏法(ハーモニクス)で奏でられる清々(すがすが)しい朝だ。

うん、現在は蛇さんと異形の触手さんコンビと、ジト迷宮皇コンビの緊張感あふれる冷戦状態で平和が保たれ、双方睨み合いのまま早朝の戦いは回避されて俺の勝ちは揺るが無いようだ。まあ、復讐戦(リベンジマッチ)が無いのは無いで残念だけど、最近負け越してるから男子高校生の誇りに懸けて勝ち星が必要なんだよ？

「んん――っ、結構いい感じかも？」

厳しい条件下の一筋の希望こそが房中術、それこそが昨夜の戦乱の真の覇者だった。その後の蹂躙戦(オーバーキル)はただの愉楽で、勝負はあの一瞬でついていた。

気を循環させて錬(ね)りあげ活性化させる錬成気功。それを太極の陰陽である男女間で循環させて、増幅させていくのが房中術。

そう、俺がされるがままなのをムチムチスパッツ地獄で故障中(クラッシュ)だと、油断と増長のまま甲冑(かっちゅう)　委員長さんと踊りっ娘(こ)さんは無警戒に無防備に性技の極みを尽くし蹂躙(じゅうりん)を目論(もくろ)んだ。

それこそが気を送り、送られる循環とも気付かずに。それはもうねっとりと、ぴっちりと生肌を密着させて来た。だから気は循環した、そして陰陽の循環こそが気功術。

一方的に蓄積された陰陽の淫気と快楽を増幅し、『房中術』の気功に『淫技』を錬成し振動魔法と共に身体(からだ)の奥深い場所で一挙に開放してみた？　勿論(もちろん)、その後は悦楽の気に呑(の)まれて痙攣(けいれん)な2人を、蛇さん達(たち)と異形の触手さん達が介抱(にょろにょろ)で現在に至る(朝からジト睨み)？　うん、にょろにょろさん達と見つめ合ったまま動けないようだけど、友情が芽生えたのだろうか？　うん、愛憎は芽生え捲(ま)くっていそうだな？

「あれだけ頑張ったのにHPもMPも満タンだな？」

あれは延々と注がれ続けた2人分の性技の極みを、一挙に増幅して流し込んだ反転(カウンター)だった。そしてMPが無くてもエロい事で増えていく連環気功が房中術。ただし循環させるから相手まで回復して、終わりなき戦いが終わらないまま朝を迎えてジトってるんだよ？

さて、生女子高生ムチムチスパッツ太極拳で蓄積され捲くった悶悶(もんもん)の発散に忙しくて、発散したら大絶叫で騒がしくて愉(たの)しくて放置していたけど確認した方が良いだろう。うん、完全におかし過ぎるんだよ？

「ステータス」

NAME：遥(はるか)　種族：人族　Lv24　Job：--

HP：588　MP：646

ViT：477　PoW：493　SpE：631　DeX：533　MiN：599　InT：663
LuK：MaX（限界突破）
SP：3414
武技：「杖極（じょうきょく） Lv1」「躱避（たひ） Lv9」「魔纏（まてん） LvMaX」「虚実 LvMaX」「瞬身 LvMaX」「浮身
Lv8」「瞳術 Lv2」「金剛拳 Lv7」「乱撃 Lv7」「限界突破 Lv5」
魔法：「止壊 Lv3」「転移 Lv9」「重力 Lv9」「掌握 Lv9」「複合魔術 Lv8」「錬金術 Lv9」
「空間魔法 Lv7」「仙術 Lv1」
スキル：「健康 LvMaX」「敏感 LvMaX」「操身 LvMaX」「歩術 Lv9」「使役 Lv9」
「気配探知 Lv8」「魔力制御 LvMaX」「気配遮断 Lv9」「隠密（おんみつ） Lv9」「隠蔽 LvMaX」
「無心 Lv9」「物理無効 Lv6」「魔力吸収 Lv8」「再生 LvMaX」「疾駆 Lv8」「空歩 Lv8」「瞬
速 Lv9」「羅神眼 Lv7」「淫技 Lv7」「房中術 Lv1」
称号：「ひきこもり Lv8」「にーと Lv8」「ぼっち Lv8」「大賢者 Lv2」「剣豪 Lv8」
「錬金術師 Lv8」「性王 Lv7」
Unknown：「智慧（ちえ） Lv6」「器用貧乏 Lv9」「木偶（でく）の坊（ぼう） LvMaX」
装備：「世界樹（ユグドラシル）の杖（つえ）」「布の服？」「皮のグローブ？」「皮のブーツ？」「マント？」
「羅神眼」「窮魂の指輪」「アイテム袋」
「獣魔王の腕輪　全能力上昇補正　PoW+81%　SpE+77%　ViT+41%」
「黒帽子」「英知の頭冠」「万薬のアンクレット」

「禍福のイヤーカフ」「守護の肩連盾」「魔術師のブレスレット」

セーフだ、人族だ。身体が錬成されちゃって、ちょっと亜種とか改とか付いてるかもと恐れ慄いてたんだけど俺が普通の健全な男子高校生である事が立証された。つまり俺はやはり悪くないと言う事だな？

「しかし、Ｌｖ25の壁が硬いな？　もう、結構な数の迷宮を潰してるのに」

何かの条件が有るのかもしれないけど、現状満たしていない条件があるとは思えない。もう迷宮王もキング級もエンペラー級だって殺したし、数だって相当ボコった。これで条件満たしてなかったらＬｖ25超える奴なんていないはずなんだよ？

身体能力は、苦手項目なＨＰ、ＶｉＴ、ＰｏＷの上がりが良かった。もうＶｉＴやＰｏＷなんてＬｖアップしても10ずつ程度しか増えなかったんだから、実質11Ｌｖ分は上がっている。ＨＰだって20も上がっていなかったんだから、８Ｌｖ分は上がった計算だ。あとは数レベル程度だけど、その数レベルが上がらないんだからありがたい。

ただし身体錬成で身体能力が上がっただけで、Ｌｖに変化は無い。スキルや装備の強さに追い付けず壊れる器を強化した、ただの先延ばし。解決なんてしていないけど、誤魔化せた。ならば、ずっと誤魔化し続ければ何とかなる……と、良いな？

「覚えたはずの聖魔法が無いと思ったら、他もごっそり無くなって『複合魔術』で統一されてるのかな？　上がりが大きいのは『限界突破』に『淫技』と『性王』の２アップに、

『再生』が遂にMaXか……うん、身に覚えしかないけど何でだろう？」

そして聖魔法を覚えて『大賢者』になったから、当然『大魔導士』は消えている。『剣豪』も2アップしてるけど、現状ギョギョっ娘の『剣王』に負けてるんだよ？

そして増やさないように凄く気を付けていたから、装備は……がっつりと増えている。不思議だな？

「えっと、『万薬のアンクレット』に『禍福のイヤーカフ』と『守護の肩連盾』って複合アイテム満載だから、これは暴走して自壊するよ……うん、特に元凶なのは腕輪っぽいな？」

魔物の腕輪シリーズを複合したものに『魔獣の腕輪　全能力上昇』が引っ付いて剝がれなくなった『獣魔王の腕輪　全能力上昇補正　PoW＋81%　SpE＋77%　ViT＋41%』。何気にこいつも地味に自壊の犯人っぽい？　ぽいけど容疑者多数過ぎて複数犯って言うよりも全員犯人説も濃厚な完全犯罪ならぬ全開犯罪のようだ。それもう隠す気ないよね？

そして杖術は杖理から杖極に至り極めたらしいけど、未だ神道夢想流杖術の異世界支部からも苦情は来ていないし大丈夫だろう。ざっとステータスを見て確信した。うん、ヤバい。

「ちょ、今から教国に行こうかって時にステータス完全崩壊だよ。無理は利くようになったけど、逆に技術で対応が全くできなくなってるかも？」

ステータスが急に変われば身体はもう別物。そして変化が急激すぎて、バランスが全く取れていない。

「これこれ、そこのジト睨みさん。お菓子あげるから出ておいで？　ちょっとラジオ体操してから太極拳しに行くけど、一緒に行かない？　まあ……訓練しないとヤバいよね、これ？」（ウンウン、コクコク、ポヨポヨ）

いや、『生命の宝珠：【錬成術、錬丹術及び房中術による身体錬成】』は使わない様に甲冑委員長さん達からも何度も何度も釘を刺されていた。それはもう「使うなよ、使うなよ」と押されて天井されたから使ってみたら大事だった！　こ、これは罠だ!!

「自業、自得、です。装備なら外せばいい、です、でも……身体、錬成は、もう……戻らない、です」「それは、この世界の身体……　元の世界とは　もう違う身体になってます。治さないと　帰れない、です」（ポムポム！）

スライムさんの怒りの体当たりお説教だ。甲冑委員長さんも踊りっ娘さんも涙目で怒ってるから頭を撫でてみる。うん、お菓子も有るからバッチリだ？

「いや、使役者って言うか使役主だから帰らないんだよ？　ずっと一緒だって言ってくれたから一緒にいるよ。うん、だから身体なんて良いんだよ。まあ、でも真っ当で正当で普通に健全な人族さんだから寿命があるけど、それまではずっと一緒だから大丈夫で、最初から帰る気ないって言ってるじゃん？　委員長さん達は帰らせてあげたいけど、あとオタ莫迦は異次元に飛ばしたいだけなんだよ？　うん、ウザいから？　時空の狭間とか有った

ら塞ぐのに丁度良さそうなオタ莫迦だし？　でも、詰まりそうだな!?」

もう帰れない身体になったらしい。黄泉の国の黄泉戸喫みたいだけど、異世界の食べ物を食べ捲くって栄養にしてる女子さん達は大丈夫なのだろうか？　まあ、だから『生命の宝珠』を使うのを止められていたようだ。

　だけど錬成出来たんだから再錬成だって出来そうなもんなんだけど？　うん、『智慧』さんで錬成前のバックアップ取ってるし？　うん、バックアップは向こうの世界の男子高校生さんの基本中の基本……そう、皆がどれだけ痛い目に遭って涙と共に覚えた事か、向こうの男子高校生ならば哀悼と共に魂に刻まれている。うん、みんな大切な記録を失いながら大人になったんだよ。哀しいな？

　甲冑委員長さんも踊りっ娘さんも、まだ涙目だ……バックアップ失敗のトラウマなんだろうか？　まあ、いつか居なくなると思われていたんだろう。でも、大迷宮の底から甲冑委員長さんを連れだした時から決めていた事だ。それからスライムさんを連れ出し、踊りっ娘さんを解放し、デモン・サイズ達だっているし、ラフレシアさんやマスター・ゴーレムだっている。ビッチは……さっさと帰そう。うん、あれこそが俺の好感度さんの最大の敵で、未だ女子高生を使役したまんまだったんだよ！　うん、JK使役中って、帰ったら確実に事案でお巡りさんだから絶対帰れないよ！

　宥めてお菓子を食べさせて頭を撫でて落ち着かせる。居て欲しいけど帰らせてあげたい、そう思って苦悩してたんだろう。それはどちらも本心だからこそ苦しかったに違いない。

「女子さん達が帰ったら寂しいだろうけど、俺はちゃんといるんだよ？　だから、死なないように『生命の宝珠』を使ったんだよ？」

泣き止んだ2人の涙を拭って、お鼻もチンしてから訓練場に向かう。先ず踊りっ娘さんからヨガを習い、呼吸と身体を重ね合わせ調息して今度は俺が太極拳を教える。ゆっくりと緩やかにだが正確に確実に、そしてそれを徐々に速くに。

知性の向上か智慧の能力なのか、知らない事まで正確に覚えてる。1度も覚えた事の無い見たり聞いたりしただけの事が全て記憶として揃っていて滅茶便利だ。だって今ならその記憶を理解し身体で再現できるだけのスキルとステータスがある。

だけど未だ知識だけで物真似だ、実践して理解して身体に覚えこませる。記憶の型をなぞり、身体を操り整合させていく。太極拳は武器も使う武術だから剣にも適応するし、体術は広義に応用が利く。だから甲冑委員長さん達もお気に召したようで、1人また1人とムチムチスパッツさんが増えて行きムチムチ化が止まらない！

未だ顔にはあどけなさを残す女子高生さん達は無邪気な顔で、真剣に太極拳に挑んでいる。そんな無垢な顔に反してスパッツとノースリーブのホルターネックのトップスに包まれた肢体は大人びた色気をむっちりと露わにして、窮屈そうに布地を押し上げる膨らみが弾けるように揺れてるんだよ？　そして、しなやかな太腿から続く豊満なヒップラインがむちむちと肉感的で、スタイル抜群な身体を見せつける様に演武を続ける。まあ、『羅神眼』に力いっぱい見せ付けられている！

「うん、朝御飯にしよう。何かこれ以上やると男子高校生的に危険な気がするから、平和な朝御飯に移行で移動なんだよ！　もうこの悶々な思いをサンドイッチにむっちむっちと挟んで挟んで挟みまくって、抑圧的な圧縮のサンドウィッチさんなんだよ!!」「「「サンドイッチ!?」」」「私、卵サンド！」「あっ、私も私も！」「胡瓜は抜きで！」「験を担いでカツサンドも!!」「きゃーっ、カツサンドー♪」「ねぇねぇ、ベーコンレタスはあり？」「はっ、ハンバーグって言う手も！」「ハンバーガー!?」「トマトも挟んで！」「ジャムは何が有るの!?」「よし、食堂だー！」「「「おーっ！」」」

今日も朝からにぎやかしく騒がしい1日の始まりだ。改装済みの甲冑も配らなきゃいけないし、これでもう80階層台は完璧に状態異常を防げるはず。だが逆に言えば90階層台は無理、これ以上に耐状態異常特化は他の効果を犠牲にする事になる。素材か技術で何か革新があれば良いけど、一晩では思いつかなかった。うん、忙しかったんだよ？

「「「いただきまーす」」」「卵、卵はどこ!?」「て、て、照り焼きだ！　旨いぞ――――っ！」「ちょ、私も！　私もいる!!」「なっ、照り焼きがあると聞いて」「「「美味しい♥」」」「あっ、こっちコーンポタージュ！」「「「きゃあああああっ！」」」

昨晩は賢者タイムにゆっくりと『ハァウ　トゥウ　魔道具！』に目を通し、『ノォウハァウ　魔道具！』を読み直し、『レェッツ　ゴォウ　魔道具！』を熟読してタイトルに力一杯いちゃもんを付けた。うん、密かな愛読書なんだけどスルーはできないんだよ！

その後『鍛冶錬金の書』を読み解き、『スキル考察』に思案を重ねたけど作れたのはここまでだった。しかし、今では大賢者なのだが、あれは賢者タイムでも良いのだろうか？
未だ『仙術』は能力も分からなくて、当然付与も出来ない？　うん、そもそも仙人さんって甲冑着てなさそうだし？

しかし、なんだかいつにも増して今朝は破壊力高いなとか思っていたら……お化粧してるんだ？　そして元が美人だと薄化粧でも破壊力が跳ね上がり、食事風景に緊張感すら漂う。しかもビッチ達がメイクとヘアアレンジしてるから、いつもの風景なのに別世界に見えるくらいに化けている。うん、外側だけ？

「ちょっと、卵独占は駄目！」「あぁー、それ私の!?」「早い者勝ち、あむぅ！　あむうぅ!!」「な、照り焼きを返せー！」「何でお皿引っ張るのよ!!」「私まだハンバーグ食べてないのに」「きゃぁ、ジャム持って逃げたの誰っ！」「取り過ぎだよ、分けてよ！」

まあ、美女に化けても女子力はそのままのようだ？って言うかご飯食べる前にルージュにグロスって勿体なくない？

しかし仕上がりは良い。何せビッチ達はその道のセミプロさんらしく、アイドルのお誘いを撥ねのけモデルの仕事だけを受けつつ、服飾のコーデとデザインにメイクとヘアアレンジを学んでいたと言う見せるプロさんだ。敢えて専属契約を結ばずに自分達が良いと思うものだけを仕事に選び、「読モ」と言いながら逆にファッション業界に影響を与えると言う驚異の存在で女子達のカリスマだった……と、服飾部っ娘は熱く語っていたが、きっと狂暴で囓るから驚異だったのだろう。うん、だって現在も魔物界が脅威を与えられて絶滅の危機だし、サンドイッチも囓られてるし？　そう、両手に1つずつ確保しておきながら、3個目に囓り付くとはさすがビッチだ。うん、魔物界でもカリスマになれそうだな？

「「「ごちそうさまでした。美味しかったよ！」」」

唇を華やかにルージュで彩り直し、グロスで艶やかに輝かせながら……兜を被る。うん、甲冑だし？　それ結局綺麗にしても、今此処にいる全員しか見ないよね？　余所行きの意味無く無い？

頭のてっぺんの髪の毛の先の枝毛は結構あったからお手入れが必要なようだ。

100日目　朝　宿屋　迷宮前

そして迷宮の入り口。草原に突然と隆起した小山に開く洞窟は、迷宮と言う別世界への入り口でもあり、侵入者を喰らう顎でもある。その日常と戦闘の境界の前で繰り広げられる惨劇――そう、お着替えだ！

「「「ううぅ、また甲冑が縮んでる」」」「「「うん、あるある（泣）」」」

無いんだよ？　薄化粧の美貌に相俟ったムチムチの肢体が肉感的狂乱。うん、新型甲冑は気密性を上げたから更に着用し難くなってしまい、密閉性と可動性を両立しつつ液状や霧状の物理毒の侵入を抑えた結果、着用性と通気性が犠牲になってしまった。そして兜とうだ？

胴鎧は外し易くなったけど、四肢を覆う部分の構造が複雑化した為に脚甲の装着が大変そうだ？

「「「うん、腹部だけ縮むよね！」」」「「「うん、不思議だよね!!」」」

前屈みのまま暴力的にお尻を振り、まろやかに伸びるスパッツさんがもにゅもにゅと潰れながら張り出してと、大騒ぎのはしたなさにモザイクさんの召喚必須そうだ。うん、降臨即大活躍する事間違いなしの、模細工さんの需要爆発間違いなしだろう！

「着て試して貰うしか無いから、出来るだけこまめに休憩とってね？　胴鎧は着脱し易くしてあるから休憩で外して換気できるけど、腕とお腹から下の下半身が緩められなかったから外し易いけど着け難いんだよ。また着脱構造は再設計してみるから、しばらくは我慢して試してほしいな？　まあ、蒸れるな？」「「「大丈夫。ありがとう」」」

通気性の問題から迷宮前で甲冑装備を着用する事になって、予備の軽鎧で宿を出て迷宮前でむにゅむにゅとスパッツのお尻が蠢く迷宮前魔境。迷宮の入り口故の壮絶な光景が繰り広げられて、まざまざと迷宮の恐ろしさが垣間見える。まあ、未だ入っても無いけど？

ここまでは軽装の女子さん達の護衛と無防備なお着換えの警護。ここから80階層までは女子さん達だけで潜り、80階層で俺たちが追い付き合流の予定だ。その間に速攻でもう1つの迷宮を潰して来る。多分、まだ人前で戦える状態では無いだろう。だから本当は1人でこっそり森にでも行きたかったけど、教国に行くまでに80階層台の迷宮だけでも潰しきっておきたい。出来れば75階層以下の迷宮を潰しきれば、あとは辺境軍と近衛と第一師団の三軍が抑えられるはず……強化も急ぐけど、迷宮潰しも急ぎたいんだよ？　そして最近指導役で儲からないからお小遣いが無くなってきた！　そう、朝のバーゲンと食費分でぼったくったのは、とっくの昔に一陣の風の様に儚く消え去って行った、まったく迷宮に辿り着くまでにも気苦労が多いもんだよ？

「じゃあ気を付けてね、無理しちゃ駄目なんだよ？って言うかハンカチとハルバートはちゃんと持った？　常に安全性を念頭に置き最優先に考える柔軟な戦闘構成こそが無事故無災害への安全路への直通路だけど迷宮入りなお宮入りなんだから安全路線が脱線なんだから真実一路の人生行路だからね？　分かった？」「「「分からないわよ！」」」「全く言語は理解出来なかったけど、気持ちは何となく分かった気がするから大丈夫、また後でね。行ってきます」「「「行ってきまーす」」」

　委員長さん達も迷宮に入ったし、俺達も急ごう。一気に高速移動で程近い迷宮へ向かう。身体に力が漲り、活力を感じぐんぐんと加速して7回転んで現在7回目の転倒をスライムさんとコロコロと回転移動中だ。速いな？　そして迷宮に着いた、走るだけでも足が絡まり転倒を繰り返したけど、あれはきっと脚が長過ぎるせいだろう。そうに違いない。

「じゃあ、行くよ？　調整だから軽く慣らしながら進みたいから魔物さん残してね？　本当に身体は大丈夫だから、寧ろ身体の制御が大丈夫じゃなくなってるんだからね？」（ウンウン、コクコク、プヨプヨ）

　うん、いつものお返事だ。分かってても、分かってなくてもこのお返事だ。つまり油断はできない、頑張ろう！

脚の爪先から頭のてっぺんの髪の毛の先の枝毛まで意識を広げて、把握して掌握し管理する。頭の中で描く動きと、現実の動作を同調（シンクロ）させて身体と脳に覚え込ませていく作業。この状態を当たり前にする。それを普通にする事こそが第一歩。うん、枝毛の手入れも必要なようだ？　結構あるな！

敢（あ）えて『魔纏（まてん）』せずに、非力で無防備な身体のままで斬り込む。舞踏と太極の型に合わせて杖（つえ）を振り、身体を振るう。身体で振るうのでは無く、意識して身体自体を振るう。

「今ならＬｖ30くらいまでの魔物さんなら、身体能力（ステータス）だけで充分に行けるんだよ？　まあ、一発で死ぬけど、それはそれでいつもの事だし？」（ポヨポヨ）

魔纏もしないからジトられている。身体能力（ステータス）の向上と、魔力と魔法と効果（スキル）を鎧として纏（まと）う『魔纏』をしなければ身体能力（ステータス）通りの力しかない。でも、今の身体能力（ステータス）なら多少制御が覚束（おぼつか）なくても、低階層なら充分行ける筈（はず）だ。油断と過信は禁物だが、とっても得意で専門家と言っても過言で無い位に精通し極めている。きっとステータスの裏面に特技の欄が有ったら、「油断と過信」と書き込まれている事間違いなしだろう。

だが油断無く過信せず、何の力も無く慎重に慎重を重ねていた森の中での孤独で無力な日々を思い返す。何の力にも頼らずに戦い抜き、ただ生き延びたあの頃を。そう、初心に返る。うん、アレだ！

「ひゃっはああ――っ！」（ポヨポヨヨヨー♪）

身体を抑制し、ゆっくりと高速思考の時間遅延(スローモーション)の中で型をなぞり斬り払う。魔纏無しでは大した時間遅延(スローモーション)では無いけど、低層でなら魔物鈍足(すろーもーしょん)だから余裕なんだよ？　うん、遅くて鈍いな？

　確かめるように歩を進め、杖を振るい、身体を舞わせる。失敗して廻(まわ)ってたりもするけど、力と速度が上がり威力になっているから制御が難しい。だが泣き言は無しだ、急激なＬｖアップを繰り返し、日に日に身体能力(ステータス)が上昇していた女子さん達はこれをずっと経験していたはずだ。Ｌｖが上がらない俺はただ羨んでいたけど、女子さん達は泣き言なんて言わずに強くなって見せた。毎日変化し制御しきれないＬｖアップの中で、毎日レベルを上げてたった１日だって同じ状態でいられないままに戦い続けて強くなったんだから。

　尊敬すべきだろう。頑張り過ぎで意地っ張りだけど、ちゃんとやり遂げて見せたんだから。覚悟して覚悟のまま押し通った、戦い始めて１００日も経(た)たずにＬｖ１１０を超えて未だ強さを求めている。充分以上に尊敬に値する、頑張ってる。

　まあ、その理論だとオタ莫迦(ばか)たちも尊敬しなければならなくなるが、オタは身体能力(ステータス)と効果(スキル)で戦っている、身体能力(ステータス)の数字に合わせて効果(スキル)を振るう。つまり全く困ったことが無いだろう。だってあいつ等(ら)は自力を一切信じない。身体能力(ステータス)の数字と効果(スキル)と装備だけを信じて的確に戦う。だから強い。つまり全く苦労していないから、全く尊敬には値しない。

　莫迦達に至っては身体能力(ステータス)を見ても無いだろう。きっと、効果(スキル)だって玩具(おもちゃ)みたいなものだ。本能と直感で身体を操り、無謀な全力を天性で操る野生の戦闘民族。あれは尊敬どころか森に返品すべきだろう。

10階層を超えると徐々に魔物が対応してくる。だが、まだ駆け引きはいらない。力と速度で蹂躙する。この身体に任せて振り回されながら倒しきる。

女子さん達はオタ莫迦達とは違う。訓練して戦っても、次の日には身体能力が上がり振り回され続けたはずだ。1つのミスで命を失う世界で、毎日翻弄されながら恐怖に打ち勝ち戦い続けた。互いに守り合い、助け合い、補い合って生き抜き戦い抜き、誰1人欠ける事無く勝ち抜いた。うん、尊敬すべき立派な勇者さん達なんだよ……多分、きっと？

20階層までで、身体の感じは徐々にだが摑めて来てる。威力に振り回されるのは慣れるしかない、感覚が違うのだからしっくり来るまで慣らし馴染ませる。それが身体に覚え込ませると言う事で、深夜に身体に覚え込ませるのは凄く得意なんだよ？　それはもう毎晩あんな事やこんな事を身体にじっくりと教えて覚え込ませて、はしたなくあられもない肢体が仰け反っては震え息を荒げながら泣くような声で嬌声を……いえ、何でもないです。身体に覚え込ませようねって言うお話……えっ、斬り払いながら「あの柔肉の奥に教え込むように」って呟いてたの？　マジで、じゃあ「溢れる蜜の中を縦横無尽に抉る様に」まで喋ってたの？　ああ……まあ、男子高校生だし？

お説教で済んだ。まだ、鉄球制裁には身体が対応できないと見做されたおかげで、正座で済んだ。きっと使役者の威厳と言うものが出て来たお陰だろう。

30階層になると、今迄の好き放題な動きでは危険になって来る。相手を見て読み、常に動きを変える必要に迫られる。身体が軋みを上げるが、壊れない代わりに勢いに振り回される。戦闘中にこけるとヤバいから抑制しながら慣らしていく。

上位スキルになった『杖極』の補正効果なのか、剣筋が精密に操作できている。まるで剣先までが指先の様に感じ取れる感覚。だからこそ剣筋の乱れを細かく感じ取れる。上手くなった代わりに、下手さを思い知ると言うなんとも言えない効果だが、お隣の甲冑委員長さんの剣捌きと踊りっ娘さんの体捌きを見ていれば、もう今更思い知らされるまでも無く稚拙さを見せつけられているのだから気にもならない。高みが遠いのは毎日見ている、高みが高まって昇り詰めて絶頂するのも……いえ、何でもありません！

40階層になると力負けで追い込まれ、技術こそが命運を別ける。身体能力の数字上は未だ勝っているけど、こっちはひ弱な人族さんで、あっちはマッチョな魔物さんだ。高度な思考とそれを実践する技量、生き死にが掛かるギリギリこそが最高の訓練だ。訓練はボコだけだ、何かが間違っている気がするのだが訓練を生き延びるためには生死を掛けた実戦が必要なのだ。

疲れは全く感じない、身体の奥底から漲る湧き上がるような力を感じる。昨晩も湧き上がって噴き上がって、漲るままに疲れも感じずに絶叫と狂乱を破廉恥に繰り広げ押し広げ突き入れて嘶き漲るままに血沸き肉躍るまま溢れさせ吹き上がらせ頂を超え続けた。きっと、『房中術』と『仙術』の効果だろう。

50階層からは『魔纏』状態で挑む。高速思考が加速し、完全静止しそうなほどの遅い時間の中に沈みながら、緩やかにだけど身体は付いて来ている。これを制御しなければならない。瞬きの間に数十体のスケルトン・ナイトは消し飛ぶように消え去った。制御できていない速さと強さの暴力的な勢いに、抗えぬまま砕けて塵に消えた。

　圧勝だが駄目駄目だ。甲冑委員長さん達もヤレヤレってしているから及第点にも至らず不合格で赤点のようだ。まあ、自分でも見苦しいまでに無様に振り回されていた。自壊しないように振り回されるままに流され、その勢いに乱れて暴れていただけだ。

　50階層台になってからは隠し部屋も増え、攻略速度は落ちるが未だ1時間程度のものだろう。俺が迷宮皇さん達の速度に近付いた分だけ、戦闘時間が短縮されている。迷宮皇級にとって上層や中層なんて露を払う程度の些事、刹那の間に一陣の風が横を吹き抜けると魔物たちは斬り刻まれていく。

　場数を熟し、経験を得るしか無い。60階層に入る、力が上がり、勢いが増し、速度が上がったのに制御は拙い。威力自体は格段に上がり、中層の階層主「ストレングス・ガーゴイル　Ｌｖ60」が滅殺される。俺の攻撃に耐えられず力負けを起こしている、今までは斬るしか出来なかったが、叩いても押せている。

　70階層目指して踏破を続けるけど、60階層でも動きが速い魔物だと身体が振り回されてしまう。なまじ身体の速さだけで追い付けるから、無意識に力んで乱れてきている。

　継ぎ接ぎのチグハグのままの戦いは得意なんだけど、身体が壊れない代わりに振り回されるのは初めての経験だ。うん、今までなら腕が捥げて飛んで行ったのが、捥げないまま引っ張られてしまう。だから躓(つまず)いて転びそうで危ないけど、だけど捥げて拾いに行くのも嫌なんだよ？

　無様にくるくると空回りし、見苦しく躓いては転がり回る。突っ込んでしまって激突し、力加減が出来ずに空振っては踏鞴(たたら)を踏んで足掻(あが)いて回る。情けなく格好悪いし危ないけど、これで良い。血も噴き出さないし、骨も砕けない。何よりも捥げて飛んでいかない。痛いのもあるけど、甲冑委員長さんや踊りっ娘さんやスライムさんの心配そうな痛ましそうな悲しげな顔を見なくて済む。

　何となくだが『魔纏』状態の感じも摑めて来た。きっと『智慧(ちえ)』さんがフル稼働で情報収集と解析を重ね、演算で最適解を導き出し始めている。この新しい身体の性能(スペック)を掌握して、技術と身体を適応(アジャスト)させる為に——だから魔物の狭間(はざま)をよたつきながら無様に舞い、みっともなく杖を振り回して不細工に踊る。

70階層。不恰好(ぶかっこう)によろけて弾(はじ)き飛ばされ、ぶつかる様に振るい、掠(かす)りもせず空を切り躓き転げ回る滑稽な『虚実』。酷(ひど)いものだし、狙いすらあやふやだが放てた。自壊しないけど自爆はするようだ、今のはたんこぶ出来たな。

「さっきなんか『空歩』で足踏み外して壁に顔面ダイブだったんだよ？」（プルプル）

　それでも、見苦しく暴れ回らなければならない。情報が足りないから、まだ『木偶(でく)の坊(ぼう)』も使えない。外部から魔力で身体を包み、操り操作する魔纏の『木偶の坊』は補正機能だ。今迄は補正に身体が付いて行けずに壊れていたけど、今は操作する情報(データ)不足だし、あれはあくまで補正なはずなんだよ?

自壊は収まったのに、打撲傷と擦過傷は増えて行く。

「帰ったら絆創膏の開発だな、絆装甲とかなら怪我しても安心で冒険者に売れるかも?」

80階層になるとやっぱりヤバかった。何せ技術だけで誤魔化して来たのに、技術が崩壊して信頼性に事欠くのだから。剣を弾き、剣を弾き、剣を弾き、剣を弾く。流す技術が無いからがむしゃらに当てる。ひたすらに剣を弾き、必死で弾き、真剣に弾く。剣を弾き過ぎて、ひじきが食べたくなる位に真剣だ。そして神剣だ。

当てれば勝てる。技術が無くてもそれだけで良い。それすら出来なくて四苦八苦に足掻き奮闘中なんだけど、隙あらば斬る。どれだけ頑強なViTを持ち、膨大なHPを誇り、強靭な鎧を纏い、頑強な体軀を持った巨人でもだ。斬れば殺せる、それしか出来ないが、それだけならずっと殺ってきた。

「Lvが無くて、技術も無くて、武器もしょぼくて、お魚も取れなくても、無様で格好が悪くても殺される事無く殺して来たんだよ。女子さん達が今日迄してきた努力を思えば、斬れば殺せる俺には言い訳なんて出来る訳がないんだからさー……いい加減に死んどけぇってっ!」

80階層の階層主に大苦戦。自壊しなくなったって言うだけで、戦闘力的には情けない程の弱さだ。って言うか身体の感覚が摑めないって言うのは、こんなに難しくて、ここまで怖いのか……。

「女子さん達は、本当に頑張ってたんだね？」（ウンウン、コクコク、ポヨポヨ）

苦心惨憺にみっともなく足掻き廻り、辿り着いた86階層。やっと迷宮王さんとご対面だ。全く身体が自在に動かせないのに、獣系はキツい。見下すようなムカつく犬面に超酸っぱいお酢をぶっ掛けてやりたいが、こいつをボコって屍を技術に変換し、ついでに魔石を換金の、二兎追うものは両手にバニーと言う素晴らしき言い伝えを信じてひたすらに我武者羅に無心にボコる。

全力で戦いながら、全身を意識する。脱力だ。力に捉われ拘り過ぎだった。だから力み空振る。小さく速く、低く摺足で、身体の速さではなく思考と判断の速さだ。たかが委員長さん達の半分にも満たない身体能力に踊らされるな、委員長さん達はこの数倍の力を御して戦い抜いている。このくらいできないと恰好悪過ぎるんだよ？

欲目だ。全く……手に入らないと諦め捨てていたＰｏＷやＶｉＴが急に得られたから、それに目が眩み格好を付けようとする。みっともなく無様に卑怯に卑劣に殺すだけで良い。モブはモブらしく英雄を羨み、眩しく見上げても手を伸ばしちゃ駄目だ。俺は強くなって勝とうとしても無駄だから、勝つ為に強くなった。手段の為なら目的は選ばない。

獣の荒い息と唸り声。毛むくじゃらの獣人「ライカンスロープ　Ｌｖ86」って、狼男と一緒じゃん！　英名がギリシャ名に変わっただけで若干雰囲気は違う気もするけど巨体の狼男だ。しなやかに速く、柔軟に力強く獣臭い。だが、所詮はビッチの下位魔物風情だ！

力を抜き、身体の流れのうねりに流されるように身を振り、流れごと纏う。今迄の経験から言って、手に負えない何もかもを全部纏めて混ぜ合わせて継ぎ接ぎしながら無理矢理纏って、誤魔化しながら何とかすると割と何とか成ったりするものなのだ！

「虚実っ……ぅ」

意識が飛び、思考が真っ白に消え去る。加速中の身体がスローモーションの時間の流れの中で、何でも無いように、何時(いつ)もの様に、ただ足が無造作に一歩出る。出てくれた。うん、それだけで良い。

無拍子で全身がうねり、ただ斬る為に動く。斬る為だけに全身と魔力と魔法と効果(スキル)が、何もかもが1つになる。その後には「斬った」と言う事実だけが残る。どれだけ速かろうと、硬かろうと、強かろうと。無効化しようと、意地でも斬るし、斬ったら死ぬ。うん、ずっとこれだけだったんだし、これだけできれば良いや？

女子さん達の女子力は行く手を阻むものは悉く叩き潰し踏み躙るらしい。

100日目　昼　迷宮　地下80階層

遥君の動きが変わっている。また何かしでかしてる。瞬く間も無い一瞬で、80階層の階層主「ヴェノム・プラント　Lv80」を一撃に斬り飛ばした。文字通りの瞬殺。でもその姿は昔の森の中で戦っていた時の様に、それしか出来ないとただ木の棒を振っていたあの頃みたいだった。

「何考えてるのかな、この植物？　なんで人が一生懸命に汗水垂らしてBBQの準備してるのに、毒霧撒こうとしてるの！　空気読まない上に空気汚染ってエコじゃない植物は伐採だよ全く。植物の分際で草食系男子高校生のBBQを阻もうとは食物連鎖の下っ端風情が生意気なんだよ！」（ポヨポヨ）

階層主戦をしていると4人で現れて、BBQのコンロを並べ手際よくシートも敷いて、炭に火入れして金網に油を塗り、空焼きしていく手際の良い連携！　いつも自分達だけBBQしてるに違いない、サクサクと切れて行くお肉と野菜が串に通されて並べられていく。そしてお米を研いで炊く時に入れていたもの。あれはグリンピース？　豆ご飯だ！

そして、突然に魔物さんが膨らみ始めたと思ったら斬り裂かれていた。毒霧を噴霧しようとしたらしい、階層の端でお米を炊いていたのに。

「横取りだ！」「横暴だ!!」「横入りだ？」「横……くっ！」「何で山手線突っ込み！」「まあ、BBQを護ったんだし」「そう、罪のないBBQさんは助かったんだ」「「「BBQ！」」」

「BQQでもバーベキュー？」「「「BQQ!?」」」

うん、BARBEQUE（米）だからBBQなんだけどポピュラーなのはBQQなの、でもBBQって言わないと食べさせて貰えないからね？　でもBARBECUE（英）ならBBC？

「バーベキューさんは西インド諸島の先住民のタイノ族さんの、肉の丸焼き用の木枠を指す言葉が『丸焼き』を意味するスペイン語のbarbacoaに転化しちゃって、英語圏ではBBQやB.B.Q.やBar-B-CueとかBar-B-Qと略されてるんだからBQQなんて言う子には食べさせません！　タイノ族さんにごめんなさいしないとBBQ抜きで豆御飯？　まあ、美味しいんだよ？　みたいな？」「「「いやだ、タイノ族さんごめんなさい、もう言いません！　いただきまーす！」」」

遥君はBQQに対して厳しい。今も「タヌキ族がタイノ族さんに無礼な」と遥君が怒ってBBQを取り上げたら、逆上したタヌキ族さんに頭を齧られているの？

「不完全　見る影もない、下手。だけど、強くなった。ちゃんと、戦えるまでに、たった1日で……」「無茶苦茶になって、ます。普通に暮らす、難しいくらい……に。それでも、戦いました。新しい力、出来てます」（ポヨポヨ！　ポヨポヨ！）

アンジェリカさん達が心配していた通り、遥君はやらかしていた。遥君の身体の異変が収まるまで、みんなで協力して戦わせなかったし訓練もさせなかったのに。そして壊れない身体になった代わりに、遥君があれほど苦心して身に付けた技術はぐちゃぐちゃになり、無様に不格好に地べたを転がり回りながら戦い続けていたらしい。

突然始めた太極拳だって、ゆっくりとしか身体が思い通りに動かせなくなったからだ。だから体中の動きを再確認しながら少しずつ速く、ちょっとずつ慣らしていたんだろう。

朝目覚めたら知らない身体になっている、それは日常生活を送るのすら困難な異常事態、自分が思ったよりも過敏に反応し、過激に動く身体なんて扱えるはずが無い。長い長いリハビリをして、ゆっくりと慣らすべき身体を無理矢理に制御して幾度と無く転んで倒れながら振り回され、無様に壁に激突しながら自分のものにしたらしい。森の中でたった1人で足掻いていた時と同じように。

「つまり下層でも戦えるまで戻ってる？」「そんな訳ないでしょ！　身体が作り替わってるのよ!!」「そうだね～、でも、全然諦めてないよね～。それでも戦ってきたんだよ～」

「ちゃんと守るのに。今度こそ、絶対私たちが護るのに！　何で1人で!!」

島崎さん達は、今度こそ使役されている者として護る気で近衛師団から警護の仕方まで学び、遥君を後衛に据えた壁になる戦い方まで模索していた。壊れるくらいなら戦え無くなって良い、誰もがそう思っていたのに……きっと今日、遥君は戦線から離脱するとみんなで覚悟していたのに……。

「80階層の階層主を、一刀の下に斬り伏せてたよ！」「うん、本当に一瞬だった！」「あれで……身体の感覚が？　確かに動きが違ってたけど」「昔の動きだったね、こうビュ――ンって弾丸みたいに一瞬で」「また……最初からなの？　あんなに頑張ってたのに遥君だけまた最初からって、そんなのって……」

　壊れない位まで身体が強化された。でも、それはＬｖアップじゃない変化。それはたった1人で延々と弱いまま戦い続けて来た全ての技を引き換えにして失う、ほんの少しだけの丈夫さだった。たった、それだけを手に入れるのに遥君は今まで必死で磨き続けて来たものを捨てなければならなかった。身体が変質した、別のものに変わった、全ての制御を失った、なのにたった1日で戦えるまでに戻して来た。

　アンジェリカさん達はこれ以上身体が破壊されて苦しむ様な残酷な思いをするならと、黙認した。もうこれ以上見ていられなかったから。なのに壊れない代わりに、もっと凄惨なものを見せつけられてしまった。無様に地を這ってでも足掻き続ける姿を、諦めずに何度でも転がり回って戦おうとする姿を。

　この世界はこんなにも遥君に残酷なのに、遥君は更に残忍に自らを痛めつけてでもこの世界に抗い続ける。また押し潰されて壊れたのに、また立ち上がって手を伸ばす。決して届かない鏡花水月。それでも鏡を叩き割り、水に飛び込み溺れても足掻き、月に手を伸ばし続ける。きっと果てが無いって知っていても、月を引き摺り落とすまで諦めたりなんかしない。

「ご飯も済んだし下りようか」「一応ここまでの隠し部屋は全部済んでるし、迷宮王を殺ったら今日は終わりなんだよ。この感じだとあと5階くらいかな？」

みんな胴鎧と兜を外して、腕鎧も取って脚甲だけの姿だから準備が忙しい。手甲と腕当に肘当、上腕当に肩当まで一体型の腕鎧が結構着用が大変だ。だけど蒸し暑い、気温が上がって体温もあり、蒸し暑かったのに物理毒耐性対策で通気性が犠牲になって汗だくだった。こまめに休憩は取っていたけれど体力が落ちれば持久戦が危険。

そして食事中も汗だくで、インナーが張りついちゃったみんなの姿に目を泳がせながら最後は迷宮の天井を眺めながらＢＢＱを囓ってたの？　どうも遥君はスパッツとホルターネックのトップスに弱い気がする。特に今日は通気性と休憩用にホルターネックのタンクトップは背中空きタイプに代わっているし、甲冑の着用時はロングの手袋と一体型のボレロで背中もカバーできるから背中はかなり剝き出しだったりするから、涼しいようにと自分が改良してくれたのに挙動不審だったの？

「間合い詰めるよ、ハルバート構え！」「「「ハルバート良し、準備完了！」」」

昨日の件でイレイリーアさんはどことなく心に余裕が出来たように見える。笑顔が柔らかくなった。そして戦闘でも気迫が漲っている。もうシャリセレス王女とメリエール姫も連携はバッチリで、みんなと違和感なく交替できている。アリアンナさん達は攻撃は良いけど、防御連携戦がまだまだみたい。だが戦闘を始めて1週間も経たずに下層で戦える胆力……きっと最初の遥君のレベル上げで恐怖心とかいろいろ壊れちゃってるのだろう、意気込みは十分だ。

「行く手を阻むものは悉く叩き潰し踏み躙れ！　突撃！」「「「了解、前進！」」」

　文化部組が閃光で魔物の目を灼き、一瞬の怯みに合わせハルバートを大上段から叩きつけて、突き込みながら突撃する。今日も戦わせない、壊れていく遥君だって嫌だけど、転がり地べたを這いずる遥君なんて見たくないから。今日くらい、明日くらい守って見せる、後ろには遥君が居るんだから一匹たりとも逃さない。

　どうせゆっくりしてなんて言っても無駄だから。朝には甲冑も軽甲冑も出来上がっていた。たった一晩で物理毒を含む状態異常耐性を引き上げて、30近い甲冑を仕上げていた。それでも完全には程遠く、完璧には掠りもしないとぼやいてたらしい。

　この甲冑で負けはもう許されないの。怪我だって毒だって受けてやらない。たった1日を守れないなんて乙女の恥だ、女が廃る！

「蹂躙せよ！　散開！」「「「了解！　殲滅開始！」」」

　乙女の意地で88階層まで問答無用で押し通り、迷宮王も串刺しにしてから微塵切りにして女子力も見せ付けての完勝だった。遥君に渋々89階層までの合格を貰い、意気揚々と宿に戻ると一度部屋に戻った遥君が箱を持って戻って来た。

「いや、今日は無理だろうから、あと2回か3回で合格かなとか思ってたから、造り掛けって言うか仕上げ前なんだけど『守護の髪飾り』の簡易版で、使い捨てに近いけど『結界の髪飾り　緊急簡易結界（1魔石1回のみ）』が人数分あるから……まあ、偶にはご褒美？　仕上げ前だからデコレーションのオーダー受け付けるけど、これはお1人様1個限りだからね！　まあ、こっちがサンプル？　今のところベースはカチューシャ型にバレッタ型とバンスクリップ型とヘアピン型だけだけど、シュシュとリボンとコームにUピンはバーゲンでぼったくる為に後出しなんだよ？　まあ、順番だからデザイン決めてね？」

　ご褒美だって、頑張ったからだって……誰より頑張って襤褸襤褸に壊れても諦めなくて、それなのに何もかもが振り出しに戻っちゃって何もかも無くしたのに、頑張り過ぎるほど無茶をしても何にも報われない遥君はみんなにご褒美を用意してくれていた。

「黒のバレッタでラインストーンのデコって出来るよね！」「あーん、髪伸ばす魔法は無いの？　あっ、でもアメピンがある！」「黄色のバンスクリップに赤のハート柄で！」「えっ、1個だけ!?　選べない、全部欲しい！」「全種コンプすると破産何回出来るんだろう？」「いや、結界用の加工魔石が数無いからね？　あとはぼったくりバーゲンでのお楽しみって言う1個目で釣って、2個目からが高い優良誤認で有料販売で破産者続出の憂慮すべきアクセ祭りなんだよ？」「「「買うー！」」」「わ、私は青い魔石のヘアピンでお願いします！」「「「あーっ！　ずるいー、私にも着けて！」」」「これを、黒ゴールドで！」「ラメも有るの！　ああっ、それも良い！」

　ついにはオーダーメイド即売会に、髪留めサービスにと大忙しで嬉し涙の女の子達が引き攣った困惑顔の男の子にお礼を言っては抱き着いている。どっちも顔は真っ赤だ。あっ、私が最後？　え、えっと……!?

「わ、わ、私は赤のヘアピンでお願いします……つ、着けてきゅれるきゃなぁ？　う、うぅ……」「「「頑張れ委員長！　突撃!!」」」「やあ……って突撃しちゃ駄目だから－！」「ほら、お礼！　行け、むぎゅ～っと！」「あ、あ、ありゅがとぉ遥君（むぎゅう～、ぐにゅぐにゅっ）」「「「きゃあああああっ、私もお礼っ！（むぎゅっ、むにゅ、もにゅん、ぎゅうぅぅっ）」」」「で、でもカチューシャならお揃い?」「「「!?」」」「こ、こ、これは！おっ、お、お礼なんだからねっ！（ぎゅう～ぅっ）」「「「ありがとう（ぐにゅ～ん、むにゅむにゅ、ぎゅっぎゅっ、ぎゅっすりすり、きゅ～っ、ぽよよ～ん、むぅにゅっ、がじがじぎゅ、ぎゅう～ぅっ、なでなで、ぎゅっ）」」」

気付くと屍だった？　あれっ、いつから死んでたんだろう？　ちゃんとお礼は聞いてくれたかな？　お顔は幸せそうだし、ＨＰもまだ大丈夫みたいだけど……お返事が無い、ただの優しい屍さんのようだ。

舐めるのは大好きなのだがあれはベロをもぎ取られそうな恐怖だから舐めないようにしよう。

１００日目　夜　宿屋　白い変人

簡易結界用に『結界の髪飾り』を付け、ロザリオは投擲武器化する計画。それは１つ持つともっと欲しくなると言う消費者心理を突き、ご褒美と言って髪留めのサンプル品を御褒美としてばら撒いたら思わぬ不覚を取ってしまった。

そう、1個ずつのセミオーダー仕上げだし、作って渡すからテーブルを挟んだ対面販売方式で安全だと武装を解いていた。だが、女子さん達は躊躇なく甲冑を外し、野に解き放たれたテーブルを乗り越える野生のムチムチスパッツだったんだよ！

現在、要望が多かった為に食堂には1コインのスチームミスト機が設置されており、その『清浄』と『消毒』に『消臭』効果のフローラルなミストが大人気で小銭を稼げる。そう、つまりムチムチスパッツさん達は濡れ濡れスパッツさん達への進化を果たし、更なる躍動で濡れ濡れピタピタ密着食い込みスパッツさん達へと驚異の3段進化状態で待ち構えていたんだよ！

そして悲劇はそれだけに止まらなかった——改良された新型インナーは、甲冑の通気性低下を補うために大きく背中を開いたデザインへと変貌し。更に生地の目を広くして通気性を高めたせいで、濡れた際の収縮率が上昇して『密着』効果と相まって「ボディーペイントかよ！」とツッコミが入りそうな密着な食い込み感だ。それが、お礼と言う名の押し競饅頭が開催されてムチムチの大海原に飲み込まれたら……意識失うよ！

「うん、ヤバすぎだよ！　だって、未だ異世界でも『耐むにゅむにゅ効果』や『ぽよんぽよん耐性』は発見されていないんだよ！　うん、あれは健全で健康的な男子高校生には耐えられないいんだよ？」

意識が戻ると、なんか服が丁寧に着付けられてる感が感じられ無くも無いけど、乱れたのを整えてくれたんだろうか？　うん、そうに違いない……誤射はないな!?

呼吸を整え調息し、体内の気を感じ取り循環させる。魔力やスキルを混ぜ合わせて、練り込み身体と一体にし錬成する。血も肉も骨も、神経も爪も歯も髪の毛も何もかもを満たし尽くして渾然一体に調和させる。湯船には静かに波紋が広がり漣が起きる、全身が『再生』とは違う何かで造り直される奇妙な感触を感じながら、お湯の中で全身を弛緩させる。

「お風呂に癒しを求めるのは間違って無いんだけど、女子さん達に慎みを求めるのは間違いだらけの吹影鏤塵の無駄な行い過ぎるって言うか、女子さん達をおしとやかにする位なら影を吹いたり、塵に刻み彫るくらい簡単なんだよ。うん、やってみてるけどあんまり楽しくは無いな？　うん、やりがいの無い事の例えとしては正しかった様だ！　みたいな？」

(プルプル)

流されたな。訓練しようと思ってたのに、また押し競饅頭に持ち込まれた。こけたりぶつかったりは森の中でもずっとやってたから慣れ親しんでいる、心配するような事では無いと思うが未だ無理は禁物なのかもしれない。

気功法の練気の1つ、全身に気を回す「周天功」。気道を開き気脈を辿り経絡を繋ぎ合わせ体内で循環増幅し四肢の隅々まで循環され全身に気功を流して纏う、お風呂のお湯がちゃぷちゃぷと波立つ。これは漏れて乱れている。実際に『気』なんて言われても見る事も感じる事も出来ないのだから厨二を嗜んだ際に齧った程度の知識しかないけど、現在では羅神眼で観えて感じて実感中だから結構簡単だ。しかも魔力と練られ錬成されているからＨＰやＭＰの回復にも良い便利な技だ。

ただ、これを気長に日々日常に換え、意識して行わなくても呼吸と共に無意識に行われるようにならなければ出来たとは言えない。自然に練られ、自然に循環していなければ制御が複雑化し智慧への負担となり、他の演算や高速思考やスキル制御への支障となる。

ゆっくりと息をし、ゆったりと流れて身体の中を回り巡る。流れを押し広げ、身体と同一に、在るがままに流れるがままに身を任せてお風呂を楽しむ。まあ、なんだか分からないが健康には良いはずだ？

（ポヨポヨ）

気脈か経絡か神経が錬成されたのか分からないけど、反応が良すぎる。ピーキー過ぎて扱えない、思考した瞬間に身体が動き始めている異様な違和感が混乱の原因だろう。

実は智慧の制御能力が有ればすぐに調整できるだろうと高を括っていた、身体の動きがいくら変化し速く強かろうとも智慧が情報を蓄積すれば自動で操作可能だと疑いもしていなかった。結果は大誤算、智慧が混乱し情報から演算を始められていない。それは情報の入出力である神経繊維の情報伝達速度自体が変化しているから、計算し解析して応用しようとしても数字と言う単位自体が変わってしまっている。だから計算不能に陥り、智慧さんが乱れ制御が不安定なまま体感も摑めずに襤褸襤褸だった。

まあ、自壊はしてないだけで、転倒で血塗れの全身打撲で骨折多数で前と変わってない気もするけど中から壊れずちゃんと怪我してるから正常進化だ。うん、何と言っても捥げて飛んでいかないと言うのは安心感がある。あれって、甲冑委員長さん達の方に飛んでいくと、拾いに行くのに気を遣うんだよ？

　お風呂でリラックスしながら思想と思考に耽(ふけ)る。濡れ濡れピタピタ密着食い込みスパッツさんはひとまず置いといて……取り急ぎは護身用仕込みレイピアも威力の無さが問題なようだ。レイピアさんは基本は片刃の護身剣、あるいは決闘の際の刺突特化武器で、軽く携帯にも便利だけど弱弱しい。元々が生身の人間を傷つける為だけの武器だから女子さん達が迷宮で大苦戦だった。

「その元になったエストックさんなら名前自体が両手突き剣で、甲冑ぶち抜きようの戦闘用でごつくて、独ではパンツァーシュテッヒャー(Panzerstecher)と鎧通し(よろいどおし)な鎧刺しと呼ばれる実戦用だったけど……杖(つえ)に仕込むにはゴツいし、長いし重くなるけど何があるか分からない以上は対人用低威力のレイピアのままでは心許(こころもと)ないかも……レイピアなら人を殺さずに無力化する事に特化した決闘用の武器なんだけど、この世界の護身用としては甘かったかな？」

　まあ、夜までに考えよう。修道服は頭部や腕部の内側に鉄板(プレイト)を張り、他の部位も鎖帷子(くさりかたびら)状にはしてある。重量的にも問題なさそうだったし、非可動部位はもう少し強化しても良いのかもしれない？　胸部上げ底は男子高校生の論理感と倫理観と正義感が葛藤して悩ましい所だ、防御力の底上げは必要だけどお胸様の底上げは必要悪なのだろうか？

「約2名ほど胸部の重装甲化を求めて来るのは間違いないよ。だけど、あの平面(ぺったん)に半円球(ぽよよん)な装甲板を入れたら貧乳無双の防御力は間違いないんだけど、きっと物凄(ものすご)く重くなるんだけど……それでも欲しがりそうだな？」（ポムポム！）

お風呂上がりに、汗をかかない程度の柔軟と、太極拳で身体と気を整えてお部屋に逃げ込む。女子さん達がお風呂から上がって来たのだが……宿の中をベビードールとかネグリジェとかシュミーズでうろつかないで欲しいものだ。あれは男子高校生は即死する。即座に逃げ出したからギリギリ致命傷で済んだが、危うく男子高校生的に動けなくなる所だったんだよ。まさに暴発の危機一発！

「男子と孤児っ子が居ないと女子さん達が開放的を通り越して、露出魔間近な大解放でそろそろ裸族っ娘が大量発生の危機だけど何時になったら男子がまだ残ってることに気付いてくれるんだろうね？　うん、健全な大和男児さんなんだけど疚しい男子に誤変換の危機で、健康な男子高校生には剣呑な生女子高生満載のお宿でぼったくられそうな如何わしさが濫りがましくてお乱れ中で大変なんだよ？」（プルプル）

　レイピアの刃を重く厚く鋭く造ってみる。試作品だが良い出来だ。若干バランスが悪いけど、柄を重くして調整するしか無いだろう。これなら甲冑を着た騎士相手でも折れたり曲がったりせずに振り斬れるけど……殺す事になる。女子さんの安全の方が比較検討の余地も無く重要だけど、出来れば、出来得る事なら悪夢に魘される様な思いはして欲しくないんだよ。うん、人を殺すには女子さん達は優し過ぎるんだから。

　だが、メリメリさんにも言われた。メリメリさんは人を殺して来たそうだ。俺が助けた後に辺境を護る貴族としての覚悟を持つために盗賊を処刑したそうだ。そして、言われた

「女を舐めないで下さい、女は護る為なら鬼にでも羅刹にでもなれるんですよ。皆さんの想いは揺らぐ事なんて有り得ない本物です」と。

それでも、それはただの俺の我が儘なんだけど嫌なものは嫌なんだよ？　たとえ世界は苦くて残酷なんだとしても、甘くて優しい世界に居て欲しい。それに鬼も羅刹も裸足で逃げ出して泣いて引き籠る位に恐ろしいのは乙女戦争で嫌と言う程見せ付けられてるから、舐めては無いんだよ？って言うか護らずに奪い尽くす為に悪鬼羅刹を超越して暴れ回ってたよね？　まあ、舐めるのは大好きなのだが、あれは舌を捥ぎ取られそうな恐怖だから舐めないんだよ？　恐いな。

「うん、こんなもんかな」

刺突特化ではあるが斬り払えるだけの刃も有り、隙間を狙わずとも刺し貫ける武器。護身用ではない殺す為の兵器。魔物とも充分に戦え、人ならば……一撃で屠れる。

「覚悟なんかしちゃわないで、ずっと泣いてゴネてたって良いのに……それでも要るんだろうね、武器が」（プルプル）

ひょこっと無垢で無邪気な瞳が扉から覗く。愛くるしいほどに可愛らしいが、その顔立ちは完璧に整って芸術品の様に壮麗だ。悪戯っぽく赤い舌が唇を舐める仕草は屈託のない笑顔とは裏腹に妖しく妖艶。アンバランスな、美少女と美女を見事に両立させて可愛らしさと淫靡さが同居する天使の美貌と小悪魔の誘惑。

「お帰り、女子会は楽しかった？　いっぱいお話しできた……かな……あぁ？」

薄い修道服を身に纏い、ぴたりと包まれた肢体は少女の張りと女性の柔らかさを兼ね備えた永遠の17才西洋人バージョンの素晴らけしからん暴虐の我が儘ボディー。

ほっそりと伸びた美脚や細い腰は華奢さをアピりながら、漆黒の修道服の薄い布地を窮屈そうに暴力的に押し上げて張り付かせる胸の膨らみはたわわに揺れ、長いスリットからは露わにしなやかな太腿。そしてスリットを押し広げるかのように大きく持ち上がった豊満なヒップラインが目を見張るほどに肉感的で抜群なスタイルで清楚な修道服を暴力的に冒瀆しまくって、見るも可憐なうら若き乙女の可憐さと清純さを厳粛な黒と白の修道服で包む。そんな清楚で荘厳で在りながら、その肉感的な姿態と魅惑の表情は妖艶さと淫靡さに溢れ、ピンク色のてかてかと艶めかしく輝くグロスに彩られた唇を舐める紅い舌が蠱惑的に魅了を放って誘う。腕を組んでたわわに実った2つの果実を腕に抱え込むように見せ付ける！　その豊満さを晒して、ツンっと上向きに盛り上がる生意気そうなお胸様はくっきりと布地を張り付けて、溢れんばかりの肉感を我が儘に見せ付け……ノ、ノーブラだと！　け、けっ、けしからん！


「「戻りました……修道服、試着。似合いますか？」」

そう言いながら揺れる2つの球体。形よく整った、弾けんばかりの若々しさに溢れたっぷりとした肉感を誇る4つのお山が大山鳴動で男子高校生1人陥落中だ。これは遭難事故も止むを得まい。何故登るのか？　そこにおっぱ……山が有るからだっ！

「……はい。バッチリでございます？　みたいな？　うん、見てるんだよ？」

その溢れんばかりの質量を、張りのある瑞々しい肌で支え上向く奇跡の肉量兵器が弾む。弾力と柔媚さを両立した大質感を、薄い布地を持ち上げ張り付かせて強調している。全体的な鍛えられた引き締まったスレンダーな肉付きとの対比が、その暴虐な量感をいっそうに強調し、大人びた魅惑の柔媚な肢体と健康的な若々しい引き締まった瑞々しさを兼ね備えた理想とも言える肉体美。汚い、永遠の17才ボディーは卑怯過ぎだっ！

「もう遅いですよ、内職、お終い、です」「働き過ぎ、駄目です」

慈愛に満ちた優しく無邪気な天使の笑顔。だが魅惑の大人の肉体が左右から柔らかに押し包みむにゅむにゅと拘束していく。

ふっ、愚かな。今迄この罠に何度嵌まり、どれだけ陥れられて苦汁を舐めって言うか舐めしゃぶられ辛酸を嘗めたって言うか、味わわれて咀嚼されて来た事か。もはや罠はとっくにバッチリちゃっかりパッチリとお見通しなのだ！　お見通しなのだが、見入って魅入られてる間に罠に掛かってるんだよ？　うん、装備が無くなっている？

危険だ、危険過ぎる男子高校生への罠なのだ！　もうどっかに孔明さん常駐してんじゃないのって言うくらい罠なのだ！　だが、その危うさ故に魅惑的にして蠱惑的。見たものを惹き付けて心惑わし蕩けさせて妖しく誘う、もう魔女裁判有罪確定の魔性の魅力が修道服で宗教裁判だが、その背徳感こそが妖しく美しい。

「さあ、お疲れ、です。横になりましょう、です。（ちゅっ、ちゅうっ。くちゅっ♥）」

そう、いつも気付くと武装解除でベッドで寝かされている？

寝かされているけど、寝てる場合じゃない寝かし付けで、寝られないのに両手両足が巧妙に柔らかく抑え付けられていくんだよ？

　胸の上にむっちりとお尻を乗せた踊りっ娘さんが上半身を押さえつけ、俺の両手を左右に広げて脚で挟み込むＭ字開脚のポーズ。その左右に広げた琥珀（こはく）色の艶めかしい太腿を魅せ付けるように拘束し、下半身は甲冑委員長さんが脚の間に身体を入れて圧（お）し掛かる。完全に動けない。うん、大体気付くとこのパターンなんだよ？

　果てしない時の間に何度となく2人の体勢は変わり、入れ替わる。恐ろしいものだ。鍛え抜かれた『性豪』と『絶倫』の驚異の耐久力に加え、既に『再生』はＭａＸに至り『房中術』で無限に自動回復されていると言うのに……追い付けていない！

「うん、格闘戦なんてしてないのに『金剛拳』が毎回すごい勢いでＬｖアップする理由って、この抑え込み（サブミッション）に違いない！　い、いろんな意味で全く逃れられない魅惑の妙技だ！」

　既に深淵（しんえん）の奈落まで男子高校生の魂（パトス）は尽き果てた、ならばもう唱えるしかないのだろう「房中術全開放（バルス）！」。うん、のたうち回ってるけど「目が目が」では無いんだよ？　きっと甲冑委員長さんと踊りっ娘さんは当然の事だが、女子さん達も『房中術』の本当の意味を知らなかったのだろう。故に前回の攻撃の意味が理解出来ていなかった。

　心構えが有れば迷宮皇の精神力ならばある程度耐えられたかも知れない。だが知識無く、無防備のままで圧縮された快感を一瞬で注ぎ込まれれば精神は壊れ蕩ける。仮に図書委員あたりに知識が有ったとしても「房中術は接して洩（も）らさず」の部分が有名で、陰陽の気の合一を目指し、増幅して不老不死に至る部分のみが知られているはずだ。元々の仙道へと至る事を目的とする本来の仙術思想の集合体の方の房中術。陰陽思想で生死の流転を操るから攻撃にも使えるみたいだけど、今回は錬成からの『淫気』返しをしてみた。

　男女の陰陽の気を練り併せ増幅し錬成する『房中術』で、練り上げた『仙気』こそが延々と受けた快感の刺激を極限まで練り込み高めて、一瞬の内に放つ秘技「エロられたならエロり返せばいいじゃ無いの」の正体。百に近い男子高校生崩落の怒濤の攻撃を纏めて増幅されている、その威力たるや極悪の一言だったようだ？

　甘く息苦しげに喘ぎ悶ぐ声。だが、逆襲はこれからだ、男子高校生さんは忸怩たる屈辱を耐え漸くに雪辱に至ったのだ！　うん、相場で言うと10倍返しだな？　ふぁいとぉ、千発？

あとがき

お手に取って頂きありがとうございます。なんと9巻となり、ほぼほぼ初めてあとがきを読む方はいらっしゃらないと思いますのでお察しの事とは思いますが——9巻連続でページが余りました（笑）

はい、５００頁超の23万文字超えを削って詰めて押し込んでたら、「頁余っちゃった（テヘペロ）」と編集Y田さんの9回目のテヘペロでした。滅茶あの舌を引き抜きたい今日此頃です、皆様は如何御過ごしでしょうか。

そんな編集さんの無茶な要求を軽々超えて神画を書いて下さる榎丸作先生、いつも「もう慣れたはず」という想像を超えた画と素敵なキャラをありがとうございます。本当にもう……奴の舌を抜きに行く時は是非ご一緒に！

そして、今巻もびび先生のコミカライズと同時発売となりました。いつも素敵な漫画をありがとうございます。また、毎度毎度ご迷惑おかけする鷗来堂様にも謝罪と感謝を。はい、犯人は丸投げてる、あのYです！

そして今回、更にもっと深刻な被害者様が居たという悲劇がありまして……「Translating chaos: I translate "Loner Life in Another World"」というＨＰに悲報がw

はい、Eric Margolis 様を始め、徐維星様たち翻訳家の皆様方にも感謝とお詫びを。い

や、マジすいません（汗）
それすらも「翻訳の混沌(Translating chaos)（笑）」と大笑いしていた編集Y田さんの被害がワールドワイドに展開中です。
あっ、あと1巻2巻のイラストを書いて頂いたぶーた先生にも感謝と宣伝を、VTuberデビューおめでとうございます。
あとあと「なろう系小説覚書wiki」のsakuga999様にも御礼を。はい、最近では「ストーリー概要」の予測巻数が予言の書と呼ばれ、構成会議でも「もう、これ合わせでよくない？」と……今巻もw
そしてそして、いつもお読み頂きありがとうございます。まさか9巻も出せることになろうとは、そして9回もあとがきを書くことになろうとは……。そんな訳で毎回毎巻お礼と謝罪で埋まってしまうので、今回は立ち退き&引っ越し中で近況報告でもと思っていたのですが……結局、被害拡大でまた頁が埋まってしまいました!?
今巻も作者と編集者以外の多大な被害と尽力で本にすることができました。沢山の方々にお読み頂き、本当にありがとうございます。

五示正司

ひとりぼっちの異世界攻略 life.9
清らかシスターの一撃一殺

発　　行　2022年3月25日　初版第一刷発行

著　　者　五示正司

発 行 者　永田勝治

発 行 所　株式会社オーバーラップ
〒141-0031　東京都品川区西五反田 8-1-5

校正・DTP　株式会社鷗来堂

印刷・製本　大日本印刷株式会社

Printed in Japan　ISBN 978-4-8240-0130-6 C0193

作品のご感想、ファンレターをお待ちしています

あて先：〒141-0031　東京都品川区西五反田 8-1-5 五反田光和ビル 4階　オーバーラップ文庫編集部
「五示正司」先生係／「榎丸さく」先生係

PC、スマホからWEBアンケートに答えてゲット!

★この書籍で使用しているイラストの『無料壁紙』
★さらに図書カード（1000円分）を毎月10名に抽選でプレゼント!

▶https://over-lap.co.jp/824001306

二次元バーコードまたはURLより本書へのアンケートにご協力ください。
オーバーラップ文庫公式HPのトップページからもアクセスいただけます。
※スマートフォンと PC からのアクセスにのみ対応しております。
※サイトへのアクセスや登録時に発生する通信費等はご負担ください。
※中学生以下の方は保護者の方の了承を得てから回答してください。

オーバーラップ文庫公式 HP ▶ https://over-lap.co.jp/lnv/